未堂과 木月의 시적 상상력

未堂과 木月의 시적 상상력

‖ 엄경희 저 ‖

보고사

서문

　이 책의 1부에 실려있는 "미당 시에 나타난 시적 자아·공간·시간의 유기적 상상력"과 2부에 실려있는 "목월 시에 나타난 공간의식"은 박사와 석사 논문을 수정한 글들이다. 미당에 관한 논의는 1999년에, 목월에 관한 논의는 1990년에 각각 논문으로 묶어졌었다.

　"미당 시에 나타난 시적 자아·공간·시간의 유기적 상상력"은 공간과 시간이 인간 삶의 근원적 조건이라는 전제 하에 씌어진 글이다. 나는 이 글을 통해서 미당 시에 나타난 시적 자아와 공간, 시간이 서로 어떻게 융화하면서 통일체를 이루는가를, 그리고 그것들이 어떻게 변화하면서 시세계의 흐름을 보여주는가를 밝혀보고자 했다. 미당의 시적 자아와 공간, 시간은 세계와 자아간의 갈등과 화해라는 대타적 문제에서 인간 존재 자체의 근원성을 탐색하는 방향으로 나아간다. 이때 제기된 인간 존재가 지닌 숙명적 비극을 어떤 방식으로 초월할 것인가 하는 문제는 미당이 집요하게 추구했던 필생의 과제로 보인다. 그는 자연과 우주의 거대한 질서를 향해 자신의 상상력을 확장함으로써 초월의 비의를 발견해낸다. 이는 다시 인간의 구체적인 삶의 실상과 결합함으로써 초월의식이 초래할 수 있는 관념적 추상성으로부터 벗어나게 된다. "목월 시에 나타난 공간의식"은 박목월 시에 지속적으로 등장하는 '길'의 공간성을 분석함으로써 시적 상상력의 변화 양상을 밝히고자 한 글이다. 목월의 시적 공간은 자연을 상징하는 청산의 길에서 노동과 휴식으로 이루어진 생활의 직선로와 곡선로로, 그리고 인간 존재의 실존 의식을 드러내는 불안과 망각의 공간으로 진행해가면서 궁극에는 유한자의 한계를 넘어서는 중심의 공간에 도달하는 과정을 보여준다.

　"미당 시에 나타난 시적 자아·공간·시간의 유기적 상상력"과 "목월 시에 나타난 공간의식"의 이와 같은 기본 내용은 수정 이전과 큰 차이를 갖지는 않는다. 그런데 이전 논문의 지엽적인 부분들을 갈무리하면서 끝끝내 나를 괴롭혔던 것이 미당의 역사의식에 관한 부분이었음을 밝힐 필요가 있을 듯하다. 나는 이 글에서 잡스럽고도 소박한, 그리고 질탕하고도 친근한 세속주의적인 미당의 면모가 그의 역사의식과 깊은 연관이 있음을 좀더 부각시키고자 하였다. 미당이 시를 통해 보여주고 있는 초월 의식이나 영생주의, 혹은 신화 탐구 이면에는 무시 못할 현실주의적 태도가 내재해 있다. 그 스스로 산문 "봉산산방 시화"에서 "나는 어느 사인지 이 자포자기에는 한 쬐그만 선수가 되었다"고 고백하고 있듯이 그의 의식은 현실을 위협하는 세계와 직접 투쟁하기보다는 그것을 여러 겹의 '체념'으로 둘러싸고, 체념의 끝자락에서 얻게 되는 여유로움 속에서 "곧장 가자하면 갈 수 없는 벼랑 길도 / 굽어서 돌아"(<曲>)가는 지혜를 얻는다. 이는 현실에 대한 수동적 자세일 수도 있지만 어찌 보면 서민들의 삶을 이끌어 온 가장 막강한 자구책일 수도 있다는 생각을 떨쳐버릴 수 없었다. 미당의 체질은 변혁이나 개혁보다는 주어진 상황을 지혜롭게 대처해 가는 당시 농경사회의 보수주의적 서민 의식을 대변하고 있는 것으로 파악된다. 이 책에 실린 미당에 관한 논의가 그의 역사의식에 초점을 맞추고 있는 것은 아니지만 이 또한 간과할 수 없는 부분이라 생각되어 다소 수정하였음을 밝힌다. 아울러 주요 분석 텍스트인 『未堂 徐廷柱 詩全集』을 1984년 간행본(민음사)에서 1994년 간행본으로 교체하였음을 밝힌다.

박사와 석사 논문이 씌어진 때와 지금의 시간과는 상당히 거리가 있었음에도 불구하고 이 글들은 지금까지도 미완이라 할 수 있다. 그럼에도 불구하고 부득불 책을 내는 마음이 가볍지만은 않다. 출판을 허락해 주신 보고사 관계자 분들과 글의 흠집을 바로잡는 데 도움을 아끼지 않은 후배 최동일에게 고마움을 전하다.

2003년 4월
엄경희

차 례

2부
목월 시에 나타난 공간의식

1부

미당 시에 나타난 시적 자아 · 공간 · 시간의
유기적 상상력

1. 서 론

1) 종합적 접근을 위한 방법적 모색

서정주는 팔백 편이 넘는 방대한 양의 시편들을 성취해낸 시인으로서 한국 현대시사에 가장 높은 봉우리를 차지하고 있다 해도 과언이 아니다. 그것은 비단 시의 양 때문만은 아니다. 서정주의 시편들은 대부분 고른 수준을 보여줄 뿐만 아니라, 매우 다양한 시적 변모 과정과 그에 따른 복잡하고도 입체적인 상상력을 드러냄으로써 다수의 독자를 확보하는 데 성공하고 있다. 따라서 서정주의 시세계에 관한 연구는 여타의 시인들에 비해 매우 활발하게 진행되었으며, 그 성과 또한 질적인 면에서나 양적인 면에서 이룩된 바가 크다. 물론 여기에는 극단적인 부정적 평가 또한 포함되어 있다. 그에 대한 부정적 견해는 주로 시인의 의식이 역사나 민중의 삶과 유리된 사적인 경험에 안주해 있다는 비판으로 모아진다.[1] 그러나 대부분의 연구들은 시세

---

1) 서정주 시를 비판적 시각에서 논하고 있는 대표적인 논의는 다음과 같다.
   김윤식, 歷史의 藝術化 - 新羅精神이란 怪物을 暴露한다, 『현대문학』(1963.10).

계의 변모 양상이나 시사적 위치, 전통문학의 수용양상, 외국 시와의
영향관계, 작품의 내재적 분석 등을 통해서 작품의 미적 형식과 의미
를 밝히는 데 집중되어 있다.

　　본 연구는 시적 자아, 공간, 시간 등과 관련된 기존 연구들을 정리
검토하여 문제점을 밝히고 논의 전개의 토대로 삼고자 한다. 시적 자
아, 공간, 시간은 시의 상상적 틀을 결정하는 근원적 요인으로서 상호
작용 속에서 서로의 의미를 완성할 수 있다. 인간은 공간과 시간을
주도해 가는 주체이며, 공간과 시간은 모든 사유와 행위의 전제가 된
다. 따라서 인간과 공간, 시간이라는 세 가지 층위의 작용은 동시적이
고 유기적인 운동 양상을 본질로 한다. 본 연구는 기존의 논의들이
서로 분리된 채 진행되어 왔음을 문제점으로 제기하며, 서정주 시의
방대함과 복잡함을 총체적으로 질서화하기 위해 인간, 공간, 시간이
라는 세 가지 층위의 유기성을 종합적으로 검토하고자 한다. 연구 범
위는 서정주의 『花蛇集』(南蠻書庫, 1941년)에서 『鶴이 울고간 날들의
詩』(소설문학사, 1982년)까지를 중심으로 하며, 본론 각 장의 세목을 시
적 자아, 공간, 시간으로 구성하였음을 아울러 밝힌다.

　　서정주의 시적 자아 연구에 선구적 역할을 한 것은 김준오의 "人
間探求와 未堂의 神話"[2]이다. 김준오는 <自畵像>과 <花蛇> 두
편의 시를 대상으로 서정주의 초기시에 나타난 화자의 성격을 '벌거
숭이'로 명명하고 있다. 이 글은 확고한 아이덴티티를 가질 수 없는
청년기의 의식과 일제 말기의 비극적 시대 상황이 '벌거숭이'로서의

　　구중서, 徐廷柱와 現實逃避 - 歷史詩의 本領과 徐氏의 경우, 『청맥』(1965.6).
　　이성부, 서정주의 시세계, 『창작과비평』(1972.겨울호).
　　염무웅(1984), 서정주 소론, 『민중시대의 문학』, 창작과비평사.
　　임우기, 오늘, 미당 시는 무엇이 문제인가, 『문예중앙』(1994.여름호).
　2) 김준오, 人間探求와 未堂의 神話, 『心象』(1978.11).

탈을 창조하게 했다고 지적한다. 날카로운 지적에도 불구하고 분석 자료가 매우 빈약한 편이라 할 수 있다.

조형순[3]은 서정주의 초기시에 나타난 화자와 유치환의 화자를 대비 연구하여, 유치환은 자성적, 관조적, 유가적, 선비적인데 비해 서정주는 역동적이고 뜨거운 외침의 목소리를 가지고 있다고 결론짓고 있다. 조형순의 대비 연구는 두 사람의 차이성을 밝히는 것에서 더 이상 논의를 진척시키지 않고 있다. 이 글은 두 시인의 차이성을 종합한 뒤 두 시인을 함께 연구하게 된 필연적 이유와 연관된 또다른 결론을 첨가할 필요가 있다고 생각된다.

김동일[4]과 심혜련[5]은 서정주의 주요 시집들을 대상으로 화자의 다양한 양상을 논의하고 있다. 김동일은 서정주의 화자가 비극적이고 공격적인 데서 해탈한 자의 즐거움과 무료함으로 그 성격이 변화하고 있음을 밝히고 있다. 그러나 김동일의 논의는 화자 자체의 어조나 태도, 청자의 반응 등에 대한 분석보다는 화자를 둘러싸고 있는 시적 문맥과의 관련성에 집중하고 있기 때문에 시세계의 의미를 분석하고 있는 다른 논의들과 차별성이 없다는 문제점이 지적될 수 있다. 반면 심혜련의 논의는 화자와 청자의 상호 관계가 어떻게 거리 조정되는가에 대해 다양한 시적 장치를 분석함으로써 서정주의 의식성을 고찰하고 있다. 심혜련의 논의는 화자 분석의 다채로운 묘미를 보여주고 있는 반면 다양성을 하나의 맥락으로 종합하는 데에 이르지 못했다는 한계점을 아울러 지니고 있다.

---

3) 조형순(1985), 現代詩에 나타난 詩的 話者와 聽者의 研究 - 柳致環과 徐廷柱의 初期詩를 中心으로, 경남대학교 대학원 국어국문학과 석사학위 논문.
4) 김동일(1989), 徐廷柱 詩研究 - 話者를 中心으로, 성균관대학 교육대학원 국어교육과 석사학위 논문.
5) 심혜련(1992), 서정주 시의 話者 聽者 研究, 이화여대 대학원 국어국문학과 석사학위 논문.

황동규6)는 서정주의 초기시가 저주받은 시인의 내면을 표출하고 있는 목소리와 그리움을 나타내는 목소리로 나누어지며, 이는 자연에 대한 절실한 참여의 목소리로, 『新羅抄』에서부터는 다양한 탈의 실험으로, 그리고 마지막으로 탈의 해체를 통해 시인 자신이 직접 등장하는 단계로 나아간다고 기술하고 있다. 그는 이와 같은 탈의 변화과정을 지적하면서 시인의 시정신이나 윤리 의식을 함께 거론하고 있다. 그런데 황동규의 논지 가운데 초기시의 화자와 시인 자신과의 거리는 현격한 반면 『新羅抄』이후에는 시적 화자가 시인 자신으로 대체되어 그 거리가 밀착되고 있다는 지적은 반박의 여지를 남긴다. 왜냐하면 서정주의 초기시는 '나'가 중심이 되기 때문에 전체적으로 시인 지향적인 특색을 지니는 반면 그의 후기시는 '타인'이 중심이 됨으로써 청자 지향적이며 이때의 화자는 전지적 성격을 띠고 있기 때문이다.

김현자의 "志鬼說話의 詩的 變容에 관한 硏究"7)는 서정주와 김춘수의 시에 공통적으로 수용된 지귀설화를 비교 분석한 논의이다. 이 논문은 화자의 태도와 청자의 반응이 상호 작용하는 과정을 면밀히 검토함으로써 화해와 영원 지향에 바탕을 둔 서정주의 낙관론과 불화와 현실지향에 바탕을 둔 김춘수의 비관론을 결론으로 도출해내고 있다. 이 논의는 화자 분석을 통해 상이한 시인의 세계관을 비교론적 입장에서 연구하는 것이 가능함을 시사하고 있다.

정끝별은 "한국 현대시의 패러디 구조 연구"8)에서 설화를 수용하고

---

6) 황동규(1994), 탈의 완성과 해체, 『미당연구』, 민음사.

7) 김현자, 志鬼說話의 詩的 變容에 관한 硏究, 『梨花語文論集』(제13집), 이화여자대학교 한국어문학연구소, 1994.

8) 정끝별(1996), 한국 현대시의 패러디 구조 연구, 이화여대 대학원 국어국문학과 박사학위 논문.

있는 서정주의 화자를 '口演'의 방식과 연관해서 설명하고 있다. 그에
의하면 설화를 이야기하고 있는 전지적 이야기꾼의 다성적 목소리는
원텍스트의 권위와 근거를 의도적으로 왜곡, 변형시키거나 낯설게 치
환시킴으로써 풍자와 유머를 획득한다. 이러한 화자의 태도를 정끝별
은 현실에 대한 시인의 우회적 대응 방법이라고 지적하고 있다.

백수인9)은 텍스트 내부에 등장하는 화자, 청자, 주변 인물 분석을
통해 서정주의 초기시가 서구의 시정신에서 동양정신으로의 회귀를
암시하고 있다고 설명하고 있다. 이외에 서정주의 시적 자아와 관련
을 가질 수 있는 논의들로서는 서정주 시에 나타난 '인물'10)이나 '인
간상'11)을 연구한 논의들과 시의 독특한 어법을 분석한 논문12) 등이
있다.

서정주 시의 공간성에 관한 논의는 크게 세 가지 범주로 나누어진
다. 첫째, 일부 시편을 대상으로 한 공간 분석, 둘째, 다른 시인들과의
비교론적 입장에서 서정주의 시적 공간을 다루고 있는 논의, 셋째, 서
정주 시의 전체적 변모 과정을 공간론적 입장에서 고찰하고 있는 논의
등이 그것이다.

김윤식13)과 정유화14), 이경희15)는 『질마재 神話』에 나타난 공간을

---

9) 백수인, 未堂 徐廷柱 시의 인물 고찰 - 초기시를 중심으로, 『인문과학연구』(제9
   집), 조선대학교 인문과학연구소, 1987.
10) 김열규(1994), 俗信과 神話의 서정주론, 『미당연구』, 민음사.
   신범순(1994), 질기고 부드럽게 걸러진 <영원> - 미당 서정주의 『떠돌이의 詩』,
   『미당연구』, 민음사.
   김주연(1994), 신비주의 속의 여인들…… 詩? 詩, 『미당연구』, 민음사.
11) 김시태, 徐廷柱의 逆說的인 意味, 『현대문학』(1975.4).
12) 강희근, 徐廷柱 詩의 서술성에 대하여, 『월간문학』(1984.1).
13) 김윤식, 서정주의 「질마재 神話」考 - 거울化의 두 樣相, 『현대문학』(1976.3).
14) 정유화, "질마재 神話"의 공간구조에 나타난 매개항의 기능 고찰, 『국어교육』,
   한국국어교육연구회(1995.6).
15) 이경희(1992), 서정주의 시 「알묏집 개피떡」에 나타난 신비체험과 공간 - 달·바

밀도있게 분석한 예이다. 김윤식은 질마재의 사적 경험이 '거울'로 공
간화되는 과정을 밝히면서 이러한 상상 작용이 역사적 방향을 갖지 못
할 때는 似而非 民俗붐에 불과하다고 비판하고 있다. 정유화는 수평
과 수직 공간을 이어주는 매개적 공간 분석을 통하여 질마재 시편들이
내포하고 있는 우주적 공간의 의미를 밝히고 있다. 이경희는 시 <알
묏집 개피떡>을 중심으로 자연과 여성의 순환 주기가 합일하는 시적
구조를 밝혀내고, 풍요와 다산을 상징하는 시적 공간의 원형성을 결론
으로 이끌어내고 있다. 이외에 서정주 시의 일면을 공간론의 입장에서
연구하고 있는 논문으로 김옥순16)의 "서정주 시에 나타난 우주적 신
비체험"과 정신재의 "未堂詩의 空間意識"17)이 있다. 김옥순은 『화사
집』과 『질마재 신화』에 나타난 공간을 인체, 집, 마을, 우주로 나누어
분석함으로써 시적 공간이 존재 너머로 확대되거나 존재 안의 범주로
축소되는 시인의 원초적 신비 체험을 설명하고 있다. 정신재의 논의는
주로 『花蛇集』을 대상으로 하고 있는데 논의 전개가 매우 피상적 수
준에 머물러 있다. 지금까지 살펴본 공간에 관한 연구는 서정주 시의
일면만을 고찰하고 있기 때문에 전체성을 바탕으로 재고될 필요를 갖
는다.

　김은자와 김선학은 다른 시인들과 비교론적 입장에서 서정주 시의
공간적 특질을 밝히고 있다. 김은자의 "韓國現代詩의 空間意識에 관
한 研究"18)는 김소월, 이상, 서정주의 공간 의식을 비교 검토하여 식

다물) · 여성 원형론, 『문학상상력과 공간』, 도서출판 창.

16) 김옥순, 서정주 시에 나타난 우주적 신비체험 - 화사집과 질마재 신화의 공간 구
　　조를 중심으로, 『梨花語文論集』(제12집), 이화여자대학교 한국어문학연구소, 1992.
17) 정신재(1983), 未堂詩의 空間意識, 동국대학교 대학원 국어국문학과 석사학위
　　논문.
18) 김은자(1986), 韓國現代詩의 空間意識에 관한 研究 - 金素月 · 李箱 · 徐廷柱를
　　中心으로, 서울대 대학원 국어국문학과 박사학위 논문.

민지 시대 시의 공시적 특성을 갇힘과 유랑 의식, 불구적 존재 인식, 죽음의 하강 의식과 초극 의지 등으로 설명하고 있다. 이 글에서 김은자는 서정주의 시적 공간이 벽과 어둠의 심연이 만들어내는 동물적이고 대지적인 공간에서 식물적이고 수직적인 공간으로 나아가고 있다고 말한다. 시에 대한 깊이 있는 분석에도 불구하고 아쉬운 것은 식민지 시대의 작품만을 논의의 대상으로 하고 있기 때문에 요절한 김소월과 이상과는 달리 서정주 시의 공간 의식은 일부만이 언급되고 있다는 점이다.

김선학은 "韓國 現代詩의 詩的 空間에 關한 研究"[19]에서 한용운, 이육사, 윤동주, 서정주의 시적 공간을 비교하면서 한용운과 이육사는 식민지 현실에 대응하는 구체적 행동 공간을 이미지화하고 있는 반면 윤동주는 시적 지향이 내면을 향해 있음을 밝히고 있다. 이 세 시인과는 달리 서정주의 시에 대해서는 식민지 시대의 작품이 아닌 역사와 설화가 중심이 된『질마재 神話』를 분석 대상으로 삼고 있다. 이를 통해 김선학은 과거가 아닌 당대적 지혜를 집약한 현실의 설화를 시적 공간 속에 창조해야 한다고 강조한다. 이와 같은 비교 분석은 역사와 현실이 어떻게 시적 공간으로 형상화될 수 있나를 보여주는 논의라 할 수 있다. 그러나 서정주의 설화 중심의 시와 다른 시인들의 시가 역사를 대상으로 했다고 해서 동일선상에서 비교될 수 있는가 하는 의문이 제기될 수 있다.

서정주의 시에 나타난 공간성을 전면적으로 검토하고 있는 논문으로는 이어령의 "피의 해체와 변형 과정"[20], 김화영의 "한국인의 미의

---

19) 김선학(1989), 韓國 現代詩의 詩的 空間에 關한 研究, 동국대 대학원 국어국문학과 박사학위 논문.
20) 이어령(1995), 피의 해체와 변형 과정 - 서정주의 <자화상>,『詩 다시 읽기 - 한국 시의 記號論的 接近』, 문학사상사.

식 - 서정주의 시의 공간"21), 유지현의 "서정주 시의 공간 상상력 연구 - 『花蛇集』에서 『질마재 神話』까지"22) 등이 있다. 이어령은 서정주의 시적 공간을 흙의 공간인 땅, 물의 공간인 바다, 그리고 공기, 바람의 공간인 하늘로 나누고 있으며 이를 '피'의 해체 과정과의 유기적 관련 속에서 설명하고 있다. 피를 거르고 그것을 하늘, 땅 그리고 땅속으로 순환시켜 만들어 낸 총체적 공간이 바로 미당의 우주라고 말하면서 아울러 하늘의 상승 공간과 바다의 침몰 공간의 경계에서 생겨나는 문지방의 언어들이 미당 시의 본질이라고 밝히고 있다.

김화영은 서정주의 시가 땅과 육체적인 공간에서 출발하여 열린 공간으로 상승함으로써 마침내 해탈과 관조의 의식 상태에 이르는 변증적 구조를 갖는다고 보고, 이러한 과정을 거친 서정주의 후기시는 有를 無로 전이시킴으로써 삶의 갈등을 포괄하는 역동적 공간의식을 드러낸다고 설명하고 있다.

유지현은 서정주 시의 공간 구조를 나선형적 상승 구조로 파악한다. 그에 따르면 서정주의 공간 의식은 고립된 폐쇄공간의 하향성에서 가볍고 역동적인 상향공간으로 나아가며, 이는 다시 우주적 교감이 가능한 집의 공간(질마재)으로 회귀된다. 그런 의미에서 서정주의 시적 공간은 상승적이면서 동시에 순환적인 형태를 갖는다. 이러한 공간구조는 만남 → 이별(단절) → 화합이라는 인간 삶의 구조와 대응하며 우주적 순환과 연관된다고 아울러 설명하고 있다. 유지현의 논의는 작품에 대한 세밀한 분석을 바탕으로 시적 공간의 전체적 흐름을 구조화하고 있다는 특징을 지니고 있다.

---

21) 김화영(1994), 한국인의 미의식 - 서정주의 시의 공간, 『미당연구』, 민음사.
22) 유지현(1997), 서정주 시의 공간 상상력 연구 - 『花蛇集』에서 『질마재 神話』까지, 고려대학교 대학원 국어국문학과 박사학위 논문.

끝으로 시간에 관한 연구를 살펴보면 서정주의 영원즈의를 부분적으로 거론하고 있는 논문들을 시간 연구에 포함시킨다견 그 성과는 풍성한 편이라 할 수 있지만, 그것을 제외한 채 시간 자체를 직접적으로 논의하고 있는 논문의 수를 따지면 빈약하다 할 수 있다. 연구의 빈약성은 시간이 본질적으로 추상적이고 비가시적인 성격을 지니고 있기 때문에 기인한 것으로 보인다. 따라서 시에 드러난 시간 의식을 구체적으로 포착하는 일 또한 다른 방향에서의 연구에 비해 많은 난점을 지니고 있다고 생각한다.

이광호의 "영원의 시간, 봉인된 시간"23)은 서정주의 중기시를 중심으로 시인이 지향하는 영원주의의 의미를 천착하고 있다. 그는 서정주의 영원성에 대한 집착이 극심한 체험의 모순을 극복하고 자아의 연속성과 동일성을 회복하려는 정신적 투쟁과 연관된다고 밝히고, 그것은 자신의 경험을 제약하고 있는 연대기적 시간 질서로부터 해방되려는 투쟁이라고 부연하고 있다. 그러나 서정주의 영원성이 자칫하면 현실과 역사에 대한 대결 의식을 기각시킬 수 있음 또한 거론하고 있다.

서정주의 시간 의식을 전면적으로 검토하고 있는 논의로는 이영희24), 임재서25), 변해숙26), 손진은27) 등의 논문이 있다. 이영희는 서정주의 초기시가 불안과 초조, 저항의 시간의식을 드러내며, 이는 점차 자연의 이법인 시간의 제약에 승복하고 적응하는 다스림의 자세로

---

23) 이광호(1994), 영원의 시간, 봉인된 시간 - 서정주 중기시의 <영원성 문제>, 『미당연구』, 민음사.
24) 이영희, 徐廷柱 詩의 時間性 硏究, 『국어국문학』(95호), (1986.5).
25) 임재서(1996), 서정주 시에 나타난 세계 인식에 관한 연구 - 비극적 세계관과 시간성의 관련 양상을 중심으로, 서울대학교 대학원 현대문학연구회.
26) 변해숙(1987), 徐廷柱 詩의 時間性 硏究, 이화여자대학 대학원 국어국문학과 석사학위 논문.
27) 손진은(1996), 徐廷柱 詩의 時間性 硏究, 경북대학교 대학원 국어국문학과 박사학위 논문.

나아가고, 마침내 시간으로부터 일탈함으로써 무시간의 자유를 향유하게 된다고 말한다. 그리고 서정주의 영원주의가 현실의 토대 위에 세워진 것임을 강조하고 있다.

임재서는 서정주의 비극적 세계인식에 초점을 맞추어 논의를 전개하고 있다. 그는 서정주의 초기시가 현재 순간의 순수한 우연성에 돌입하고 있음을 지적하고 비극적 세계관의 해소와 더불어 영원주의적 이념에 입각한 순환적 시간으로 이행해감을 아울러 밝히고 있다.

변해숙은 서정시의 시간 개념과 현상학적 시간관념을 토대로 서정주의 시가 과거, 현재, 미래에 대한 지속성과 자연의 순환적 질서를 강조하고 있다고 설명한다. 이러한 시간 의식을 다양한 시적 이미지의 분석과 더불어 시인이 지향하는 영원의 관념이 어떻게 감각화, 사물화되고 있나를 논의하면서 밝히고 있다. 그러나 변해숙의 논의는 시인의 의식 현상을 좇아 논의를 진행시키고 있기 때문에 통시적 입장에서의 시간 의식의 변모를 일관성 있게 보여주지 못한 한계점을 지니고 있다.

손진은은 베르자예프(Nicolas Berdjajev)의 시간론을 토대로 서정주의 시가 무자비하게 흐르는 선형적 시간, 즉 역사적 시간에 대한 반발로 출발하여 순환적 질서를 갖는 신화적 시간으로 나아감으로써 역사의 변화 가운데서도 지속하고 있는 정신의 본질적 속성을 찾아내고 있다고 말한다. 이러한 지속성의 강조는 동일성의 획득과 전통미학을 건설하는 데 공헌하고 있다고 설명한다.

이외에 당대 역사에 대한 시인의 시간관념을 분석한 최하림[28]의 논의와 다른 시인들과 비교 분석한 심재휘[29]의 논문이 있다. 최하림은

---

28) 최하림, 體驗의 問題(上·下) - 徐廷柱에게 있어서의 時間性과 場所性, 『시문학』 (1973.1,2).

다른 논자와는 달리 시의 내재적 측면에서의 시간 의식이 아니라 역사적 시간에 대한 시인의 시간 의식을 논의하고 있다. 그에 따르면 서정주는 시대와 역사에 대한 시간 인식이 부재한 시인으로, 초기시에 나타난 절망의식은 부조리한 역사의식에서 기인한 것이 아니라 자신의 출신성분에서 비롯된 것이라고 설명한다. 그렇기 때문에 샤머니즘을 바탕으로 한 신라적 시간은 삶의 질감을 잃어버린 채 공소한 느낌을 준다고 지적하고 이러한 역사의식의 결여를 서정주가 향토성이라는 장소성으로 대체하고 있음을 밝히고 있다.

심재휘는 1930년대 후반기 시인들의 시간의식을 비교론적 입장에서 분석하고 있다. 그는 백석과 이용악을 수평적 시간으로, 유치환과 서정주를 수직적 시간으로 각각 구분하고, 서정주 초기시에 나타난 수직적 시간의식은 억압과 단절로부터 자기 변혁을 꾀하는 근원적 존재로서 자아 탐구를 뜻한다고 설명하고 있다.

이상에서 살펴본 서정주의 시에 나타난 시적 자아, 공간, 시간에 관한 논의들은 양적인 면에서는 빈약한 편이지만, 질적인 면에서는 매우 다양한 접근을 시도하고 있음을 볼 수 있다. 그러나 이들 논의들은 시적 자아, 공간, 시간 등 각각의 분야에서 심도 있는 연구 성과를 보여주고 있기는 하나 서정주 시의 상상력을 종합적으로 체계화하는 데는 미흡한 점이 없지 않다.

---

29) 심재휘(1997), 1930年代 後半期 詩 研究 - 白石·李庸岳·柳致環·徐廷柱 詩의 時間意識을 中心으로, 고려대 대학원 국어국문학과 박사학위 논문.

2) 시적 자아·공간·시간에 대한 이론들

본 연구는 시인의 意識現象에 초점을 맞추어 서정주의 시세계에 나타난 시적 자아, 공간, 시간의 유기적 관계가 어떻게 변모하고 있나를 밝히는 데 목적을 둔다. 이는 곧 서정주 시세계의 의미를 질서화하고 있는 상상력의 변화를 규명하기 위함이다.

한 시인의 原子化되어 있는 개별 작품의 의미를 통합하고 연결짓는 것은 작품을 배태하는 원초적 발상, 즉 의식의 뿌리이다. 그런데 모든 의식은 대상과 관계되어 있다. 대상 인식의 본질을 통찰하고 있는 후서얼(E.Husserl)은 "인식은 본질적으로 <대상성에 관한 인식>이다. 그리고 인식은 대상성에 내재하고 있는 의미를 통하여 인식이 되고 이 의미에 의하여 대상성과 <관계를 맺는다>."[30]고 설명한다. 이와 같은 후서얼(E.Husserl)의 志向性의 개념은 인식의 주체와 대상의 상호관련을 통해서 의식의 본질적 구조를 드러낸다. 시인이 대상에 대해서 갖게 되는 다양한 경험적 사실은 그에 따른 주관성과 심리작용에 의해 의미부여 된다.[31] 즉 "어떤 對象에 대한 認識의 妥當性은 결국에 가서 각 개인이 갖고 있는 超驗的 自我의 直觀에 歸着된다."[32] 따라서 시적 대상에 의미를 부여하고 이를 상상력에 의해 형상화하는 것은 시인이 그 대상에 대해 어떠한 관념을 갖는가 하는 지향 의식에

---

30) E. Husserl, 『現象學의 理念』, 이영호(역), 삼성출판사, p.354.
31) 후서얼(E.Husserl)은 인식의 본질학을 위해 인식 주체의 심리주의적, 주관주의적 태도를 배격하고 현상학적 환원을 통한 객관적 사고에 도달할 것을 주장하였다. 그러나 주체의 의식은 고정된 것이 아니기 때문에 대상에 대한 순수 인식이란 불가능한 것임을 그는 후기의 저작 속에서 밝히고 있다. 앎의 객관성을 포기하고 주관성을 인정함으로써 그의 인식론은 오히려 심리주의에 가깝게 되었으며, 그의 철학은 주관철학이 되었다. 박이문(1985), 『現象學과 分析哲學』, 일조각, pp.77~90 참조.
32) 박이문(1985), 앞의 책, p.86.

의해 결정된다. 동일한 대상에 대해 인식 주체에 따라 상이한 의미를 부여하게 되는 까닭이 여기에 있다.

시적 대상의 형상물인 개별 작품들은 주제나 정서, 표현 방식 등에 있어서 독자성을 지닌다. 그러나 개개의 작품 이면에 내재해 있는 시인의 지향성은 개별적이지 않다. 시인의 지향 의식은 그의 세계관이나 가치관의 변모에 따라서 바뀔 뿐이다. 따라서 한 시인이 보여 주고 있는 전체성을 노정하기 위해서는 개별 작품의 분석을 넘어 시세계의 전체성을 관통하고 있는 의식의 변모를 우선적 과제로 삼을 필요가 있다. 특히 본 논문의 연구 대상인 서정주처럼 방대한 작품의 양과 다양한 시적 변화를 보여주고 있는 시인을 연구하기 위해서는 이와 같은 연구 방법이 필수적이라 생각된다.

본 논문은 이와 같은 연구 목적을 위해 시에 나타난 시적 자아, 공간, 시간에 대한 분석을 위주로 하고자 한다. 이들 세 요소는 시를 구성하는 여타의 요소들, 시어, 리듬, 이미지, 비유, 상징, 아이러니 등을 아우를 수 있는 종합적 개념이라 생각한다. 이들은 다른 요소에 대한 탐구보다는 시인의 상상적 체계를 좀더 입체적으르 포괄할 수 있는 시 분석의 원리로서 시인이 창조하고자 하는 시세계의 의미망을 보다 깊게 드러내 줄 것으로 기대된다.

시에서 시적 자아를 문제 삼는 것은 시를 일종의 담화(discourse)로 보고자 하는 입장에서 기인한다. 서정시가 "개인의 감정을 노래"한다는 점에서 다른 예술 장르에 비해 자기 독백이나 고백적 성격이 강할지는 모르지만 거기에는 분명 화자·화제·청자라는 언어 소통의 기본적 논리가 존재한다. 즉 시는 "의사소통, 혹은 전달(communication)을 전제로 하는 언어행위(speech act)이자 말하는 방법"33)이라 할 수 있다.

---

33) C.Brooks & R.P. Warren(1976), *Understanding Poetry*, Holt:Rinehart and Winston.

　담화적 상황에 의해 문맥의 의미가 규정된다면 시적 자아는 메시
지 전달을 효과적으로 하기 위해 자신의 발화 태도를 상황에 맞게 적
절히 조절해야 한다. 상황에 맞게 조절된 자아로서 퍼소나의 개념 속
에는 인간은 자기 정체성을 유지함과 동시에 의식분화를 할 수 있는
존재라는 인간 의식의 다발성의 문제가 개입되어 있다. 융(C.G.Jung)은
심리학적 견지에서 이러한 문제에 접근하고 있다. 융은 인격 전체를
정신이라 부르고 이를 의식, 개인 무의식, 집단 무의식이라는 세 가지
수준으로 구별하고 있다. 그 가운데 우리의 수많은 체험을 취사선택
하여 의식에 저장시키는 기능을 하는 것이 '자아'이다.[34] 대량의 재료
들을 선별해내는 자아의 기능에 의해 인격의 연속성과 동일성이 보장
받게 된다.[35]

　자아가 심리적 재료들을 취사선택한다는 것은 인격의 연속성과 일
관성을 지키기 위함이다. 그런데 한편으로 "자아와 외부세계와 접촉
하는 가운데 자아는 외부의 집단세계에 적응하는 데 필요한 여러 가
지 행동양식을 익히게 된다. 이것을 융은 외적 태도(external attitude) 또
는 페르조나(Persona)라 하였다."[36] 퍼소나[37]는 자기 자신보다는 남에

　Press, p.112.

34) 프로이드에 의하면 개인의 생애사에서 모든 것은 원래 무의식적이었으나 외부
　세계의 계속적인 영향하에서 마음의 내용의 일부가 전의식적이 되고 경우에 따
　라 의식적이 된다. 그리고 이 과정이 진행되는 사이에 어느 부분은 채택되고, 적
　절치 못한 것은 밝혀지고, 보류되며, 새로운 내용이 보충되기도 한다. 이리하여
　궁극적으로 무의식은 생득적으로 원래부터 존재하던 것과 자아의 발달과정에서
　획득된 것으로 분할된다. Richard Wollheim,『프로이드』, 조대경(역)(1987), 민음사,
　pp.161~179 참조.

35) Calvin S. Hall & Vernon J.nordby(1973),『융 심리학 입문』, 최현(역)(1985), 범우사,
　pp.39~73 참조.

36) 이부영(1986),『分析心理學 - C.G.Jung의 人間心性論』, 일조각, p.65.

37) 라이트(G.T.Wright)는 퍼소나의 어원을 다음과 같이 설명하고 있다. "배우의 가
　면을 의미하는 라틴어 personando(발음하다)에서 유래된 것이라고 알려져 있다.
　이 어원적 고찰이 사실이라면, 퍼소나라는 명칭은 원래 화자의 목소리를 집중시

게 보이는 자기의 모습에 관심 하는 특성을 갖기 때문에 융은 이를 '假想Schein', 혹은 '2차원적 현실'이라 말하면서 퍼소나와 진정한 자아를 지나치게 동일시하면 자기 존재를 상실하게 된다고 말한다.[38]

이처럼 자신의 정체성을 유지함과 동시에 실제 환경에 적응해야 하는 인간 존재에게 공간은 객관적으로 주어진 세계가 아니라, 자아의 심리에 의해 주관화됨으로써 독자적 의미를 부여받게 된다. 인간의 의식과 감각은 공간과의 상호작용에 의해 발현될 수 있다는 점에서 공간은 인간의 근원적 삶의 조건이다. "세계 – 內 – 존재"로서 인간이 자신의 의식과 신체에 현실성을 부여하기 위해서는 구체적 공간에 대한 인지를 전제로 한다. 즉 공간 없이는 인간 존재 자체에 대한 실재적 규명이 불가능한 것이다. "우리는 본능적으로 자신을 우리가 거하는 공간에 적응시키며, 우리 자신을 그 속에다 투사하고 우리의 운동으로 공간을 채운다."[39] 따라서 공간의 절대성[40] 자체는 아무런 의미를 가질 수 없다. 공간에 독특한 의미를 부여하는 것은 인식의

키고 확대시키는 가면 속의 마우스피스를 가리켰던 것이라고 생각된다. 그러다가 그 후 일련의 환유적 발전에 의해 배우의 가면을 의미하게 되었고, 배우의 역할을 의미하다가 마침내 특징적인 개인 즉 개체를 의미하게 된 것이다." G.T.Wright(1974), *The Poet in the Poem*, Gordian Press. 『가면의 해석학』, 김준오 (역)(1985), 이우출판사, pp.272~273.

38) 이부영(1986), 앞의 책, pp.65~70 참조.

39) Bruno Zevi(1974), 『空間으로서의 건축』, 강혁(편역)(1989), 집문사, pp.197~198.

40) 칸트(I.Kant)에게 공간은 "외적 현상을 가능하게 하는 선천적 조건"으로 모든 감각과 지각 작용의 기반이다. 따라서 공간은 절대적이며 객관적인 것이다. 이와 같은 칸트의 견해는 공간을 인식하는 주체의 경험이나 감각을 고려하지 않는다는 문제점을 지니고 있다. 칸트가 공간의 선험적 관념성을 주장하고 있는 것과는 반대로 이푸 투안(Yi - Fu Tuan)은 인간의 경험과 감각을 공간 이해의 본질로 삼고 있다. 그는 운동지각, 시각, 촉각 등을 통해서 인간은 공간적 특질을 이해하게 된다고 보았다. 이푸 투안의 공간 개념은 공간과 인간의 신체 작용을 연관시키고 있다는 점에서 칸트의 관념론과는 달리 공간에 대한 구체적 경험의 질을 말해 준다. I.Kant(1781,1787), 『純粹理性批判』, 최재희(역), 박영사, 1983, p.76 참조. Yi - Fu Tuan(1977), 『공간과 장소』, 정영철(역), 태림문화사, 1955, pp.7~25 참조.

주체에 달려있다. 그러므로 공간에 대한 이해는 공간과 그것을 인식하는 주체의 상호 작용력을 바탕으로 해야 마땅하다.

메를로 퐁티(Merleau-Ponty)는 인식의 문제를 지각(perception)으로 귀착시킨다. 그에 의하면 지각 대상은 우리의 의식에 영향을 끼치지만, 지각되는 순간 원래의 대상 자체가 아니라 '의미화'된 존재로 변화한다. 그런데 지각 대상을 의미화하는 주체는 정신과 육체라는 두 측면의 유기적 활동 속에서 대상을 파악한다. 즉 "우리들이 육체와 별도로 존재하고 있다고 보는 투명한 의식은 우리들의 살아 있는 육체적 행동의 추상화에 불과하다. 말하자면 이른바 투명한 의식은 육체적 행동에 뿌리를 박고 있다."41) 메를로 퐁티는 이러한 인식론을 바탕으로 신체 현상학을 내세운다. 그에게 사물에 통일성을 부여하는 지각은 신체 - 주관의 지속적 관계에 의해 작용한다. 경험의 주체는 체험 작용들(cogitation)의 영원한 지평인 세계와의 불가분의 관계에 있는 현상학적 신체인 것이다.42) 바로 이와 같은 신체 - 주관의 작용에 의해 공간의 의미가 생성된다. 메를로 퐁티는 "지금까지 공간은 실존적이다라고 말하여 왔다. 그러나 또 실존이란 공간적이라고 말할 수 있다"43)라고 말함으로써 인간의 존재 방식과 공간이 하나의 유기체임을 밝히고 있다.

인간 존재와 공간과의 관계성에 대한 탐구는 공간 자체를 해명하기 위함이 아니라 인간의 삶의 양태를 밝히기 위함이다. 하이데거(M. Heidegger)는 "실존은 공간적이다"라고 주장하면서 "인간과 공간을 분리할 수 없다. 공간이란 외적인 대상물도 아니며 내적인 체험도 아니

---

41) 박이문(1985), 앞의 책, p.130.
42) Richard, M. Zaner(1971), 『身體 現象學』, 최경호(역), 인간사랑, p.285 참조.
43) Merleau - Ponty(1945), 앞의 책 p.297. Christian Norberg - Schulz, 『實存 · 空間 · 建築』, 김광현(역)(1985), 산업도서출판공사, pp.35~36 재인용.

다. 인간과 공간은 따로따로 끊어서 생각할 수 없는 것이다."[44]라고 말한다. 이는 인간의 존재성 자체가 근본적으로 공간적임을 시사한다.

공간이 인식의 주체에 따라 하나의 장소성을 넘어서 주체적 의미를 갖는 것처럼 시간 또한 계기적 양상으로 존재하는 것이 아니라, 시간을 지각하는 인식 주체와의 상호 연관 속에서 그 의미가 정립된다. 객관적 시간은 태양의 운행을 척도로 분할된 공적인(public) 시간으로 누구에게나 적용됨으로써 공동의 생활에 질서를 세워준다. 그러나 시간은 개인의 심리나 의식에 따라 매우 다양하게 체험된다. 그런 점에서 시간은 상대적이다. 상대적 시간에 관한 연구는 인간의 의식이 시간을 어떻게 지각하고 경험하는가를 중요 논점으로 삼는다.

아리스토텔레스[45]와 聖 아우구스티누스(St. Augustine)[46] 이후 시간을 인식론적 입장에서 체계화한 최초의 인물은 칸트다.[47] 그의 시간에 대한 논의는 공간에 대한 태도와 동일한 의식을 보여준다. 공간이

---

44) M.Heidegger(1954), *Bauen Wohnen Denken* Vorträge und Aufsätze, p.31. Christian Norberg‐Schulz, 앞의 책, pp.36 재인용.

45) 아리스토텔레스(Aristoteles)에 의하면 시간을 재는 척도는 '이제'라는 순간이며, 운동체는 '이제'를 기점으로 前에서 後로 움직여 간다. 이와 더불어 시간을 느끼고 지각하는 것을 '마음(靈魂)'이라고 설명한다. 아리스토텔레스의 시간 개념은 시간에 관한 두 가지 관점을 보여준다. 하나는 數로 계산될 수 있는 물리적이고 객관적인 시간이며, 다른 하나는 '마음'에 의해 느껴지는 주관적이고 심리적인 시간이다. 전자는 주로 과학의 대상이 되었으며, 후자는 철학과 문학의 대상이 되었다. 김규영(1979), 『時間論』, 서강대학교 출판부, pp.75~101 참조.

46) 아우구스티누스의 시간 개념은 종교적, 신학적 관점에서 형성된 것이다. 그는 『고백록』에서 "세 가지 종류의 시간이 있다고 말하는 것이 적절할 것이다. 지나간 것들의 현재, 現前하고 있는 것들의 현재, 그리고 다가올 것들의 현재가 바로 그것이다."라고 말한다. 그에게 시간은 '현재'만이 있다. 현재는 과거에 대한 '기억'과 미래에 대한 '기대'를 현존재의 위치로 끌어당긴다. 이와 같은 아우구스티누스의 심리적 시간관은 시간에 대한 인식의 문제를 천착해 가는 철학사의 기초가 된다. 김영민(1994), 『현상학과 시간』, 까치, p.86. 김형효, 哲學的 時間論‐聖아우구스띠누스, 하이데거, 베르그송의 哲學에서, 『문학사상』, (1976.1), p.346 참조.

47) I.Kant(1781,1787), 앞의 책, p.81.

"외적 현상을 가능하게 하는 조건"인 것처럼 시간은 다양한 감각과 경험의 필연적 전제가 되는 형식이다. 감각과 경험은 선천적으로 주어져 있는 시간의 구조 속에서 통합됨으로써 통일된 의식의 맥락으로 자리하게 된다. 그러나 칸트의 시간론은 인간의 경험과 의식이 어떤 방식으로 교차하는가를 명확히 규명하고 있지 못하다.

   과거 - 현재 - 미래가 통일된 의식으로 구성되어 어떻게 항구적인 자기정체성을 유지할 수 있나 하는 문제를 보다 선명하게 설명하고자 한 사람은 후서얼이다. 후서얼은 시간의 통일성을 '내재적으로 구성된 시간', '체험화된 시간', '현상학적 시간'으로 명명한다. 그에게 있어서 현재란 지평적으로 과거와 미래를 조망할 수 있는 입각점이다. 이 입각점으로부터 과거지향과 미래지향이 가능하게 된다. 그것의 지속성, 혹은 그 항구적 구조는 지금을 둘러싸고 있는 把持(retention)와 叡智(potention)의 지평(horizon)을 기저로 부단히 조정된다.48)

   하이데거는 시간이 어떻게 지각될 수 있느냐 하는 문제를 넘어 시간 인식의 문제를 인간의 실존과 결부시키고 있다. 그는 '世界 - 內 - 存在'인 현존재(dasein)가 자신의 존재 방식에 관심 하게 되는 기분을 '불안'이라고 말한다. '불안'은 공포와는 달리 자신의 유한성을 깨닫게 하는 감정을 의미한다. '불안'은 일상에 대한 호기심이나 자아에 대한 망각으로부터 벗어나 본래적 실존의 시간을 인식하게 하는 것이다.49)

---

48) 후서얼에 의하면 과거지향은 '파지'와 '회상'이라는 두 가지 의식 작용의 결합으로 이루어진다. 파지는 기억의 대상이 주제화되기 이전에 이미 先在하고 있는 시간적 배경의식의 총체를 뜻하며, 회상이란 특정한 과거의 사태를 지향하여 기억 속에 되살리는 행위를 뜻한다. 따라서 회상은 파지적 지평 속에서 통합됨으로써 경험의 현실성을 갖게 된다. 이와 동일하게 미래지향의 의식을 구성하는 것은 예지적 지평과 판타지(phantasy)이다. 예지적 지평이 파지와 대응된다면, 판타지는 회상과 대응되는 '다가올 사태에 대한 구체적 파악'이라 할 수 있다. 김영민 (1994), 앞의 책, pp.47~83. 김규영(1979), 앞의 책, pp.203~255 참조.
49) 김형효, 앞의 글, pp.350~355 참조.

인간 주체의 의식과 결부된 자아, 공간, 시간의 논의를 시 연구라는 보다 좁은 범주와 연관시켜 볼 때 이는 결국 시에 표면화되고 있는 시적 자아, 공간, 시간의 차원 속에 시인의 의식이 어떻게 반영되고 있나를 검토하는 것이 되며, 이는 곧 시인의 상상력을 밝히는 작업이 된다.

시 연구에 있어서 자아의 문제는 시인 자체가 아니라 시의 구체적 상황으로부터 탄생한 시적 자아를 대상으로 한다. 시에 나타난 시적 자아를 시인과 동일시할 것인가 아니면 별개의 것으로 볼 것인가에 대해서는 그간 많은 논쟁이 있어 왔다. 엘리어트(T.S.Eliot)는 시의 목소리를 ① 자기자신에게 말하는 시인의 목소리, ② 청중에게 말하는 시인의 목소리, ③ 시인이 만들어 낸 작중 인물(persona)로 하여금 시로써 말하게 하는 시인의 목소리로 나누고 시적 경험을 전달하고 질서화하는 것은 모두 시인에 의한 것이므로 이러한 목소리는 시인 자신이라고 결론 내리고 있다.[50] 이와 같은 결론에도 불구하고 엘리어트가 말하고 있는 세 번째 유형의 목소리는 허구적 화자[51]의 성격이 강하기 때문에 시인과 완벽하게 동일한 것으로 보기에는 어려움이 있다.

실제 환경에 적응하는 외적 인격체로서의 퍼소나의 개념이 문학 작품의 요소로 취급될 때는 좀더 특수한 성격이 부여된다. 문학 작품 내에서 주어진 환경은 실제의 세계와는 다르다. 달리 말하면 문학 작품은 작가의 의도에 맞게 창조된 허구적 세계인 것이다. 따라서 작품을 이끌어 가는 퍼소나는 실제 세계가 아닌 허구적 상황 안에 있는 것

50) T.S.Eliot(1957), 『엘리어트 文學論』, 최창호(역), 서문당, 1983, p.133 참조.
51) 노창수는 엘리어트가 말한 세 가지 시의 목소리는 ① 시인 지향적 화자 ② 청자 지향적 화자 ③ 허구적 화자(화제 지향적 화자)와 각각 대응된다고 설명하고 있다. 노창수(1993), 韓國 現代詩의 話者 硏究, 조선대학교 대학원 국어국문학 박사학위 논문, p.25 참조.

이다. 부룩스(C.Brooks)와 워렌(R.P.Warren)은 시가 허구적 산물임을 강
조하면서 시인은 퍼소나의 창조자라고 설명한다.[52) 즉 그들은 시인과
퍼소나를 구분한다.[53) 시적 자아가 창조된 산물이라는 점을 감안할
때 시인과 퍼소나를 구분하는 것은 온당한 입장이라 생각된다. 그러
나 창조된 시적 자아는 시인의 인격과 가치관이 반영된 산물임을 간
과해서는 안 된다.

한편 시적 자아와 대응되면서 그의 태도에 직접적으로 관여하는 것
은 聽者이다. 앞서 지적했듯이 시가 담화의 한 형태라는 면에서 청자
의 존재는 시의 의미 생산에 중요한 부분을 차지한다. 그런데 시적 화
자가 시인과 동일한 존재가 아닌 것처럼 시에 있어서 청자는 독자와
동일하지 않다. 텍스트 내부에서의 화자와 마찬가지로 청자 또한 시적
제재에 따라 선택된다. 즉 시인은 화자의 발화 상황에 가장 잘 어울
릴 수 있는 청자를 내세운다. 따라서 시에서 청자는 화자의 역할과 상
보적 관계 속에 있으며 실제 독자에게도 간접적 영향을 끼친다. 텍스
트 내부의 청자와 실제 독자는 상황에 따라 그 거리(distance)가 조정될
수 있다. 시의 화제가 궁극적으로 독자를 지향할 때 화자에 대한 연

---

52) 부룩스와 워렌은 시적 화자를 화자의 신원을 모르는 경우, 화자의 신원이 허구
인 경우, 화자의 신원이 작가와 일치하는 경우로 분류하고 있다. C.Brooks & R.P.
Warren(1976), 앞의 책, pp.13~14 참조.

53) 라이트(George.T.Wright)는 부룩스나 워렌과 마찬가지로 시인과 퍼소나를 구분하
면서 "시의 표면에서는 작중 인물의 목소리를 들을 수 있으며 시의 내부에서는
시인의 목소리를 들을 수 있다"(G.T.Wright(1968), The Faces of the Poet, Perspec-
tives on Pettry, ed, Calderwood, Tdliver Oxford, p.112.)는 견해를 제시한다. 이와 더
불어 "영국 서정시들에 나오는 "나"는 인간으로서 그의 신체적 그리고 사회적 존
재에 의해서가 아니라 노래에 대한 그의 소임에 의해 인식되어진다. 서정시의 퍼
소나는 노래하고 있는 인간, 즉 노래의 작곡자나 가수로서의 인간"(George T.
Wright(1974), 앞의 책, p.298.)이라고 서정시의 퍼소나를 규정하고 있다. 즉 시인
은 자신의 무수한 외적 인격 가운데 자기 자신이 시인임을 의식하는 인격에 충
실하게 된다. 그것은 "노래하고 있는 인간"을 창조해내는 인격인 것이다.

구는 수용미학이나 독자반응이론으로 확대될 가능성을 갖는다. 수용
미학은 "예술 작품이란 하나의 고정된 의미를 전달하는 <진리의 현
현 양식>이 아니라, 수용자의 작품 경험에서 그 내용 으미(또는 진리)
가 비로소 활성화되고 구체화된다"[54]고 강조한다.

지금까지 살펴 본 시적 자아의 개념에 따르면 시적 자아가 작품의
허구적 상황을 주도하는 주체임을 알 수 있다. 시인이 지향하는 세계
는 시적 자아의 목소리에 의해서 실현된다. 시적 자아는 시인이 의도
하는 바를 가장 적합한 목소리로 구체화하는 존재인 것이다. 따라서
화자는 작품에 통일성, 객관성을 부여할 뿐 아니라 관점의 적절함을
극대화하고 청자의 반응을 독자가 이해하도록 자극하는 인물이다.[55]
즉 시의 총체적 의미는 시적 자아에 의해 독자에게 전달되는 것이다.
시적 자아는 또한 시인의 의식과 가치관을 기저로 하고 있다는 점에
서 시인의 지향적 산물이다.

시를 주도하는 시적 자아의 목소리, 신분, 성별, 나이 등에 따라 시
의 전체적 정황이 좌우되듯이 시적 공간은 이러한 시적 자아의 발현
태에 맞게 창조된다. 그리고 공간의 실질적인 형태는 주로 이미지의
감각성과 구체성에 의존한다. 그런 면에서 슐츠(C.N.Schulz)의 건축 공
간에 대한 논의는 문학 연구에 시사하는 바가 크다. 그는 우리의 의
식 속에 자리하고 있는 공간 개념을 건축 공간과 접맥시킴으로써 공
간에 대한 철학적 해명을 실제의 삶과 연결시키고 있다. 그는 이상적
으로 건축된 공간은 실존적 공간과 구조적으로 동일한 형태를 갖는다
고 보고 "건축가의 임무란, 사람이 갖는 이미지나 꿈을 구체화함으로
써 사람이 하나의 실존적 기반을 발견하도록 도움을 주는 데 있다"[56]

---

54) 차봉희(編著)(1987), 『수용미학』, 문학과지성사, p.22.
55) 김준오(1995), 앞의 책, p.198 참조.

고 결론짓는다. 인간의 존재 실현이라는 면에서 슐츠는 '미학적 공간'
(aesthetic space) 개념의 필요성을 강조한다.

> 定住하고(settle) 생활하기(live) 위하여 그에게 주어진 환경 가운데
> 서 하나의 장소를 선택하려고 하는 자는 누구나 표현적 공간의 창
> 조자인 것이다. 이때 그는 환경을 자기의 목적에 동화시킴과 동시
> 에, 환경으로부터 주어진 제조건을 조절하며, 그렇게 함으로써 자기
> 의 환경이 의미를 갖도록 만든다.57)

　슐츠의 미학적 공간 개념은 인간은 자기를 표현하기 위해 스스로
공간을 창조해내는 존재라는 중요한 사실을 제시해 준다. 공간 창조
의 의미는 공간의 예술화와 상통하는 것이며 이는 본 연구에서 말하
고자 하는 시적 공간의 개념과 깊이 연관될 수 있다고 본다.
　시는 언어적 표현의 연계성에 의하기 때문에 시간적 계기를 기본
으로 한다. 그러나 "시는 형상화되는 것"이라는 말속에는 시에 담겨
진 내용이 그러한 시간적 순차성을 넘어 입체화됨을 뜻한다. 시인은
내적 감정을 표현하기 위해 건축가가 무의미한 공간을 구획하여 내부
와 외부를 나누고, 그것을 장식함으로써 의미를 부여하듯, 자신의 심
리적 차원을 가시화한다. 이와 같은 구체화의 과정은 이미지의 집합
에 의해서 구성된다. 시적 이미지는 진술과는 달리 시의 내용을 감각

---

56) Christian Norberg‐Schulz, 앞의 책, p.219.
57) Christian Norberg‐Schulz, 앞의 책, p.22.
　　슐츠 뿐 아니라 브르노 제비(Bruno Zevi) 또한 건축과 인간 심리의 상호 작용을
　　다음과 같이 설명하고 있다. "미적 정서는 관찰자가 관찰되는 형태와 자기 자신
　　을 동일시하는 것, 따라서 건축은 구조형태를 인간화하고 생명을 불어넣으면서
　　감정의 상태를 거기에 옮겨놓는 데 있습니다. 건물을 바라볼 때 그것이 우리의
　　신체와 마음에 반응을 일으키므로 거기에 친화되어 감동하는 것입니다." Bruno
　　Zevi(1974), 앞의 책, p.174.

화하고 공간화한다. 바슐라르(Gaston Bachelard)는 『空間의 詩學』에서 "시행은 언제나 움직임을 가지며, 이미지는 시행의 선 속에 살며시 끼어들어 상상력을 이끌고 간다. 그것은 마치 상상력이 신경섬유를 만들어 늘이는 것과도 같다."[58]고 이미지의 작용력을 설명한다.

이미지에 의한 공간화란 작품의 부분에 통일성을 부여하여 "한순간에 제시된 사물의 여러 이질적인 관념, 정서들을 공간적 관계로 통합하는 질서를 뜻"[59]한다. 따라서 시적 자아는 이미지가 직조하고 있는 총체성으로의 공간 속에 존재해 있는 것이다. 또한 시적 자아는 시적 공간에 의해 자신의 위치나 방향성을 가짐으로써 실체성을 드러낼 수 있으며, 자신의 목소리에 리얼리티를 부여할 수 있다.

시적 공간에 관한 연구가 공간 이미지 분석을 토대로 그 이면에 잠재되어 있는 시인의 지향성과 미의식을 찾아내는 것이라면 시적 시간에 관한 연구도 마찬가지라 할 수 있다. 시에 표현되고 있는 시간은 추상적이거나 개념화되어 있지 않다. 그것은 사물화, 감각화, 공간화의 과정을 통해서 시적 자아가 체험한 구체성에 의해 독특한 시간의 질로 드러난다. 마이어호프(Hans Meyerhoff)는 문학적 시간을 다음과 같이 설명한다.

문학적 시간은 人間的 時間, 즉 경험의 막연한 배경의 일부가 되고 또 인간의 생활 구조 속에 포함되어 있는 시간의 의식이다. 그러므로 문학적 시간의미는 경험세계라는 맥락 속에서 또는 이런 경험의 총화인 인간생애의 맥락 속에서만 터득할 수가 있다. 이와

---

58) Gaston Bachelard(1958), 『空間의 詩學』, 곽광수(역), 민음사, 1990, p.97.
59) 오세영, 現代文學의 本質과 空間化指向, 『문학사상』(1986.5), p.395.
공간화의 포괄적 기능을 칸트는 '선천적 종합판단'으로, 슐츠는 '多樣의 통일'(unity in plurality)로 설명하고 있다. I.Kant(1781,1787), 앞의 책. p.80, C.N.Schulz, 앞의 책, p.219 참조.

같이 정의되는 시간은 私的이고 개인적이며 주관적인, 또는 가끔
지적되는 것처럼 심리적인 것이다.[60]

문학 작품에 나타난 시간 의식의 탐구는 자연적, 물리적 차원의 시
간론을 배제한다. "주관적 시간은 탄력적인 성격이 짙다. 우리가 열정
을 느낄 때, 그 시간은 팽창하고 단축된다."[61] 그것은 계기적이지 않
고 입체적이며 복합적이다. 따라서 중요한 것은 시인이 경험한 시간
의 질과 독자성을 밝히는 것이다.

이와 같이 개인이 체험한 시간의 양상은 각 개인의 시간관에 따라
크게 지속과 순간의 개념으로 달리 집약될 수 있다. 베르그송(Bergson)
의 시간론은 '지속'에 바탕하고 있다. 그에 따르면 시간의 각 순간들
은 서로 粘着되어 상호침투함으로써 다양한 현상을 양이 아니라 질
로서 직관한다고 본다.[62] 그리고 모든 순간들은 융해되어 "하나의 자
아를 그 전체에서 형성한다."[63] 시간은 계속적으로 全生命 속에 연장
되는 것이다. 그런 의미에서 베르그송의 시간론은 낙관적이라 할 수
있다.

베르그송의 시간론과는 달리 바슐라르는 순간과 수직의 시간을 강
조한다. 그에 따르면 시간에 대한 직관은 시간의 절대적인 비연속적
특성과 순간의 절대적인 點形態(ponctiforme)의 특성을 지닌다. 즉 지속
의 흐름 속에서 직립 하는 순간, 그것은 생의 절정을 발견하는 것이
며 창조적 생성을 이룩하는 시간이다. 따라서 바슐라르의 시간론은

---

60) Hans Meyerhoff(1955), 『文學과 時間現象學』, 김준오(역)(1979), 심상사, p.32.
61) 조신권, 文學에 있어서의 時間問題, 『문학사상』, (1976.1), p.340.
62) Bergson(1958), 『時間과 自由意志』, 정석해(역), 삼성출판사, 1982, pp.105~108
    참조.
63) 김형효, 앞의 글, p.356.

인간의 상상력이 역동화된 순간을 강조한다.[64]

바슐라르와 마찬가지로 수직적 시간을 역설하고 있는 베르자예프 (N.Berdjajev)는 "시간이 있기 때문에 운동과 변화가 생긴다는 것은 진리가 아니다. 운동과 변화가 생기기 때문에 시간이 존재한다는 것이 진리이다. 변화의 성격은 시간의 성격의 기원"[65]이라고 시간의 본질을 밝히고 있다. 그에 의하면 시간은 자연적 세계 내의 변화를 나타내는 우주적 시간(cosmic time), 기억과 전통에 의해 구성되는 역사적 시간 (historical time), 주체에 의해 수직적으로 돌파되는 실존적 시간(existential time) 등 세 가지로 나뉜다.[66] 이 가운데 인간의 삶을 창조적으로 이끄는 것은 실존적 시간이다. 그는 인간 삶의 비애나 공포, 불안을 극복하기 위해서는 현재의 창조적 활동에 의한 시간의 지속이 필수적이라고 강조하면서 존재의 창조적 활동만이 인간을 시간의 노예가 아니라 시간의 지배자로 위치시킬 수 있다고 말한다.

시적 자아·공간·시간은 시인의 의식성을 포괄적으로 드러내줄 수 있는 시의 구성요소이다. 시적 자아는 어조와 목소리 등에 의해 시인의 의도나 시적 정황을 실현시키는 주체인 동시에, 시적 공간과 시간을 주도하고 거기에 구체성을 부여하는 주체이기도 하다. 그런 면에서 '인간'이 배제된 시적 공간과 시간은 존재할 수 없다. 역으로 시적 자아는 공간과 시간의 구체성과 결합될 때 그 성격이나 태도가 분명해질 수 있다. 즉 공간과 시간의 특질이 시적 자아의 정체를 파악하는 데 중요한 요인이 되는 것이다.

---

64) 한계전(1981), 詩의 想像力 研究 - 時間 認識을 중심으로, 『現代詩 研究』(국어국문학회 편), 정음사, pp.156~181 참조.

65) Nicolas Berdjajev(1944), *Slavery and Freedom*, New York Charles Scribner's Sons, p.258.

66) Nicolas Berdjajev(1944), 앞의 책, pp.255~268 참조.

한편 인간 삶의 근원적 조건으로서 공간과 시간은 분리된 것이 아니라 융화되어 개인의 의식에 통일성을 부여해주는 동일한 전제이다. 공간이 가시적이고 시간이 비가시적이라는 점에서 둘을 지각하고 감각하는 경험의 양태는 차이를 가질 수 있다. 그러나 개인의 체험을 통한 일정한 공간과 시간은 동일한 의미를 생산해낸다. 즉 공간에 대한 의식은 시간에 대한 의식을 일깨워 주며, 시간에 대한 의식은 공간에 대한 의식을 일깨워 준다. 이들에 의한 의식 작용은 상보적이며 그런 점에서 둘은 하나이다. 따라서 시적 공간에 관한 연구는 시간에 관한 연구와 병행될 필요가 있다.

2. 고착과 침몰의 단절적 심연

1) 본능적 자아의 비극성

(1) 동물적 에너지와 병적 자아

시가 주관적이고 고백적인 특성을 매우 강하게 지니고 있다할지라도 시는 담화의 한 양식이다. 시의 표면에 현상적 청자가 드러나 있든, 그렇지 않든 간에 시는 다른 예술 장르와 마찬가지로 타자를 향한 말 건넴의 일종인 것이다. 따라서 어떤 방식으로 말 건넴을 하는가에 따라 전달되는 내용은 매우 달라질 수 있다. 시에 반영된 시인의 인격으로서의 시적 자아는 시인이 의도하는 바를, 그리고 시의 의미와 정서를 주도해 가는 주체라 할 수 있다.

서정주는 한국 현대시사에 중요한 위치를 차지하고 있는 여타의 시인들과 비교해 볼 때 가장 다양하고도 개성적인 시적 자아를 창조해낸 시인이라 할 수 있다. 이는 그의 시세계가 다채롭다는 것뿐만 아니라 상당히 입체적인 시적 상상력을 바탕하고 있음을 말해주는 근거이기도 하다.

서정주 초기시[67]의 특성은 "혼돈의 심연"[68], 원초적 관능, 존재의 숙명적 비극, 그리고 그러한 세계로부터 파생된 "直情 언어"[69] 등으로 자주 거론되어 왔다. 이는 그의 초기시가 격정적인 목소리를 담고 있을 가능성을 시사한다. 그런데 이와 같은 시적 의미를 주도해 가는 시적 자아는 주로 동물적 이미지에 의해 반복적으로 나타난다.

 ㉮ 머리를 상고로 깎고 나니
  어느詩人과도 낯이 다르다.
  꽝꽝한 니빨로 우서보니 하눌이 좋다.
  손톱이 龜甲처럼 두터워가는것이 기쁘구나.
       <葉書 - 東里에게> 부분

 ㉯ 모래속에서 이러난목아지로
  새벽에 우리, 기쁨에 鳴咽하니
  새로자라난 齒가 모다떨려.

  감물디린빛으로 지터만가는
  내 裸體의 샅샅이……
  수슬 수슬 날개털디리우고 닭이 우스면
       <雄鷄 上> 부분

---

67) 본 연구에서는 서정주의 초기시의 범위를 해방 이전의 작품으로 잡는다. 간혹 첫시집인 『花蛇集』(1941)만을 초기시로 규정하는 경우가 있는데 이는 잘못된 것이다. 두 번째 시집인 『歸蜀途』(1948)에 실린 시 가운데 대부분이 『花蛇集』에 실린 시와 동일한 시기에 쓰여졌을 뿐 아니라 시적 지향 또한 동일한 맥락을 이루고 있기 때문이다. 따라서 『歸蜀途』에 실린 <密語> <牽牛의 노래> <푸르른 날> <石窟庵 觀世音의 노래> 등 해방 이후의 작품들을 제외한 나머지는 초기시로 보는 것이 타당하다. 對談取材, 未堂과의 對話, 『文學思想』(1972. 12), 참조.
68) 조연현(1994), 원죄와 형벌, 『미당연구』, 민음사, pp.11~12 참조.
69) 김용직(1996), 直情美學의 충격파고 - 徐廷柱論, 『韓國現代詩史 2』, 한국문연, pp.48~73 참조.

㉯ 어찌하야 나는 사랑하는자의 피가 먹고싶습니까

(……)

해바래기 줄거리로 十字架를 엮어
죽이리로다. 고요히 침묵하는 내닭을죽여……

카인의 쌔뺕안 囚衣를 입고
내 이제 호을로 열손까락이 오도도떤다.

愛鷄의生肝으로 매워오는 頭蓋骨에
맨드램이만한 벼슬이 하나 그윽히 솟아올라……

<雄鷄 下> 부분

㉰ 땅에 긴 긴 입마춤은 오오 몸서리친
쑥니풀 지근지근 니빨이 히허여케
즘생스런 우슴은 달드라 달드라 우름가치
달드라.

<입마춤> 부분

시 ㉮ ㉯ ㉰는 시적 자아를 모두 동물 이미지로 형상화하고 있다
는 공통점을 갖는다. ㉮에서 신체 일부를 '龜甲'으로 전이시키는 시
적 비유는 단단하고 완강한 시적 자아의 외양을 보여준다. 상고로 깎
은 머리와 꽝꽝한 이빨 또한 저돌적이고 공격적인 자아의 모습을 드
러낸다. 이와 같은 시적 자아의 모습은 세계와의 관계 속에서 형성된
다. 즉 외부의 공격으로부터 자신을 방어하려는 의식이 자신을 硬化
시키고 있는 것이다. 김은자는 서정주의 초기시에 나타난 硬化된 자
아를 "자기 존재를 경화시킴으로써 단단한 외계에 순응하려는 현실
에 대한 소극적이고 허무적인 의식의 일단을 노출시킨 경우"[70]라고

설명한다. 서정주의 보수주의적 삶의 태도에 비추어볼 때 이러한 지적은 온당한 것으로 여겨진다. 시 ㉯에서 시적 자아는 '수슬 수슬 날개털디리'운 雄鷄로 변신한다. 이때 시적 자아는 '새로자라난 齒가 모다떨'리고 벌거벗은 몸이 '감물듸린빛'으로 붉게 변하는 것을 경험한다. 신체 변화를 나타내는 이러한 이미지들은 생명의 왕성함을 환기한다. 시 ㉰에서도 시적 화자는 '고요히 침묵하는' 愛鷄의 수동성을 살해하고, 그 生肝으로 자신의 생명력을 충전함으로써 '열손까락이 오도도' 떠는 생명의 전율을 맛보고 있다. 시 ㉱에서 시적 자아는 인간의 직립적 자세를 버리고 땅에 엎드린 동물적 포즈를 취함으로써 성적 관능의 원초성을 드러내고 있다. 이 시에서도 '니빨'과 같은 신체적 이미지를 부각시켜 동물적 습성을 전면화하고 있음을 알 수 있다.

위에 인용한 네 편의 시에서 알 수 있듯이 니빨, 손톱, 목아지, 피, 生肝, 頭蓋骨 등 동물적 습성을 나타내는 신체어의 빈번한 사용은 초기시의 한 특성71)으로, 이는 이후에 문화적 전통 속에서 생성된 집단 공동체의 언어를 시어로 대폭 수용하고 있는 것과 대조를 이룬다. 한편 초기시에 나타난 미당의 신체어가 환기하는 강인한 생명에 대한 고

---

70) 김은자(1986), 앞의 글, p.147.
71) 서정주의 초기시에 등장한 동물 이미지들은 공격적이고 가학적이며 충동적이다. 동물화된 행동으로부터 즉각적으로 실현되는 난폭함과 날카로움은 性的 모티브가 주조를 이루는 <대낮> <입마춤> <麥夏> 등의 시에도 깊게 스며있다. 이와 같은 생명적 순간을 포착하고 있는 동물적 삶의 콤프렉스를 바슐라르(Gaston Bachelard)는 로트레아몽 콤프렉스(complexe de Lautrèamont)로 명명하고 있다. 예술 창조의 긍정적 에너지로 콤프렉스의 기능을 설명하고 있는 바슐라르는 "가장 민감하고 삶에 의해 가장 원숙해진 인간은 어떤 시간에 길들여지지 않는 상태를 꿈꾼다. 그는 길들여지지 않는 것에 도전하는 힘을 존경하고 감탄하며 사랑한다"고 로트레아몽 콤프렉스의 생명적 에너지와 순수성을 말하고 있다. 그러나 서정주의 초기시에 보여지는 동물적 에너지와 활력의 이면에는 현실에 대한 비극적 인식이 함께 놓여있다. Gaston Bachelard(1974), 『로트레아몽』, 유인선(역)(1985), 청하, pp.125~150 참조.

양 의식이 밖으로 분출될 수 있는 전기를 마련하지 못하던 자칫 소모
적이거나 스스로를 해치는 위험한 에너지로 기능할 수 있다는 점을 유
념할 필요가 있다.72) 생명적 에너지가 맹목적 의지 상태를 넘어서지
못한 채 내부에 고이면 자아는 병적인 모습으로 드러나게 된다.

　　　저놈은 대체 무슨심술로 한밤중만되면
　　　차저와서는 꿍꿍앓고 있는것일까
　　　우리 아버지와 어머니에게 또 나와 나의 안해될사람에게도
　　　분명히 저놈은 무슨불평을 품고있는것이다.
　　　무엇보단도 나의詩를, 그다음에는 나의表情을, 흐터진더리털 한가
　　　닥까지, ……낮에도 저놈은 엿보고있었기에
　　　멀리 멀리 幽暗의 그늘, 외임은 다만 수상한 呪符.
　　　피빛 저승의 무거운물결이 그의쭉지를 다적시어도
　　　감지못하는 눈은 하눌로, 부흥……부흥…… 부흥아 너는
　　　오래전부터 내 머릿속 暗夜에 둥그란집을 짓고 사렀다.

　　　　　　　　　　　　　　　<부흥이> 전문

　　　아 - 어찌 참을것이냐!
　　　슬픈이는 모다 巴蜀으로 갔어도,
　　　윙윙그리는 불벌의 떼를
　　　꿀과함께 나는 가슴으로 먹었노라.

　　　　　　　　　　　　　<正午의언덕에서> 부분

---

72) 최현식은 서정주의 초기시에 나타난 동물적 생명력의 의미를 "<숫사슴>이나
　　<수닭>으로 고양된 주체의 <생명력>은, 구체적인 현실과 존재를 인식하고 그
　　러한 체험을 구조화할 수 있는 知的 에너지로 상승되지 못하는 맹목적 의지의
　　상태에 머물러 있다는 점에서, 파시즘적 비합리성을 극복하거나 속악한 현실 그
　　자체에 육박해 들어감으로써 획득 가능한 부정적 상상력을 확보하기에는 불충분
　　한 추상적 대안"이라고 비판하고 있다. 최현식(1995), 서정주 초기시의 미적 특성,
　　연세대 대학원 국어국문학과 석사학위 논문, p.50.

<부흥이>에서 '부흥이'의 어둡고 음산한 분위기는 곧 시인의 내
면에 무겁게 웅크리고 있는 부정적 자아와 동일화된 탈(persona)이다.
'부흥이'는 화자의 모습을 엿보고 꿍꿍앓거나 불평하는 병적 자아를
이미지화한다. 즉 '머릿속 暗夜에 둥그란집을 짓고' 상주해 있으면서
밤낮으로 시인 스스로를 문제삼게 하는 내적 자아인 것이다. <正午
의 언덕에서>의 시적 자아는 자신의 참을 수 없는 고독감을 '윙윙그
리는 불벌의 떼'로 이미지화하고 있다. 이 시에서 특히 '가슴으로 먹
었다'는 고백은 시적 자아의 심리 상태와 '불벌의 떼'를 완벽하게 일
치시키는 표현이라 할 수 있다. '불벌의 떼'로 가득한 시적 자아의 내
면은 정열적이면서 동시에 병적이다. 그것은 고통으로 몸부림치는 존
재의 형상이기도 하다. 이와 같은 시적 자아의 이미지는 <自畵像>
에 등장하는 '병든 숫개'로 요약될 수 있다.

애비는 종이었다. 밤이기퍼도 오지않었다.
파뿌리같이 늙은할머니와 대추꽃이 한주 서 있을뿐이었다.
어매는 달을두고 풋살구가 꼭하나만 먹고 싶다하였으나…… 흙으
로 바람벽한 호롱불밑에
손톱이 깜한 에미의아들.
甲午年이라든가 바다에 나가서는 도라오지 않는다하는 外할아버
지의 숯많은 머리털과
그 크다란눈이 나는 닮었다한다.
스물세햇동안 나를 키운건 八割이 바람이다.
세상은 가도가도 부끄럽기만하드라
어떤이는 내눈에서 罪人을 읽고가고
어떤이는 내입에서 天痴를 읽고가나
나는 아무것도 뉘우치진 않을란다.

> 찰란히 티워오는 어느아침에도
> 이마우에 언친 詩의 이슬에는
> 몇방울의 피가 언제나 서꺼있어
> 볓이거나 그늘이거나 혓바닥 느러트린
> 병든 숫개만양 헐덕어리며 나는 왔다.

이 시는 '애비는 종이었다'라는 자기의 뿌리에 대한 고백으로부터 시작된다. 자신의 뿌리에 대한 성찰은 이중으로 구조화되어 있는 가계 질서 속에서 이루어진다. '파뿌리'나 '대추꽃' '풋살구'와 같은 식물적 이미지에 의해 구성된 여성의 공간은 '흙으로 바람벽한' 집의 성격을 내포함으로써 수동적이고 내부지향적인 반면 남성의 공간은 '오지않었다' '도라오지 않는다' 등의 동사에서 알 수 있듯이 능동적이고 외부 지향적 구조를 갖고 있다. 남성들의 삶은 "식물처럼 한 곳에 뿌리를 박고 서 있는 것이 아니라 바람이며 바다인 끝없이 유동하고 퍼지고 정착을 모르는 이미지에 의해서만 파악"[73]된다.

여성과 남성에 의해 만들어진 삶의 질서 가운데 시적 자아는 '바람'의 유동성과 '가도가도'라는 동사가 암시하고 있듯이 定住的 삶을 고수하는 여성적 삶이 아니라 외부 지향적인 남성의 삶을 택하고 있음을 알 수 있다. 따라서 '종'의 자식은 울타리 안에 보호되지 못한 채 '죄인'과 '천치'라는 굴종을 감내해야 하는 외부 세계와 마주치게 된다.

이와 같은 세계와 자아간의 갈등을 상징하는 것이 '이마 우에 언친 詩의 이슬에는 / 몇방울의 피가 언제나 서꺼'있다는 고백과 '병든 숫개'의 이미지이다. 이어령은 서정주 시를 이슬과 핏방울의 혼유물로 설명하면서 "이슬은 하늘에서 내려와 맺히는 것이지만 피는 하부적

---

73) 이어령(1995), 앞의 글, p.333.

인 것, 인간의 내부에서 코피처럼 터지거나 배어 나오는 것입니다. 피
는 육체적인 것으로 유전적인 것이며 자기 존재 이전에 이미 운명지
어진 것으로 나타"74)난다고 피의 본질을 밝히고 있다. 따라서 '피'는
거부할 수 없는 숙명이며, 걸머져야하는 존재의 무거움이다. 아울러
'병든 숫개'는 '피'의 숙명 속에서 고달픈 삶의 노정을 말해주는 이미
지라 할 수 있다. 내부의 강인한 에너지가 세계 속으로 확대되어 갈
수 없을 때 그 에너지는 자아를 파괴하는 힘으로 굴절되는 것이다.
따라서 '헐덕어리다'라는 근육 감각적 표현은 세계와 마찰하면서 부
대끼고 있는 존재의 형상을 암시하는 것으로 볼 수 있다.

(2) 쾌락과 고뇌의 아이러니

동물적 자아는 동물적 삶의 양태를 암시한다. "문학 속의 인물들은
그들이 나타나 있는 작품의 범위를 벗어나 공간과 시간 속으로 확장
될 수 없다. 그러나 다른 한편 이 인물들은 우리가 접촉하는 실제 인
물들이 가지지 않은 일종의 확장력, 즉 상징적 차원을 가지고 있다."75)
는 라이트(G.T.Wright)의 지적처럼 시적 자아를 다양한 동물의 형상이
나 습성, 정서 등으로 표상하는 것은 자아의 생존 방식을 상징화하는
것이며, 시인이 세계에 대응하는 태도를 나타내는 것이다. 초기시 이
후의 시편들에서는 시적 자아를 동물적 이미지로 드러내는 경우가 드
물어지는데 이는 곧 시인의 세계 인식의 태도가 변화했음을 나타내는
것이다.

초기시에서 유독 동물적 이미지를 고집하고 있는 까닭은 무엇인가?

---

74) 이어령(1995), 앞의 글, p.332.
75) G.T.Wright(1974), 앞의 책, p.271.

우선 동물적 이미지가 갖는 보편적 의미를 유추해 볼 필요가 있다. 한 인격체가 동물적 이미지로 전이되는 현상은 천상적 혹은 우주적 상상력과는 대립되는 의미망을 형성한다. 그것은 지상적이고 육체적인 세계에 고착된 삶을 암시하며, 주체의 행동과 의식의 범주가 그 속에 한정되어 있음을 의미하는 것이다. 한편 지상적 삶을 시적 대상으로 삼는다는 것은 육체와 감각을 지닌 생명의 역동적 생존에 관심하는 것을 뜻한다. 그런데 한 생명체의 생명력은 욕망을 끝없이 해소해야 하는 삶의 본질적 과정을 내포하기 때문에 세계와 자아간의 갈등을 피할 수 없다. 욕망의 성취가 제대로 이루어지지 않았을 때 삶은 굴레가 되어 자아를 구속하거나, 부조리한 상황을 벗어나기 위한 투쟁적 형식을 낳게 된다. 이에 따라 절망과 새로운 삶에 대한 동경, 그리고 좌절이 "변증법적 양상"[76]으로 움직여 나아가게 되는 것이다. 서정주의 초기시에서 보여지는 자아의 동물적 변용 또한 이러한 지상적 삶의 양태와 동일한 의미를 갖는다. 그의 시에서 세계와 자아간의 격렬한 부딪침은 특히 육체의 원초적 욕망을 통해서 두드러지게 표현된다.

> 黃土 담 넘어 돌개울이 타
> 罪 있을듯 보리 누른 더위 -
> 날카론 왜낫〔鎌〕 시렁우에 거러노코
> 오매는 몰래 어듸로 갔나
>
> 바위속 山되야지 식 식 어리며
> 피 흘리고 간 두럭길 두럭길에
> 붉은옷 닙은 문둥이가 우러

---

76) 이승훈(1994), 서정주의 초기시에 나타난 미적 특성, 『미당연구』, 민음사, p.459.

> 땅에 누어서 배암같은 게집은
> 땀흘려 땀흘려
> 어지러운 나-ㄹ 업드리었다.

<麥夏> 전문

　보리가 누렇게 익은 초여름의 대지를 배경으로 하고 있는 이 시는 몇 개의 이질적 이미지의 병치에 의해 구성되어 있다. 그런데 ①'날카론 왜낫'을 걸어둔 채 익은 보리는 거두어들이지 않고 몰래 어디로 간 오매, ②식 식 어리며 피흘리고 간 山도야지, ③붉은 옷입고 우는 문둥이, ④날 유혹하여 현기증 나는 성적 욕망을 자극하는 게집 등의 행위는 '罪 있을듯 보리 누른 더위'라는 동일한 시공 속에서 벌어진 사건들이라는 점에 交喩(diaphor)[77]의 가능성을 시사하고 있다. 이 네 개의 이질적 사건에 등장하는 인물들은 모두가 본능적 행위를 암시하고 있다는 점에서 공통성을 갖는다. 특히 '식식 어리다', '울다', '땀흘리다' 등의 동사는 육체의 격렬함을 환기함으로써 인간의 내부에 은폐되어 있던 獸性을 드러내 준다. '나' 또한 하나의 인격체라기 보다는 동물적 본성에 사로잡힌 모습을 지닌다.

　이때 시적 자아가 초여름의 한때를 왜 '罪 있을듯'이라고 표현했나에 주목할 필요가 있다. 이와 더불어 오매의 행위를 가치 판단하는 데 가장 중요한 단서를 제공하는 '몰래'라는 시어 또한 매우 암시적이라

---

77) 휠라이트는 交喩의 개념을 "상보적 의미 동작"으로 설명하고 있는데 여기서 동작(phora)이란 "어떤(실제적 또는 상상의) 특정 경험들을 참신하게 <통과dia>한다는 것이며 이때 오로지 병치의 원리에 의해서 새로운 의미가 탄생된다"고 말한다. 아울러 交喩의 진정한 가능성은 "새로운 자질과 새로운 의미가 탄생될 수 있다는 폭넓은 존재론적 사실에 기인하며 이들은 단순히 과거에 시도된 예가 없는 요소들의 새로운 결합 작용으로 존재에 이르게 되는 것"이라고 그 기능을 밝히고 있다. Philip, Wheelwright(1962), 『은유와 실재』, 김태옥(역)(1982), 문학과지성사, pp.77~93 참조.

할 수 있다. 금기 위반을 암시하는 이들 시어는 보리가 누렇게 익은 들판과 더위를 몽환적으로 감각화하는 데 일조한다. 이러한 환각적 분위기는 오매, 山도야지, 문둥이, 나와 계집의 성적 행위에 대한 가치 판단을 부추긴다. 즉 이 시에 등장하는 인물들은 모두 '罪 있을듯'한 행위를 몰래 저지르고 있는 것이다. 이로 인해 계집과 '나'와의 성적 유희는 관능의 도취 이상의 의미를 함의하게 된다. 그것은 단순한 쾌락이 아니라 일종이 금기를 파기하는 데서 오는 흥분과 두려움이라는 양가적 의미를 함축한다. '몰래'라는 시어를 통해 유추해 볼 수 있듯이 금기를 파기한 오매의 비도덕적 행위와 山도야지의 격렬한 동물적 본성, 그리고 天刑을 걸머진 문둥이의 비애가 함께 뒤엉킨 다층적 의미를 환기하고 있는 것이다.

이와 같은 성적 유희가 다층적 의미망을 형성하고 있음은 서정주의 초기시를 조망하는 데 중요한 단서를 제공해 준다. 그의 초기시는 원초적 쾌락을 구가함과 동시에 그 쾌락을 통해서 느끼게 되는 두려움을 아울러 함의하고 있는 것이다. "죄까지도 상당한 생의 매력으로"[78] 느끼고 있었음에도 불구하고 그의 시가 본능적 쾌락의 추구로부터 점차 벗어나 새로운 시적 경지를 이룩하게 되는 데는 쾌락과 함께 치러야 하는 극심한 갈등과 그것을 해소할 수 있는 내적 방어기제가 마련되어 있지 않다는 심리적 중압감이 내재해 있다. 그의 시가 본능적이고 直情的인 세계에서 관념적이고 관조적 세계로 몰입해 가는 까닭을 이로부터 유추해 볼 수 있다. 송욱은 서정주의 초기시가 "너무나 야성적이고, 과다한 육체적 정열"[79]로 말미암아 윤리적 결핍을 초래하고 있다고 지적하고 있으나 이 시에서 보여지듯이 시인이 추구하는

---

78) 對談取才, 未堂과의 對話, 『文學思想』(1972.12), p.254.
79) 송욱(1994), 서정주론, 『미당연구』, 민음사, p.18~21 참조.

관능적 세계를 단순히 윤리적 결핍으로 결론 지을 수는 없다.[80] 거기
에는 금기를 위반한 자의 혼돈과 두려움[81]이 내포되어 있는 것이다.
서정주의 젊은 날을 고백하고 있는 시 <自畵像>의 '어떤이는 내눈
에서 罪人을 읽고가고 / 어떤이는 내 입에서 天痴를 읽고가나 / 나는
아무것도 뉘우치진 않을란다.'라는 구절 또한 이러한 의식과 무관하
지 않다.

　죠르쥬 바따이유(Georges Bataille)는 에로티즘의 내적 체험의 작용태

---

80) 송욱의 견해와는 달리 김우창은 서정주의 초기시에는 육체와 정신, 미와 추, 선
과 악을 하나의 대상에게서 발견해 내는 진정성이 보인다고 평가하고 그가 추구
한 관능은 나른한 퇴폐나 서구시의 모방과는 다른 측면을 갖는다고 지적하고 있
다. 김우창의 논의를 좀더 살펴보면 다음과 같다. "그는 경험의 몰입으로, 또 이
해를 위한 탐구로 그를 끌어갈 수 있는 정열을 가졌다. 이러한 정열의 도움으로,
그는 관능의 표면을 스쳐 가는 데 만족하지 않고 그것을 도덕의 상태까지 끌어
올렸다. 그리하여 그의 도덕적인 의식은 그를 다른 퇴폐 시인과 구분하여 주고
그의 시를 모방이 아닌 진짜가 되게 한다. 그러나 그의 도덕주의가 공공연하게
드러나는 것은 아니다. 그것은 그의 인식의 방법 안에 함축되어 있을 뿐이다. 그
는 감각적 경험 속에 벌써 모순의 요소가 들어 있음을 본다." 김우창(1994), 한국
시와 형이상 - 갈등과 구제, 『미당연구』, 민음사, p.29.

81) 서정주의 초기시에서 보여지는 죄의식을 기독교적 '원죄'와 연결시키고 있는 논
의로 조연현의 "원죄와 형벌"(『미당연구』, 민음사. 1994, pp.9~17.)과 김재홍의
"하늘과 땅의 辨證法"(『월간문학』, 1971.5.) 등이 있는데 본 연구에서 이를 '혼돈
과 두려움'이라고 표현한 것은 기독교에서 말하는 '원죄'와 구별하기 위함이다.
서정주의 <花蛇>에 성경의 모티브가 수용되었다고 해서 이를 기독교와 결부시
키는 것은 무리다. 인간이 금기 파괴를 통해서 느끼게 되는 공포가 종교적 성향
과 무관하다고는 볼 수 없으나 그것이 반드시 기독교적인 것으로 귀결되는 것은
아니다. 충동과 파괴의 과정 자체가 근원적으로 종교적 신비와 맞닿아 있을 뿐이
다. 서정주의 경우 기독교적 원죄와 연결시킬 수 없는 이유를 김용직의 견해를
빌어 설명하자면 다음과 같다. "원죄의식에 결부 설명될 가능성은 두 가지 점에
서 논거가 희박한 일이다. 우선 『花蛇集』이전에 徐廷柱가 탐닉한 것은 그리스에
원형을 둔 육신존중이었지 기독교적인 것은 아니었다. 그런 그의 고민과 방황을
헤브라이즘 쪽으로 모는 것은 타당한 판단이 아니다. (……) 원죄는 종교상의 문
제이며 그런 경우 그 정신적 자장은 항상 一元主義 쪽에 있다. 그러나 徐廷柱의
이 무렵 詩에 나타나는 모순, 충돌, 갈등, 방황은 항상 자아와 세계의 독자성을
전제로 한 二元主義에 관계된다." 김용직(1996), 앞의 책, p.61.

인 금기와 위반을 다음과 같이 설명하고 있다.

> 금기는 인간의 어떤 근본적인 감정의 결과들이다. 금기는 인간의
> 태도를 이해하는 데 없어서는 안되는 결정적인 열쇠이다. 금기는
> 밖에서 주어진 것이 아님을 알 수 있으며, 알아야 한다 금기를 범
> 할 때, 특히 금기가 우리의 마음을 아직 옭아매고 있는데도 불구하
> 고 충동에 무릎을 꿇을 때, 우리는 진실이 무엇인지를 비로소 번뇌
> 와 함께 깨닫게 되는 것이다. 금기를 준수하고, 금기에 복종하면,
> 우리는 더 이상 그것을 의식할 수 없다. 그러나 그것을 범하는 순
> 간 우리는 고뇌를 느끼며, 고뇌와 함께 금기가 의식되고, 죄의식도
> 체험하게 된다. 이러한 고뇌와 죄의식 끝에 우리는 위반을 완수하
> 고, 성공시킨다. 그런데 역설적인 것은 우리의 의식은 그 위반을 즐
> 기기 위해 금기를 지속시킨다는 것이다. 금기를 어기려는 충동과,
> 금기의 밑바닥에 깔려 있는 고뇌를 동시에 느낄 때 비로소 에로티
> 즘의 내적 체험은 가능한 것이다. 욕망과 두려움, 짙은 쾌락과 고뇌
> 를 긴밀히 연결짓는 그것은 종교적 감정과도 다르지 않다.[82]

> 인간의 위반은 세속을 파괴하지 않은 채 저 너머 신성의 세계에
> 한번 뛰어드는 행위이다. 금기로 가로막는 신성의 세계도 인간사회
> 를 보충하는 한 부분임을 부인할 수 없다. 인간의 사회는 노동으로
> 만 이루어질 수는 없다. 세속과 신성은 인간 사회를 번갈아 구성하
> 며, 그것들은 사회를 서로 다른 방식으로 나타내는 두 가지 보완적
> 인 형태들이라고 할 수 있다. 세속이 금기의 세계라면, 신성은 무한
> 한 위반의 세계이다. 그것은 축제의 세계이고, 군주의 세계이고, 신
> 의 세계이다.[83]

에로티즘의 체험은 일종의 금기를 위반함으로써 가능한 것이며, 금

---

82) Georges Bataille(1957), 『에로티즘』, 조한경(역)(1997), 민음사, P.40~41.
83) Georges Bataille(1957), 앞의 책, P.73.

기의 위반은 욕망과 두려움, 쾌락과 고뇌라는 모순된 감정을 동시에 경
험케 하는 것이다. 그러한 극단적 모순의 체험은 강렬한 유혹이며 비
현실적인 것이다. 이때 우리는 신성에 근접한 기분을 맛보게 된다. 서
정주의 다른 시 <花蛇>의 "돌 팔매를 쏘면서, 쏘면서, 麝香 芳草ㅅ
길 / 저놈의 뒤를 따르는 것은"에서도 花蛇를 '쫓는 것'과 '따르는' 모
순적 행위가 나타나며 이 또한 금기와 유혹의 아이러니를 말해 준다.

　이처럼 동물적 변신을 통해 금기와 위반, 두려움과 유혹, 쾌락과 고
뇌의 동시적 체험을 탐닉하는 이면에는 억압적 상황에 대한 비극적 인
식이 존재해 있다. 아울러 육체적 에로티즘의 성취가 지극한 쾌락과 신
비한 체험을 가져다준다고 해도 그것은 순간적인 것에 불과하다. 욕망
은 끝없이 또 다른 욕망을 자극함으로써 생명을 소모시킨다. 앞서 지
적했듯이 지상적 삶의 양태는 끊임없는 욕망의 연속이며, 그 욕망을
해소할 방도를 찾지 못했을 때 삶은 질곡이 되고 마는 것이다. <麥
夏>가 성적 욕망을 통해서 쾌락의 극치를 보여주고 있다면 그의 또다
른 시 <조금>은 절망 가운데 놓여있는 불안한 존재의 비극을 동물적
상상력을 통해서 드러내고 있는 예라 할 수 있다.

　　　우리 그냥 뻘밭으로 기어다니며
　　　거이색기 같은거나 잡어 먹으며
　　　노오란 조금에 醉할것인가

　　　맞나기로 약속했든 정말의 바다ㅅ물이
　　　턱밑에 바로 드러왔을땐
　　　곱비가 안풀리여 가지못하고

　　　불기둥처럼 서서 울다간

스스로히 생겨난 메누리 발톱.

아아 우리 그냥 팍팍하야 땀흘리며
조금의 오름ㅅ길에 해와같이 저무를뿐
다시는 다시는 맞나지못하리라.

<조금> 전문

　이 시의 기어다니다, 잡어 먹다, 곱비가 안풀리어 가지못하다, 땀흘
리다 등의 동사군은 '우리'로 대변되고 있는 시적 자아의 존재 양식
과 동물의 생존 방식을 동질적인 것으로 만든다. 인간과 동물이 동일
화됨으로써 '우리'의 삶은 '뻘밭으로 기어다니며 / 거이석기 같은거나
잡어 먹'는 비천한 상태로 전락한다. 이러한 현실 상황은 '곱비가 풀
리지 않아' 움직일 수 없는 구속의 상태이며, 심리적으로는 안타까움
과 고통으로 마음의 '불기둥'이 불타 생명이 소진되는 것을 뜻한다. 이
불의 이미지는 4연의 저무는 '해'로 변용됨으로써 소멸의 의미를 확
인시켜 준다. 시적 자아의 현실 상황은 만나지 못하다 → 가지 못하
다 → 마음이 타다 → 저물다 (소멸하다)로 심화되어, 자아의 좌절과
절망이 점층적으로 변화하고 있음을 보여 준다.
　인간의 존재 방식을 동물의 층위와 등가적 의미로 해석하는 데는
합리적 사유로 초월할 수 없는 魔性的 쾌락의 끌림과 욕망의 좌절 상
태를 견뎌야 하는 아이러니적 존재로서의 비극적 인간관이 자리잡고
있다. 시적 자아의 동물적 변용은 인간의 본능적 욕망을 생생하게 전
달함과 동시에 그러한 욕망의 성취를 좌절시키는 현실 상황에 대한 시
인의 내적 고뇌를 아울러 드러낸다. 김준오는 서정주의 초기시에 나타
난 시적 자아를 역사적 상황과 결부시켜 다음과 같이 설명하고 있다.

　　　초기시에서 미당이 사용한 탈은 적나라한 인간상 곧「벌거숭이」
　　의 탈이다. 이 탈은 온갖 합리성과 진실을 가장하는 악랄한 일제의
　　식민체제에 대한 대결의 태도 표명이다. 뿐만 아니라 이것은 실존적
　　주체로서의 자의식을 갖지 못하고 일상적 삶 속에 묻혀버리는 일부
　　의 인간들에게 충격을 주려는 의도의 산물이라고도 볼 수 있다.[84]

　　서정주의 동물적 자아는 강인한 생명력의 분출이 좌절된 병적 자
아라 할 수 있다. 그것은 관능적 쾌락을 추구할 경우에도 마찬가지이
다. 그의 초기시에서 보여지는 비극성은 바로 내적 욕망이 외계로 확
산될 수 없는 상황과 맞물리면서 발생한다. 그러나 그의 동물적 자아
가 김준오의 지적대로 '악랄한 일제의 식민체제에 대한 대결의 태도'
를 표명하고 있나에 대해서는 회의적이다. 서정주의 삶과 시의식을
통해 짐작해 본다면 그는 근본적으로 대결이나 투쟁적 성향을 보이지
않기 때문이다. 이와 더불어 초기시에서 보여지는 관능적 쾌락의 탐
닉이 소모적이고 비극적인 자아의 일단을 드러낸다할지라도 그것이
전적으로 역사에 대한 알레고리로 보기는 어렵다는 점을 말하지 않을
수 없다. 그의 시적 자아가 드러내고 있는 억압의 심리가 역사와 무
관하다고는 말할 수 없지만 그것을 모두 일 대 일의 대응관계로 보는
것 또한 무리라 생각한다. 그렇다고 서정주가 역사나 현실에 대해 완
전히 무관심했던 시인이었다고 단정하긴 어렵다. 그의 역사 의식은
이상주의보다는 현실주의와 깊게 연관되어 있다는 점이 지사적 성향
의 시인들과 다른 점이다. 이 점에 관해서는 이 글의 마지막 부분인
"지속과 초역사성"에서 다시 논의하겠다.

---

84) 김준오, 人間探求와 未堂의 神話,『心象』(1978.11), p.34.

2) 감금과 상실의 공간

(1) '벽'과 방향 상실

서정주의 초기시에서 두드러지게 보여지는 시적 공간은 토속적 자연과 결부된 '麝香 薄荷의 뒤안길'(<花蛇>)이나, '콩밭 속'(<입마춤>), '보리 누른'(<麥夏>) 들판과 같은 대지적 상상력에 의해 창조된다. 그러나 시인이 형상화하고 있는 대지적 공간을 자연의 재현이라고 보기에는 무리가 따른다. 시인이 자신의 내면 속에 들끓는 욕망을 표출하기 위해 자연을 자신의 주관적 관점에서 재구성하고 있기 때문이다.

> 따서 먹으면 자는듯이 죽는다는
> 붉은 꽃밭새이 길이 있어
>
> 핫슈 먹은듯 취해 나자빠진
> 능구렝이같은 등어릿길로,
> 님은 다라나며 나를 부르고……
>
> 强한 향기로 흐르는 코피
> 두손에 받으며 나는 쫓느니
>
> 밤처럼 고요한 끌른 대낮에
> 우리 둘이는 웬몸이 달어……
>
> <대낮> 전문

시 <대낮>의 중심 공간인 '길'은 '능구렝이'라는 동물적 이미지에 의해 단순하게 묘사되어 있는 것처럼 보인다. 그러나 '능구렝이'라는 길에 대한 비유는 시에 등장하는 인물들의 행위와 유기적으로 결합함으로써 고정되어 있는 공간을 동적인 것으로 변화시킨다는 것 이상의 의미로 심화된다. 이 시에서 길은 "'따서 먹으면 자는 듯이 죽는다는' 죽음을 감추어 두고 있어서 생명력의 화려한 개화인 동시에 파멸의 위험을 내재한 이중성을 지닌다. 길은 생명력의 절정인 꽃이 난만한 사이를 관통하여 죽음으로 방향 지어져 있다."[85] 이러한 길의 의미를 함축하고 있는 것이 '능구렝이'이다. 능구렝이는 강렬한 햇빛을 연상 시키는 '대낮'과 함께 '핫슈 먹은듯'한 몽환적 정황을 생성해냄으로써 이 시 전체의 분위기를 도취적이고 격정적인 상태로 몰고 간다. 즉 핫슈 먹은듯한 환각적 공간 이미지가 '님'과 '나'와의 관능적 행위의 순간을 창조하는 데 결정적인 역할을 하고 있는 것이다.

그러나 공간과 시적 자아의 동일화는 실제에 있어서는 역으로 진 행된다. "공간이 있는 곳에는 그것의 방향을 결정짓고 그 출발점이 될 수 있는 중심이 되는 신체성이 있게 마련"[86]이다. '핫슈 먹은듯'과 문장상 연결되어 있는 것은 '능구렝이'와 그것이 다시 비유하고 있는 '등어릿길'이지만, 사실 핫슈 먹은 듯한 환각적 신비를 체험하고 있는 주체는 '强한 향기로 흐르는 코피 / 두손에 받으며' 님을 쫓는 '나'의 신체라 할 수 있다. '나'를 유혹하며 달아나는 '님'에 대한 갈망과 숨 가쁨이 물리적 공간과 시간의 질을 주관적으로 변화시키고 있는 것이 다. 즉 자아의 내적 체험 쪽으로 외부 세계를 끌어들여 동화(assimilation) 시킴으로써 자아와 시적 공간의 동일성을 획득하고 있는 것이다. 이 때 시공의 질적 변화는 다양한 동사의 상호작용에 의해 보다 역동적 으로 드러난다. 취해 나자빠지다, 고요히 끓다, 부르고 쫓다, 웬몸이

85) 유지현(1997), 앞의 글, p.26.
86) 이어령(1986), 文學空間의 記號論的 硏究 - 靑馬의 詩를 模型으로 한 理論과 分析, 단국대학교 대학원 국어국문학과 박사학위 논문, p.253.

달아오르다 등에서 볼 수 있듯이 격렬한 동사들의 뒤섞임은 정태적 공간을 동적인 이미지로 만들고 시간을 끓는 물질로 액화시킴으로써 '나'와 '님'이 벌이고 있는 사랑의 행각과 일체화를 이루어간다. 또한 동사들의 엉킴은 순차적인 것이 아니라 동시적 울림을 전달함으로써 에로틱한 장면을 극대화한다.

이와 같이 공간을 자아화하는 태도는 이중의 가치 판단을 불러일으킨다. 시간과 공간을 자신의 내적 상관물로 끌어들이고 있음은 독자적 세계를 표현하는 길이기도 하지만, 한편 이는 실제하는 역사적 시공으로부터 자아를 소외시킬 위험성을 내포하기도 한다. 표면적으로는 '대지적 이미지'를 끌어오고 있지만 이러한 이미지가 함의하고 있는 공간적 특질은 시인의 의식이 보다 넓은 대지적 세계로 확대되어 가는 과정을 의미하는 것이 아니라 개인의 '격정과 욕망'이라는 내적 차원에 자아가 머물러 있음을 뜻한다.

격렬한 욕망의 추구, '핫슈 먹은 듯'한 몽환적 관능에 집착하면서 점점 더 자신의 의식을 求心的 방향으로 몰고 가는 현상은 자아를 감금하고 있는 상황에 대한 시인의 인식을 반영한다. 서정주의 초기시에서 특히 반복되는 공간적 특질은 감금과 구속이라 할 수 있다. 1936년 동아일보 신춘문예 당선작 <壁>을 보면 다음과 같다.

　　　　덧없이 바래보든 壁에 지치어
　　　　불과 時計를 나란히 죽이고

　　　　어제도 내일도 오늘도 아닌
　　　　여긔도 저긔도 거긔도 아닌

　　　　꺼저드는 어둠속 반딧불처럼 까물거려

靜止한 <나>의
<나>의 서름은 벙어리처럼……

이제 진달래꽃 벼랑 햇빛에 붉게 타오르는 봄날이 오면
壁차고 나가 목매어 울리라! 벙어리처럼,
오 - 壁아.

　관능의 격렬함과는 사뭇 다른 인상을 주는 위의 시는 서정주의 초
기시에 자주 등장하는 설움과 눈물의 정서를 매우 무겁고 어두운 어
조 속에서 그려내고 있는 작품이다. 자신이 지탱하고 있는 존재론적
무거움을 '벙어리'라는 불구적 존재로 인식함으로써 인간 조건의 비
극성을 나타내고 있는 것이다. 이러한 자아에 대한 내적 성찰은 완강
하게 육신을 고립시키는 공간 인식을 통해서 보다 구체적인 현실 상
황과 접맥된다. 따라서 이 시에서의 '壁'은 물질적 형태 이상의 의미
를 상징화한다. 그것은 존재의 정신과 의식의 억압을 의미하며, 외부
세계로부터 격리된 자가 갖는 고독감을 환기한다. 이때 '벽'의 상징적
의미는 '불과 時計를 나란히 죽이'는 시적 자아의 행위에 의해 그 의
미가 분명하게 드러난다. 불과 時計를 나란히 죽이는 행위는 시체의
냉기와 고장난 시계의 정지된 상태를 연상시킨다. 이 시의 마지막 연
'진달래꽃 벼랑 햇빛에 붉게 타오르는 봄날'이 지시하는 미래의 시간
과의 대비해 볼 때 시적 자아의 극단적 소외 상태는 생명이 자라날 수
없는 추운 겨울로 유추해 볼 수 있으며, 이러한 유추 과정을 통해서
불과 시계를 죽인다는 돌연한 표현을 해석해 볼 수 있다. 벽이 시적
자아를 가두고 있는 상황은 '꺼저드는 어둠속 반딧불'과도 같이 생명
력이 소진된 자아의 상태를 의미하며, 이는 생이 앞으로 나아가지 못
하는 단절된 공간과 시간 의식을 함께 내포한다. '어제도 내일도 오

늘도 아닌 / 여긔도 저긔도 거긔도 아닌'에서 보여지는 강한 부정 어
구는 자신이 벽에 갇혀 있다는 사실과 그로 인해 방향을 상실했다는
것을 나타낸다.

귀기우려도 있는 것은 역시 바다와 나뿐.
밀려왔다 밀려가는 무수한 물결우에 무수한 밤이 往來하나
길은 恒時 어데나 있고, 길은 결국 아무데도 없다.

아 - 반딧불만한 등불 하나도 없이
우름에 젖은얼굴을 온전한 어둠속에 숨기어가지고…… 너는,
無言의 海心에 홀로 타오르는
한낫 꽃같은 心臟으로 沈沒하라.

아 - 스스로히 푸르른 情熱에 넘처
둥그란 하눌을 이고 웅얼거리는 바다,
바다의깊이우에
네구멍 뚫린 피리를 불고…… 청년아.
애비를 잊어버려
에미를 잊어버려
兄弟와 親戚과 동모를 잊어버려,
마지막 네 계집을 잊어버려,

아라스카로 가라 아니 아라비아로 가라
아니 아메리카로 가라 아니 아프리카로
가라 아니 沈沒하라. 沈沒하라. 沈沒하라!
오 - 어지러운 心臟의 무게 우에 풀닢처럼 훗날리는 머리칼을 달고
이리도 괴로운나는 어찌 끝끝내 바다에 그득해야 하는가.
눈뜨라. 사랑하는 눈을뜨라…… 청년아,

산 바다의 어느 東西南北으로도
밤과 피에젖은 國土가있다.

아라스카로 가라!
아라비아로 가라!
아메리카로 가라!
아푸리카로 가라!

<바다> 전문

앞서 살펴본 벽의 공간이 형태상 폐쇄적이라면 '바다'는 이와 상반
된 형태를 지니고 있다. 그러나 <바다>를 통해서 시인이 보여주고
있는 공간 인식의 태도는 벽의 의미와 근본적으로 큰 차이를 갖지 않
는다. 표면적으로 이 시의 공간인 '바다'와 시적 자아는 서로 대립적
의미 맥락을 보여 준다. '바다'는 '스스로히 푸르른 情熱에 넘쳐'나는
무한한 우주적 생명체인데 반해 '나'는 '반딧불만한 등불 하나도 없
이' 내적 힘을 소진해 가는 존재이다. '둥그란 하눌'과 '우름에 젖은얼
굴'의 대조는 '이다'(戴) / '숨기다'라는 동사에 의해 '드러내다' / '감
추다'라는 행위의 측면으로 그 의미가 더욱 구체화되면서 '바다'는 긍
정적 에너지가 외면화되는 쪽으로, '나'는 고통이 안으로 응결되는 쪽
으로 그 의미가 대립되고 있음을 알 수 있다. 따라서 '바다'는 에너지
의 방향을 원심적으로 확산하고 있다면 '나'는 에너지의 방향을 구심
적으로 응축해 가고 있는 것이다. 따라서 "이 광대한 공간은 시적 화
자를 압도함으로써 화자의 왜소함을 강조하고 밝은 공간으로 나아가
는 길을 찾으려는 화자의 시도를 무기력하게 만든다."[87]
그러나 이러한 의미론적 대립은 대립에서 끝나지 않는다. '우름에

---

87) 유지현(1997), 앞의 글, p.32.

젖은' 시적 자아의 감상적 태도는 '한낫 꽃같은 心臟으로 沈沒하라'
는 자기를 깨우치는 명령적 어조에 의해 극복될 가능성을 시사한다.
시적 자아는 자신의 괴로움을 끝까지 부둥켜안으려는 강렬한 힘을 발
현함으로써 '바다'와의 극단적 대립을 오히려 극적인 동화의 상태로
이끌고 가려는 의지적 자세를 나타내고 있는 것이다. 그것은 '이리도
괴로운나는 어찌 끝끝내 바다에 그득해야 하는가'라는 자아의 量的
전환을 통해서 시도된다. 광활한 '바다'가 그득하듯 '나'라는 존재의
무거움 또한 바다의 크기만큼이나 이 우주에 그득하게 넘치고 있는
것이다. '밀려왔다 밀려가는' 반복적 왕래를 계속하고 있는 바다와 '우
름'이 가득 고여 있는 시적 자아의 내면은 둘다 '無言의 海心'과 '꽃
같은 心臟'으로 몸부림칠 뿐 스스로의 상태를 벗어나지 못한다는 점
에서 공통적이다. 1연의 '길은 恒時 어데나 있고, 길은 결국 아무데도
없다'는 역설적 표현은 이처럼 결박되어 있는 시적 자아의 심리를 나
타내는 것이다. '바다'가 '밀려왔다 밀려가는' 수평 운동을 반복하는
것이나 '내'가 밑으로 '침몰'하는 수직적 하강 운동을 하는 것이나 '결
국 아무데도 없'는 길 때문이다. 이와 같은 '바다'와 '나'의 존재론적
상황은 둘의 대립적 의미를 무화시키는 요인이 된다. 즉 '바다'의 원
심력은 '나'의 구속된 상태를 더욱 부각시키는 역할을 함과 동시에 한
편으로는 현재의 상태를 뚫고 나아가려는 '나'의 지향성을 역설화하
는 의미를 담고 있다. 따라서 '웅얼거리는' 바다의 모습은 안으로 말을
삼킴으로써 자신의 고통을 내면화해 가는 시적 자아의 모습과 동일성
을 이룬다.

　이러한 대립과 동일화의 과정은 무수한 역설적 의미 맥락을 파생
시킨다. '길은 恒時 어데나 있고, 길은 결국 아무데도 없다.'라는 표
현 뿐 아니라 '애비를 잊어버려 / 에미를 잊어버려 / 兄弟와 親戚과

동모를 잊어버려, / 마지막 네 계집을 잊어버려,'와 '사랑하는 눈을뜨라……청년아,'에서의 '잊다'와 '사랑하다', '아라스카로 가라 아니 아라비아로 가라 / 아니 아메리카로 가라 아니 아프리카로 / 가라'와 '沈沒하라. 沈沒하라. 沈沒하라!'에서의 '가다'와 '沈沒하다'가 각각 모순된 의미를 만듦으로써 시적 자아가 지향하는 바와 그것을 억압하는 배반적 상황을 긴장감 있게 그려내고 있다. "용어를 고정시키고, 엄밀한 외연으로 응결시킬 필요가 있는 것이 과학의 경향이라면, 시인의 경향은 이와는 대조적으로 분열적이다. 시인의 용어는 꾸준히 상호 수식하면서 그 사전적인 의미를 파괴한다"[88]는 브룩스(Cleanth, Brooks)의 말처럼 이 시에서 '잊다'와 '사랑하다', '가다'와 '沈沒하다' 등의 표현은 상호 작용에 의해 시인의 내면 속에 복잡하게 뒤엉켜있는 의식을 통합시키는 역할을 하고 있는 것이다. 즉 이러한 역설은 '산 바다의 어느 東西南北으로도 / 밤과 피에젖은 國土가' 있을 뿐 모두가 막혀있다는 상황 인식으로부터 발생하는 갈등을 첨예화하고 있는 것이다. 이처럼 "공간상에 있어서 위치 혹은 방향 정립의 거부는 일상의 세계를 부정하고자 하는 의식의 외적 투사라 할 수 있다."[89] <바다>에서 보여지는 '가라'와 '沈沒하라'의 아이러니가 감금의 고통과 그로 인한 갈등을 표현하고 있는 것처럼 아래 인용한 <無題> 또한 역설을 통해서 이러한 공간 의식을 드러내고 있는 예이다.

여기는 어쩌면 지극히 꽝꽝하고 못견디게 새파란 바위ㅅ속일것이다. 날센 쟁기ㅅ날로도 갈고 갈수없는 새파란 새파란 바위ㅅ속일것이다.

---

88) Cleanth, Brooks(1975), 『잘 빚어진 항아리』, 이경수(역)(1983), 홍성사, p.14.
91) 오세영, 서정주 시의 영원과 현실, 『한국문학연구』(제 17집), 동국대학교한국문학연구소, (1995.3).

  여기는 어쩌면 하눌나라일것이다. 연한 풀밭에 벳쟁이도 우는 서
러운 서러운시굴일것이다.

  아 여기는 대체 몇萬里이냐. 山과 바다의 몇萬里이냐. 꽉꽉해서
못가겠는 몇萬里이냐.

  여기는 어쩌면 꿈이다. 貴妃의墓ㅅ등앞에 막걸리ㅅ집도 있는 어
여뿌디어여뿐 꿈이다.

<無題> 전문

  이 시에서 시인은 '여기'로 지칭되는 동일한 공간에 대해 상반된
의식을 보이고 있다. 1연과 3연이 부정적 의미 맥락으로 이루어져 있
다면, 2연과 4연은 이와는 전혀 다른 긍정적 의미 맥락을 나타내고
있다. 1연의 '날센 쟁기ㅅ날로도 갈고'갈 수 없는 '바위ㅅ속'의 견고
한 물질성은 3연의 '꽉꽉해서 못가겠는 몇萬里'로 수량化되면서 시적
자아를 완강하게 가두는 '길'의 이미지를 상상케 한다. 반면 2연의
'하눌나라'나 '시굴', 4연의 '어여뿐 꿈' 등의 이미지는 비현실적인 느
낌을 전달한다. 이 이중의 의미 맥락은 표면적으로 둘을 통합할 수
있는 공통항을 가지고 있지 않기 때문에 시의 의미를 불가해한 것으
로 만든다.

  그러나 이 둘의 의미는 역설의 유기성으로 통합 가능하다. 시적 자
아가 공간을 구체적으로 제시하지 않고 '여기'라는 다소 막연하고 추
상적인 시어를 선택한 점으로 볼 때 이 시의 공간은 현실의 공간이라
기보다 심리적 공간으로 보는 것이 타당하다. 이런 관점에서 본다면
1연과 3연은 '갈 수 없다'는 감금의 심리상황을 나타내며, 2연과 4연
에서는 이러한 감금의 상황을 비현실적인 공간으로 대체, 혹은 비약

시키고자 하는 상상 작용으로 해석해 볼 수 있다. 자신의 의지나 신념이 철저하게 실현 불가능한 상황에 이르렀을 때 인간의 의식은 이처럼 비현실적인 것으로 퇴행할 수 있다. 따라서 이 시의 상반된 의미 맥락은 시인의 좌절과 절망에 대한 역설로 해석해 볼 수 있다. 한편 서정주의 초기시에서 '가자'라는 의지적 표현을 자주 발견하게 되는데 이 또한 막힘과 감금의 공간 의식을 역으로 나타낸 것이라 할 수 있다.

　　　거러가자, 거러가보자, 좋게 푸른 하눌속에 내피어 익는가.
　　　　　　　　　　　　　　　　　　　　　<斷片> 부분

　　　沒藥 麝香의 薰薰한 이꽃자리
　　　내 숫사슴의 춤추며 뛰여 가자

　　　　　　　　　　　　　　　　　<正午의언덕에서> 부분

　　　내, 오늘은 西歸로 간다.
　　　네활개 치며 西歸로 간다.

　　　옴기는 발길마닥
　　　구름이 일고,

　　　내뿜는 숨ㅅ결에
　　　날개 돋아 나

　　　　　　　　　　　　　　　　<西歸로 간다> 부분

　이들 시에서 '가다'와 어우러져 있는 이미지들은 모두 환상적 분위기를 드러내고 있다. '푸른 하눌' '沒藥 麝香의 薰薰'한 향기, '구름'

과 '날개' 등이 그러하다. 경쾌함과 들뜸이 지나쳐 현실감은 사라지고
공소한 느낌마저 불러일으킨다. 이와 같은 시적 분위기는 서정주의
다른 초기 작품과 대비해 볼 때 막힘과 감금의 심리가 역으로 드러나
고 있는 경우로 짐작된다.

(2) 자기 부정과 공간 소멸

서정주의 초기시에서 보여졌던 감금 혹은 유폐의 공간과 그곳으로
부터 벗어나고자 하는 의식의 갈등이 보다 심각한 상태에 이르게 되
면 시인의 존재론적 상황에 대한 비극적 고백은 <바다>에서도 암시
적으로 드러났듯이 존재의 뿌리를 잊어버리고자 하는 '자기 부정'의
심리로 심화된다.

> 잊어 버리자. 잊어 버리자.
> 히부얀 종이燈ㅅ불밑에 애비와, 에미와, 게집을,
> 그들의 슲은 習慣, 서러운 言語를,
> 찌낀 흰옷과 같이 벗어 던저 버리고
> 이제 사실 나의胃腸은 豹범을 닮어야한다.
>
> 거리 거리 쇠窓살이 나를 한때 가두어도
> 나오면 다시 한결 날카로워지는 망자!
>
> <逆旅> 부분

시적 자아를 가두고 있는 '쇠窓살'은 '벗어나야 한다'는 의미에서
'히부얀 종이燈ㅅ불밑에 애비와, 에미와, 게집을, / 그들의 슲은 習慣,
서러운 言語'와 등가의 의미를 갖는다. 즉 인간의 삶을 구성하는 가

족과 핏줄 ,그리고 삶의 방식과 존재의 근원을 뜻하는 모든 습관과 언어는 곧 쇠窓살이며 잊어야 하는 대상인 것이다. 시적 자아를 무겁게 짓누르는 것은 다른 무엇이 아니라 자신의 삶의 토대가 되는 뿌리인 것이다.

이때 왜 이러한 '자기 부정'의 심리가 싹튼 것이며, 그리고 그것의 구체적인 행동 양태로서 '잊다'라는 행위는 어떻게 평가해야 하는가 하는 문제가 제기된다. 서정주의 자기 부정의 심리는 시 <바다>의 '산 바다의 어느 東西南北으로도 / 밤과 피에젖은 國土가있다.'라는 표현이 암시하고 있듯이 역사나 시대적 상황과 무관하지 않다. 잊어야 할 대상, 즉 '애비와, 에미와, 게집' 그리고 '슳은 쫩慣과, 서러운 言語'는 '찌낀 흰옷'과 같이 유린당한 민족의 삶을 암시한다. 식민지적 체제와 그 속에서 숨막히게 살아가는 일상적 삶의 구조는 '나' 뿐만 아니라 가족, 더 나아가서는 민족 전체의 삶을 왜곡시키고 해체시키는 것이다. 따라서 시인은 '슳은 쫩慣, 서러운 言語'를 고통으로 감내해야 하는 것이다. '쇠窓살'의 공간은 이와 같은 역사적 상황과 긴밀한 관련을 갖는다. 이처럼 민족 전체의 결박된 상황이 '애비는 종이었다'(<自畵像>)는 단호한 고백을 낳게 하는 것이다. 그러나 고통스러운 현실에 대한 대응 방식으로써 '잊다'라는 행위는 부조리한 사회 모순과의 직접적인 대결을 피하고 있다는 점에서 소극적이고 도피적인 태도로 평가될 소지를 갖는 것이 사실이다.

시인이 1940년에 먹고 살길이 막막하여 만주로 잠시 생활을 옮겨갔을 때 쓰여진 시들에서는 위의 시에서 볼 수 있었던 자신에 대한 부정 의식이 자기 파괴적인 태도로 한층 더 심화되어감을 볼 수 있다.

바보야 하이얀 멈둘레가 피였다.

네 눈섭을 적시우는 용천의 하눌밑에
히히 바보야 히히 우숩다.

사람들은 모두다 남사당派와같이
허리띠에 피가묻은 고이안에서
들키면 큰일나는 숨들을 쉬고

그어디 보리밭에 자빠졌다가
눈도 코도 相思夢도 다 없어진후

燒酒와같이 燒酒와같이
나도 또한 나라나서 공중에 푸를리라.

<멈둘레꽃> 전문

만주 국자가라는 곳의 교외 벌판에서 유랑하는 곡마단을 보고 쓴
이 시는 단순히 곡마단이 보여주는 곡예나 그들의 비애로운 삶에 대
한 얘기가 아니다. 시인은 그들과 자신을 동일하는 심리 상태를 내보
이고 있다. 그 스스로도 이 시를 쓰게 된 동기를 "나 비슷하게 초라
한 사내가 낯에 껌정을 찍어 바르고 나와서 갖은 못난 짓만 골라 해
보이는 것을 아울러 바라보고 있자면, 이게 아무래도 남의 일 같지
않아 뼛속까지 오싹해지곤 한다"[90]고 밝히고 있다. 광대의 우스꽝스
러운 몸짓에 대한 '히히 바보야 히히 우숩다'라는 시적 자아의 반응
은 이 시의 2연을 볼 때 삶의 위기감과 비애에 대한 역설적 표현으로
해석된다. 광대들의 조심스러운 몸 동작은 시인 자신이 고국에서 체
험한 '남사당派'와 동일시되면서 만주로 내몰린 피압박민의 위기감으
로 이어진다. 즉 사람들은 '용천의 하눌밑'에서 '들키면 큰일나는 숨

90) 서정주(1975), 『나의 文學的 自敍傳』, 민음사, p.50.

들을 쉬'며 시대의 고통을 견뎌가고 있는 것이다.

이러한 상황 인식은 자기 해체라는 대응 방식으로 이행된다. 어찌해 볼 수 없을 때, 길을 찾을 수 없을 때 차라리 '沈沒'(<바다>)이라는 자기 파괴를 갈망했던 것처럼 이 시에서도 시인은 스스로를 해체하는 쪽으로 의식을 몰고 간다. 4연의 '燒酒'라는 공기적 이미지는 자신의 육체성을 완벽하게 분해하는 상상력을 보여준다. 육체의 氣化는 '눈도 코도 相思夢도 다 없어진' 과정을 거쳐 이루어진다. 이는 인간적 삶을 구성하는 감각과 꿈의 소멸을 뜻한다. 이 모든 것들의 포기와 상실이라는 아픔 뒤에 자아의 해체가 가능한 것이다. 따라서 '나도 또한 나라나서 공중에 푸를리라'는 표현은 현실에 대한 초월이 아니라 극한 상황에서 마지막으로 시도해 볼 수 있는 자기 파괴적 심리라 할 수 있다.

자기 파괴적 심리 요인이 강해지면서 서정주의 시적 공간은 감금이나 구속의 단계를 넘어 공간의 상실, 혹은 공간의 소멸로 이행해 가게 된다. 자기 해체의 의식과 존재가 몸담고 있는 공간의 소멸은 서로 불가분의 관계 속에서 시인의 좌절과 절망을 극명하게 드러낸다.

　　참 이것은 너무 많은 하눌입니다. 내가 달린들 어데를 가겠읍니까. 紅布와같이 미치기는 쉬웁습니다. 몇千年을, 오 - 몇千年을 혼자서 놀고온 사람들이겠읍니까.

　　鍾보단은 차라리 북이있읍니다. 이는 멀리도 안들리는 어쩔수도 없는 奢侈입니까. 마지막 불을 이름이 사실은 없었읍니다. 어찌하야 자네는 나보고, 나는 자네보고 웃어야하는것입니까.

　　바로 말하면 하르뺀市와같은것은 없었읍니다. 자네도 나도 그런

것은 없었읍니다. 무슨 처음의 복숭아꽃 내음새도 말소리도, 病도,
아무껏도 없었읍니다.

<滿洲에서> 전문

    '鍾'처럼 멀리까지 울려 퍼지지 못하는 '북'의 울림은 아무리 달려
도 막힌 공간을 벗어날 수 없는 시적 자아의 현실 상황을 나타냄과
동시에 자아의 내면 속에 갇혀 있는 고통의 소리를 감각화한다. 시적
자아와 북의 결합은 이 시의 막힌 공간이 다만 물리적 차원에만 국한
된 것이 아님을 암시하고 있는 것이다. 그것은 결국 내면의 결박 상
태를 뜻한다.

    '갈 수 없다'는 부동 의식이 3연에서는 '없다'라는 부정어의 반복
을 통해서 공백 상태로 비어있는 공간 상실의 의식으로 심화된다. 여
기는 이름을 불러 볼 어떤 존재도 없으며, 궁핍한 현재를 벗어나 미
래의 삶을 열어 줄 '하르삔市'와 같은 곳도 없다. 뿐만 아니라 '내넋
의 시골'(<水帶洞詩>)을 향수케하는 '복숭아꽃 내음새도 말소리도,
病도, 아무껏도' 없는 곳이다. 이는 곧 자아와 꿈과 고향 모두가 상실
된 불모의 공간으로 의미화할 수 있다.

    이제 시인의 삶의 양태를 보여주는 공간은 다만 막혀있다는 의미
이상으로 심화되고 있는 것이다. 아무것도 존재하지 않는 텅 빈 공간
속에서 시적 자아는 '紅布와같이 미치기는 쉽습니다'라고 고백한
다. 공간 상실은 물리적 차원에서의 장소의 상실이 아니라 궁극적으
로는 존재의 상실을 뜻한다. 자아의 정체성을 회복할 수 없는 비본래
적 자아의 상태, 그것은 자신뿐 아니라 '세계' 자체를 잃어버리는 것
과 같다. 서정주의 초기시에서 이러한 자기소외의 고독감은 '님'의 부
재와 연결된다. 그 부재성을 확연하게 드러내는 것이 한번 가면 다시

돌아올 수 없다는 '西域'이나 '巴蜀'의 공간이다. 서역이나 파촉은
'나'와 '님'과의 단절을 의미하는 불연속적 공간으로 의미화된다.

> 보지마라 너 눈물어린 눈으로는……
> 소란한 哄笑의 正午 天心에
> 다붙은 내입설의 피문은 입마춤과
> 無限 慾望의 그윽한 이戰慄을……
>
> 아 - 어찌 참을것이냐!
> 슬픈이는 모다 巴蜀으로 갔어도,
> 윙윙그리는 불벌의 떼를
> 꿀과함께 나는 가슴으로 먹었노라.
>
> <正午의언덕에서> 부분

　'불벌의 떼'가 자아의 주체할 수 없는 욕망을 함축한다면 그 욕망
의 근원은 어디에서 발원한 것인가? 그것은 '슬픈이는 모다 巴蜀으로
갔'다는 2연의 진술 속에 내포되어 있다. 따라서 '巴蜀'은 떠나간 사
람과 시적 자아간의 심리적 거리, 즉 도달할 수 없는 단절의 깊이를
공간화한다. 시적 자아의 전율하고 있는 욕망은 혼자 남겨졌다는 고
독감에 의해 촉발된 것이며, 상실감의 허무가 만들어낸 심적 몸부림
이라 할 수 있다. 이와 같은 고독과 상실의 정황이 보다 미적으로 형
상화된 작품이 서정주 시 가운데 절창으로 꼽히는 <歸蜀途>이다.

> 눈물 아롱 아롱
> 피리 불고 가신님의 밟으신 길은
> 진달래 꽃비 오는 西域 三萬里.
> 흰옷깃 염여 염여 가옵신 님의

다시오진 못하는 巴蜀 三萬里.

신이나 삼어줄ㅅ걸 슱은 사연의
올올이 아로색인 육날 메투리.
은장도 푸른날로 이냥 볘혀서
부즐없은 이머리털 엮어 드릴ㅅ걸.

초롱에 불빛, 지친 밤 하늘
구비 구비 은하ㅅ물 목이 젖은 새,
참아 아니 솟는가락 눈이 감겨서
제피에 취한새가 귀촉도 운다.
그대 하늘 끝 호올로 가신 님아

<正午의언덕에서>처럼 이 시에서 '西域 三萬里'나 '巴蜀 三萬里'는 물리적 거리를 뜻하는 것이 아니라, 님과 '나'와 의 조우가 불가능하다는 심리적 거리를 나타낸다. 따라서 님이 '다시오진 못하는' 공간으로 떠나갔듯이 '나' 또한 갈 수 없다는 단절된 공간 의식을 보여준다. 이때 시적 자아는 님에게 갈 수 없다는 수동적 자아의 상태 즉 '참아 아니 솟는가락 눈이 감겨서 / 제피에 취한새가 귀촉도' 우는 절실한 그리움의 고통을 감내해야 하는 것이다. 따라서 서역이나 파촉의 거리는 시적 자아의 가슴속에 서린 한의 깊이와 비례한다.

천이두는 <歸蜀途>의 주된 정서가 백제 여인의 노래인 <井邑詞>와 김소월의 <진달래꽃>으로 이어지는 우리 전통시가의 한의 미학을 계승하고 있다는 점을 높이 평가함과 동시에 한의 미학은 넋두리나 센티멘털리즘과 야합할 개연성을 숙명적으로 내포하고 있기 때문에 요절의 미학이 될 수밖에 없다고 그 한계를 지적하고 있다.[91]

---

91) 천이두(1994), 지옥과 열반, 『미당연구』, 민음사, pp.67~68 참조.

<歸蜀途>가 한의 정서를 고도의 예술성으로 승화시키고 있다고 해도 천이두의 지적대로 이것은 궁극적 극복일 수는 없다. 그런데 서정주는 한의 절정에서 "요절의 미학"을 넘어선다. 이승과 저승, 여기와 저기로의 공간 분절은 서정주의 초기시 이후에서 볼 수 있는 공간 통합의 상상력과 좋은 대조를 이룬다. 공간에 대한 감금 의식은 자유자재할 수 없는 억압된 심리의 표현이며, 이러한 부자유한 상태는 끝없는 절망을 지속시키든가, 아니면 새로운 삶의 논리를 만들 수밖에 없는 필연적 기초가 된다. 서정주는 극단적 소외와 고독을 경험한 후 새로운 삶의 이념을 발견해 내고 있다.

3) 정체와 불연속적 시간

(1) 정지된 시간 체험

서정주의 초기시에 나타난 공간 비유가 求心的 양상에서 '감금'과 '상실'이라는 자아와 세계와의 단절로 심화된다면 그러한 공간은 자아의 극단적 고독과 소외를 반영하고 있다고 생각된다. 이와 같은 공간 의식은 불연속적 시간 의식과 함께 병행됨으로써 정지, 멈춤, 고임, 반복, 망각 등의 시간성을 생성해 내며, 이는 다시 과거의 시간으로 현재를 채우는 '과거의 현재화' 과정으로 이어진다. 여기서 우선 앞서 분석한 <壁>을 시간의 측면에서 상기해 볼 필요가 있다.

　　　　덧없이 바래보든 壁에 지치어
　　　　불과 時計를 나란히 죽이고

어제도 내일도 오늘도 아닌
여긔도 저긔도 거긔도 아닌

꺼저드는 어둠속 반딧불처럼 까물거려
靜止한 <나>의
<나>의 서름은 벙어리처럼…….

이제 진달래꽃 벼랑 햇빛에 붉게 타오르는 봄날이 오면
壁차고 나가 목매어 울리라! 벙어리처럼,
오 - 壁아.

　　3연에서 '나'를 비유하고 있는 꺼져가는 '반딧불'의 이미지는 불구적 상태에서 생명이 소진되어 가는 고통의 과정을 나타낸다. 생명의 소멸 과정은 정지된 '時計'를 통해서 1연에 암시되어 있다. 정지한 시간 의식은 1연의 '덧없이 바래보'는 행위를 만들어낸다. 이처럼 무상함에 빠져있는 행위는 지속이나 영원성에 대한 인식과는 다른 차원이다. 그것은 발전적 의식이나 창조적 삶과는 절연된 상태를 대변해준다. 흘러가지 못하는 생은 '불과 時計를 나란히 죽'인다는 표현을 통해서 존재의 '죽음'으로 심화되고 있는 것이다. 2연의 '어제도 내일도 오늘도 아닌 / 여긔도 저긔도 거긔도 아닌'에서 볼 수 있듯이 여기서의 시간과 공간의 경계 없음은 경계 초월의 자유 의식과는 엄연히 다른, 시간과 공간이 무화된 진공 상태를 만들어 낸다. 시간과 공간의 소멸은 본래적 자아의 생존이 불가능함을 나타내며, '벙어리'와도 같이 왜곡된 자아로서 존재할 수밖에 없는 세계에 대한 부정의식을 반영한다.

밤에 홀로 눈뜨는건 무서운일이다
밤에 홀로 눈뜨는건 괴로운일이다
밤에 홀로 눈뜨는건 위태한일이다

아름다운 일이다. 아름다운일이다. 汪茫한 廢墟에 꽃이 되거라!
屍體우에 불써 이러나야할, 머리털이 흔들흔들 흔들리우는, 오-
이 時間. 아까운 時間.

<門> 부분

시간 표시어인 '밤'은 자아의 특수한 내적 경험을 함축하고 있는
이미지이다. 이 시에서 시간은 공간화, 사물화를 통해서 보다 구체적
인 시간의 질을 드러낸다. 밤이라는 시간은 2연에서 '汪茫한 廢墟'에
의해 공간화되고, '屍體'라는 표현에 의해 사물화됨으로써 부정적 시
간의 질을 획득한다. '汪茫'하다는 시어는 '폐허'라는 시어와 융합됨
으로써 시원함이나 넓게 펼쳐진 물의 이미지보다는 황량하게 고여있
는 물의 심상을 환기해 준다. 그것은 '시체'와 다시 결합되어 어둡고
끈적한 느낌마저 자아내고 있다. 폐허와 시체의 비생명적 이미지는
고여있는 시간, 정지된 시간을 환기한다. 따라서 시적 자아는 암흑과
폐허의 공간과 거대한 죽음의 불모지를 체험하고 있는 것이다. 그로
테스크한 시간, 끔찍하게 이지러진 시간 속에서 시적 자아는 무서움,
괴로움, 위태함을 경험한다. '꽃이 되거라' '불써 이러나야'한다는, 스
스로에게 촉구하는 명령적 발언은 현재의 공포스러운 상황을 넘어서
고자 하는 절규로 볼 수 있다. 즉 '꽃'이나 '불'의 이미지는 '폐허'나
'시체'와 대립되는 생명적이고 동적인 이미지로 해석할 수 있다. 따라
서 꽃과 불이 존재하지 않는 밤은 폐허와 죽음의 세계이며 이는 정지
된 상태의 시간적 체험을 나타낸다. 이와 같은 시간 체험이 <西風

賦>에서는 광적인 의식의 상태로 극단화된다.

> 서녘에서 부러오는 바람속에는
> 한바다의 정신ㅅ병과
> 징역시간과
>
> <西風賦> 부분

'정지'된 시간의 체험은 결국 존재의 의식이 자발성이나 능동성을 잃어버린 상태를 뜻하며, 이는 곧 '징역시간', 감금된 의식성을 뜻한다. 시인은 이러한 갑갑증을 '한바다의 정신ㅅ병'으로 표현한다. 정지된 시간의 체험이 일으키는 狂症은 때로 이질적 이미지들이 중첩되면서 만들어내는 정체된 영상에 의해 표현되기도 한다.

> 서러운서러운 옛날말로 우름우는 한마리의 버꾹이새.
> 그굔은 바윗속에, 黃土밭우에,
> 고이는 우물물과 낡은時計ㅅ소리 時計의 바늘소리
> 허무러진 돌무뎅이우에 어머니의屍體우에 부어오른 네 눈망울우에
> 빠꽉안 노을을남기우며 해는 날마닥 떳다가는 떠러지고
> 오직 한결 어둠만이적시우는 너의五臟六腑. 그러헌 너의空腹.
>
> <밤이 깊으면> 부분

뻐꾹새의 울음, 우물물의 고임, 낡은 時計의 소리, 덧다가는 떨어지는 해, 너의 오장육부를 적시는 어둠 등 다섯 개의 이질적 이미지들은 '오직 한결' 변화되지 않는 현상의 지속을 보여주고 있다는 점에서 공통적이다. 이 시의 시적 자아가 경험하고 있는 시간의 질은 날마다 똑같은 일들이 반복되는, 변화 불가능한 부정적 가치이다. 5행

의 '해'의 이미지가 나타내고 있듯이 매일의 삶은 '떴다가는 떨어지는' 하향 구조를 갖는다. 그 속에 서러움과 어둠이 고여들어 있는 것이다. 시간은 '낡은 時計'처럼 덧없음을 연속하고 있으며 질적 변화를 꾀할 수 없는 동일한 시간으로 흐르고 있는 것이다. 그것은 고여 있음과 다를 바 없는 현실을 암시한다. 그런 의미에서 '허무러진 돌무덱이위에 어머니의屍體우에 부어오른 네 눈망울우에'(너로 지칭되는 淑이라는 인물은 이 시의 다른 부분을 보면 삭막한 도시에서 자살한 인물로 그려지고 있다.)는 앞서 살펴본 시 <門>과 동일한 폐허와 죽음을 연상시키는 이미지로 볼 수 있다. 우리의 전통설화를 수용하고 있는 시 <門열어라 鄭道令아>에서도 죽음과 맞닿아 있는 시간 의식을 볼 수 있다.

눈물로 적시고 또 적시여도
속절없이 식어가는 네 흰 가슴이
저 꽃으로 문지르면 더워 오리야

아홉밤 아홉낮을 빌고 빌어도
덧없이 스러지는 푸른 숨ㅅ결이
저꽃으로 문지르면 도라 오리야

애비 에미 기럭이 서리ㅅ발 갈고 가는
九空 中天 우에 銀河水 우에
아 - 소슬한 靑紅의 꽃 밭. ……

門 열어라 門 열어라
鄭도령님아.

<門열어라 鄭道令아> 전문

'門'은 이쪽과 저쪽을 연결해 주는 경계의 공간이다. 문이 열리지 않는 이쪽의 공간은 결국 '푸른 숨ㅅ결'이 스러지는 죽음의 공간임을 말해 준다. 문을 열고 이쪽에서 저쪽으로 갈 수 없다면 시적 자아는 생명을 가로막고 있는 완강한 죽음의 공간 속에 갇히게 된다. 이러한 공간은 '아홉밤 아홉낮'이라는 동일한 시간의 질을 만들어 낸다. 그것은 어떠한 재생 가능성도 이루어낼 수 없는 '눈물로 적시고 또 적시'는 눈물의 시간이다. 끝없는 반복의 연속만이 있을 뿐 질적 변화는 이루어지지 않는 것이다. 이러한 무변화의 상태는 안정과 지속의 상태와는 사뭇 다르다. 따라서 이때의 동질적 시간의 반복은 정지된 시간과 동일한 의미로 볼 수 있다. 시적 자아는 이러한 시간 속에 갇혀 허무와 설움의 심연으로 빠져들게 된다.

㉮ 노들강 물은 서쪽으로 흐르고
   능수 버들엔 바람이 흐르고

   새로 꽃이 핀 들길에 서서
   눈물 뿌리며 이별을 허는
   우리 머리 우에선 구름이 흐르고

   붉은 두볼도
   헐덕이든 숨ㅅ결도
   사랑도 맹세도 모두 흐르고

   나무ㅅ닢 지는 가을 황혼에
   홀로 봐야할 연지ㅅ빛 노을.

                              <노을> 전문

㉯ 못오실니의 서서 우는듯
　어덴고 거긔 이슬비 나려오는
　薄暗의 江물 소리도 없이……
　다만 붉고 붉은 눈물이
　보래 피빛 속으로 젖어
　낮에도, 밤에도, 거리에 서도,
　문득 눈우슴 지우려 할때도
　이마우에 가즈런히 밀물처오는
　서름의 江물 언제나 흘러……
　봄에도, 겨을밤 불켤때에도,

　　　　　　　　　　　　　＜서름의 江물＞ 전문

시 ㉮ ㉯는 공통적으로 '흐른다'는 중심 시어에 의해 시적 정황이
만들어지고 있다. 그런데 이들 시에서 '흐른다'는 표현은 목적이나 방
향 혹은 변화를 뜻하는 것이 아니라 반복적 시간과 관련된다는 것을
염두에 둘 필요가 있다. ㉮는 물, 바람, 구름 등 자연과 인간사는 모
두 흘러가 버린다는 허무 의식을 드러낸다. 물과 바람, 구름은 모두
가변적 성격을 갖는 자연 이미지로 영원함과 대립되는 의미를 형성한
다. 즉 이들 자연 이미지는 인간사가 모두 '덧없다'는 시적 자아의 심
리를 표현하고 있는 것이다. '붉은 두볼도 / 헐덕이든 숨결ㅅ도 / 사
랑도 맹세도' 모두 사라질 뿐이라는 허전한 이별의 감정을 '흐르다'
라는 시어가 함축하고 있는 것이다. 따라서 '흐르다'는 덧없음이라는
시간성을 담보해 낸다. 그것은 심리적으로 공허한 시간의 질을 획득
하며 이때 시적 자아는 고독한 상태로 '가을 황혼'에 홀로 버려졌다
는 감정 속에 놓이게 된다. ㉯의 '밀물처오는'으로 표현되고 있는 물
의 이미지는 삶의 변화 가능성을 모두 덮어버림으로써 낮과 밤, 봄과

겨울의 차이성을 무화시킨다. '서름의 江물'은 '언제나 흘러' 시적 자아의 삶을 하나의 정서 상태에 묶어두고 있는 것이다.

정지와 멈춤, 고임과 반복이라는 시간의 특수한 질적 경험은 변화된 상태로 나아가지 못한다는 점에서 현재의 시간과 미래의 시간이 단절되어 있다는 비극적이고도 불연속적인 시간 의식을 뜻한다.[92] 불연속적 시간 속에 갇혀 있는 존재는 단절의 심연을 극복함으로써 미래의 새로운 시간을 자신의 삶 속으로 끌어들이고자 한다. 파괴와 형성, 불안과 기대는 존재의 삶을 역동화하는 시간의 긴장된 힘이라 할 수 있다.

> 바람뿐이드라. 밤허고 서리하고 나혼자 뿐이드라.
>
> 거러가자, 거러가보자, 좋게 푸른 하눌속에 내피어 익는가. 능금같이 익는가. 능금같이 익어서는 떠러지는가.
>
> 오 - 그 아름다운날은…… 내일인가. 모렌가. 내명년인가.
>
> <斷片> 전문

미래의 자아를 '능금'으로 전환시키고 있는 식물적 상상력은 이 시에 드러나 있는 현재의 시간성에도 깊이 관여되어 있다. 시적 자아가

---

92) 손진은은 서정주의 시세계를 베르쟈예프의 시간론에 입각하여 분석하면서 서정주의 초기시에 첨예하게 드러나는 갈등과 비극성이 무자비하게 흐르는 선형적 시간(linear time)에 대한 저항에서 기인한다고 보고 있다. 선형적 시간은 계기성을 갖고 흐르는 직선적이고 역사적인 시간관념을 말한다. 이와 같은 시간 개념 속에는 국가와 문명과 민족의 발전, 진보의 신념이 바탕하고 있기 때문에 영구불변의 진리나 일관되고 안정된 사회기반은 존재하지 않는다. 서정주의 시세계가 궁극적으로는 변화보다는 지속을, 현상보다는 영원한 보편 진리를 추구하고 있다는 점에서, 그리고 당시 왜곡된 역사적 시간이 인간 존재의 의식을 억압했던 상황이었다는 점을 고려할 때 서정주의 초기시에 나타난 시간 인식의 태도를 선형적 시간에 대한 저항으로 보는 견해는 타당성이 있다고 생각된다. 손진은(1995), 앞의 글, pp.12~30 참조.

보다 성숙된 자아로, 즉 참다운 존재의 상태로서의 존립이 가능한 미
래를 기대하는 의식의 이면에는 현재에 대한 심각한 자각이 받침하고
있는 것이다. '내'가 존재해 있는 현재는 바람과 밤과 서리만이 존재
한다. 이 세 이미지는 '열매'의 성숙을 가로막는 방해물로 해석할 수
있다. 따라서 현재의 기반은 생명을 위협하고 상하게 하는 불모적 성
격을 갖는다. '나'는 이러한 상황 속에서 존재해 있는 것이다. 한편
'내 피'가 성숙하기 위해서는 부조리한 현재의 존재 상황이 변화되어
야 한다. 그러나 이 시는 그러한 변화의 계기를 보여주고 있지 않다.
'내일인가. 모레인가. 내명년인가.'에서 보여지는 막연한 기대와 반복
적 물음은 암담한 미래 의식을 환기한다.

　이처럼 불투명한 미래의 시간성은 현재의 삶 속에 좌절과 포기의
심리 상태를 만들어낸다. 절망적 현재로부터 탈출할 수 없다면 미래
또한 존재하지 않는다. 즉 앞으로 도래할 '이상적 현재' 자체를 기대
할 수 없는 것이다. 그렇다면 '지금'의 시간성은 무가치한 것이다. 서
정주에게 있어서 현재에 대한 부정적 시간 체험은 현재를 '망각'하고
자 하는 심리로 나타난다. 앞서 분석한 <바다>의 "애비를 잊어버려
/ 에미를 잊어버려 / 兄弟와 親戚과 동모를 잊어버려, / 마지막 네 게
집을 잊어버려,"나 <逆旅>의 "잊어버리자. 잊어버리자. / 히부얀 종
이燈ㅅ불밑에 애비와, 에미와, 게집을, / 그들의 슳은 쩝慣, 서러운
言語를," 등의 표현이 그것이다. 자아의 삶을 통째로 부정하고자 하
는 심리가 망각의 행위 속에 내포되어 있는 것이다.

　(2) 단절 의식과 '과거의 현재화'

　현재에 대한 망각은 '지금 여기'에 대한 좌절일 뿐 아니라 미래를

포기하는 비극적 행위이기도 하다. 그러나 인간은 살아있는 한 자아
의 정체성을 완벽하게 포기할 수 없다. 어떤 방식으로든 자기 존재의
근거를 스스로에게 제시해야 한다. 현재의 존재 방식이 부조리하다면
이 부조리함을 무엇으로든 대체할 필요가 있는 것이다. 그러나 서정
주는 모순된 현실과의 직접적인 대결을 시에서 보여주진 않는다. 현
재와 미래가 긍정적 유대를 이룰 수 없을 때 서정주는 과거의 추억과
인물을 현재화함으로써 현재의 시간을 재구성한다. 그런데 그의 초기
시에 나타난 과거의 현재화는 그 이후에 쓰여진『新羅抄』나『질마재
神話』에서 보여주었던 과거 역사 탐구와 관련된 초월적 시간 의식과
는 분명 다른 차원으로 해석되어야 한다.

　　　흰 무명옷 가라입고 난 마음
　　　싸늘한 돌담에 기대어 서면
　　　사뭇 숫스러워지는 생각, 高句麗에 사는듯
　　　아스럼 눈감었든 내넋의 시골
　　　별 생겨나듯 도라오는 사투리.

　　　등잔불 벌서 키어 지는데……
　　　오랫동안 나는 잘못 사렀구나.
　　　샤알·보오드레-르처럼 설스고 괴로운 서울女子를
　　　아조 아조 인제는 잊어버려,

　　　仁旺山그늘 水帶洞 十四번지
　　　長水江 뻘밭에 소금 구어먹든
　　　曾祖하라버짓적 흙으로 지은집
　　　오매는 남보단 조개를 잘줍고
　　　아버지는 등짐 서룬말 졌느니

여긔는 바로 十年전 옛날
초록 저고리 입었든 금女, 꽃각시 비녀하야 웃든 三月의
금女, 나와 둘이 있든곳.

머잖어 봄은 다시 오리니
금女동생을 나는 얻으리
눈섭이 검은 금女 동생,
얻어선 새로 水帶洞 살리.

<水帶洞詩> 전문

시간이 불연속적으로 인식될 경우 자신의 정체성을 위해서 지속적
유대감을 회복하려는 시도는 당연한 것이다. 서정주의 초기시가 대부
분 단절된 시간 의식을 표방하고 있는 것에 비한다면 위의 작품은 매
우 독특한 시간 의식을 나타내고 있다 할 것이다. '내넋의 시골'인
'水帶洞 十四번지'는 십년 전 시적 자아가 살던 과거의 공간인데, 이
시에서 이 공간이 갖는 의미도 중요하지만 더 중요한 것은 고향을 떠
올릴 때 갖게 되는 시적 자아의 태도이다. 1연의 '흰 무명옷'의 이미
지는 우리적인 것이면서 동시에 깨끗함을 연상시킨다. 이 깨끗함은
시적 자아의 마음 자세를 가다듬는 행위와 연관되며 이는 다시 2연의
'오랫동안 나는 잘못 살렸구나'라는 반성적 자아로 그 의미가 심화된
다. '설ㅅ고 괴로운 서울女子를 / 아조 아조 인제는 잊어버'리는 행위
가 마음을 깨끗이 하는 것이라면, 고향으로의 회귀는 자기 정화의 의
미를 갖는다. '내넋의 시골'은 이와 같이 정화된 마음 속에서만 공간
화 되는 것이다. 따라서 시적 자아의 고향은 더럽혀지지 않은 이상적
시·공으로 의미화할 수 있다.

현재의 마음을 정화함으로써 시적 자아는 과거의 시간을 회복할 수

있는 것이며 이때 현재의 부조리함은 과거의 시간과 공간에 의해 전혀 다르게 재편성된다. '여긔는 바로 十年전 옛날'이라는 '과거의 현재화'에 의해 반성적 자아는 피폐한 자기 의식에 생기를 불어넣는다. 건강하게 삶을 일구어 가는 사람들과 아름다운 금女가 정화된 화자의 마음을 채우고 있는 것이다. 이러한 마음의 회복은 '머잖아 봄은 다시 오리니'와 같은 미래에 대한 용기와 기대를 낳게 한다.

과거 회상(recollection)93)을 통해서 시간의 유대감을 드러내고 있는 <水帶洞詩>의 시간 의식은 서정주 초기시를 주도하고 있는 다른 시와 관련해 볼 때 단절된 시간 의식의 이면에서 발현된 것으로 보는 것이 온당하다. 즉 과거와 현재와 미래의 통일된 유대감은 사실 불연속적인 시간 인식이 불러온 시인의 지향으로 해석해야 마땅한 것이다. 이 시에서 미래에 대한 기대가 막연하고 피상적인 상태로 드러나고 있는 이유도 여기에 있다.

현재의 시간이 자아를 왜곡시킬 때, 그 속에서 과거를 되돌아보는 행위는 현재 겪고 있는 혼란을 정리해 줄 수 있는 계기가 될 수 있다. 그러나 서정주의 초기시에 표면화되고 있는 과거에 대한 시간 의식은 이미 존재하지 않는 것에 대한 그리움이나 상실감, 때로는 존재 소멸의 위기감이나 불안감과 주로 관련되어 있다.

　　　　내 너를 찾어왔다…… 臾娜. 너참 내앞에 많이있구ㅓ나 내가 혼자

---

93) 쿤즈(R. Kuhns)에 의하면 回想(recollection)은 개인적 기억으로서 非共有性을 본질로 한다. 시는 개인의 상상력에 의해 형상화되는 것임에도 불구하고 보편의 정서와 조화를 이룰 때 공감력을 가질 수 있다. 즉 시 작품에 내재해 있는 개인의 기억은 公有性으로 나아가야 한다. 그런 의미에서 기억의 한 양상인 回想은 객관적 표명을 담보해낼 수 있는 '再認識'의 단계로 심화되거나, 모든 인간에게 선험적인 동시에 공유되는 초시간적 세계를 추적하는 상기(anamnesis)의 힘으로 전환되어야 한다. 김준오(1995), 『詩論』, 삼지원, pp.320~326 참조.

서 鐘路를 거러가면 사방에서 네가 웃고오는구나. 새벽닭이 울때마
다 보고싶었다…… 내 부르는소리 귓가에 들리드냐. 臾娜, 이것이
몇萬時間만이냐. 그날 꽃喪阜 山넘어서 간다음 내눈동자속에는 빈
하눌만 남드니, 매만저 볼 머릿카락 하나 머릿카락 하나 없드니, 비
만 자꾸오고…… 燭불밖에 부흥이 우는 돌門을열고가면 江물은 또
몇천린지, 한번가선 소식없든 그 어려운 住所에서 너무슨 무지개로
네려왔느냐. 鐘路네거리에 뿌우여니 흐터저서, 뭐라고 조잘대며 햇
볓에 오는애들. 그중에도 열아홉살쯤 스무살쯤 되는애들. 그들의눈
망울속에, 핏대에, 가슴속에 드러앉어 臾娜! 臾娜! 臾娜! 너 인제
모두다 내앞에 오는구나.

<復活> 전문

이미 이승에 존재하지 않는 과거의 인물에 대한 사무치는 그리움
을 노래하고 있는 이 시는 시간을 다양한 비유로 전이시킴으로써 이
승과 저승, 산 자와 죽은 자의 경계를 넘어서고자 하는 시인의 지향
성을 드러낸다. 시적 자아가 그리워하는 '臾娜'와 '나'와의 거리는 '몇
萬時間'이라는 헤아릴 수 없는 수치로 量化되어 있는데, 이 상상할 수
없는 거리는 '돌門을열고' 몇천리의 '江물'을 건너야 도달할 수 있는
먼 거리다. 살아 있는 자가 갈 수 없는 이승과 저승의 시간적 거리를
시인은 열리지 않는 돌문과 건널 수 없는 강물의 이미지로 공간화하
고 있는 것이다.

불가능한 시간을 건너 뛴 臾娜의 부활은 '鐘路네거리'에 뜬 '무지
개'의 찬란함이나 젊은 아이들의 '눈망울속에, 핏대에, 가슴속에'에 숨
쉬고 있는 생명적 이미지와 결합되어 시적 자아가 갈망하는 부활의 순
간을 감각화한다. '너 인제 모두다 내앞에 오는구나'라고 표현되어있
듯이 시적인 시간과 공간 안에서 시적 자아와 臾娜의 만남은 생생한

감격을 이룬다.

존재하지 않는 과거의 인물을 무지개와 싱그러운 생명으로 전이함으로써 과거의 인물을 현존화하는 이러한 상상력은 그러나 시 안에서 가능한 것이며, 실재의 시·공 속에서는 관념적 성취 이상의 것이 될 수 없다. 이것은 역으로 현재의 불우를, 그리움에 사무쳐 있는 시적 자아의 슬픔을 극화시킨 것으로 볼 수 있으며, 죽음과 삶, 저승과 이승, 과거와 현재의 엄청난 간극에 대한 인식성을 암시하고 있는 것으로 해석할 수 있다. 서정주의 후기시가 보여주는 '영원주의'는 이러한 실존적 인식을 바탕으로 하고 있다. 인간이 걸머져야하는 비극적 존재 방식에 대한 철저한 탐구가 없었다면 그의 영원성에 대한 집착은 보편적 공감력을 상실했을 것이다.

서정주 초기시에 나타난 현재와 과거의 유대는 진정한 지속성을 획득하고 있다고 볼 수 없다. 왜냐하면 그가 보여주고 있는 과거의 현재화는 현재의 부조리하고 결핍된 상황의 또다른 표현이기 때문이다. 그에게 있어서 과거는 그리움의 대상이지만 그것이 결코 현재의 삶을 온전한 것으로 되돌려 놓을 힘을 내포하고 있지는 못하다. 오히려 현재는 미래뿐 아니라 과거까지도 뒤흔들어 놓는, 모든 것을 소멸시킬 수도 있는 극단적 위기감을 안고 있다.

> 가신이들의 헐덕이든 숨결로
> 곱게 곱게 씻기운 꽃이 피였다.
>
> 흐트러진 머리털 그냥 그대로,
> 그 몸ㅅ짓 그 음성 그냥 그대로,
> 옛사람의 노래는 여기 있어라.

오 - 그 기름묻은 머리ㅅ박 낱낱이 더워
땀 흘리고 간 옛사람들의
노래ㅅ소리는 하늘우에 있어라.

쉬여 가자 벗이여 쉬여서 가자
여기 새로 핀 크낙한 꽃 그늘에
벗이여 우리도 쉬여서 가자

맞나는 샘물마닥 목을추기며
이끼 낀 바위ㅅ돌에 택을 고이고
자칫하면 다시못볼 하눌을 보자.

<꽃> 전문

    <꽃>은 해방 이후에 발표되었지만 쓰여진 시기는 1943년 가을이
다. 당시 시인은 시 <바다>(1938년 10월 『四海公論』에 발표)를 쓸 때
가졌던 청년다운 강인한 낭만성과는 매우 다른 태도로 현실을 바라보
고 있다. 시인의 自書를 보면 다음과 같다.

    이 <꽃>이라는 작품은 내 詩作生活에 한 轉機를 가져온 작품
이다. 시집 『花蛇』속의 白熱한 그리이스 神話的 육체나 부엉이 같
은 暗黑이나 絶望이나 그런 것들에서도 인젠 떠나서 죽은 저 넘어
先人들의 無形化된 넋의 세계에 접촉하는 한 門을 이 작품의 原想
은 잡아 흔들고 있는 것이다. 李朝白磁의 線보다도 오히려 그 色
彩가 내게 이 詩의 原想을 짜게 하는 동기가 되었다. 그러면서 나
는 아무렇게 우거지로 살다가 죽어도 된다는 諦念을 마련했고, 이
너무 혹독한 환경 속에서는 그게 그대로 한 삶의 의지가 되었다.
쉬엄쉬엄 살다가 본의 아닌 죽음도 다 당해도 괜찮겠다는 생각이
들기 시작했다. 이런 것은 그대로 또 다른 하나의 용기와도 비슷한
것이 되었다.[94]

인용한 내용을 볼 때 체념이 가져다주는 삶의 힘과 용기를 시인이 받아들이고 있음을 알 수 있다. 현실을 체념했던 이 시기는 최재서가 경영하던 『國民文學』에 <航空日에>라는 친일시를 처음으로 발표했던 때이기도 하다.[95] 서정주의 말대로 일본의 "승리를 불가피한 것으로 예상"[96]했을지라도 그것은 현실 순응의 논리라는 비난을 벗어날 수는 없다.

그러면 '우거지로 살다 죽어도 된다'는 극단적 체념의 상태에서 썼던 시 <꽃>에 나타난 시간 의식은 어떠한가? 서정주의 말대로 이 시는 "先人들의 無形化된 넋의 세계에 접촉하는 한 門"을 열고 있는 듯한 인상을 준다. 왜냐하면 시인은 '새로 핀 꽃'속에서 '가신이들의 헐덕이든 숨결'을 직관하고 있기 때문이다. '새로 핀 꽃'과 '가신이들'의 실재하지 않는 세계와의 결합은 현재와 과거 역사, 물질과 비물질의 통합을 의미한다.

'꽃'은 아름답지만, 그 생명은 순간적이다. 그런 의미에서 '여기 새로 핀 크낙한 꽃 그늘'은 지속적 시간을 획득할 수 없다. 시적 자아의 안타까움과 위기감을 드러내고 있는 '자칫하면 다시못볼 하눌을 보자'라는 표현은 단절될지도 모르는 우리의 역사와 꽃의 순간적 개화를 통합한다. '꽃'이 순간 피었다 지듯이 '헐덕이든 숨결로' '기름묻은 머리ㅅ박 낱낱이 더워 / 땀흘'리며 어렵게 이어온 우리의 역사가 백척간두의 상황임을 나타내는 것이다.

'꽃'과 '가신이들의 헐덕이든 숨결'의 결합은 이제는 마지막일지도 모른다는 '역사 상실'의 절박함을 나타냄과 동시에 역사의 상실이 다

---

94) 서정주(1975), 앞의 책, p.103.
95) 서정주(1975), 앞의 책, pp.120~125 참조.
96) 서정주(1975), 앞의 책, p.121.

만 과거만의 상실이 아니라, 곧 현재적 삶의 와해로 이어질 수 있다
는 논리를 만들어 낸다. 이러한 논리의 밑바닥에는 서정주 자신이 가
졌던 현실 인식이 놓여 있다. 앞에서 지적했듯이 이 시를 썼던 동일한
시기에 친일시를 발표했던 이유에는 이제는 어찌해볼 수 없다는 체념
적 역사 인식이 자리했던 것이다.

서정주의 초기시가 보여주고 있는 병적 자아, 감금의 공간, 불연속
적 시간 의식 등은 그 뒤를 잇는 시편들과의 연계선상에서 볼 때 '존
재 전환의 순간'을 맞기 위한 통과제의(rite of the passage)의 한 과정이
라 할 수 있다. 따라서 험난한 미로에서의 극심한 방황과 갈등은 삶
에 대한 치열한 정신을 보여주고 있다는 점에서뿐만 아니라 시인 자
신에게는 새로운 인식의 세계로 나아가는 정신의 기저로 작용한다는
점에서 긍정적 가치를 내포하고 있는 것으로 볼 수 있다.

3. 상승의 역동성과 세계의 확대

1) 공유의식으로서 '우리'

(1) 동일성 회복과 자아 확대

서정주의 초기시가 보여주었던 방황과 혼돈의 세계는 해방 이후 급격한 변화를 보인다. 시 <꽃>은 앞서 지적했듯이 민족 역사의 위기감을 매우 비장하게 드러냄과 동시에 서정주 시의 변화를 암시해 주는 중요한 자료이다. 아무렇게나 살다 죽어도 괜찮다는 극단적 체념과 포기 자체는 이제 더 이상의 희망을 바라는 것은 불가능하다는 생각을 내포하는 것이지만, 분명한 것은 이러한 극단적 경험이 그에게는 세계를 보는 새로운 시각을 만들어내는 내적 동인이 되었다는 점이다. 그는 더 이상 갈 수 없는 밑바닥을 경험한 셈이고 이러한 체험이 오히려 앞으로 그가 감당해야 하는 삶의 무게를 싸안는 힘이 되었던 것이다. 해방의 감격과 6·25의 비극을 겪으면서 그의 시적 지향성이 '나'라는 구심적 세계를 벗어나 보다 보편적 삶을 끌어안는 쪽으로 변화하고 있음이 그것이다.[97] 그는 나름대로 갇힘의 상태로부터 벗어나는 새로운 삶의 방식을 터득해 내고 있는 것이다. 해방과 6 · 25라는 역사의 변전을 체험하면서 그는 더 이상 자신의 '벽' 속에 갇혀 울부짖지 않는다. 이제 세계와 자아의 관계는 단절이 아니라 소통을 통해서 그것이 기쁨이든, 아니면 고통이든 간에 하나의 삶의 구조를 형성하게 된다. 이때 주요하게 시적 문맥을 생성시키는 것이 '우리'라는 공감의 정서이다.

　　　순이야. 영이야. 또 도라간 남아.

　　　굳이 잠긴 재ㅅ빛의 문을 열고 나와서
　　　하눌ㅅ가에 머무른 꽃봉오리ㄹ 보아라

　　　한없는 누예실의 올과 날로 짜 느린
　　　채일을물은듯, 아득한 하눌ㅅ가에
　　　뺌 부비며 열려있는 꽃봉오리ㄹ 보아라

　　　순이야. 영이야. 또 돌아간 남아.

　　　저,

---

97) 서정주 시의 갑작스런 변화에 대해 논자들은 크게 두 가지 요인으로 설명하고 있다. 천이두는 해방이라는 역사적 대사건이 "자기 일생의 둘레를 보다 구체적이고도 낙천적인 의욕과 설계를 가지고 바라볼 수 있는 결정적 요인이 되었을 것이고, 그것은 필연적으로 한의 미학이 간직한 네거티브한 역설의 극복이라는 시적 과제로 제기되었을 것"이라고 말하는 반면 최하림은 서정주의 초기시가 보여주는 반항적 요소는 역사와 세계에 대한 성찰에서 기인한 것이 아니라 자신의 출신성분에 대한 절망에서 비롯한 것으로 보고, 서정주의 시가 건강성을 찾게 된 요인은 해방이 아니라 고향의 가치를 받아들이고 그곳으로 회귀하려는 의식에서 싹튼 것이라고 설명하고 있다. 천이두(1994), 앞의 글, 『미당연구』, 민음사, p.69. 최하림, 앞의 글(上), pp.16~27 참조.

가슴같이 따뜻한 삼월의 하눌ㅅ가에
인제 바로 숨 쉬는 꽃봉오리ㄹ 보아라

<密語> 전문

　이 시의 함축적 화자는 '굳이 잠긴 재ㅅ빛의 문' 안에 있는 순이와 영이, 도라간 남이를 문 밖으로 불러내어 자신과 동화되기를 갈망한다. 이와 같은 시적 자아의 태도는 '나'가 아니라 '나'를 포함한 '우리'라는 복수의 개념을 생성시킴으로써 자신이 감격하고 있는 정서를 공유적 상황으로 유도해 낸다. 특히 화자의 청유적 어조, 즉 '보아라'에서 느껴지는 간청과 권유는 타자와 동일성을 회복하기 위해 청자를 설득하는 적극적 자세를 보여 준다. '벽'의 공간에서 '하눌ㅅ가'로 자신의 의식 세계를 확장해 가게 되는 실질적 원인이 무엇이든 이를 통해 시인이 외부 세계와의 소통을 능동적으로 제기하고 있다는 사실은 주목할 만한 변화이다. 또한 공간의 확대는 곧 순이, 영이, 남이 등으로 지칭되는 타자와의 연계성이 회복됨을 뜻한다. 초기 시에 중심이 되었던 '나'가 '우리'로 변화되고 있음은 곧 세계와 자아의 관계 변화라는 점에서 매우 중요한 시적 변화를 암시해 주는 것이다. 이제 세계는 '나'의 밖에 존재함으로써 잊어버려야 하거나, '나'를 고립시키는 억압의 대상이 아니라 '나'와 공동의 시·공 속에 숨쉬며 소통하는 '나'의 일부인 것이다.

게집애야 게집애야
고향에 살지.

멈둘레 꽃 픠는
고향에 살지.

질갱이 풀 뜯어
신 삼어 신ㅅ고,

시누 대밭 머리에서
먼 山 바래고,

서러워도 서러워도
고향에 살지.

<고향에 살자> 전문

　멈둘레, 질갱이, 시누 대밭의 풍경이 연상시키는 향토적 고향 이미지는 우리의 보편적인 삶의 터전을 상징한다. 시인은 이를 통해 우리 모두가 공유할 수 있는 정신적 본향을 탐색하고 있는 것이다. 따라서 '고향에 살지'라는 청유적 발언을 반복하고 있는 이 시의 함축적 화자의 목소리는 개인의 차원을 넘어 고향을 잃어버린 모든 사람의 내면에 반향한다. 아울러 이 시의 현상적 청자인 '게집애' 또한 특정 인물이 아닌 사람 일반을 나타낸다고 볼 수 있다. 시적 자아는 이 현상적 청자에게 말 건넴을 함으로써 사람들과 동일한 삶의 기반을 형성하고자 하는 자신의 마음을 호소하고 있는 것이다. 이와 같은 공유적 심리를 가장 탁월하게 형상화하고 있는 작품 가운데 하나가 <풀리는 漢江가에서>인데, 이 시에서 타자와의 동일화는 인간의 범주를 넘어 자연물에까지 확산되고 있다.

江물이 풀리다니
江물은 무엇하러 또 풀리는가
우리들의 무슨 서름 무슨 기쁨때문에
江물은 또 풀리는가

기럭이같이
서리 묻은 섯달의 기럭이같이
하늘의 어름짱 가슴으로 깨치며
내 한평생을 울고 가려했더니

무어라 江물은 다시 풀리어
이 햇빛 이물결을 내게 주는가

저 민들레나 쑥니풀 같은것들
또 한번 고개숙여 보라함인가

黃土 언덕
꽃 喪輿
떼 寡婦의 무리들
여기 서서 또 한번 더 바래보라 함인가

江물이 풀리다니
江물은 무엇하러 또 풀리는가
우리들의 무슨 서름 무슨 기쁨 때문에
江물은 또 풀리는가

　　이 시의 시적 자아는 '우리들의 무슨 서름 무슨 기쁨'이라는 삶의
애환을 함께 공유하는 자로서 등장한다. '우리들의 무슨 서름 무슨 기
쁨'으로 표현되고 있는 삶의 양태는 2연의 비유적 이미지에 의해 구
체화된다. 2연에서의 인간과 조류의 상호 통합은 '우리'로 대변되는
복수 화자의 힘겨운 겨우살이를 이미지화한다. 겨울 철새의 생태처럼
언제나 추운 곳에서 생존해야하는 우리는 우리의 삶의 터전인 겨울 江
의 '어름짱'을 '가슴으로 깨치며' 살아야 하는 고된 생존을 지속해 온

것이다. 이러한 인간과 겨울 철새의 유사한 생존 방식은 그들이 살아가는 공간과의 등가적 관계로 이어진다. 즉 인간의 터전인 '江'과 조류의 터전인 '섯달 하늘'이 질적 유사성을 이루는 것이다. 인간과 기러기는 동일한 공간 속에 존재해 있는 것이며 이러한 동일화는 '어름짱'의 차고 견고한 이미지에 의해 획득된다. 따라서 '깨치다'라는 시어는 완강한 삶의 양태와 맞서야하는 존재의 무거움을 나타낸다. '추운 겨울 江'과 '섯달의 하늘'은 모두 얼어 있는 결빙의 공간이며 이얼음의 공간에서 살아간다는 것은 곧 '울다'라는 참담한 정서와 등가적 의미를 갖는다. 그것은 '밈둘레나 쑥니풀' 같은 여리디 여린 봄풀들의 겨우살이이며, '떼 寡婦의 무리'가 겪어야 하는 한스러운 삶이다. 우리 모두는 이러한 결빙의 시간과 공간 속에서 함께 살아 온 것이다.

눈물겨운 겨우살이로부터 우리를 풀려나게 하는 해빙의 강 앞에서 그 감회를 시적 자아는 '江물이 풀리다니 / 江물은 무엇하러 또 풀리는가', '무어라 江물은 다시 풀리어 / 이 햇빛 이물결을 내게 주는가'라고 말한다. 너무도 큰 기쁨이 역설적 어조를 만들어 내고 있는 것이다. 한으로 마음이 꽝꽝 얼어 있는 사람에게 뜻하지 않은 기쁨은 오히려 당혹스러움이며, 당혹스러운 감정이 한과 기쁨이 뒤얽힌 역설의 울음을 토해내게 하는 것이다. 강과 하늘의 풀림은 봄볕 아래에서 피어나는 '밈둘레'나 '쑥니풀'의 소생이며 이는 곧 모든 존재의 부활을 의미한다. 이와 같은 의미 맥락은 자연과 인간을 동일한 차원으로 일치시킨다.

따라서 이 시에서 '우리'와 '나'를 변별 없이 사용하고 있음은 '나'의 범주가 '우리'의 범주와 동일함을 뜻할 뿐 아니라, '우리'의 범주 속에는 인간만이 아니라 힘겹게 겨울나기를 하는 기럭이, 밈둘레, 쑥니풀 같은 자연물까지도 포함되어 있음을 말해준다. 이러한 시적 맥락은 인간뿐 아니라 인간의 삶을 둘러싸고 있는 일체의 것들과 동일화를 갈망하는 시인의 지향성을 나타낸다.

여기서 한 가지 기억해 둘 것은 강의 풀림은 공간을 유동화하는 것이며, 이것이 곧 하늘의 풀림으로 이어진다는 점이다. 인간과 기러기가 동일한 터전에 귀속되어 있듯이 시인의 상상력이 허빙의 공간을 지상의 영역에서 하늘로까지 확장하고 있는 것이다. '나'로 국한되어 있던 존재의 범주가 '우리'로 확대되었듯이 '나'를 구속하고 있던 '벽'의 공간은 이러한 풀림의 과정을 통해서 '하늘'로 확대되어 갈 가능성을 시사한다. '하늘'은 '나'의 삶과 단절된 공간이 아니라 '나'의 삶과 이어진 공간으로 자리잡게 된다.

(2) 현실 긍정과 화해 의식

'나'를 둘러싸고 있는 타자에 대한 관심은 시인의 시선이 일상으로 기울어졌음을 의미한다. 종의 자식이라는 자신에 대한 비극적 인식과 더불어 쾌락적 욕망에 부대끼는 병적인 자아의 심리는 외적인 것에 대한 관심보다는 내적 갈등을 말해주는 근거가 된다. 그러나 시인은 이제 자기로부터 벗어나 평범한 사람들이 살아가는 가난하고 이지러진 삶에 대해 애정과 따뜻함을 내보임으로써 특수한 세계가 아니라 보편적 세계와 접촉하게 된다.

　　날이날마닥 드나드는 이 골목
　　이른 아침에 홀로 나와서
　　해지면 홍얼 홍얼 돌아가는 이 골목.

가난하고 외롭고 이즈러진 사람들이
웅크리고 땅보며 오고 가는 이 골목.

서럽지도 아니한 푸른 하늘이
홑니불 처럼 이골목을 덮어,
하이연 박꽃 집웅에 피고

이골목은 금시라도 날러 갈듯이
구석 구석 쓸쓸함이 물밀듯 사뭇쳐서,
바람 불면 흔들리는 오막사리뿐이다.

장돌방이 팔만이와 복동이의 사는 골목.
내, 늙도록 이골목을 사랑하고
이골목에서 살다 가리라.

<골목> 전문

　　이 시에서 시적 자아는 '장돌방이 팔만이와 복동이'와 동일한 일상
을 살아간다. 그들의 삶은 '금시라도 날러 갈듯이 / 구석 구석 쓸쓸함
이 물밀듯 사뭇쳐서, / 바람 불면 흔들리는 오막사리'에서 이루어진
다. 따라서 이 시의 현상적 화자인 '나'는 '가난하고 외롭고 이즈러진
사람들' 가운데 하나인 복수 화자의 성격을 갖는다. 그들 가운데 하
나라는 공유 의식은 삶에 대한 깊은 애정으로 표현되는데, '내, 늙도
록 이골목을 사랑하고 / 이골목에서 살다 가리라'는 다짐이 이를 뒷
받침한다. 쓸쓸함이 사무쳐 와도 더 이상 시적 자아는 고독하고 외로
운 사람이 아닌 것이다.

　　별로 특별할 것이 없는 사람들의 일상, 이른 아침에 나와서 다시
돌아가는 골목, 이러한 서민적 삶의 양태는 반복적이라는 점에서 권

태로움으로 이어질 수 있지만 시적 자아는 그 속에서 오히려 위안과
사랑을 느끼고 있다. 일상의 쓸쓸함과 궁핍함을 깊은 애정의 시선으
로 이미지화하고 있는 부분을 3연에서 찾아 볼 수 있다. 3연은 서민
들의 일상을 함축하고 있는 '골목'의 어둡고 쓸쓸한 분위기를 일시에
바꿔 놓는 역할을 한다. 즉 '푸른 하늘', '홑니불', '하이연 박꽃'이 환
기하는 밝고 가벼운 느낌이 일상의 무게를 다소 덜어내고 있는 것이
다. 서민적 일상을 상징화하는 골목은 이들 이미지에 의해 아주 새로
운 색채를 띠게 된다. 하늘의 푸른색과 홑이불의 정갈한 감촉, 박꽃의
밝고 부드러운 하얀 빛깔은 골목의 가라앉음을 가볍게 상승시킨다.
따라서 이지러진 사람들의 삶은 한 순간에 천상적인 공간으로 떠오르
게 된다. 골목은 하늘의 빛깔로 뒤바뀌고, 홑이불처럼 살랑대는 공기
적 파동 속에서 박꽃이 피어나고, 이 박꽃의 은은함이 사람들의 삶을
싸안고 있는 것이다. 골목은 지붕과 이어지고 지붕은 다시 '하늘'과
이어진다. 따라서 '박꽃'은 골목과 하늘의 경계 공간에서 피어난다.
하늘가에 꽃피는 공간, 그것이 골목인 것이다. 일상의 공간을 이처럼
밝고 가벼운 것으로 바꿔놓는 데서 삶을 긍정하고자 하는 시인의 인
생 태도를 엿볼 수 있다.

　'우리'라는 공유적 의식은 인간의 구체적인 삶과 연관된다. <풀리
는 漢江가에서>의 '서름'이나 <골목>의 '가난하고 외롭고 이즈러
진' 우리들의 삶에 대한 관심은 서정주 시의 또 하나의 변화를 나타
낸다. 설움이나 가난은 우리의 어려운 삶을 관통하고 있는 과제이며,
이러한 생존의 문제는 서정주 시가 보다 보편적인 진실을 탐색하는
과정에서도 끊임없는 견인력을 가지고 제기됨으로써 시적 리얼리티
를 획득하는 데 크게 기여하게 된다. 특히 '가난'은 그의 시에서 자주
반복되는 제재인데 그것은 '우리' 모두가 짊어지고 있는 생의 무거움

이면서 동시에 초연한 자세, 혹은 지혜로 극복해야 하는 문제로 등장
한다.

> 가난이야 한낱 襤褸에 지내지않는다
> 저 눈부신 햇빛속에 갈매빛의 등성이를 드러내고 서있는
> 여름 山같은
> 우리들의 타고난 살결 타고난 마음씨까지야 다 가릴수 있으랴
>
> 靑山이 그 무릎아래 芝蘭을 기르듯
> 우리는 우리 새끼들을 기를수밖엔 없다
> 목숨이 가다 가다 농울쳐 휘여드는
> 午後의때가 오거든
> 內外들이여 그대들도
> 더러는 앉고
> 더러는 차라리 그 곁에 누어라
>
> 지어미는 지애비를 물끄럼히 우러러보고
> 지애비는 지어미의 이마라도 짚어라
>
> 어느 가시덤풀 쑥굴형에 뇌일지라도
> 우리는 늘 玉돌같이 호젓이 무쳤다고 생각할일이요
> 靑苔라도 자욱이 끼일일인것이다.
>
> <無等을 보며> 부분

  시인은 '가난이야 한낱 襤褸에 지내지않는다'는 초연한 태로도 삶
의 고통을 일축해버린다. 여기에 '靑山이 그 무릎아래 芝蘭을 기르듯
/ 우리는 우리 새끼들을 기를수밖엔 없다'는 다소 체념적이면서도 넉
넉한 삶의 태도를 보태고 있다. 일상의 삶에 이와 같이 의연한 자세

를 표방하는 이면에는 죽음에 대한 인식이 깊이 내재해 있다. '목숨
이 가다 가다 농울쳐 휘여드는 / 午後의때'로 표현되고 있는 늙음과
죽음의 문제는 시적 자아인 '우리'와 현상적 청자인 '內外들', 즉 인
간 모두가 공유할 수밖에 없는 인간 삶의 가장 근원적 사건이다. 시
적 자아의 '그 곁에 누어라', '이마라도 짚어라'에서 느껴지는 명령적
청유는 인생이 삶의 문제만이 아니라 죽음의 문제이기도 하다는 인간
일반의 존재성을 꿰뚫고 있는 목소리이다. 시인은 '우리'가 안고 있는
가난의 문제뿐 아니라 죽음의 문제까지를 공유적 유대감으로 넘어서
고자 하는 것이다.

'우리'라는 공유적 심리는 무거운 인간사의 여러 국면을 함께 공감
하는 보편성의 세계를 생성해낸다는 점에서 세계와 자아간의 화해적
논리를 만들어 내는 단초라 할 수 있다. "일생동안 세계와 일체감을
느끼는 동일성과 하나의 연관된 자아를 가지는 것이 인간의 꿈이다.
이렇게 자아는 세계와의 관계와 또 바로 자기 자신과도 관계를 가지
는 것이 그 본질적 특징"[98]이라고 김준오는 말한다. 자신을 둘러싼
세계가 참혹하게 붕괴되어 어찌해 볼 수 없을 때 서정주는 비판이나
대결이 아니라 오히려 세상과의 화해적 논리를 시로써 형상화함으로
써 현실에 대한 정신적 대응을 보여주고 있는 것이다. 그 대표적인
경우가 <내리는 눈발속에서는>[99]이라는 시이다.

---

98) 김준오, 人間探求와 未堂의 神話, 『心象』(1978.11), p.35.
99) 시인은 이 시를 썼던 당시 심경을 "이것이 그 1·4 後退 바로 옅마쯤 전에 서울
서 쓴 것이다. 눈 오는 거리를 麻浦 孔德洞의 내 소굴로 걸어가며 나는 모든 것
을 다 괜찮다고 느끼는 데 도달하게 되었고, 이 체념 속에 무한정 늘편히 나자빠
져 버릴 수 있는 힘만이 겨우 생겨져 있었던 것이다."(서정주(1975), 앞의 책,
pp.237~238.)라고 고백하고 있다. 불가항력적인 세계 앞에서 '체념'할 수밖에 없
었던 시인은 그러나 시를 형상화하는 상상 작용 가운데 세상을 한탄하거나 체념
하는 감상적 태도를 걸러내고, 체념이 아니라 화해로 자신의 의식을 이끌어 가고
있다.

　　괜, 찬, 타, ……
　　괜, 찬, 타, ……
　　괜, 찬, 타, ……
　　괜, 찬, 타, ……
　　수부룩이 내려오는 눈발속에서는
　　까투리 매추래기 새끼들도 깃들이어 오는 소리. ……
　　괜찬타, …… 괜찬타, …… 괜찬타, …… 괜찬타, ……
　　폭으은히 내려오는 눈발속에서는
　　낯이 붉은 處女아이들도 깃들이어 오는 소리. ……

　　울고
　　웃고
　　수구리고
　　새파라니 얼어서
　　運命들이 모두다 안끼어 드는 소리. ……

　　큰놈에겐 큰눈물 자죽, 작은놈에겐 작은 웃음 흔적,
　　큰이얘기 작은이얘기들이 오부룩이 도란그리며 안끼어 오는 소리.
　　……

　　괜찬타, ……
　　괜찬타, ……
　　괜찬타, ……
　　괜찬타, ……

　　끊임없이 내리는 눈발속에서는
　　山도 山도 靑山도 안끼어 드는 소리. ……

시인은 내리는 눈발속에서 '울고 / 웃고 / 수구리고 / 새파라니 얼어'있는 생명을 발견해냄과 동시에 그것을 '괜찬타'라는 내면의 목소리로 바꿔놓는다. 즉 '괜, 찬, 타, ……'의 반복은 내리는 눈발의 모습이며, 얼어있는 생명이 '안끼어 드는 소리'며, 동시에 시적 자아의 내면 속에서 스스로의 삶을 위로하는 목소리이기도 하다. 따라서 '괜찬타'는 함축적 화자의 내부와 외부 세계의 얼어있는 '運命'을 하나로 일치시키고 주체와 객체를 공유적 상태로 통합하는 목소리라 할 수 있다. 이 목소리에 의해 시적 자아뿐 아니라 까투리나 메추래기 새끼들과 같은 미물에서 거대한 靑山에 이르기까지 모든 얼어 있는 생명들의 삶은 안온한 것으로 전이된다. 그것은 '폭으은히 내려오는 눈발 속'으로 모든 존재와 모든 공간이 귀의하는 것이며, 지상의 눈물겨운 생존이 '괜찬타'는 삶의 자세에 의해 무마되는 것을 말한다. 시인은 '눈'이 함의하고 있는 다성적 목소리를 통해서 우리 모두의 '運命'과 세상이 하나로 화해됨을 표현하고 있는 것이다.

2) 지상과 하늘의 경계 공간

(1) 수직적 모성 공간

너와 나의 대타적 관계가 '우리'의 관계로 변화되면서 서정주의 시적 공간도 '나'를 가두던 폐쇄적 공간에서 열린 공간으로 확장한다. 이러한 변화는 수직적 공간으로 향하는 방향 정립에 의해 성취된다. 그러나 '감금'의 공간을 벗어나 수직적 공간에 이르는 과정은 단숨에 이루어지지 않는다. 수직적 상승을 위해서는 상승을 갈망하는 내적 고뇌와 그것을 가벼움으로 떠오르게 하는 에너지가 필수적이다.

샛길로 샛길로만 쪼껴 가다가
한바탕 가시밭을 휘젓고 나서면
다리는 훑처 肉膾 처노흔듯,
피ㅅ방울이 내려저 바윗돌을 적시고……

          (……)

가리라 가리로다 꽃다운 이年輪을 天心에 던저,
옴기는 발ㅅ길마닥 毒蛇의눈깔이 별처럼 총총히 무처있다는 모래
언덕넘어……모래언덕 넘어……

<逆旅> 부분

자신의 생을 '天心'에 던져놓는 사명감을 강력하게 표명하고 있는
이 시의 시적 자아는 '샛길'과 '가시밭'을 지나 '모래언덕 넘어'의 세
계로 향한다. 그 길을 통과하기 위해서는 '肉膾 처노흔듯'한 육신의
고통과 '옴기는 발ㅅ길마닥毒蛇'의 위험을 감당해야만 한다. 그러나
'언덕'이 암시하고 있듯이 시적 자아가 좁고 위험한 길을 지나 점차
수직의 공간에 근접해감을 알 수 있다. 지상에서 수직적 공간으로의
전환을 가능케 하는 것은 '가리라 가리로다'가 나타내는 갈망과 의지
이다. 수직의 공간으로 가고자하는 갈망이 서정주의 다른 시에서는
상승을 부추기는 '불'과 '바람'의 물질적 상상력으로 드러나고 있다.

㉮ 가슴속에 匕首감춘 서릿길에 타며 타며
    오느라, 여긔 知慧의 뒤안깊이
    秘藏한 네 荊棘의 門이 운다.

<門> 부분

㉯ 높았다, 낮았다, 출렁이는 물ㅅ살과
물ㅅ살 몰아 갔다오는 바람만이 있어야하네.

오 - 우리들의 그리움을 위하여서는
푸른 銀河ㅅ물이 있어야 하네.

도라서는 갈수없는 오롯한 이 자리에
불타는 홀몸만이 있어야 하네!
<牽牛의 노래> 부분

시 ㉮의 '타며 타며'와 ㉯의 '불타는 홀몸'에서 보여지는 氣化의
조짐은 절망적 행위가 아니라 '知慧의 뒤안'에 이르기 위한 것이며
'님'과의 만남을 위한 것이다. 따라서 스스로를 불사르는 행위는 가혹
한 고통이면서 동시에 상승을 위한 에너지가 된다. 이러한 에너지가
존재를 '서릿길'과 '도라서는 갈 수 없는' 막다른 곳으로부터 벗어나
게 하는 것이다. ㉯의 '물ㅅ살 몰아 갔다오는 바람'의 이미지 또한
고착적인 공간을 뒤흔들어 상승의 길을 생성시키는 힘을 함축한다.
이와 같은 '바람'의 이미지가 <鞦韆詞>에서는 그네의 상하 운동으
로 변용되고 있다.

珊瑚도 섬도 없는 저 하눌로
나를 밀어 올려다오.
彩色한 구름같이 나를 밀어 올려다오
이 울렁이는 가슴을 밀어 올려다오!
<鞦韆詞 - 春香의 말 壹> 부분

'밀어 올려다오'를 계속 반복하고 있는 춘향의 말속에는 지상의 괴

로움을 넘어 '채색한 구름'같이 상승하고자 하는 욕구가 담겨있다. 그
네의 상하 운동과 같은 격렬한 과정을 치른 뒤 시인의 상상력은 '채
색한 구름'같이 편안하게 '하눐ㅅ가'에 머무는 상태에 이르게 된다. 그
여정 속에는 샛길, 가시밭, 사막의 모래언덕, 서릿길, 돌아서는 갈 수
없는 막다른 길과 같은 험난한 공간 체험이 내포되어 있다. 이러한
과정을 지나 도달하게 되는 수직적 상승의 공간은 주로 식물적 상상
력과 결부되어 나타나는데, 식물이 개화하고 성장해 가는 '하눐ㅅ가'
의 생명성을 통해서 시인은 삶에 대한 긍정적 태도를 보이고 있다.

> 순이야, 영이야, 또 도라간 남아
>
> 굳이 잠긴 재ㅅ빛의 문을 열고 나와서
> 하눐ㅅ가에 머무른 꽃봉오리ㄹ 보아라
>
> 한없는 누예실의 올과 날로 짜 느린
> 채일을물은듯, 아늑한 하눐ㅅ가에
> 뺨 부비며 열려있는 꽃봉오리ㄹ 보아라
>
> 순이야, 영이야, 또 돌아간 남아.
>
> 저,
> 가슴같이 따뜻한 삼월의 하눐ㅅ가에
> 인제 바로 숨 쉬는 꽃봉오리ㄹ 보아라
>
> <密語> 전문

　서정주의 꽃은 '하눐ㅅ가'에서 피어난다.100) 그의 꽃은 언제나 높

---

100) 시인 자신은 "꽃은 선인가? 악인가? 시(是)인가? 비(非)인가? 아무래도 그것은

이의 공간을 차지함으로써 식물이 지상에 고착되어 있다는 일반적 통념을 뒤바꾸어 놓는다. 높이의 공간에 심어져 있는 '꽃'은 우리의 시선을 그 높이만큼 끌어올림으로써 범속한 자연물 이상의 의미를 갖게 된다. 그것은 우러러보아야 하는, 숭배의 자세를 요구하는 형이상적 상징물이다. 시인이 최상의 가치로 관념화하고 있는 '꽃'의 의미를 밝히기 위해서 무엇보다 유념해야 하는 것은 '꽃'이 높이의 공간을 지향한다는 점이다. 꽃의 터전인 '하눌ㅅ가'는 시인이 새롭게 뿌리내리고자 하는 관념의 공간인 것이다.

<密語>에 나타난 '하눌ㅅ가'는 '채일'과 '가슴'이라는 이중의 비유가 그 공간적 의미에 관여하고 있다. '하늘'이 아니라 '하눌ㅅ가'라고 표현한 데서 암시하고 있듯이 '꽃봉오리'가 개화하는 공간은 멀고 아득한 피안의 세계가 아니다. 시인이 '하눌ㅅ가'를 '아득하다'고 하지 않고 '아늑하다'고 말하고 있는 것은 하늘의 공간이 인간과 분리된 것이 아님을 나타내기 위해서이다. 그것은 아름다운 비단 '채일'처럼 바로 우리의 머리 위에 펼쳐져 있는 공간이며, 인간의 가슴으로부터 느껴지는 체온처럼 아주 가까이 존재해 있는 따뜻한 공간인 것이다.

하늘의 공간이 무한정 먼 것으로 그려졌다면 우리는 시인의 상상적 세계와 너무 먼 심리적 간격을 갖게 되기 때문에 시적 의미에 재빠르게 동참하기 어려울 것이다. 그것은 인간의 시선과 닿을 수 없는 추상적이고 관념적인 공간을 강요하는 것이 되기 때문이다. 그리고 이 시에서 시적 자아인 '나'를 포함해서 '순이, 영이, 남이'는 너무 먼 세계로 갑자기 비약해서 갈 수 없는 존재 상황을 가지고 있다. '굳이 잠

선악시비 이전이고 이상인 가치만 같다. 마땅히 지켜야 할 사람들의 생명의 순수성을 상징하고 있는 듯만 싶은 꽃의 이 개벽은 선악시비나 언어보단 더 고도한 최상의 가치만 같다"고 의미심장하게 말한 바 있다. 서정주(1993), 앞의 책, p.45.

긴 재ㅅ빛의 문을 열고' 나와야 하는 억압된 상황이 아직은 남아있으
며, 이러한 상태로부터 벗어났을 때 터무니없이 넓고 먼 세계는 위안
이 될 수 없다. 부드럽고 따뜻한 공간, 어둠 속에 갇혀 있던 존재들에
게 생명을 불어넣어 줄 수 있는 모성적 공간이 필요한 것이다.

　이런 의미에서 '한없는 누예실의 올과 날로 짜 느린 / 채일'은 단
순히 아름다운 천막 이상의 의미를 갖는다. '한없는 누예실의 올과
날로 짜 느린 채일'과, 그런 천막과 같은 '하눌ㅅ가'에 열려있는 꽃봉
오리의 결합은 두 가지 여성적 행위를 연상시킨다. 하나는 길쌈하는
행위이고 다른 하나는 비단에 '꽃봉오리'를 수 놓는 행위이다. 이러한
여성성이 담겨있는 공간이 '하눌ㅅ가'이다. 그것은 감싸안고 보호하
는 의미를 함의한다. 한편 채일은 다시 이 시의 마지막 연의 '가슴'이
라는 인간적 범주와 결합하여 생명을 잉태하고 탄생시키는 공간적 의
미로 심화된다. 아름다운 꽃들을 수놓는 여성적 행위와 따뜻한 어머
니의 가슴이 동일화됨으로써 '삼월의 하눌ㅅ가'는 '순이, 영이, 남이'
에게 친근하고도 가까운 공간으로 열리게 되는 것이다. 서정주의 다
른 시 <菊花옆에서>나 <木花>에 등장하는 '꽃'과 '누이'의 융화된
심상 또한 이러한 모성성과 무관하지 않다. '하늘'이 모성적 의미를
담고 있음은 꽃을 의인화하고 있는 '뺨 부비며 열려있는 꽃봉오리'라
는 표현에서도 알 수 있다. 하늘은 뺨 부비며 태어나는 생명들을 보
듬고 있는 공간인 것이다.

　　　二月 새 하눌일래 대수풀은 빛나네.
　　　햇빛에 도란도란 도란그리며
　　　햇빛에 나즉히 노래 불러 울리는
　　　아릿답고 향기론 處女들이 크나니

　　　　　　　　　　　　　　　<二月> 전문

이 시의 '대수풀'은 노래부르는 '아릿답고 향기론 處女'의 젊고 싱그러운 생명의 기운과 결합하여 보다 구체적인 이미지를 획득한다. 식물과 인간이라는 전혀 이질적 층위가 이와 같이 하나의 생명적 범주로 결합할 수 있는 것은 '二月 새 하눌'과 같은 새로운 공간이 조건화되어야 가능하다. 시인이 '대수풀'이 빛나는 공간을 '二月 새 하눌' '아래'라고 표현하지 않고 '二月 새 하눌일래'로 표현하고 있음은 이러한 공간 의식에 의한 것이다.

생명이 숨쉬는 높이의 공간은 수직적이지만 먼 곳에 위치해 있는 것이 아니라 인간과 가장 밀착된 공간이다. "하이연 박꽃 지붕에 피"(<골목>)는 정도의 높이, "어둠이 우리와 우리 어린것들과 山과 냇물을 까마득히 덮을때가 되거던, 우리는 차라리 우리 어린것들에게 제일 가까운곳의 별을 가르쳐 뵈일일이요"(<上里果園>)와 같은 시구에서의 '제일 가까운곳의 별'이 뜨는 정도의 높이를 함축한다. 이처럼 독특한 거리(distance) 개념은 인간의 삶을 수직적 공간으로 끌어올리고자 하는 시인의 지향성을 내포함과 동시에 지상과 천상의 이질적 공간을 매개하려는 일원론적 사고를 함의하고 있다. 지상과 천상을 하나로 연결하려는 일원론적 사고의 이면에는 그의 시 <密語>에 "굳이 잠긴 재ㅅ빛의 문"으로 암시되어 있는 지상의 삶이 지닌 어둠과 무거움을 가벼움으로 상승시킴으로써 인간다운 삶의 가능성을 열어주고 그것에 보다 생명적이고 긍정적인 가치를 부여하고자 하는 시인의 지향이 담겨있다. 그러한 가능성의 세계를 '하눌ㅅ가'의 높이가 나타내고 있는 것이다. 따라서 '꽃'이 피어나는 공간은 정확히 말하자면 지상도 천상도 아닌 그 경계에 해당한다. 이 경계의 공간은 서정주의 시에서 신랑 신부가 합일하는 '新房'과 같은 의미를 갖기도 한다.

┌─ 光化門은
│ 차라리 한채의 소슬한 宗教.
㉠ 조선 사람은 혼이 그 머리로부터 왼몸에 사무쳐 오는 빛을
│ 마침내 보선코에서까지도 떠바뜰어야할 마련이지만,
│ 왼하늘에 넘쳐흐르는 푸른 光明을
│ 光化門 - 저같이 으젓이 그 날개쭉지우에 실ㅅ고 있는者도
└─ 드물라.

┌─ 上下兩層의 지붕위에
│ 그득히 그득히 고이는 하늘.
│ 윗層엣것들은 드디어 치 - ㄹ 치 - ㄹ 넘쳐라도 흐르지만,
│ 지붕과 지붕사이에는 新房같은 다락이 있어
㉡ 아래層엣것은 그리로 왼통 넘나들마련이다.
│
│ 玉같이 고으신이
│ 그 다락에 하늘 모아
└─ 사시라 함이렸다.

<光化門> 부분

이 시의 의미를 보면 ㉠은 光化門의 전체성을 관망하는 시각을
드러냄으로써 건물의 외부를 ㉡은 다락과 같은 건물의 내부 구조를
각각 묘사하고 있다. ㉠에서 光化門의 외양은 '소슬한 宗教'의 추상
성과 '날개쭉지'라는 '조류'의 형상에 의해 그려지고 있다. '광화문'은
'종교'와 '조류'의 비유에 의해 일개 건축물이 갖는 단순한 의미를 벗
어나 다층적 의미의 두께를 갖게 되는데, 무엇보다 두드러지는 것은
신비한 분위기가 창출되고 있다는 점이다. 믿음과 구원이 핵심이 되
는 종교는 관념적이고 추상적인 의미를 벗어나기 어렵지만 이 시에서
는 이러한 관념적, 추상적 의미가 오히려 광화문의 오랜 역사의 무게

를 느끼게 해주는 역할을 하고 있다.

한편 이와 같은 추상화의 과정이 '새'의 이미지와 다시 결합됨으로써 마치 비상할 듯한 힘의 위용을 환기해 준다. '왼하늘에 넘쳐흐르는 푸른 光明'을 '그 날개쭉지우에 실ㅅ고' 있는 조류의 형상은 지상에 세워진 한 채의 소박한 건축물의 이미지를 벗어나게 한다. 그것은 그윽함을 지님과 동시에 '하눌ㅅ가'로 솟아오르려는 상승 지향적 공간 이미지를 보여준다. 이에 따라 광화문의 신비한 위용은 '조선 사람'이 믿고 '떠받뜰어야할' 정신적 대상으로 의미화된다.

이와 같은 '하눌ㅅ가'에 머물러 있는 광화문의 내적 구조는 '지붕과 지붕', '신랑과 신부' 사이를 절묘하게 연결해 주는 내밀한 공간을 그 안에 간직하고 있다. '다락'이 그것이다. 다락은 건물의 가장 위쪽을 차지하는 공간으로 하늘과 가장 가까이 맞닿아 있다. 이 높이의 공간은 '新房'의 의미와 합쳐지면서 신랑과 신부가 하나로 결합하여 새로운 생명을 잉태하는 모성적 공간의 의미를 획득한다. 그런데 다락을 그득히 채우는 것은 '하늘'이다. 따라서 다락은 지상에 세워졌음에도 불구하고 하늘의 신성함을 담아내는 '聖杯'의 이미지를 갖는다. 이 성스러운 그릇에 담긴 하늘은 <密語>에서 보았던 "채일을물은 듯, 아늑한 하눌ㅅ가"처럼 인간의 시선을 받아주는 높이를 지닌다. 이러한 높이의 공간에 성스러운 신방이 꾸며지는 것이며, 분리되어 있는 것들은 하나로 융화되어 새로운 생명을 잉태하게 되는 것이다. 따라서 이질적 세계를 하나로 모아주는 내적 구조에 의해 광화문은 다만 낡은 옛 건물이 아닌 사람들이 거주할 수 있는 이상적 '집'의 의미[101]를 갖게 된다.

---

101) 바슐라르(G.Bachelard)는 "집은 인간의 삶에 있어서 우연적인 것들을 제거해 주며, 지속의 조언을 수다히 들려준다. 집이 없다면, 인간의 존재는 산산히 흩어져

'집'은 인간을 붙잡아주며 원초적 욕구를 충족시켜 주는 공간이다. 삶의 지속감이나 定住에 의한 안정감은 근원적으로 이러한 공간으로부터 배태된다. ㉠에서 보여준 광화문의 외양이 인간의 마음에 믿음과 신비감을 심어준다면 ㉡에서 보여주는 내밀한 공간은 광화문의 위용을 한층 안온한 것으로 의미화함으로써 인간이 거처할 수 있는 집의 성격을 부여한다. 그 집은 '玉같이 고으신이'들이 살아가는 곳이 되는 것이다.

'하늘'의 빛을 담고 있는 신성한 공간으로서의 '다락'은 '하눌ㅅ가'가 '재ㅅ빛의 문'(<密語>) 속에 갇혀 있는 존재들에게 생명감을 불어넣어주듯이, 생명을 잉태하는 신방의 의미를 함께 지닌다는 점에서 모성적 공간이라 할 수 있다. 신방이 존재와 존재 사이의 단절을 넘어서서 새로운 생명을 창조하는 매개 공간이라면, 이 경계의 공간이 시 <내가 심은 개나리>에서는 죽음과 삶, 이승과 저승을 이어주는 초월적 공간으로 심화된다.

> 「참한 오막살이집 모양으로 아주 잘 가꾸었읍죠. 이걸 기른 할아
> 버지는 돌아가시고 할머니만 남아 있는데, 혼자 보기는 어렵다고
> 자꾸 캐가라고만 해서 가져온 나무닙쇼.」

버릴 것이다. 집은 하늘의 雷雨와 삶의 雷雨를 거치면서도 인간을 붙잡아 준다. 그것은 육체이자 영혼이며, 인간 존재의 최초의 세계이다. 인간은 성급한 형이상학들이 가르치듯 <세계에 내던져>지기에 앞서, 집이라는 요람에 놓여지는 것이다. 그리고 우리들의 몽상 가운데서는 집은 언제나 커다란 요람이다. 구체적인 형이상학이라면 이 사실을, 이 단순한 사실을 옆으로 밀쳐 놓을 수 없다. (중략) 더할 수 없이 깊은 몽상 속에서 우리들이 태어난 집을 꿈꿀 때, 우리들은 물질적 낙원의 그 원초적인 따뜻함, 그 잘 중화된 물질에 참여하게 된다. 보호되는 존재들이 살고 있는 것은 바로 그러한 분위기 속에서인 것이다. 우리는 집의 母性에 대해 다시 이야기하게 되겠지만, 지금 우선적으로 우리는 집의 존재의 원초적인 충족성을 지적해 두려고 한 것이다"라고 집의 공간성을 설명하고 있다. G.Bachelard(1958), 『空間의 詩學』, 곽광수(역)(1990), 민음사, pp.118~119.

　　내가 올 이른봄에 새로 사서 심은 개나리 꽃나무를 꽃장수는 내
게 팔며 이렇게 말했다.
　　그래, 나는 이 개나리 꽃나무에서 또다시 이승과 저승의 두 가지
를 나란히 갖는다. 혼자서도 인제는 똑바로 보고 있는 할아버지의
저승과, 똑바로는 아무래도 볼 수가 없어 얼굴을 모로 들리고 있는
할머니의 이승을…….

　할머니와 할아버지를 매개하고 있는 공간은 '개나리 꽃나무'이다.
'개나리 꽃나무'는 '오막살이집'과 결합되고 있는데, 집은 인간의 가
장 기본이 되는 생활의 터전이며 수많은 세월이 만들어내는 추억의
공간이라 할 수 있다. 집은 추상적 세계가 아니라 생활 자체를 담고
있는 구체성의 세계인 것이다. 그런데 이 시에서 '오막살이집'은 이승
과 저승 사이를 연결해 주는 경계의 공간에 위치해 있다. 그것은 지
상과 천상의 경계인 '하눌ㅅ가'의 변이적 공간이라 할 수 있다. 이미
이승에 존재하지 않는 할아버지와 저승의 남편을 그리워하는 할머니
사이에 놓여있는, 단절적 심연을 메워주는 심리적 공간이 개나리 꽃
나무가 핀 화사한 집의 공간인 것이다. 여기서 꽃나무와 '오막살이집'
과의 결합은 산 자와 죽은 자가 함께 거처하는 아늑한 집의 이미지를
부여해줌으로써 그들을 분리된 존재가 아니라 여전히 하나의 공간 속
에서 살아가는 內外의 모습으로 연상시킨다. 단절감을 와해시키는 이
러한 공간 비유는 삶과 죽음의 경계를 무화시킴으로써 영원한 시간성
으로 우리를 이끌어 간다.

(2) 상승의 매개적 이미지 – '물'

　인간의 시선이 닿을 수 있을만한 높이에 시인은 자신이 지향하는

생명의 공간을 세움으로써 현실과 이상, 존재와 존재, 삶과 죽음이라는 분리된 세계를 서로 융화시킨다. 단절된 세계를 연결짓는 이러한 생명의 공간에 대해서 한 가지 더 주목할 것은 이 '높이의 공간'을 대표하는 '하늘'의 이미지가 매우 빈번하게 '물'의 이미지와 결합된다는 사실이다. 앞서 살펴 본 <풀리는 漢江가에서>는 '江'과 '기럭이의 하늘'이 결합되고 있으며, <光化門>에서는 하늘의 빛을 '치 - ㄹ 치 - ㄹ 넘쳐라도 흐르지만'이라고 표현하여 '빛'을 범람하는 물의 이미지로 전이시키고 있다. 이러한 비유적 결합은 다른 시에서도 반복적으로 나타난다.

㉮ 누님.
   눈물 겨웁습니다

   이, 우물 물같이 고이는 푸름 속에
   다수굿이 젖어있는 붉고 흰 木花 꽃은,
   누님.
   누님이 피우셨지요?

                        <木花> 부분

㉯ 오 - 우리들의 그리움을 위하여서는
   푸른 銀河ㅅ물이 있어야 하네.

                   <牽牛의 노래> 부분

㉰ 香丹아 그넷줄을 밀어라
   머언 바다로
   배를 내어 밀듯이,
   香丹아

                <鞦韆詞 - 春香의 말 壹> 부분

㉺ 이미 모든 땅우의 더러운 싸움의 찌꺽이들을 맑힐대로 맑히여
날라 올라서, 인제는 오직 한빛 玉色의 터전을 영원히 흐를뿐
인 - 저 한정없는 그리움의 몸짓과같은것들은, 저 山이 젊었을
때부터도 한결같이 저렇게만 어루만지고 있었으리라는것이다.

<山下日誌抄> 부분

㉮는 가을 하늘의 푸름을 우물물로, ㉯는 별이 가득한 밤하늘을 銀
河ㅅ물로, ㉰는 머언 하늘을 바다로, ㉺는 玉色의 하늘을 흐르는 물
의 이미지로 각각 비유하고 있다. 하늘과 물의 결합은 푸르고 맑은 색
채 이미지를 부각시키는 효과 이상의 것을 얻어내고자 하는 시적 지
향성으로 생각된다. 하늘과 물의 결합을 통해서 ㉮는 아름다운 목화의
개화의 터전을 ㉯는 견우와 직녀의 사랑의 이어짐을, ㉰는 춘향의 한
없는 사랑의 마음을 ㉺는 그리움의 몸짓을 각각 표현해내고 있다. 위
의 시들을 종합해보면 하늘과 물의 만남은 생명과 사랑을 생성시키는
원동력이다. 즉 수직적 공간에서 흐르고 있는 물은 '하눌ㅅ가'에 머무
는 모든 존재들에게 생명력과 사랑을 생성시킨다는 점에서 양분을 제
공하는 근원적 힘이라 할 수 있다.

그런 의미에서 서정주의 '물'에 대한 집착은 다만 예술적 이미지를
생성하기 위한 전략만은 아니다. ㉺에서 볼 수 있듯이 하늘에 흐르는
물은 '모든 땅우의 더러운 싸움의 찌꺽이를 맑힐대로 맑히여 날라'
오른 정화된 수분이다. 인체의 피가 순환하여 생명을 지속시키듯 하
늘의 물은 대지와 천상을 순환하면서 우리의 지상적 삶에서 비롯되는
더러움을 걸러냄으로써 인간을 포함한 모든 자연의 생명적 지속을 가
능하게 하는 것이다. 시인의 상상력은 이 물의 순환하는 힘을 따라 지
상에서 '하눌ㅅ가'로 상승한다. 예를 들어 시 <春香 遺文 - 春香의

말 參>의 일부분을 보면 다음과 같다.

> 천길 땅밑을 검은 물로 흐르거나
> 도솔천의 하늘을 구름으로 날드래도
> 그건 결국 도련님 곁 아니예요?
>
> 더구나 그 구름이 쏘내기되야 퍼부을때
> 춘향은 틀림없이 거기 있을거에요!

　춘향이 도련님 곁으로 갈 수 있는 힘은 '물'의 순환성에 의해 얻어
진다. 즉 물 → 구름 → 쏘내기로의 자아 변신은 이승과 저승을 하나
의 공간으로 통합시켜 춘향의 마음속에 자리잡고 있는 격절감을 해소
시킨다. 이에 따라 춘향은 흐르다, 날다, 퍼붓다 등의 운동성을 가짐
으로써 인간의 한계를 극복한 역동적 사랑에 이르게 되는 것이다.
　하늘과 물을 결합시키는 시적 상상력은 서정주의 시세계에서 어느
한 시기에만 나타나는 현상이 아니다. 서정주 시 가운데서도 절창으
로 꼽히는 <冬天>에서뿐 아니라 최근에 출간한 『80소년 떠돌이의
詩』(시와 시학사, 1997년)에 실린 <어린 집짓기의 구름>에서도 이와
같은 상상력이 지속되고 있음을 볼 수 있다.

> 다섯살짜리
> 어린 집지기의 자유가
> 어느만큼 잘 익은
> 어느 밝은 오후에
> 주춤 주춤 걸어서
> 집 앞 시냇가로 가보니,
> 역귀풀꽃 테두리한 그 맑은 시냇물에

그림자를 드리운
흰 구름 한송이 떠서
나를 마중 나와
내 머리위에 올라 앉었다.
그래 이때부터 나는
이 구름을 늘 내 머리에 매달고
살아오다가 어느사이 80이 되었다.

떠돌이 시인으로서의 80평생을 고백하고 있는 이 시에서도 '역귀
풀꽃을 테두리한' 둥근 모양의 '시냇물'과 '구름'이 하나의 풍경으로
조우하고 있다. 시인은 하늘을 비추는 아름다운 거울 같은 시냇물에
서 꽃과 같은 '흰 구름 한 송이'를 발견한다. 구름이 '내 머리위에 올
라 앉었다'라는 표현에서 유추해 볼 수 있듯이 "이 구름은 "나를 키
운 것은 팔할이 바람"(<自畵像>)이라고 시인이 일찍이 말했을 때 그
바람과 동격으로 읽힌다."[102] 그런데 중요한 것은 '구름'이 시인의 시
적 여정을 이끌어 온 詩心의 상징물이라면 이 상징물이 하늘과 물의
만남 속에서 생성되고 있다는 점이다. 그것이 또한 물위에 뜬 한 송
이 꽃(구름)의 이미지를 아울러 환기하고 있다는 사실도 주목할 필요
가 있다. 시인이 의식하였든 그렇지 않든 물(하늘)과 꽃(구름)의 결합은
그의 오랜 詩作 생활 동안 뿌리깊게 반복되고 있는 상상적 질서인
것이다.
  '하눌ㅅ가'가 신방과도 같이 이질적 존재를 하나로 융화시키는 경
계의 공간이며, 동시에 융화를 통해 새로운 생명을 탄생시키는 모성
적 공간의 의미를 갖는다면, 하늘의 물은 탄생을 돕는 양수와 같은

---

102) 손진은, 세계와 나의 존재방식 - 서정주 시집 《80소년 떠돌이의 시》, 『현대시』
    (1998.2), p.223.

것이다. 양수의 공간은 언제나 생명과 사랑의 잉태를 갈망한다. 그것
은 깊이와 부드러움으로 삶의 고통과 분노를 전폭적으로 끌어안는 내
면적 힘의 원천이라 할 수 있다.

> 千年 맺힌 시름을
> 출렁이는 물살도 없이
> 고은 강물이 흐르듯
> 鶴이 나른다
>
> 千年을 보던 눈이
> 千年을 파다거리던 날개가
> 또한번 天涯에 맞부딪노나
>
> 山덩어리 같어야 할 忿怒가
> 草木도 울려야할 서름이
> 저리도 조용히 흐르는구나
>
> 보라, 옥빛, 꼭두선이,
> 보라, 옥빛, 꼭두선이,
> 누이의 수틀을 보듯
> 세상 보자
>
> 누이의 어깨 넘어
> 누이의 繡틀속의 꽃밭을 보듯
> 세상을 보자
>
> 울음은 海溢
> 아니면 크나큰 祭祀와같이

춤이야 어느땐들 골라 못추랴
멍멍히 잦은 목을 제쭉지에 묻을바에야
춤이야 어느 술참땐들 골라 못추랴

긴 머리 자진머리 일렁이는 구름속을
저, 우름으로도 춤으로도 참음으로도 다하지못한 것이
어루만지듯 어루만지듯
저승곁을 나른다

<鶴> 전문

시인은 '鶴'의 유연한 비상을 '강물'의 隆隆한 흐름과 통합함으로
써 부드럽고 큰 날개짓을 연상시킬 뿐 아니라 학이 날고 있는 공간을
액화시키고 있다. 시의 배경이 되는 '하늘'이 표면에 드러나 있는 것
은 아니지만 지극히 부드럽고 우아한 날갯짓을 가능케 하는 것은 학
자체의 움직임 때문만이 아니라 '흐르는 강물'의 이미지가 부드러운
공간성을 환기하기 때문이다. 개별 공간의 특수한 성격을 규정짓는
것이 공간 자체라기 보다는 그 공간 속에서 행위하는 주체라고 볼 때
주체와 공간은 결국 하나의 실체로서 서로 융화되어 존재하는 것이
다. 즉 주체는 공간의 질적 의미를 구속한다. 따라서 강물의 유연한
흐름은 일차적으로 '학'의 날갯짓을 비유함과 동시에 이차적으로는
'하늘'의 공간에 부드러운 성질을 부여한다. 학의 날갯짓, 강물의 흐
름, 고요한 하늘은 동시적으로 시적 이미지를 구성하는 것이다.

이 시에서는 이러한 비유적 의미망은 다시 인간의 감정적 차원과
결합함으로써 다층적 비유 구조를 형성한다. 3연에서 '忿怒'와 '서름'
이라는 부정적 감정의 덩어리를 밖으로 분출하는 것이 아니라 안으로
깊이 내면화함으로써 '학'은 보다 큰 힘을 응축하고 있는 존재로 의

미화된다. 분노와 설움의 감정이 죽음을 암시하는 '저승결'을 '어루만지'는 자애로운 행위로 촉발되는 것은 '흐르다'라는 '물'의 상상력에 의해서이다. 이때의 '물'은 부드럽고 온순한 힘으로 고통을 쓰다듬는 소생의 힘을 함축한다. '분노'와 '서름'은 또한 '강물'과 결합하여 삶의 고통을 긍정적 힘으로 전환해 가는 초월적 존재의 이미지[103)를 구현하고 있는 것이다. 시 <골목>에서 "푸른 하늘이 / 홑니불처럼" 인간의 간난한 삶을 덮어주었듯이 학의 고요한 비상은 그 거대한 날개로 인간의 삶에 내재해 있는 큰 재난과 고통을 덮어주고 싸안는다. 학은 다름 아니라 인간의 삶을 따뜻하게 덮어주는 '하눌ㅅ가'의 변용인 것이다.

고통을 감내하는 자애로움 속에서 삶은 전혀 다른 의미를 확보하게 된다. 그것은 수직적 깊이에 의해 얻어진다. '누이의 어깨 넘어 / 누이의 繡틀속의 꽃밭을 보듯 / 세상을 보자'는 청유적 발언은 '학'이 나르고 있는 높이의 공간으로부터 생성될 수 있는 초월적 시각을 나타낸다. '보라, 옥빛, 꼭두선이,' 등 아름다운 빛으로 어우러져 있는 꽃밭으로 세상을 관조할 수 있는 시각은 분노와 서름을 다스릴 수 있는 정신의 작용 속에서만이 가능하다. 따라서 '꽃밭'은 수직적 상상력의 힘을 통해서 탄생하는 생명의 공간이다. 여기서 다시 한번 '하눌ㅅ가'에서 '꽃봉오리'를 피워내는 서정주의 식물적 상상력의 구조를 기억

---

103) 손진은은 "학은 인간적 삶들 중에서 길고 긴 인고의 상징들을 끌어 모아 만든 추상적 기호이다. 우리는 "천년 맺힌 시름"이라는 시간의 무게, 그 하강을 딛고 날아오르는 학의 상승의 자세에 주목할 필요가 있다. '천년'은 신성한 생명으로서 학이 겪는 시간 단위이다."라고 '鶴'의 상징적 의미를 말하면서, 서정주의 시에서 '千年'은 그의 영원성의 이념이 막연하고 추상적인 수준에 머물러 있을 단계에서 자주 사용된 시어라고 지적하고 있다. 손진은의 설명처럼 서정주 시에 나타난 초월 의식은 추상적 단계를 지나 보다 구체적으로 변화한다. 손진은(1995), 앞의 글, pp.97~99 참조.

해 낼 필요가 있다. 그의 '꽃'은 이러한 수직적 공간 의식 속에서 탄생한다.

3) 입사(initiation)의 순간과 시간의 창조

(1) 생명 분만과 우주적 진통

서정주의 초기시에서 보여주었던 시간의 특질이 정지, 멈춤, 고임, 반복 등에 의한 정체된 시간성을 보인다면 그 뒤를 잇는 시인의 시적 상상력은 이러한 시간성을 벗어나기 위한 노력과 관련된다. 정지된 시간의식으로부터 벗어날 수 없었다면 그의 시는 더 이상의 변화 없이 동일한 내용을 반복하는 데 머물렀을 것이다. 그러나 서정주는 존재를 가두는 시간의 피막을 벗어나 새로운 시간의식을 창조해낸다.

정체된 시간을 벗어나기 위해서는 완강한 시간의 틀을 파괴하는 것이 첫번째 과제이다. 정체된 시간을 뒤흔드는 대변혁의 순간만이 새로운 질서를 생성해낼 수 있기 때문이다. 보다 생명적이고 보다 이상적인 존재의 존립을 가능케 하는 시간의 질서를 그는 식물적 상상력에 의해 구체화한다. "상징이라는 것은 마음속에 있어서의 대립을 조화시키고 재통합하는 자연의 시도"[104]이다. 그런 의미에서 서정주의 '꽃'은 모든 대립과 충돌을 하나로 융화시키는 개인적 상징물이라 할수 있다. '꽃'이라는 개인적 상징물을 창조하기까지는 "정서의 깊은 뿌리를 농경 사회에"[105] 두었던 그의 근원적 토양 또한 한몫을 했을

---

104) C.G.Jung & Joseph L. Henderson, 『무의식의 분석』, 권오석(역)(1990), 홍신문화사, p.157.
105) 황현산(1994), 서정주, 농경사회의 모더니즘, 『미당 연구』, 민음사, p.476.

것으로 짐작된다. 서정주의 시에서 '꽃'의 개화가 수직적 공간에서 이루어진다면 그것을 생성시키기 위한 시간은 오랜 참음과 기다림이 무르익어야 하는 인고의 세월로 요약된다. 인고의 시간은 또한 새로운 생명을 탄생시키기 위한 분만의 고통을 아울러 내포한다. 그것은 천지가 요동하는 벼락과 해일의 우주적 개벽의 순간으로 나타난다.

> 누님.
> 눈물 겨웁습니다
>
> 이, 우물 물같이 고이는 푸름 속에
> 다수굿이 젖어있는 붉고 흰 木花 꽃은,
> 누님.
> 누님이 피우셨지요?
>
> 퉁기면 울릴듯한 가을의 푸르름엔
> 바윗돌도 모다 바스라저 네리는데……
>
> 저, 魔藥과 같은 봄을 지내여서
> 저, 無知한 여름을 지내여서
> 질갱이 풀 지슴ㅅ길을 오르 네리며
> 허리 굽흐리고 피우셨지요?

<木花> 전문

가을 하늘의 푸르름 속에 꽃봉오리를 적시고 있는 '木花'는 파종의 봄과 성숙의 여름을 견뎌낸 끝에 개화한다. '魔藥과 같은 봄'과 '無知한 여름'에서 보여지는 시간 비유는 '마약'이 함의하는 혼돈, 어지러움, 몽환 상태 등의 의미와 '무지'가 뜻하는 맹목적 暴署의 고통

이라는 다양한 시간의 질을 만들어낸다. 이러한 과정을 지나 '질갱이 풀 지슴ㅅ길 위'에 자리하고 있는 '높이의 공간'에서 목화는 개화한 다. 그런데 이 시에서 보여지는 시간 비유인 마약과 무지는 매우 당 돌한 결합에 의해 신선한 느낌을 환기하고는 있지만 구체성을 결여하 고 있기 때문에 다소 추상적 시간의 의미만을 감지할 수 있게 한다. 이보다 훨씬 구체화된 시간성을 <菊花옆에서>를 통해서 발견할 수 있다.

> 한송이의 국화꽃을 피우기위해
> 봄부터 솥작새는
> 그렇게 울었나보다
>
> 한송이의 국화꽃을 피우기위해
> 천둥은 먹구름속에서
> 또 그렇게 울었나보다
>
> 그립고 아쉬움에 가슴 조이든
> 머언 먼 젊음의 뒤안길에서
> 인제는 돌아와 거울앞에 선
> 내 누님같이 생긴 꽃이여
>
> 노오란 네 꽃닢이 필라고
> 간밤에 무서리가 저리 네리고
> 내게는 잠도 오지 않었나보다

국화꽃이 피어나는 자연적 현상은 이 시에서 보여주는 과정과는 사 실 무관하다. 그럼에도 이 시가 시적 리얼리티를 획득할 수 있는 까닭은 생명의 존엄한 가치를 인정하는 보편적 진실에 바탕하고 있기 때문이다. 보편적 진실은 국화꽃이 피어나기까지의 과정에서 보여지는 시간성에 의해 구축된다. 시인은 국화꽃의 개화 과정을 다섯 가지 사건을 전제로 설명하고 있다. ① 봄부터 솥작새가 울다. ② 여름에 천둥이 치다. ③ 젊음의 뒤안길에서 누이가 돌아오다. ④ 가을에 무서리가 내리다. ⑤ 간밤에 나는 잠을 못자다. 이 다섯 개 사건의 병치는 서로 매우 이질적이며, 이들의 결합은 생명의 탄생을 신비화하는 효과를 가져온다. <菊花옆에서>의 이러한 상상적 틀은 후에 인과성이 없는 것들을 하나로 묶는, 불교적 인연설에 바탕한 <旅愁> <因緣說話調> <내가 돌이 되면> <나그네의 꽃다발> <마른 여울목> <산수유꽃 나무에 말한 비밀> <나는 잠도 깨여 자도다> <북녘 곰, 남녘 곰> 등 일군의 작품에서 집요하게 반복된다. 이질적인 것의 병치를 통해서 시인은 우주의 개별적 현상을 하나로 응집시키고 동일화해 가는 통합적 상상력을 드러내고 있는 것이다. 이는 우주적 시각에서 사물과 자아의 내적 교감을 표시하는 것이며, 나아가서는 분열된 세계를 하나로 질서화하는 상상적 힘이라 할 수 있다.

　병치되어 있는 사건들에서 알 수 있듯이 아름다운 개화의 순간은 그냥 얻어지는 것이 아니다. '천둥'과 '무서리'가 환기하는 우주적 진통을, 인간의 측면에서는 '그립고 아쉬움에 가슴 조이든 / 머언 먼 젊음의 뒤안길'로부터 회귀하는 과정을 통해서 이루어진다. 이 존재 전환의 순간은 우주적 대변혁의 과정과 동일한 의미를 갖는다. 카오스적 혼돈과 몸살의 시간만이 아름다운 생명을 분만하는 것이다. 그것은 카오스에서 코스모스로 넘어가는 입사(initiation)의 과정이라 할 수 있다. 입사의 순간은 바슐라르의 시간의 개념에 의하면 "지속에 대한 직립성"[106]을 의미한다. 따라서 직립적 순간에 개화하는 '국화꽃'은 우주의 중심에서 탄생하는 절대적 영역을 확보한다. 앞서 살펴본 서정주의 '꽃'이 범용한 지표를 벗어나 수직적 공간에 그 터전을 마련하고 있는 것 또한 이와 무관하지 않다.

"중심"은 현저하게 성역(聖域)이다. 즉 절대적인 실재의 영역인 것이다. 따라서 절대적인 실재를 나타내는 모든 다른 상징들(생명과 죽지 않는 나무, 젊음의 샘 등)은 중심에 위치하고 있다. 그런데 그 중심에 이르는 길은 "험난한 길"(durohana)이다. 그리고 그 길이 그처럼 험난하다고 하는 사실은 실재에 이르는 매 단계에서 그대로 실증된다. 사원에 있는 오르기 힘든 나선형의 계단(Borcbudur에 있는 것과 같은), 성지 순례(메카, Hardwar, 예루살렘 등), 황금 양털(the Golden Apples), 불로초(the Herb of Life) 등을 찾으려고 영웅적인 모험을 감행하는 위험이 가득찬 항해, 미로(迷路)에서의 방황, 자아(the self)에 이르는 길, 그리고 자기 부재의 "중심"에 이르는 길을 찾는 탐구자의 고난 등에서 발견할 수 있는 고난의 정도가 그 실재적인 예들이다. 이 모든 길이 험난하고, 고통이 뒤따르는 그러한 과정인 것은 다른 이유 때문이 아니다. 실제로 그 길은 하나의 통과제의(rite of the passage)이기 때문이다. 즉 속(俗)으로부터 성(聖)으로 하루살이와 같고 환각적인 데서부터 실재와 영원으로, 죽음으로부터 삶으로, 인간으로부터 신성(神聖)으로 옮겨지는 통과제의인 까닭이다. 그러므로 중심에 도달한다고 하는 것은 성별되는 것, 그리고 하나의 차원에서 또 하나의 다른 차원으로 들어가는 것(initiation)과 동등한 것이다. 다시 말하면, 어제까지 세속적이고 환각적인 실존이 새로운 것, 곧 실재적이고, 지속적이며, 실제적인 힘이 있는 생명에 그 자리를 내어 주는 것과 같은 것이다.[107]

---

106) 한계전(1981), 앞의 글, p.175.
107) M. Eliade, 『宇宙와 歷史』, 정진홍(역)(1984), 현대사상사, pp.35~36.

엘리아데의 지적처럼 "험난한 길"은 새로운 세계를 창조하기 위한
필연적 과정이며, 참된 생명에 도달하기 위한 미로에서의 방황이다.
이 시인에게 빗대어 말하자면 초기시에서 보여졌던 치열한 방황, 울
부짖음, 관능에 대한 몸살 등이 결과적으로는 서정주 개인의 "험난한
길"이라 할 수 있다. 서정주의 또 다른 시 <꽃밭의 獨白>은 '벼락과
海溢'의 순간을 통해 입사의 진통을 구체화한다.

> 노래가 낫기는 그중 나아도
> 구름까지 갔다간 되돌아오고,
> 네 발굽을 쳐 달려간 말은
> 바닷가에 가 멎어버렸다.
> 활로 잡은 山돼지, 매[鷹]로 잡은 山새들에도
> 이제는 벌써 입맛을 잃었다.
> 꽃아. 아침마다 開闢하는 꽃아.
> 네가 좋기는 제일 좋아도,
> 물낯바닥에 얼굴이나 비취는
> 헤엄도 모르는 아이와 같이
> 나는 네 닫힌 門에 기대 섰을 뿐이다.
> 門 열어라 꽃아. 門 열어라 꽃아.
> 벼락과 海溢만이 길일지라도
> 門 열어라 꽃아. 門 열어라 꽃아.

'꽃'에 매달리며 애원하는 시적 자아는 '구름까지 갔다간 되돌아
오'는 '노래', '바닷가에 가 멎어버'리는 '말', 아무리 귀한 진미라도
금방 미각을 질리게 하는 '山돼지와 山새'가 갖는 지상적 한계성을
통해서 '꽃'의 상징적 의미를 만들어낸다. 아무리 아름다운 것일지라
도 지상에 존재하는 것들은 한정된 공간을 넘어설 수 없으며 유한성

을 갖는다. 반면 꽃은 '아침마다 開闢하는' 새로운 우주를 낳는다. 특
히 '開闢'이라는 시어가 갖는 엄청난 말의 부피는 이러한 우주적 상
상을 가능케 한다.

그런데 시적 자아는 꽃의 안쪽이 아닌 밖에 존재해 있다. 따라서
새로운 무한의 세계, 창조의 세계로 들어가기 위해 시적 자아는 '벼
락과 海溢'의 카오스적 시간을 각오해야 한다. 개벽의 시간은 하늘의
벼락과 바다의 해일이라는 우주적 몸살에 의해 그 시간의 질이 구체
화된다. 그러나 이러한 파멸의 순간은 우주적 존재 전환을 갈망하는
시적 자아의 간절한 마음과 연결된다. 개벽의 순간은 극렬한 파괴를
피할 수 없다. 벼락과 해일에 암시되어 있듯이 개벽은 우주를 형성하
고 있는 '불과 물'의 새로운 질서를 요구한다. 하늘을 가르는 벼락과
바다를 뒤집어엎는 해일을 통해서 우주는 신세계로 다시 태어난다.
그것은 엄청난 진통 뒤에 보다 다른 차원을 창조해내는 실존적 순간
인 것이다.

> 실존적 시간 속에서 모든 것은 수평선상이 아니라 수직선상에서
> 완성된다. 수평선의 관계에 있어서 그것은 한 점에 불과하고 여기
> 서 돌파는 깊은 곳에서 표면을 향해 감행된다. 실존적 시간 안에서
> 의 사건이 수평의 평평한 표면을 따라서 보이는 것은 깊은 곳에서
> 부터의 돌파와 연관된 점의 운동의 결과이다.[108]

실존의 순간은 전방으로 무가치하게 펼쳐져 있는 직선의 시간에
저항하여 그것을 돌파하는 수직적 운동을 꾀한다. 실존의 순간은 비
생명을 생명으로 파괴를 생성으로 이끈다. 이와 같은 실존성을 기반

---

108) Nicolas Berdyaev(1944), 앞의 책, p.261.

으로 하는 입사의 "목적은 언제나 동일하다. 즉 재생의 상징적 기분을 솟아나게 하는 듯한 죽음의 상징적 분위기를 만들어주는 것이다."[109] 벼락과 해일이 기존의 질서를 붕괴시키는 죽음의 순간이라면, 그것은 생명을 분만하는 죽음이며, 한 세계를 넘어서는 입사의 순간이다. 따라서 우주적 진통 뒤에 새롭게 탄생하는 세계는 생명의 찬란함을 전면화한다.

　　꽃밭은 그향기만으로 볼진대 漢江水나 洛東江上流와도같은 隆隆한 흐름이다. 그러나 그 낱낱의 얼골들로 볼진대 우리 조카딸년들이나 그 조카딸년들의 친구들의 웃음판과도같은 굉장히 질거운 웃음판이다.

　　세상에 이렇게도 타고난 기쁨을 찬란히 터트리는 몸둥아리들이 또 어디 있는가. 더구나 서양에서 건네온 배나무의 어떤것들은 머리나 가슴팩이뿐만아니라 배와 허리와 다리 발ㅅ굼치에까지도 이뿐 꽃숭어리들을 달았다. 맵새, 참새, 때까치, 꾀꼬리, 꾀꼬리새끼들이 朝夕으로 이많은 기쁨을 대신 읊조리고, 數十萬마리의 꿀벌들이 왼종일 북치고 소구치고 마짓굿 올리는 소리를허고, 그래도 모자라는놈은 더러 그속에 묻혀 자기도하는것은 참으로 當然한 일이다.

　　우리가 이것들을 사랑할려면 어떻게했으면 좋겠는가. 무쳐서 누어있는 못물과같이 저 아래 저것들을 비취고 누어서, 때로 가냘푸게도 떨어져네리는 저 어린것들의 꽃닢사귀들을 우리 몸우에 받어라도 볼것인가. 아니면 머언 山들과 나란히 마조 서서, 이것들의 아침의 油頭粉面과, 한낮의 춤과, 黃昏의 어둠속에 이것들이 자자들어 돌아오는 - 아스라한 沈潛이나 지킬것이가.

　　하여간 이 한나도 서러울것이 없는것들옆에서, 또 이것들을 서러워하는 微物하나도 없는곳에서, 우리는 서뿔리 우리 어린것들에게

---

109) C.G.Jung & Joseph L. Henderson, 앞의 책, p.216.

서름같은 걸 가르치지말일이다. 저것들을 祝福하는 때까치의 어느
것, 비비새의 어느것, 벌 나비의 어느것, 또는 저것들의 꽃봉오리와
꽃숭어리의 어느 것에 대체 우리가 행용 나즉히 서로 주고받는 슬
픔이란것이 깃들이어 있단말인가.

　이것들의 초밤에의 完全歸巢가 끝난뒤, 어둠이 우리와 우리 어
린것들과 山과 냇물을 까마득히 덮을때가 되거던, 우리는 차라리
우리 어린것들에게 제일 가까운곳의 별을 가르쳐 뵈일일이요, 제일
오래인 鍾소리를 들릴일이다.

<上里果園> 전문

　산문시의 묘미를 잘 살리고 있는 <上里果園>은 편안한 산문적
리듬으로 풍성한 꽃밭의 찬란함을 보여준다. 강물처럼 큰 향기의 흐
름 속에 온갖 생명들이 깃들여 있는 건강한 모습은 서정주가 추구하
는 관념적 세계의 모형을 형상화한다. 그는 우리의 의식을 수직적 높
이의 세계인 '上里'로 이끈다. 그곳은 "아침마다 開闢하는"(<꽃밭의
獨白>) 새로운 창조의 세계이다. '上里果園'에서 자아와 세계는 '머
언 山들과 나란히 마조 서'는 넉넉하고 관조적인 거리를 취함으로써
삶에 대한 생명적 미감을 회복하는 시간을 맞이하게 된다. 그리고
'이것들을 서러워하는 微物하나도 없는곳에서, 우리는 서뿔리 우리
어린것들에게 서름같은 걸 가르치지말일이'라고 시인은 간언한다. 이
는 삶의 비극과 설움을 보다 큰 생명의 둘레로 껴안고, 화합해 가려
하는 시인의 의식을 나타낸다.

(2) 사랑과 존재 전환

　서정주의 시에서 '꽃'은 존재 전환의 순간에 의해 생성된 생명의
등가물이다. 이러한 꽃의 개화 과정은 때로 '사랑'의 갈망을 나타내는

시에서 그대로 반복되기도 한다. 사랑의 감정은 자아를 전환시킨다. 자신이 가지고 있는 기존의 세계는 타자를 받아들임으로써 파괴되고, 다시 새롭게 창조된다. 서정주의 시에서 사랑은 꽃과 동일한 우주적 개벽의 순간을 요구하는 진통의 과정을 보여준다.

어이 할꺼나
아 - 나는 사랑을 가졌어라
남 몰래 혼자서 사랑을 가졌어라!

천지엔 이제 꽃닢이 지고
새로운 녹음이 다시 돋아나
또 한번 나 - ㄹ 에워싸는데

못견디게 서러운 몸짓을 허며
붉은 꽃닢은 떨어져 나려
펄펄펄 펄펄펄 떨어져 나려

新羅 가시내의 숨결과 같은
新羅 가시내의 머리털 같은
풀밭에 바람속에 떨어져 나려

올해도 내앞에 흩날리는데
부르르 떨며 흩날리는데……
아 - 나는 사랑을 가졌어라
꾀꼬리처럼 울지도 못할
기찬 사랑을 혼자서 가졌어라

<新綠> 전문

'못견디게 서러운 몸짓을 하며 / 붉은 꽃닢'들이 소용돌이치며 '나
-ㄹ 에워싸는' 낙화의 공간은 혼돈과 신비감을 한꺼번에 감각화하
는 시적 공간이다. 꽃잎들은 '펄펄펄 펄펄펄 떨어져 나려' 내앞에서
'부르르 떨며 흩날'린다. 낙화에 대한 동적 인상을 강조하고 있는 이
러한 표현들은 4연에서 '新羅 가시내의 숨결'과 '新羅 가시내의 머리
털'과 동일화됨으로써 시적 자아의 내부로 밀려드는 사랑의 감정을
표상하는 감정의 등가물로 해석된다. 봄 천지 가득 꽃잎이 지고 새로
신록이 돋아나는 자연의 진통과 '꾀꼬리처럼 울지도 못할 / 기찬 사
랑'을 가진 시적 자아의 내면과의 동일화를 통해서 시인은 사랑에 의
한 시적 자아의 내적 변화를 암시하고 있는 것이다. 이는 사랑에 의
한 변화가 우주적 변화와 동궤의 것임을 나타낸다. <다시 밝은 날에
-春香의 말 貳>는 그러한 변화의 과정을 세밀하게 드러내고 있는
대표적 예이다.

　　　┌─신령님…….

　　　│　처음 내 마음은
　　　│　수천만마리
　　　│　노고지리 우는 날의 아지랑이 같었읍니다
　　ㄱ │
　　　│　번쩍이는 비눌을 단 고기들이 헤엄치는
　　　│　초록의 강 물결
　　　└─어려져 날르는 애기 구름 같었읍니다

　　　┌─신령님…….

　　ㄴ │　그러나 그의 모습으로 어느날 당신이 내게 오셨을때

나는 미친 회오리 바람이 되였읍니다
쏟아져 네리는 벼랑의 폭포
쏟아져 네리는 쏘내기비가 되였읍니다

그러나 신령님…….

바닷물이 적은 여울을 마시듯이
ⓒ　당신은 다시 그를 데려가고
그 휘-ㄴ한 내 마음에
마지막 타는 저녁 노을을 두셨읍니다.
그리고는 또 기인 밤을 두셨읍니다

신령님…….

그리하여 또 한번 내위에 밝은 날
ⓔ　이제
산ㅅ골에 피어나는 도라지 꽃같은
내 마음의 빛갈은 당신의 사랑입니다

　이 시는 의미론적으로 "기다림 → 만남 → 헤어짐 → 기다림"[110)]
의 과정을 보여 준다. 千變萬化하는 춘향의 마음을 시인은 복잡한
이미지의 중첩을 통해서 표현하고 있는데 그 기본 틀을 보면 ㉠은
님을 만나기 이전의 심리 상태를, ㉡은 님과의 만남이 이루어진 순간
을, ㉢은 님과 이별한 후의 고통을, ㉣은 이별의 고통을 초극한 후
더 깊어진 사랑의 단계를 각각 보여주고 있다. 이러한 단계는 계절의
변화와 동일화된다.
　㉠의 '아지랑이'와 '애기 구름'의 비유는 봄날 대기가 부풀어오르

---

110) 김현자(1988), 『한국 현대시 작품연구』, 민음사, p.184.

는 가벼운 팽창과 상승의 느낌을 환기한다. 사물의 팽창은 곧 이어질 변화를 암시한다. 봄은 천지만물의 변화가 시작되는 시점이다. '수천 만마리 / 노고지리'와 '번쩍이는 비눌을 단 고기들'의 이미지 또한 봄날의 생명적 기운과 활력을 아울러 환기한다. 춘향의 최초의 마음의 상태는 이와 같은 봄날의 밝고 생명감 넘치는 공기적 이미지와 결합하여 시적 구체성을 확보한다.

　㉠의 '아지랑이'가 계절적으로 봄을 연상시킨다면 ㉡의 '미친 회오리 바람', '벼랑의 폭포' '쏘내기비'는 여름을 연상키는 이미지이다. 여름은 자연이 왕성하게 성장하는 계절이다. 즉 자연 속에 응축되어 있던 힘이 밖으로 분출되면서 급격한 변화가 이루어지는 때이다. 스스로도 어찌해 볼 수 없는 힘의 폭발을 느끼게 하는 광적이면서도 정열적인 이 바람과 물의 비유는 '당신'에 대한 화자의 가눌 수 없는 사랑의 마음과 통합된다. 폭발적 힘으로 움직이고 있는 이들 심리적 이미지는 '아지랑이'나 '애기 구름'의 작고 온건한 느낌과는 매우 다르다. 이는 사랑에 의해 생성된 "벼락과 海溢"의 순간이며, 존재의 전환을 위한 진통의 순간인 것이다.

　㉢의 '저녁 노을'과 '기인 밤'은 소멸과 가라앉음을 나타냄으로써 님을 상실한 '내 마음'의 고통을 말해주고 있다. 시인은 이 부분에서 계절의 시간성을 생략하고 이를 저녁과 밤의 시간성으로 대체하는 변화를 보이고 있다. 그러나 앞의 시적 맥락을 통해서 유추해 보면 저녁과 밤은 각각 가을, 혹은 겨울과 대응될 수 있다. 카오스의 단계가 코스모스의 단계로 전환하기 위해 마지막 진통을 겪는 순간을 이들 이미지들이 담아내고 있는 것이다.

　마지막으로 ㉣을 보면 진통의 시간이 지나간 자리에 시인은 '도라지 꽃'이라는 상징물을 놓는다. 시간 지시어가 '또 한번 내위에 밝은

날'이라는 막연한 표현으로 제시되어 있지만 '도라지 꽃'을 통해서
여름을 유추해 볼 수 있다. 그런데 이 마지막 연의 여름은 앞에서 보
았던 여름과 동질적이지 않다. 시간의 순차성을 유지하다가 봄의 과
정을 생략한 채 바로 여름으로 비약하고 있는 이유는 개벽의 순간과
는 다른 정신적 성숙의 과정을 드러내기 위함이다. '또 한번 내위에
밝은 날'은 사랑과 이별을 모두 치른 후, 보다 승화된 사랑의 마음을
간직한 상태를 암시한다. 만남과 이별의 과정과는 상관없이 '내' 안에
존재해 있는 사랑, 그것이 '도라지 꽃' 빛깔로 피어나고 있는 것이다.
이때의 사랑은 물리적 관계를 초월한 聖의 세계와 심리적 단절을 넘
어선 지속을 내포한다.

시적 자아는 이와 같은 신성의 세계에 도달해가기 위해 현상적 청
자인 '신령님'에게 호소하고 있다. 그런데 '신령님'은 초월적 존재이
면서 동시에 님과 동일화되고 있다. 시구절 가운데 " '그의 모습으로
어느날 당신이 내게 오셨을때'를 보면, 화자와 청자가 신과 인간이라
는 수직적인 관계를 형성하고 있음에도 불구하고, '신령님'이 '이도
령'으로 전환되는 것과 함께 화자의 고백과 간절한 기원을 나타내는
직접적인 호소의 형태에 의하여 두 입장이 수평화되고"[111] 있음을 알
수 있다. 이 두 입장의 수평화는 님에 대한 사랑을 俗에서 聖의 차원
으로 끌어올림으로써 신비화시키는 역할을 한다.

俗에서 聖으로 전환되는 과정에서 중심이 되는 비유적 이미지를
종합해 보면 대부분 大氣的 상상력에 의한 것임을 알 수 있다. 시인
은 계절의 시간성에 따른 대기 변화를 시적 자아의 심리 변화와 통합
함으로써 사랑에 의한 존재 전환의 순간이 우주적 변화의 순간과 동
일하다는 인식을 내보이고 있다. 따라서 사랑의 성숙 과정은 개화를

---

111) 김현자(1988), 앞의 책, p.184.

꿈꾸는 식물적 상상력의 변용으로 볼 수 있다. 꽃의 개화가 벼락과 해일이라는 우주 개벽의 순간을 필요로 하듯 그가 추구하는 사랑 또한 이러한 시간성을 요구한다. 특히 서정주가 추구하는 사랑의 관념이 '도라지 꽃'이라는 상관물에 의해 상징화되고 있음을 볼 때 '사랑'과 '꽃'을 동일한 의미로 취급하고 있음을 알 수 있다. 따라서 <菊花 옆에서> <꽃밭의 獨白> <다시 밝은날에 - 春香의 말 貳>는 모두 식물적 상상력의 소산이며, 그의 식물적 상상력은 우주 개벽의 시간과 그에 의해 개화의 순간을 이룩하는 시간적 특성을 반복함으로써 구조화된 상상적 질서를 보인다 하겠다.

　서정주 시에 나타난 입사의 순간은 무변화의 상태로 고여있는 시간을 파괴함으로써 새로운 생성을 촉발시키는 경계의 시간이다. 이 경계의 시간은 생명을 분만하기 위한 고통을 내포한다. 기존의 시간을 파괴하고 새로운 시간의 질서를 세우기 위한 입사의 고통은 '영원성'의 세계로 이행해 가기 위해 치러야하는 과정이라 할 수 있다.

4. 변신 은유와 초월 의지

1) 변신의 다양성과 육체성의 해체

(1) 고통의 초월과 자아 변신

해방기와 6·25를 거치는 동안 서정주의 시에 나타난 시적 자아는 '나'에서 '우리'라는 공동체적 유대 관계로 확대되고 있다. 시인이 역사나 시대 의식을 시의 표면에 직접적으로 드러내고 있는 것은 아니나 '우리'로 대변하고 있는 공유적 정서는 당시시대의 어려움을 함께 겪어야 했던 보편적 인간상을 제시하고 있음이 분명하다. 세계와 자아간의 긍정과 화해라는 대타적 관계에 대한 관심이 전쟁 이후부터는 인간 자체의 근원성을 탐색하는 방향으로 집중된다. 이는 곧 인간의 한계상황으로부터 자유롭고자 하는 초월의지를 나타낸다. 시인은 이때부터 우리의 전통설화나 고전, 俗信 등을 시에 대폭 수용함으로써 다양한 시적 자아의 목소리를 드러낸다.[112] 뿐만 아니라 한 편의 시

---

112) 이러한 양상은 그의 초기시 <花蛇> <高乙那의 딸> <正午의언덕에서> <桃花桃花> 등에서도 간혹 보여진 것이기는 하나 본격화된 것은 『新羅抄』(정

에 나타난 시적 자아가 여러 개의 비유적 이미지를 통해서 변신을 감행하는 특성을 보이고 있다. 다양한 은유에 의한 자아 변신은 고착적 삶을 벗어나고자 하는 초월적 상상력의 운동 양상이라 할 수 있다. 그것은 인간 삶의 고통을 상징하는 '육체'의 변신으로 구체화된다. 우선 자아를 '새'의 이미지로 변신시키고 있는 시들을 살펴보면 다음과 같다.

> ㉮ 山꿩 가듯 너의 집을 찾아가고 있음이여.
> 갈밭 가는 소리를 하늘에 내며
> 찾아가고 있음이여.
>
> <斷食後> 부분

> ㉯ 님은
> 주무시고,
> 나는
> 그의 벼갯모에
> 하이옇게 繡놓여 날으는
> 한마리의 鶴이다.
>
> <님은 주무시고> 부분

> ㉰ 병 나아
> 기러기표 옥양목의
> 새옷 새로 갈아 입고,
> 눈 멀었던 햇빛

음사, 1960)로부터 이어지는 일련의 시집에서이다. 한편 우리 역사에 대한 관심을 갖게 된 이유에 대해 시인 스스로는 "生死를 목전에 둔 그런 상황에 처하면 민족의 역사 속에서 자기의 죽음을 분명히 하려는 어떤 숙명적인 의식"을 갖게 된다고 밝힌 바 있다. 對談取材, 未堂과의 對話, 『문학사상』(1972.12), pp.256~257 참조.

> 눈 띠여
> 내가 또 유랑해 가게 하는것은
>   <내가 또 유랑해 가게 하는 것은> 부분

㉮ ㉯ ㉰ 세 편의 시는 모두 시적 자아인 '나'를 '새'의 이미지로 전이시키고 있다는 공통점을 지닌다. 새는 인간과는 달리 공간적 제약을 벗어나 넘나듦이 자유로운 존재이다. "인간은 공중을 나는 꿈을 꿈으로써 기어가는 살덩이로서의 존재를 이겨낸다(극복한다)."[113] 인간과 새의 결합은 인간을 구속하고 있는 삶의 조건으로부터 벗어나기 위한 시도로 볼 수 있다. 인간적 삶의 굴레를 ㉮에서는 시의 제목에 암시되어 있듯이 '斷食'의 괴로움으로, ㉯는 시적 자아와 님과의 단절을 뜻하는 '잠'으로, ㉰는 '병'으로 각각 표현하고 있다.

새는 단식, 잠, 병 등이 함축하고 있는 인간적 고통을 넘어서고자 하는 시인의 의식을 나타내는 비유적 이미지이다. ㉮에서는 단식의 괴로움을 끝낸 시적 자아가 '山꿩'이 되어 '너'에게로 날아간다. '갈밭 가는 소리를 하늘에 내며'라는 표현은 그 비상의 경쾌함을 감각화한다. ㉯에서는 '잠'이 함축하고 있는 님과의 이별을 극복하기 위해 시적 자아는 한 마리 '鶴'으로 변신한다. 이때 '학'은 이중의 의미를 갖는다. '학'은 비상과 동시에 '그의 벼갯모의 금실의 테두리 안'(이 부분은 이 시의 후반부에 나오는 시구절이다)에 정주한다. 벗어남과 머묾의 모순된 의미의 충돌은 이별의 고통을 초월하고 님과의 만남을 지속하고자 하는 시적 자아의 심리를 나타낸다. ㉰에서 '병'이 나은 시적 자아는 '기러기' 모습으로 옷을 갈아입고 유랑해 간다. 병석이 시적 자아의 육신을 묶고 있는 부정적 공간이라면 유랑의 길은 생명력

---

113) Gaston Bachelard(1943), 『공기와 꿈』, 정영란(역)(1993), 민음사, p.165.

이 깃들여 있는 긍정의 공간이라 할 수 있다. '기러기표 옥양목의 새 옷'은 바로 이러한 생명의 징표이다. 새 이미지로의 변신이 인간의 고통을 벗어버리는 과정을 나타내고 있다면 이는 인간의 육체성을 해체시키는 '피'의 변용 과정에 의해 더욱 심화된다.[114]

> 娑蘇의 매[鷹]는 娑蘇가 山에 간 지 이듬해의 가을날, 그 아버지에게 두 번째의 편지를 그 발에 날라왔다. 이번 것은 새의 피가 아니라, 香풀의 진액을 이겨, 역시 손가락에 묻혀 적은 거였다. 피딱지의 두루마리는, 아직도, 집에서 가지고 간 그것이었다.
> — 이것은 그 편지의 前半部 한 조각만 남은 것이다.

피가 잉잉거리던 病은 이제는 다 낳았읍니다.

올 봄에
매[鷹]는,
진갈매의 香水의 강물과 같은
한섬지기 남직한 이내[嵐]의 밭을 찾아내서

대여섯 달 가꾸어 지낸 오늘엔,
홍싸리의 수풀마냥. 피는 서걱이다가

---

114) 서정주 시에 나타난 '피'의 변용 과정에 대해서는 이어령의 "피의 해체와 변형 과정"(『詩 다시 읽기』, 문학사상사, 1995, pp.321~347 참조), 천이두의 "지옥과 열반"(『미당 연구』, 민음사, 1994, pp.42~100 참조), 김화영의 『未堂 徐廷柱의 詩에 대하여』(민음사, 1984, pp.67~82 참조) 등의 기존 논의가 있다. 이어령은 공간 분석을 통해서 "피를 거르고 그것을 하늘, 땅 그리고 땅속으로 순환시켜 만들어낸 그 시적 총체적 공간이 바로 미당의 시가 숨쉬고 있는 우주"(p.342)라는 결론을 도출해 내고 있다. 천이두는 서정주 시의 변모를 "자신의 <피>를 어떻게 다스려 나가는가 하는 고된 싸움의 과정"(p.51)으로 보고 자신의 논의 속에서 이를 추적하고 있으며, 김화영은 서정주의 초기시에서부터 "피는 詩를 찾아가는 生命的 動力인 동시에 그 動力에 힘입어 다스려야 할 대상"(p.2)으로 등장하고 있음을 지적하고 '피의 증류 과정'을 시 분석을 통해서 소상히 밝히고 있다.

翡翠의 별빛 불들을 켜고,
요즈막엔 다시 生金의 鑛脈을 하늘에 폅니다.

아버지.
아버지에게로도,
내 어린 것 弗居內에게로도, 숨은 弗居內의 애비에게로도,
또 먼 먼 즈믄해 뒤에 올 젊은 女人들에게로도,
生金 鑛脈을 하늘에 폅니다.

<娑蘇의 두번째의 편지 斷片> 전문

사소는 원래 중국 왕실의 딸로 처녀의 몸으로 잉태하여 신라의 시조인 혁거세왕을 나은 여인이다. 삼국유사의 기록에 의하면 사소는 父王의 소리개가 점지해 준 선도산에서 신선수행을 하여 地仙이 되었다고 전해진다.[115] 사료는 사소를 신선이된 인물로 기록하고 있으나 일반적인 통념으로 짐작해 보면 그녀는 일상의 금기를 어김으로써 일상의 삶 속에서 살아갈 수 없는 비극적 인물이다. 따라서 그녀의 신선수행은 자신에게 주어진 억압과 불행의 초월을 의미한다.

그 과정은 '피'의 변신을 통해서 이루어진다. 피, 혹은 병의 회복 과정을 시인은 '밭'을 가는 농경 문화적 상상력과 접맥시킨다. 진갈매의 '한섬지기 남직한 이내〔嵐〕의 밭'을 대여섯 달 가꾸는 행위와 治病의 과정이 2연에서 동일하게 이야기되고 있다. 김현자 교수는 "매가 찾아낸 밭의 공간은 지상에 있는 밭이 아니고 이내(山氣 蒸淸한 하늘의 특수한 氣運 - 서정주 주)의 밭이다. 특히 '진갈매의 香水의 강물 같은'이라는 직유가 부가되어 이 밭의 공간은 液化되고 氣化되어 유동성을 지닌 상방의 공간이 된다"고 지적하면서 '이내의 밭'과 '피'는

---

115) 『三國遺事』, 卷 第五 感通 第七 仙桃聖母隨喜佛事 條 참조.

둘다 액체성을 띠고 있다는 점에서 비유적 관계를 이룬다고 밝히고 있다.[116) 상방에 위치한 '밭'과 육체가 동일하다는 의미는 사소가 사료에서처럼 '地仙'의 위치에 있음을 말해 주는 것이다. 즉 사소는 한 개인을 뜻하는 것이 아니라 밭이나 대지를 상징하는 여성적 원형성을 내포하고 있는 것이다.

사소의 밭갈기에 의한 治病의 과정은 세 개의 이미지의 변용을 통해 암시되고 있다. '홍싸리의 수풀마냥' 서걱이며 마찰하는 피를 고요하게 가라앉히는 것, 그 피가 다시 어두운 하늘에 '翡翠의 별빛'으로 밝혀지는 것, 마지막으로 生金의 광맥이 되어 펼쳐지는 것이 그것이다.[117) 이러한 과정은 내면의 마찰을 고요한 것으로, 액체를 공기적인 것으로, 불투명함을 투명함으로 전환시키는 과정을 내포한다. 시인은 '病이 다 낫다'는 단순한 진술의 의미를 여러 개의 이미지를 통해서 입체화하고 있는 것이다. 특히 치유의 마지막 단계를 나타내는 생금은 물질 가운데서도 가장 순수한 원소의 집합체로서, 혼돈과 무질서가 모두 제거된 정화된 존재를 함축한다. "황금이 아닌 생금이라는 독특한 造語는 광물에 유기체적 생명의 이미지를 부여한 것으로, 최초의 피가 가졌던 동물적인 생명성을 함유하면서도 지상의 것과는 다른 신비로운 광맥"[118)의 이미지를 보여준다. 서정주의 시에서 이 완전한 물질은 타인을 병을 치유하는 신비한 힘을 내포하기도 한다.

---

116) 김현자는 '피'와 '이내의 밭'이 병이 낫다(fr1)와 매는 이내의 밭을 찾다(fr2)의 지시틀(frame of reference)을 형성함으로써 언술 은유의 상호작용에 의한 시적 의미를 만들어낸다고 설명하고 있다. 김현자, 서정주 시의 은유와 환유, 한국기호학회 학술대회(1998.12.5), pp.65~66 참조.

117) <娑蘇의 두번째의 편지 斷片>에 나타난 '피'가 식물 → 광물의 이미지로 변용되고 있음을 밝힌 기존의 논의로는 김화영(1984), 앞의 책, pp.71~72, 김현자(1998), 앞의 글, p.65 등이 있다.

118) 김현자(1998), 앞의 글, p.65.

피 에 있으니, 피 에 있으니,
너무들 인색치 말고
있는 사람은 病弱者한테 柴糧도 더러 노느고
홀어미 홀아비들도 더러 찾아 위로코,
瞻星臺 위엔 瞻星臺 위엔 그중 실한 사내를 놔라.

살[肉體]의 일로써 살의 일로써 미친 사내에게는
살 닿는 것 중 그중 빛나는 黃金 팔찌를 그 가슴 위에,
그래도 그 어지러운 불이 다 스러지지 않거든
다스리는 노래는 바다 넘어서 하늘 끝까지.

<善德女王의 말씀> 부분

　　善德女王과 志鬼의 일화담[119]을 시로 형상화하고 있는 이 작품은
선덕여왕이 자기를 기다리다 잠든 지귀에게 황금 팔찌를 놓고 갔다는
설화의 내용을 그대로 수용하고 있다. 그러나 이 시에는 시적 자아인
선덕여왕의 '피'를 '黃金 팔찌'로 전이시키는 시인의 상상 작용이 설
화의 내용과 함께 어우러져 있다. 피의 변용인 黃金 팔찌가 '살의 일
로써 미친 사내'의 병을 다스리는 치료제의 의미를 함축하고 있는 것
이다. 선덕여왕의 피가 백성들에게는 '柴糧'이나 '위로'의 역할을 한
다면, 정화된 피의 상징물인 黃金 팔찌는 그러한 차원을 능가하는 효
험을 갖는 것으로 암시되어 있다.
　　<娑蘇의 두번째의 편지 斷片>에서도 시적 자아는 이러한 신비한

---

119) 사료에 의하면 志鬼는 선덕여왕을 사모하여 늘 슬픔에 잠겨 있었다. 그 소문을
　　들은 여왕이 절에 분향하러 가던 차에 그를 부른다. 그런데 탑 아래서 여왕을 기
　　다리던 지귀는 홀연이 잠이 들고 이를 본 여왕은 지귀의 가슴에 황금 팔찌를 얹
　　어두고 궁중으로 돌아간다. 잠에서 깨어난 지귀는 오랫동안 넋을 잃고 있다가 마
　　음의 불이 터져 탑을 에워싸고 태워 버린다. 『大東韻府群玉』, 券十 心火燒塔
　　條 참조.

물질로의 변신을 이루어냄으로써 자신의 피를 가두고 있는 신체에서 한섬지기의 밭으로 그리고 하늘로의 공간적 확대를 획득하게 된다. 즉 사소가 가졌던 인간적 고뇌, 아버지와 자식, 그리고 남편을 버리고 피신할 수밖에 없었던 한 여인의 고통은 몸을 빠져나가 '아버지에게 로도 / 내 어린 것 弗居內에게로도, 숨은 弗居內의 애비에게로도 / 또 먼 먼 즈믄해 뒤에 올 젊은 女人들에게로도' 밝게 퍼져나가는 '生金'의 빛으로 변화함으로써 무한 속에 퍼져있는 존재의 형상을 이루 게 되는 것이다. 이는 곧 인간을 가두는 육체성으로부터 벗어난 초월 적 존재를 암시한다. 붉은 피가 함축하고 있는 인간 존재의 고통과 욕망이 맑은 빛의 이미지로 걸러지면서 시적 자아는 인간적 삶의 고 통에서 벗어나 광활한 우주적 공간에 두루 편재하는 초인적 존재로 화하게 된 것이다. 인간 존재가 안고 있는 고통과 욕망을 벗어나고자 하는 이러한 초월적 상상력은 서정주 시세계에서 중요한 문맥을 형성 한다.

(2) 공기적 상상력과 자유 의지

인간적 고뇌를 다스리는 과정으로써의 자아 변신은 곧 인간 존재 를 구속하는 지상의 삶으로부터 초월하려는 의지와 관련된다. 앞서 분석한 시들을 통해서 짐작해 볼 수 있듯이 하늘에 퍼져있는 '새'로 의 자아 변신이나 生金의 '빛'으로의 변신은 공중에 퍼져있는 존재의 형상을 나타낸다. 이러한 자아 변신의 과정은 자신의 형체를 무형화 하는 공기적 상상력에 의해 더욱 심화된다.

㉮ 마리아, 내 사랑은 이젠

　　네 後光을 彩色하는 물감이나 될 수밖에 없네.

　　어둠을 뚫고 오는 여울과 같이

　　그대 처음 내 앞에 이르렀을 땐,

　　초파일 같은 새 보리꽃밭 같은 나의 舞臺에

　　숱한 男寺黨 굿도 놀기사 놀았네만,

　　피란 결국은 느글거리어 못견딜 노릇,

　　마리아.

　　이 춤추고, 電氣 울 듯하는 피는 달여서

　　여름날의 祭酒 같은 燒酒나 짓거나,

　　燒酒로도 안 되는 노릇이라면 또 그걸로 먹이나 만들어서,

　　자네 뒤를 마지막으로 따르는 -

　　허이옇고도 푸르스름한 後光을 彩色하는

　　물감이나 될 수 밖엔 없네.

<無題> 전문

㉯ 피여

　　紅疫같은 이 붉은 빛갈과

　　물의 연합에서도 헤여지자.

　　붉은 핏빛은 장독대옆 맨드래미 새끼에게나

　　아니면 바윗속 굳은 어느 루비 새끼한테,

　　물氣는 할수없이 그렇지

　　하늘에 날아올라 둥둥 뜨는 구름에…….

<無題> 부분

　　시 ㉮에서는 '피'가 '祭酒'에서 '물감'으로 변용되고 있다. '숱한 男寺黨 굿'놀이로 표현되고 있는 '마리아'와 '나'의 육체적 사랑의 한 계를 시적 자아는 '느글거리어 못견딜 노릇'이라고 고백한다. 시적 자

아는 피의 괴로움을 정화된 물, 그 가운데서도 가장 성스러운 '祭酒'
로 걸러내고 이를 한번 더 '허이옇고도 푸르스름한 後光을 彩色하는
물감'으로 여과해낸다. 여기서 '물감'은 神母와의 고결한 사랑을 비
추는 '빛'의 이미지를 지닌다. 피에서 빛으로의 여과 과정은 俗에서
聖으로, 육체에서 영혼으로의 전환을 의미한다.

시 ㉯는 '피'를 이루는 여러 요소들을 해체시켜 피의 무거움을 소
멸시키고자 하는 시적 자아의 의도를 드러내고 있다. 이 시에서 피는
일종의 병인 '紅疫'으로 비유되고 있다. 이는 곧 인간사의 고통을 뜻
한다. 일종의 열병으로서 피를 말하고 있음은 곧 그것이 왜 극복되어
야 하는 것인지에 대한 필연성을 의미하는 것이다. <娑蘇의 두 번째
편지 斷片>에서 병의 치유 과정을 홍싸리 → 翡翠의 별빛 → 生金
의 鑛脈 등의 이미지로 보여준 것과 마찬가지로, 이 시에서도 홍역의
치유는 피의 식물과 광물적 이미지로의 변용에 의해 이루어진다. '맨
드라미'와 '루비'가 그것이다. 피의 무거움은 지상의 식물이나 지하의
광석으로 남겨지고 가장 맑은 '물氣'는 '구름'으로 수직 상승한다.

위의 두 편의 시에서 보여주는 '물감'(後光)과 '구름'의 이미지는
시적 자아가 서서히 무형의 형태로 변화해 가는 과정 가운데 하나이
다.[120] 자아를 최대한으로 확대하는 방법은 형체 해체를 통해 우주에
편재하는 것이다. "날개처럼 가벼운 것들, 공기와 빛과 그리고 수증기
와 같은 순수한 물"[121]로 존재함으로써 시적 자아는 흔없는 자유의
세계에 깃들이게 된다. <두 좁나무 사이>는 '소리'의 이미지로 자아
를 무형화하고 있는 예이다.

---

120) 김화영은 시적 자아가 무형의 존재로 변화해 가는 과정을 "피의 증류와 해체"
   를 통해서 설명하고 있다. 김화영(1984), 앞의 책, pp.73~82 참조.
121) 이어령(1995), 앞의 글, p.337.

두 香나무 사이, 걸린 해마냥
지, 징, 지, 따, 찡,
가슴아
인젠 무슨 金銀의 소리라도 해 보려무나.

내 閣氏는 이미 물도 피도 아니라
마지막 꽃밭 蒸發하여 괴인
시퍼렇디 시퍼런 한마지기 이내[嵐]!

간대도, 간대도,
西方 金色界라든가 뭣이라든가
그런 데로 밖엔 쏠릴 길조차 없으니.

가슴아. 가슴아.
너같이 말라 말라 鑛脈 앙상한
메마른 閣氏를 오늘 아침엔 데리고
지, 징, 지, 따, 찡
무슨 金銀의 소리라도 해 보려무나.

이 시에서 '시퍼렇디 시퍼런 한마지기 이내[嵐]'로 떠 있는 '閣氏'
는 이미 지상에 존재하지 않는 님이다. 그러나 마음속에 지워버릴 수
없는 각씨에 대한 미련과 애착은 시적 자아의 가슴을 앙상하게 마르
게 한다. 이는 님의 죽음 앞에서 고통스러워하는 한 고독한 인간의
비애를 말해 준다. 피로 상징되는 인간적 괴로움을 벗어나기 위해 이
시의 시적 자아는 '해', '금은' 등 금속(빛)으로의 변신을 스스로에게
촉구한다. 시적 자아는 자신을 '가슴'으로 대상화하고 이를 다시 세
가지 물질로 변화시키고자 한다. 해, 금은은 모두가 '빛'을 시각화한
다는 점에서 공통성을 가지며, 이 빛의 이미지는 '지, 징, 지, 따, 찡'

으로 표현되고 있는 음상징[122]에 의해 '꽹과리'와 같은 금속 악기의
이미지로 모아진다. 빛과 놋쇠로된 악기의 비유적 결합은 서정주의
다른 시 <上歌手의 소리>의 "뙤약볕 같은 놋쇠 요령"과 같은 표현
에서도 볼 수 있다. "뙤약볕 같은 놋쇠 요령"이라는 표현은 놋쇠 요
령이 내는 소리의 질감을 금속의 빛깔로 공감각화하고 있는 매우 뛰
어난 비유라 할 수 있다. 위에 인용한 시에서 '지, 징, 지, 따, 찡'하는
꽹과리 소리 또한 해와 금은에 의해 소리뿐 아니라 금속의 빛이 퍼져
나가는 시적 영상을 만들어낸다. 시적 자아는 해, 금은, 꽹과리 등이
환기하는 빛과 소리로 변신하면서 공중으로 퍼져나가는 무형적 존재
로 화하고자 한다. 바슐라르(Gaston Bachelard)는 이와 같은 공기적 상상
력의 본질적 가치를 다음과 같이 설명한다.

> 물질적 상상력에 있어, 비상이란 발명해야 할 기계장치가 아니라,
> 전환시켜야 할 물질로서, 모든 가치들을 전환하는 기초이다. 즉 우
> 리의 존재가 대지적인 것에서 공기적인 것으로 변해야 하는 것이
> 다. 그러면 그것이 온 땅을 가볍게 할 것이다. 우리 속에 있는 우리
> 자신의 대지가 "가벼운 것"이 될 것이다.[123]

"우리 속에 있는 우리 자신의 대지"란 다름 아니라 인간 존재의

---

122) 후루쇼프스키(Benjamin Hrushovski)는 시에 드러난 청각 영상이 시의 다른 부분
   과의 상호작용을 통해서 시 전체의 의미를 전환시킬 수 있다고 보았다. 즉 시에
   서 음상징이 의미를 창조해내는 비유로서의 역할을 할 수 있음을 시사하고 있다.
   그는 섹스피어의 소네트 가운데 한 예를 제시하고 있는데, "When to the sessions
   of sweet silent thought / I summon up remembrance of things past"에서 "sweet silent
   thought"의 쉬쉬하는 소리가 침묵의 질감을 만들어낸다고 말한다. Benjamin,
   Hrushovski, Poetic Metaphor and Frames of Refernence with Examples from Eliot,
   Rilke, Mayakovsky, Mandelshtam, Pound, Creeley, Amichai, and the New York Times,
   Poetics Today, vol.5, No.1984, pp.9~10 참조.

123) Gaston Bachelard(1943), 앞의 책, p.284.

육체성을 의미한다. 육체는 유한한 것이라는 점에서 인간의 의식을
속박한다. 자신의 육체를 빛이나 소리로 변화시킨다는 것은 고착된
존재성으로부터의 해방을 의미하며 나아가서는 보다 넓은 공간에 자
아를 가볍게 편재시키는 방법이기도 하다. 그것은 곧 자유의 획득이
며, 이승에서 저승으로 퍼져나가 '각씨'와의 만남을 가능케 하는 것이
된다. 빛과 소리를 통해 공중에 부유할 때 '시퍼렇디 시퍼런 한마지
기 이내〔嵐〕'로 화한 님과 '나'는 동일성을 갖게 되는 것이다. 이와
같은 무형적 존재로의 자아 변신은 어떠한 형태로든 자신이 변화 가
능함을 뜻함과 동시에 어떠한 공간도 자유자재로 드나들 수 있음을
의미한다.

어느날 내가 산수유꽃나무에 말한 비밀은
산수유 꽃속에 피어나 사운대다가……
흔들리다가……
洛花하다가……
구름 속으로 기어 들고,

구름은 뭉클리어 배 깔고 앉었다가……
마지못해 일어나서 기어 가다가……
쏟아져 비로 내리어
아직 내 모양을 아는이의 어깨위에도 내리다가……

빗방울 속에 상기도 남은
내 비밀의 일곱빛 무지개여
햇빛의 푸리즘 속으로 오르내리며
허리 굽흐리고

나오다가……
숨다가……
나오다가……

<산수유꽃나무에 말한 비밀> 전문

이 시의 중심이 되는 '비밀'은 시적 자아의 심중을 의미한다는 점에서 시적 자아와 동일시할 수 있다. 따라서 비밀과 동일화되고 있는 몇 개의 이미지들은 곧 시적 자아의 변신을 나타낸다고 볼 수 있다. 비밀의 드러남과 숨김에 의한 자아 변신은 자연의 變轉으로 은유화되어 나타난다. 1연의 꽃의 피고 짐, 2연의 구름의 엉킴과 쏟아짐, 3연의 무지개의 생성과 소멸 등의 우주적 변화는 반복적이고 순환적이다. 비밀이라는 것은 숨겨야 하는 것이다. 그러나 비밀을 간직하는 행위는 마음을 가두는 것이기 때문에 구속의 의미를 갖는다. 비밀을 말한다는 것은 마음을 여는 것이며, 욕망을 해소하는 것이다. 시인은 인간의 삶 속에서 빚어지는 욕망의 눌림과 표출의 과정을 자연의 끝없는 변화를 통해서 유머러스하게 표현하고 있는 것이다. 특히 이러한 과정은 이 시에 드러난 대립적 의미의 동사 집단에 의해 역동화된다. '비밀을 말하다'의 드러남은 '사운대다가, 흔들리다가, 기어 가다가, 쏟아져 내리다, 오르내리다' 등의 동사와, '비밀을 숨기다'의 감춤은 '洛花하다, 기어들다, 앉았다, 허리 굽흐리다' 등의 동사와 각각 대응을 이루면서 역동적 인생 드라마를 환기하고 있다. 이와 같이 인간의 심리 현상과 자연 현상을 뒤섞어 놓는 시적 상상력은 서정주의 精靈主義, 혹은 범신론적 자연 태로도 볼 수 있다.

그런데 중요한 것은 이 시의 의미 구조가 '비밀은 숨겨야 한다'는 고정관념을 깨고 '비밀은 발설되어야 한다'는 새로운 인식을 담고 있

다는 점이다. 이는 삶의 무거움을 해체시켜 가벼움 쪽으로 이끌고자
하는 시인의 지향성을 함축한다. 피의 무거움을 빛의 투명성으로 걸
러내 듯, 닫혀 있는 마음을 해체시킴으로써 열린 세계와 접목시키고
있는 것이다. 이 시의 자연 이미지들은 마음속에 고여있는 무거움의
발현태인 것이다. 무거운 마음을 열었을 때 그것은 '일곱빛 무지개'처
럼 아름다운 것이 된다. 지금까지 살펴 본 시적 자아의 변신은 인간
의 육체성을 광물의 빛과 소리, 공기적 이미지 등으로 전이시켜 이루
어짐을 알 수 있다. 이러한 모든 이미지를 종합하고 있는 작품이
<旅愁>이다.

> 첫 窓門 아래 와 섰을 때에는
> 피어린 牧丹의 꽃밭이었지만
>
> 둘째 窓 아래 당도했을 땐
> 피가 아니라 피가 아니라
> 흘러내리는 물줄기더니,
> 바다가 되었다.
>
> 별아, 별아, 해, 달아, 별아, 별들아,
> 바다들이 닳아서 하늘 가며는
> 차돌같이 닳아서 하늘 가며는
> 해와 달이 되는가. 별이 되는가.
>
> 세째 窓門 영창에 어리는 것은
> 바닷물이 닳아서 하늘로 가는
> 차돌같이 닳는 소리, 자지른 소리.
> 세째 窓門 영창에 어리는 것은
> 가마솥이 끓어서 새로 솟구는

하이얀 김, 푸른 김, 사랑 김의 떼.

하지만 가기 싫네 또 몸 가지곤
가도 가도 안 끝나는 머나먼 旅行
뭉클리어 밀리는 머나먼 旅行.

그리하여 思想만이 바람이 되어
흐르는 내 兄弟의 앞잡이로서
철따라 꽃나무에 기별을 하고,

옛 愛人의 窓가에 기별을 하고,
날과 달을 에워싸고 돌아다닌다.
눈도 코도 김도 없는 바람이 되어
내 兄弟의 앞을 서서 돌아다닌다.

피어린 牧丹 → 바다 → 차돌 → 김 → (해·달·별) → 바람으로
의 변신 과정은 시적 자아의 육체성이 점차 무형의 것으로 변화되고
있음을 보여 준다. 이러한 해체 과정에서 해, 달, 별이 환기하는 '빛'
으로의 변신이 최종의 지향점임을 알 수 있다. 그것은 '몸 가지곤 / 가
도 가도 안 끝나는 머나먼 旅行' 너머의 세계이다. 떠돌이로서의 인
간 삶은 '뭉클리어 밀리는 머나먼 旅行'이며, 이 과정 속에서 시인은
공중을 떠도는 '바람'의 단계도 지나 수직의 공간에서 지상을 비추는
빛으로 초월하고자 하는 것이다.
　시적 자아의 무수한 변신 과정은 인간의 육체성을 일종의 병으로
간주하는 시인의 의식성에서 기인한다. 인간은 구체적인 현실 상황
안에 존재해 있음과 동시에 자아를 구속하고 수동화시키려는 완강한
현실 상황을 벗어나 자신의 고유한 자유의지로써 삶을 실현하고자 한

다. 현실의 구속과 그것으로부터 벗어나고자 하는 의식 사이에는 육
체성의 직접적 소여가 자리하고 있다. 육체성은 현실의 구체적 상황
에 적응하면서 자유로운 의식을 결박하거나 방해하기도 하며, 때로
의식이 지향하는 방향을 따르기도 하는 가변성을 갖는다. 그러나 육
체성은 스스로 생명력을 지탱해야 한다는 절대적 과제를 안고 있기
때문에 관념보다 앞서 현실의 문제에 직면하게 된다. 즉, 육체는 생명
을 보존할 수 있는 방책을 찾아야 하기 때문에 현실의 원리에 민감하
게 작용한다. 이러한 과정 속에서 세계와 인간의 의식은 갈등과 모순
에 부딪히게 되며, 따라서 세계와 자아를 이어주는 육체는 인간적 욕
망과 고통을 직접화한다는 점에서 초월해야 하는 일차적 대상이 된
다. 무수한 욕망은 우리를 유혹하고 동시에 괴롭힌다. 서정주는 인간
적 욕망과 인간을 괴롭히는 고통으로부터 초월하기 위해 끊임없는 자
아 변신을 감행한다.

　시적 자아의 변신은 앞에서 살펴 본 시 외에도 <내가 돌이 되면>
<나는 잠도 깨여 자도다> <四更> <敍景> <因緣說話調> 등 매
우 많은 시편에서 발견된다. 이들 시가 공통적으로 드러내고 있는 것
은 시적 자아의 변신이 주로 공중에 퍼져있는 물질들에 의해 성취된
다는 점이다. 빛, 구름, 무지개, 바람, 숨결, 새 등이 그것이다. 그리고
자아 변신의 물리적 변화를 종합해 보면 보다 순수한 물질로의 변화
이며, 이러한 물질들은 수직 지향적이라는 데 공통점을 갖는다. 이는
인간 육체가 갖는 구속적 의미를 해체시켜, 가벼움과 자유로움을 획
득하고자 하는 존재의 형이상적 의식을 말한다.

　시인은 이러한 해체의 과정 속에서 생성과 소멸의 순환 구조를 반
복하고 있다. "이 끝없는 순환 반복, 그것은 『新羅抄』에서 『冬天』에
이르기까지 거의 모든 작품에서 빚어지는 시적 비전의 기본 패턴이라

할 수 있다. 시인 서정주는 <나> 및 <나>와 관련되는 모든 관계 양식을 이러한 끝없는 순환 반복의 변신 과정으로 포착함으로써 현세적, 찰나적인 <나>의 존재를 영원의 시간적 질서 속에 편입시킬 수 있었던 것이다."[124] 이제 그의 존재는 하나로 고정되어 있지 않고 우주에 편재한다.

2) 공간 확대와 응축의 운동성

감금과 구속의 공간에서 지상과 하늘의 경계 공간인 "하눌ㅅ가"로의 수직적 이행을 통해서 시인은 삶과의 화해를 상징하는 생명의 꽃밭을 일구어낸다. 이를 통해 고통으로 가득찬 인간의 삶을 긍정하고자 하는 시인의 치열한 의식을 알 수 있다. 이러한 공간 의식은 보다 발전적 국면으로 접어들게 되는데, 시인은 고통의 초월을 위해 보다 적극적으로 공간 세우기와 허물기, 공간 채우기와 비우기라는 운동 양상을 반복한다. 이를 통해 서정주의 시적 공간은 확대와 응축, 수축과 팽창이라는 살아 움직이는 우주적 생명체의 질서를 획득하게 된다. 이때 공간의 방향성은 수평과 수직을 모두 아우르게 되며 동시에 사물의 크고 작음 또한 뒤바뀜으로써 공간에 대한 일반적인 인식을 와해시키고 있다. 이와 같은 공간 인식은 인간의 고통스러운 삶과의 화해가 아니라, 아예 그 삶 자체를 질적으로 변화시키고자 하는 의식과 연결된다.

---

124) 천이두(1994), 앞의 글, p.89.

(1) 경계 세우기와 허물기

서정주 시에서 고통의 초월로서의 공간 확대는 '나'와 타자 사이를 연결해주는 매개 공간의 유무에 의해 이루어진다. 시인은 '나'와 타자를 매개하는 상징적 공간으로 '절간'을 표상화한다. 공간의 확대는 경계 세우기와 경계 허물기, 즉 절간 세우기와 허물기라는 운동 양상으로 이룩된다.

> 애인이여
> 너를 맞날 약속을 인젠 그만 어기고
> 도중에서
> 한눈이나 좀 팔고 놀다 가기로 한다.
> 너 대신
> 무슨 풀잎사귀나 하나
> 가벼히 생각하면서
> 너와 나 새이
> 절간을 짖더래도
> 가벼히 한눈 파는
> 풀잎사귀 절이나 하나 짖어 놓고 가려한다.
>
> <가벼히> 전문

이 시의 시적 자아는 너와 나 사이에 약속으로 채워진 심리적 공간에 '절간'이라는 건축물을 세우고자 한다. 절간은 일반적 건축물 이상의 의미를 내포한다. 절간은 신과 인간 사이에 세워진 聖의 공간이며, 인간적 고뇌와 번민을 해탈하는 초월의 공간이다.

절간 세우기는 시인의 가벼움에 대한 지향 의식을 반영한다. 애인과 '나' 사이의 '약속'은 둘을 묶어 준다는 의미도 있지만 한편으로 그것은 둘을 억압하는 무거움일 수도 있다. 이처럼 존재와 존재 사이에 가로놓인 무거움에 대한 인식을 시인은 가벼움으로 전환시키고자 한다. 이는 앞서 살펴본 시 <산수유꽃나무에 말한 비밀>에서 "비밀은 숨겨야한다"는 고정관념을 깨뜨리고 비밀의 무거움을 발설을 통해서 가볍게 해체시키는 발상과 동일한 맥락을 이룬다. 만남의 기약이 님에 대한 갈망과 그리움으로 결국 화자를 고통스럽게 하는 것이라면, 그 약속을 어기고 '한눈이나 좀 팔고 놀다 가기로' 작정하는 것은 고통을 해소하는 하나의 방식이 될 수 있다. 굳은 맹서를 어기는 사랑의 방식은 우리의 오랜 관념을 뒤집어 놓는 것이다. 그러나 이 시는 기존의 윤리나 도덕의 틀을 벗어나는 오묘한 지혜를 간직하고 있다.

따라서 '한눈이나 좀 팔고 놀다 가기로 한다'는 발언은 애인과의 사랑을 저버리겠다는 의미가 아니라 인간적 사랑의 번민과 고통을 가벼움으로 초월하고자 하는 의미로 해석할 수 있다. 사랑에 대해 '한눈이나 좀 팔고 놀다 가기로' 하는 태도로써 사랑의 무거움을 넘어서는 것은 진지함이나 심각함만이 반드시 진실한 것이 아니라는 시인의 인생 태도를 반영한다. 무거움을 해체시키거나 우회적 접근을 통해서 대상의 본질에 더 깊이 닿고자 하는 독특한 삶의 지혜를 보여주고 있는 것이다.

삶의 번민과 무거움을 해체하여 더 깊은 사랑에 도달하기 위한 관념의 등가물로서 절간은 서정주의 다른 시에서도 여러 번 반복되는 공간 이미지이다. 다음 시에서도 앞서 살펴본 <가벼히>와 동일한 공간 의식을 접할 수 있다.

바람이 불어서
그 갈대를 한쪽으로 기우리면
나는 지낸밤 꿈 속의 네 눈섭이 무거워
그걸로 여기
한채의 새 절깐을 지어두고 가려 하느니

<旅行歌> 부분

　'지낸밤 꿈 속의 네 눈섭'은 시적 자아의 그리움을 부추기며 괴롭
힌다. 그 괴로움의 심리적 공간에 시적 자아는 번민의 해탈을 상징하
는 '새 절깐' 한 채를 짓는다. 이 시에서의 절깐은 <가벼히>에서 보
여진 절깐이 '풀잎사귀'로 지어진 것과 마찬가지로 '갈대'로 지어진
것이다. '갈대'나 '풀잎사귀'로 지어진 집은 돌과 같이 단단한 재료로
이루어진 집과는 다르다. 그것은 외부의 공기나 바람 따위를 자유롭
게 소통시킬 뿐 아니라 쉽게 허물어질 수 있는 속성을 지닌다. 따라
서 안과 밖의 경계를 그다지 고집하지 않는다. 시인은 왜 이러한 건
축 재료로써 절깐을 이미지화하고 있는가? 단단한 것은 완강하고, 완
강한 것에는 유연성이 없다. 허물기 어려운 집은 고착적이다. 서정주
는 무엇이든 고착적인 것을 거부한다. 서정주는 삶의 무거움을 절깐
세우기로 대체하고 무거움이 소멸되었을 때는 절깐마저 허물어버린
다. 이러한 과정은 인간 삶이 고통과 그 고통을 해소하는 과정으로
점철되는 것과 마찬가지로 그의 시에서도 반복적이다. 세우다 / 허물
다의 운동성이 그의 또 다른 시 <뻐꾸기는 섬을 만들고>에서는 "만
길 바닷속으로 가라앉히곤 / 다시 끌어올려 백일홍이나 한 번 피우고
/ 또다시 바닷속으로 가라앉힌다"에서 볼 수 있듯이 끌어올리다와 가
라앉히다로 변용되기도 한다.
　중생이 부처가 되기 위해 세운 절깐이 하나의 이념적 상징물인 것

처럼 '너와 나' 사이에 세워진 절간 또한 사랑의 상징물이다. 따라서 그것은 현상적으로, 혹은 물리적으로 반드시 있어야 하는 것은 아니다. 이미 해탈을, 혹은 사랑을 성취한 자에게 절간은 건축물 이상의 의미를 갖지 못한다. 따라서 시인은 거추장스러운 이 매개 공간마저 허물어버리고자 한다.

> 내 데이트 시간은
> 인제는 순수히 부는 바람에
> 동으로 서으로 굽어 나부끼는
> 가랑나무의 가랑잎이로다.
>
> 그대 집으로 가는 길
> 도중에 섰는 갈대
> 그 갈대 위의 구름하고도
> 깨끗이 하직해 버린 내 데이트 시간은
>
> 이승과 저승 사이
> 그 갈대의 기념으로
> 내가 세운 절간의 법당에서도
> 아주 몽땅 떠나 와 버린 내 데이트 시간은
>
> 인제는 그저 부는 바람 쪽
> 푸르른 배때기를
> 드러내고 나부끼는
> 먼 산 가랑나무 잎사귀로다.
>
> <내 데이트 시간> 전문

시간을 공간화하고 있는 이 시는 '너와 나' 사이에 있는 모든 경계

공간을 무화시킴으로써 자유로운 상태에 이른 탈속의 경지를 보여주
고 있다. '너와 내'가 함께 하는 데이트 시간을 '가랑나무의 가랑잎'
으로 비유함으로써 시적 자아의 시간은 '순수히 부는 바람'의 숙명에
순응하며 자유롭게 공중에 부유하는 상태가 된다. 자유로운 시간의
획득은 2, 3연의 '구름'과 '절간'의 이미지에 의해 부연되는데 그것은
'너와 나' 사이를 매개했던 경계 공간의 해체를 함의한다. '그대 집으
로 가는 길'의 '구름'과 '이승과 저승' 사이에 세워진 '법당'조차 이제
는 필요치 않다는 의미의 발언인 '깨끗이 하직해 버린', '아주 몽땅
떠나 와 버린' 등의 표현이 매개 공간의 소멸을 보여준다. "집이 부서
져서 위를 향해 열리게 되면, 영혼은 신체를 보다 쉽게 떠나갈 수 있
을 것"125)이라는 엘리아데(Mircea Eliade)의 말처럼 이는 너와 나 사이
의 연결을 끊는 단절의 의미가 아니라, 존재와 존재가 아무런 매개
없이 직접 소통하는 관계에 이르렀음을 나타내는 것이다. 진정한 소
통은 매개를 필요로 하지 않는다. 매개 공간의 소멸은 결국 존재와
존재 사이를 좀더 자유롭게 넘나들 수 있음을 뜻하며, 이러한 자유
의식은 곧 공간의 확대를 의미하는 것이다. 따라서 안과 밖, 이쪽과
저쪽의 개념은 해체된다.

　　　門을 밀고서 房으로 들어가듯
　　　門을 밀고서 新房을 들어가듯
　　　門을 열고 나와서 여기 좀 보아
　　　門을 열고 나와서 여기 좀 보아
　　　매가 이끄는 마지막 곳에 와서
　　　나는 이렇게 읽습니다
　　　「여기는 잊었던 내 살이라」고.

---

125) Mircea Eliade(1959), 『聖과 俗』, 이동하(역)(1983), 학민사, P.132.

맑은 봄날을 종다리는 골라서
여기에 와 목젖을 맞대고,
소리개의 떼 金鑛脈 너머
숨을 바로 해 힘 기르는 곳
「여기는 잊었던 내 살이라」고.

보아, 보아, 와 살펴 보아,
門을 밀고서 房으로 들어가듯
門을 열고 나와서 여기 좀 보아.

예서부턴 핏줄이 綠金으로 뻗치는 것을!
사람과 짐승 맨 앞인 예서부터
핏줄은 이제 綠金으로 뻗치어서
사람과 짐승이 맨 뒤로 連하는 것을!

<娑蘇의 편지 Ⅰ> 전문

　시적 자아는 '門을 밀고 들어가다'와 '門을 열고 나오다'를 동일시하고 있다. 즉 들어가다 / 나오다의 상반된 의미를 동일화함으로써 안팎의 공간 개념을 헤체시키고 있는 것이다. 안과 밖이 하나인 공간은 이미 문의 기능이 상실된 공간이다. 따라서 함축적 청자에게 '門을 열고 나와서 여기 좀 보아'라는 반복적 간청은 '문이란 없는 것이다'라는 말로 환언될 수 있다. 문은 이쪽과 저쪽을 구획하는 경계의 공간이다. 닫힘과 열림에 의해 존재를 가두기도 하고 나가게도 한다. 그런데 시인은 기존의 문의 공간적 특질을 모순어법(oxymore)을 통해 와해시킴으로써 새로운 공간 인식을 드러내고 있다. 경계를 지운다는 것은 구획 관념을 없애는 것이며, 공간을 무한정 확대하는 것이다. 그것은 방향의 상실과는 달리 존재를 무한 속에 투영시키는 것이다.

무한히 확대된 공간의 의미는 다양한 공간 비유의 충돌에 의해 구체화된다. 미래의 생명이 점지되는 '新房', 종다리가 숨을 바로 해 힘을 기르는 '하늘', '綠金'이 생성되는 지층의 상호작용은 좁음 / 넓음, 수평 / 수직의 대립적 의미를 서로 화해시킨다. 이들을 대립이 아니라 유기적 공간으로 통합시키는 것은 '핏줄이 連하여 뻗쳐있다'는 생명적 인식이다. 즉 생명의 핏줄은 신방에서 '하늘'과 지하 금광맥으로 뻗쳐 사방을 그물처럼 아우르고 있는 것이다. '사람과 짐승 맨 앞인 예서부터' 핏줄이 '사람과 짐승의 맨 뒤로 連하는' 생명의 유전은 "圓 즉 고리를 그린다."[126] 꼬리에 꼬리를 물고 순환하는 공간은 좁음 / 넓음, 수평 / 수직의 물리적 공간 인식을 무너뜨린다. '문을 밀고 들어가다'와 '문을 열고 나오다'가 동일성을 획득할 수 있는 이유는 여기에 있다. 이러한 순환적 공간은 넓이와 깊이를 헤아릴 수 없는 공간이며, 우리의 인식을 무한정 확대시켜 고착된 삶으로부터 해방시키는 공간이다.

(2) 크고 작음의 顚倒

매개 공간을 세우고 그것을 다시 허무는 반복적 운동성을 통해서 인간의 고통을 초월하고자 하는 서정주의 공간 의식은 큰 것을 작은 것의 내부에 응축시키고, 작은 것이 풀려나와 무한한 공간을 채우는 顚倒된 공간의식으로 나타나기도 한다. 그것은 만유를 담아내는 작은 공간 이미지에 의해 이루어진다.

---

126) 주옥(1982), 徐廷柱 詩의 說話受容樣相 研究, 서강대학교 대학원 국어국문학 석사학위 논문, p.83.

나 바람 나지 말라고
아내가 새벽마다 장독대에 떠 놓은
삼천 사발의 냉숫물.

내 襤褸와 피리 옆에서
삼천 사발의 냉수 냄새로
항시 숨쉬는 그 숨결 소리.

그녀 먼저 숨을 거둬 떠날 때에는
그 숨결 달래서 내 피리에 담고,

내 먼저 하늘로 올라가는 날이면
내 숨은 그녀 빈 사발에 담을까.

<내 아내> 전문

아내의 몸 안팎을 넘나들던 '숨결'은 '피리'에, 나의 몸 안팎을 넘나들던 '숨결'은 '사발'에 각각 담김으로써 무형적인 것이 유형적인 것과, 생물이 무생물과 상호 침투하는 것을 볼 수 있다. 김화영은 무형적인 것을 담아내는 서정주의 상상력을 "生命의 항구성을 노출시키는 계기"[127]로 파악하면서 서정주의 '無'가 내포하고 있는 역설을 다음과 같이 설명하고 있다.

> 無란 결국 <아무것도 없는 것>, 不在, 혹은 非物質을 뜻하는 것이 通念이지만, 未堂은 그 無가 흔히들 <있는 것>, 즉 物質이라고 여기는 것에 생명을 부여할 만큼 <살아 있는 것>으로 본다. 그것도 物質界에서 볼 수 있는 것처럼 끝에 가서는 허물어지고 시들고 죽어 소멸하는 생명체가 아니라 <늘> 살아 있는 것으로 생

---

127) 김화영(1984), 앞의 책, p.91.

각한다. 즉 물질적 존재가 그냥 <있는 것>으로서의 有라면 靈的
인 無는 <늘 살아 있는 것>으로서 그 生命性과 永遠性을 특징으
로 한다.128)

무형의 것에 대한 탐구는 결국 비가시적 세계를 통해서 생명의 영
원성을 획득하는 일이다. '숨결'의 공기적 이미지는 퍼져나감과 안으
로 들어옴의 운동성을 갖는다. 그것은 눈에 보이지 않지만 생명의 본
질적 원리이며 동시에 유한한 것이다. 시인은 인간의 유한한 생명 원
리를 비가시적 세계와 결합시킴으로써 영원성 속에 담아두고자 한다.
피리와 사발은 눈에 보이지 않고 만질 수도 없는 숨결을 가시화한다.
한 평생을 '날' 위해 '삼천 사발'의 정성을 쏟아 왔던 아내와 그 곁에
서 늘 '피리'를 불던 '나'의 관계는 오랜 세월을 함께 견뎌왔던 내외
지간이다. 내외의 깊은 사랑은 서로의 숨결을 '나의 피리'와 '아내의
사발'에 담음으로 해서 단절을 벗어나 지속적 시간 속에 놓이게 되는
것이다.

공기적 이미지를 응축시키는 이러한 상상력은 존재와 존재 사이에
매개 공간을 세우고, 그것을 다시 허물어 공간을 무한정 확대해 가는
상상력과는 반대되는 과정을 내포하고 있다. 이는 '담다'라는 동사가
말해 주듯이 어떤 것을 안에 넣어 응축시키는 것을 의미한다. 그러나
숨결을 담고 있는 사물들, 즉 피리와 사발은 두 사람의 숨결을 시인
의 노래를 나타내는 소리와 간절한 아내의 기원을 의미하는 냉수로
변용시킴으로써 내외의 영원한 사랑을 나타내는 독특한 공간적 의미
를 획득하게 된다. 시인은 인간의 유한한 생명을 표면적으로는 작은
사물에 담아놓고 있지만, 작은 악기와 그릇의 공간은 물리적 크기를

---

128) 김화영(1984), 앞의 책, p.84.

초월해버리는 무한성을 갖는 것이다.

'삼천'이라는 숫자는 서정주가 자주 사용하는 '천년'이라는 시어와 마찬가지로 영원성을 암시하는 한 방법이다. 뿐만 아니라 소리는 퍼져나가는 것이며, 냉수는 증발하여 다른 물질로 끝없이 변전하는 속성을 지닌다. 따라서 숨결을 응축시키는 피리와 사발은 가시적으로는 작은 공간에 불과하지만 그곳에 담겨 있던 숨결이 소리와 냄새로 퍼져나감은 작은 공간의 크기를 무한의 공간으로 초월해감을 의미한다. 피리와 사발에서 끊임없이 퍼져나오는 숨결은 아내와 나의 유한성을 영생의 관계로 전환시킨다. 서정주의 시에 자주 사용되는 '金가락지'나 '金팔찌' 등의 환유 또한 무한한 것을 작은 것 속에 응축시키는 공간 의식과 연관된다.

>
> 이 븨인 金가락지 구멍에
> 끼었던 손까락은
> 이 구멍에다가 그녀 바다를 조여 끼어 두었었지만
> 그것은 구름되어 하늘로 날라 가고…….
>
> 이 븨인 金가락지 구멍에
> 끼었던 손까락은
> 한 하늘의 구름을 또 조여서 끼었었지만
> 그것은 또 우는 비 되어 땅으로 내려지고…….
>
> 이 븨인 金가락지 구멍에
> 끼었던 손까락은
> 인제는 그 어지러운 머리골치를 거두어
> 누군가의 주머니 속으로
> 들어간것 까진 알겠다만

누구냐
그 허리에 찬 주머니 속의 그녀 어질머리로
梧桐꽃 내음새 나는 피리 소리를
연거푸 이 구멍으로 불어 넣어 보내고만 있는 너는?
<비인 金가락지 구멍> 전문

　이 시의 특이성은 '비인 金가락지 구멍'이라는 작은 공간을 바다나
하늘과 같은 거대한 공간이나, 인간의 내면과 피리 소리와 같은 비가
시적 공간과 동일시하고 있다는 점이다. 작은 사물의 공간 속에 큰
것을 '조여 끼어 두'는 이같은 顚倒된 상상력은 매우 독자적인 서정
주의 공간 인식이라 할 수 있다. 작은 것 속에 큰 것을 담을 수 있다
는 공간 인식은 물리적·가시적 공간 개념을 와해시키고 새로운 질
서를 세우는 것이 된다. 그것은 넓이의 개념을 깊이의 개념으로 전환
시킨다.

　'金가락지'는 전통적으로 언약의 징표를 뜻한다. 그런데 서정주의
'비인 金가락지 구멍'은 세속적 의미를 벗어나 있다. 그것은 영원한
사랑의 지속을 의미하는 공간이다. 시인은 '손가락'이 끼워져 있어야
하는 자리에 '손가락' 대신 바다, 구름, 머리골치, 피리 소리를 조여
끼운다. 그러므로 '비인 金가락지 구멍'을 마치 무엇이든 들여다 볼
수 있는 '특수한 만화경'처럼 그려낸다. 이 '만화경'은 무수한 공간의
변이로 가득 차 있다. 바닷물이 구름 되고, 구름이 다시 비가 되고, 어
지러운 머리골치가 주머니 속으로 들어갔다가 다시 피리 소리로 퍼져
나오고 하는 낱낱의 과정이 '비인 金가락지 구멍' 속에 담겨 있는 것
이다. 따라서 비어있음은 곧 가득참으로 바뀌고 가득참은 다시 비어
있음으로 순환한다. 이 시에 쓰여진 날라가다, 내려지다, 거두다, 들어

가다, 불어 넣다 등의 동사군은 왕성한 순환의 운동성을 뒷받침하고
있다.

　이러한 순환의 과정을 통해서 궁극적으로 시인이 나타내고자 하는
바는 무엇인가? '金가락지'가 사랑의 징표라면 손가락을 끼우다 / 손
가락을 빼다의 대립적 의미는 만남 / 이별과 각각 대응된다. 따라서 金
가락지 구멍의 가득 참과 비어있음은 일차적으로 만남과 이별의 반복
으로 볼 수 있다. 그런데 시적 자아는 '븨인 金가락지 구멍' 속에 무
엇인가를 끊임없이 '조여 끼어 두'고자 애를 쓴다. 즉 소멸하면 채워
넣는 과정을 반복한다.

　　　님은
　　　주무시고,
　　　나는
　　　그의 벼갯모에
　　　하이옇게 繡놓여 날으는
　　　한마리의 鶴이다.

　　　그의 꿈 속의 붉은 寶石들은
　　　그의 꿈 속의 바다 속으로
　　　하나 하나 떠러져 내리어 가라앉고

　　　한 寶石이 거기 가라앉을 때마다
　　　나느 언제나 한 이별을 갖는다.

　　　님이 자며 벗어놓은 純金의 반지
　　　그 가느다란 반지는
　　　이미 내 하늘을 둘러 끼우고

그의 꿈을 고이는
그의 벼갯모의 금실의 테두리 안으로
돌아 오기 위해
나는 또 한 이별을 갖는다.

<님은 주무시고> 전문

‘님’과 ‘나’는 자다 / 깨다, 벗어놓다 / 둘러 끼우다라는 대립적 행위를 보여주고, 이는 곧 비다 / 채우다의 의미론적 대립을 만들어낸다. 이 시에서 시적 자아는 ‘그의 벼갯모에 / 하이옇게 繡놓여 날으는 / 한마리의 鶴’으로 변신한다. 따라서 ‘하늘’의 공간은 필연적이다. 학의 비상은 2, 3연에서 보여지는 ‘붉은 寶石’이 무겁게 하강하는 이별의 시간과 대립된다. 즉 님이 바다 속으로 무겁게 하강하는 순간에 시적 자아는 하늘의 공간으로 상승함으로써 그 떨어짐을 끌어올리고자 역행한다.

‘님이 자며 벗어놓은 純金의 반지’가 이별을 의미한다면 학으로 변신한 시적 자아가 ‘벼갯모의 금실의 테두리’를 벗어나 순금 반지 속에 끼워져 있는 ‘하늘’을 나는 것은 이별의 공간을 채우는 행위이다. 시적 자아는 순금 반지로 상징화되어 있는 님의 공간 속에 머물게 되는 것이다. 이것은 곧 님과의 이별을 만남으로 전환시키는 것을 뜻한다. 즉 시적 자아는 님이 주무실 때, 즉 이별의 순간에는 순금의 반지 속 하늘을 날고, 님이 깨어날 때, 즉 만남의 순간에는 다시 벼갯모에 놓아진 수로 존재한다. 시적 자아가 ‘그의 벼갯모의 금실의 테두리 안으로 / 돌아’ 온다는 것은 ‘純金의 반지’를 님이 깨어나 자신의 손에 끼우는 순간을 말한다. 그러므로 비다 / 채우다, 이별하다 / 만나다의 대립적 의미는 ‘금실의 테두리 안’을 나가고 들어오는 시적

자아의 능동적 행위에 의해 그 차이가 없어진다. 순금 반지의 테두리
는 님의 손가락과 나의 비상에 의해 늘 가득 차 있는 것이다.

　'븨인 金가락지 구멍'의 작은 공간 속에 만유의 세계를 응축시킴으
로써 존재의 초월을 이루어낸 것처럼 서정주는 그의 다른 시 <우리
님의 손톱의 분홍 속에는>에서는 '손톱'의 공간 속에 '이승의 빗바람
휘모는 날에 / 꾸다 꾸다 못 다 꾼 / 내 꿈'을 집어넣고, <밤에 핀 蘭
草 꽃>에서는 뻐꾸기 울음소리를 '그대 반지 속의 한 톨의 붉은 루
비'로 응축시킨다. '손톱', '루비' 속에 응축되었던 공간은 그러나 그
속에 고정되지 않는다.

　서정주는 '純金의 반지' 안에 온갖 공간들을 응축시킴으로써 인간
삶의 고통을 대변하는 '이별'의 단절성을 극복하고 있음을 알 수 있
다. 시인은 인간 삶을 순금의 테두리 안쪽으로 밀어 넣음으로써 '빛'
의 공간 속에 머물게 한다. 앞서 살펴보았듯이 '빛'의 세계는 '피'로
상징되는 인간적 고통이 걸러진 순수의 공간이다. 그 안으로 진입한
다는 것은 갇히는 것이 아니라 오히려 고통으로부터 벗어나 자유롭게
됨을 의미한다. 빛이 퍼져나가듯 갇힘으로부터 해방되는 것이다. 그
에게 있어서 공간의 응축은 고착을 뜻하지 않는다. 생명체가 들숨과
날숨의 반복의 과정을 지속하듯 그의 시적 공간도 살아있는 생명체처
럼 응축과 확대의 순환을 통해서 영원한 생명을 획득한다. 이는 수축
과 팽창을 거듭하는 우주의 영원한 생명 리듬의 縮圖라 할 수 있다.

　　그 애는 육날메투릴 신고
　　손톱에는 모싯물이 들어 있었지.
　　고구려 때 모싯물이 들어 있었지.
　　그 애 손톱의 반달 속으로

저녁때 잦아들던 뻐꾹새 소리
나와 둘이 숨 모아 받아들이고,
그 애 손톱의 반달 속에서 다시 뻗쳐 나가는 뻐꾹새 소리
나와 둘이 숨 모아 뻗쳐 보내던
그 계집아이는…….

<記憶> 전문

네 두 발의 고무신이 눌러 밟고 간
모래알 모래알 모래알마닥
먼 山 뻐꾸기 울음 소리
스며 배어 햇볕에 울리나니.

어느 들 패랭이에 이걸 옮겨서
어느 바위 눈에 이걸 맞춰서
어느 솔 그늘에 이걸 달래어서

고요한 눈웃음으로 다시 하리요.
흐르는 風流로 다시 하리요.

<無題> 전문

　위에 인용한 <記憶>에서 작은 '손톱'의 공간으로 '뻐꾹새 소리'
가 잦아들고, '손톱'으로부터 다시 무한한 공간으로 '뻐꾹새 소리'가
뻗쳐나가는 것이나, <無題>에서 '모래알 모래알 모래알마닥 / 먼山
뻐꾸기 울음 소리 / 스며 배어' 울리는 것은 동일한 상상력의 패턴이
라 할 수 있다. 이러한 상상력의 이면에는 옛추억과 '두 발의 고무신
이 눌러 밟고 간' 사람에 대한 그리움과 상실감이 서려있다. 그러나
시인은 그러한 고통을 '고요한 눈웃음으로' '흐르는 風流'로 가져가
고자 한다. 소멸을 생성으로, 필멸을 불멸로 이끄는 '들숨과 날숨'의

우주적 호흡은 존재의 영원한 순환이며, 끝없이 반복되고 있는 생명의 근본 원리이다. 이들은 다시 풀려나가고 들어옴을 반복한다. 이러한 공간 응축과 확대는 삶을 새로운 비전으로 이끌고자 하는 시인의 초월적 상상력을 뒷받침한다.

3) 변신 은유의 연쇄와 영원성

(1) 영원의 순환적 구조

시간이란 사물 일반과는 달리 비가시적이고 추상적이다. 따라서 그 자체를 감지한다는 것은 불가능하다. 그러나 인간이 시간에 대해 관심 하는 이유는 자아의 존재성에 대한 의식으로부터 기인한다. 운동, 변화, 소멸의 자명한 생명 원리는 시간을 문제삼게 하는 가장 큰 이유이다. 인간 스스로 자신이 소멸한다는 것을 알지 못한다면 시간은 무가치한 것이 될 것이다. 즉 시간은 인간으로부터 독립되어 존재해 있는 것이 아니다. 그렇기 때문에 시간에 관한 연구는 궁극적으로 인간의 존재 방식에 대한 탐구라 할 수 있다.

시인 자신을 포함한 인간 일반은 모두 죽음으로서의 존재라는 절대적 한계상황을 갖고 있다. 인간의 한계상황에 대한 철저한 인식은 곧 인간이 소유할 수 있는 시간에 대한 인식이다. 영원성에 비추어 볼 때 인간이 소유할 수 있는 시간은 須臾에 불과하다. 그런 의미에서 시간은 가혹한 것이다. 삶과 죽음의 단절은 곧 존재 소멸의 불안과 공포를 안겨준다. 그러나 그 단절의 심연을 인식한 자만이 삶을 새로운 비전으로 이끌어 갈 수 있는 순간을 획득할 수 있다. 開眼의 순간은 헛된 시간 속에 자신의 실존성을 망각한 자가 독자적 존재 방

식에 관심 하는 존재 전환의 순간이다. 앞장에서 살펴 본 입사(initiation)
의 순간은 바로 이러한 시인의 시간 의식을 나타낸다. 정체된 시간을
파괴하고 생명을 창조해내는 입사의 순간을 기점으로 서정주는 새로
운 시간의 질서를 건설하고자 한다. 영원성의 세계가 그것이다. 그런
점에서 존재의 소멸이 시작되는 '가을'은 시인에게 특별한 시간성으
로 의미 부여된다. 이미 중년의 나이에 접어든 시인은 영원한 시간으
로 가기 위해 소멸의 순간을 딛고 '가을 雁行'의 길을 준비한다.

> 오게
> 아직도 오히려 사랑할 줄을 아는 이.
> 쫓겨나는 마당귀마다, 푸르고도 여린
> 門들이 열릴 때는 지금일세.
>
> 오게
> 低俗에 抵抗하기에 여울지는 자네.
> 그 소슬한 시름의 주름살들 그대로 데리고
> 기러기 앞서서 떠나가야 할
> 쉽게도 빛나는 외로운 雁行 – 이마와 가슴으로 걸어야 하는
> 가을 雁行이 비롯해야 할 때는 지금일세.
>
> 작년에 피었던 우리 마지막 꽃 – 菊花꽃이 있던 자리,
> 올해 또 새 것이 자넬 달래 일어나려고
> 白露는 霜降으로 우릴 내리 모네.
>
> 오게
> 지금은 가다듬어진 구름.
> 해매고 뒹굴다가 가다듬어진 구름은
> 이제는 楊貴妃의 피비린내나는 사연으로는 우릴 가로막지 않고,

휘영청한 開闢은 또 한번 뒷門으로부터
우릴 다지려
아침마다 그 서리 묻은 얼굴들을 추켜들 때일세.

오게
아직도 오히려 사랑할 줄을 아는 이.
쫓겨나는 마당귀마다, 푸르고도 여린
門들이 열릴 때는 지금일세

<가을에> 전문

　시인은 '가을'의 시간적 의미를 네 개의 이질적 이미지를 병치시킴
으로써 형상화하고 있다. 門의 열림, 기러기의 이동, 霜降의 쌀쌀함
으로 내리 몰리는 인간, 결빙한 구름의 추켜듦이 그것인데, 이 모두는
'低俗에 抗拒하기에' 지쳐 '소슬한 시름의 주름살'로 가득한 고달픈
삶으로부터 새로운 삶의 전환을 이루고자 하는 출발의 시간을 암시한
다는 점에서 공통점을 갖는다. 가을은 일반적으로 생명이 점차 소멸
되어 가는 시점이며, 계절의 끝으로 이행해 가는 때이다. 그러나 이
네 개의 이미지의 상호침투는 '가을'의 시간성이 지니고 있는 보편적
의미를 벗어나 새로운 의미를 창조해 낸다.
　이 시에서 '門'은 닫혀진 시간, 다시 말해 정지해 있는 시간에서
벗어나는 탈출구를 뜻하는데 그러한 문의 의미를 확정짓게 하는 것은
'쫓겨가는 마당귀마다'라는 시구 때문이다. 쫓겨간다는 것은 문의 이
쪽을 생존 가능성이 박탈된 공간으로 의미화한다. 기러기가 雁行을
시작해야 하는 이유는 여기에 있다. 여기는 더 이상 삶의 터전이 될
수 없는 곳이다. 따라서 기러기들은 '이마와 가슴으로 걸어' 새로운
삶의 터전을 찾아 나서야 하는 것이다. 인간의 삶도 마찬가지다. 3연

2행의 '자넬 달래 일어나려고' 애씀은 곧 주저앉음을 전제로 한다. 주저앉음은 삶을 생기 있게 이끌어갈 힘이 상실되었음을 의미하며, 힘의 회복을 위해서 시인은 오히려 '霜降'의 추위 속으로 가야함을 역설한다. 기러기들이 새로운 터전을 마련하기 위해 고된 雁行의 길을 떠나듯이 인간도 '주저앉음'의 상태로부터 벗어나기 위해서는 상강의 서리를 감내해야 하는 것이다. '구름' 또한 이제는 더 이상 '헤매고 뒹굴'지 않는다. 그것은 차고 견고한 물질로 결빙함으로써 '楊貴妃의 피비린내나는 사연'으로 흐트러진 우리의 마음을 단단하게 다진다.

쫓겨감, 주저앉음, 흐트러짐으로 의미화되는 생의 상태는 곧 절박한 인간 실존의 상황을 암시한다. 그러나 시인은 존재의 생존이 더 이상 가능하지 않다는 상황 인식을 허무나 좌절의 심리로 몰고가지 않는다. 그는 바로 이 시점이야말로 탈출을 감행해야 하는 때라고 말한다. "가을의 서리 묻은 파아란 하늘을 미당은 여기서 '휘영청한 開闢'이라고 표현했다. 그에게 이 지상의 삶은 '低俗'이라는 말이 함축하고 있듯이 낮고 속된 것이다. 이 시의 모든 이미지들은 바로 그 낮은 자리의 고통으로부터 탈출하고자 하는 비상의 의지로 가득하다."[129] 따라서 이 시인에게 '가을'은 양가적 시간성을 갖는다. 최악의 상태가 오히려 최선책을 강구해 낼 수 있는 계기가 되고 있는 것이다. 인간 존재의 한계상황을 인식하는 순간이 참존재의 실존성을 획득하는 순간인 것처럼 소멸로 이행해 가는 가을은 '소슬한 시름의 주름살들 그대로 데리고' 존재의 생을 다시 한번 일으켜 세울 수 있는 시간의 깊이를 내포한다.

그런 의미에서 '가을'은 문 닫힘의 시간이 아니라 문 열림의 시간

---

129) 신범순(1994), 질기고 부드럽게 걸러진 <영원> - 미당 서정주의 『떠돌이의 詩』, 『미당연구』, 민음사, p.291.

이며, 소멸이 아니라 새로운 생이 비롯하는 출발인 것이다. 그러나 이러한 출발은 쉽지 않다. '이마와 가슴으로 걸어야 하는' 고달픔과 상강의 차가움을 견뎌야 하는 인간적 고뇌가 이 과정 속에 놓여 있다. 이 시의 긴장성과 공감력은 이처럼 인간적 고통과 갈등을 배제하지 않은 채 초월을 감행하고 있다는 점에 있다. 고통은 초월의 발아점이다. 따라서 인간적 고뇌가 배제된 초월은 자칫하면 허위적이거나 깊이를 상실한 제스처로 보일 우려가 있다. 그런데 서정주가 영원성에 대한 지향을 보여 주고 있는 대부분의 시편들에서는 <가을에>에서 볼 수 있는 인간적 고통을 별반 찾아 볼 수 없다는 문제점을 지니고 있다. 특히 불교적 인과론에 근거하고 있는 다수의 작품들이 그러하다. 이때부터 시간은 수직적 운동이 갖는 긴장감을 벗어나 순환적 구조로 바뀌게 된다.

> 언제든가 나는 한 송이의 모란꽃으로 피어 있었다.
> 한 예쁜 처녀가 옆에서 나와 마주 보고 살았다.
>
> 그 뒤 어느날
> 모란꽃잎은 떨어져 누워
> 메말라서 재가 되었다가
> 곧 흙하고 한세상이 되었다.
> 그게 이내 처녀도 죽어서
> 그 언저리의 흙 속에 묻혔다.
> 그것이 또 억수의 비가 와서
> 모란꽃이 사위어 된 흙 위의 재들을
> 강물로 쓸고 내려가던 때,
> 땅 속에 괴어 있던 처녀의 피도 따라서
> 강으로 흘렀다.

(중략)

그래 이 마당에
現生의 모란꽃이 제일 좋게 핀 날,
처녀와 모란꽃은 또 한 번 마주 보고 있다만,
허나 벌써 처녀는 모란꽃 속에 있고
前날의 모란꽃이 내가 되어 보고 있는 것이다.

<因緣說話調> 부분

　이 시 전체는 'A가 B되다'의 변신 은유의 연쇄에 의해 이루어져
있다. 모란꽃인 '나'와 그것을 마주 보고 있는 '처녀'의 관계는 'A가
B되다'의 연쇄에 의해 죽음을 넘어서 영원한 시간성을 획득하게 된
다. 모란꽃(나) → 재 → 흙 → 강물 → 전날의 모란꽃으로의 변신은
처녀 → 흙 → 강물 → 모란꽃의 변신과 동일한 과정을 치룸으로써
서로 혼융되는데 이 과정은 '나'와 '처녀'의 '마주 봄'이 죽음 뒤에도
여전히 지속되고 있음을 나타낸다. 끝없는 변신을 통해 시인이 보여
주고 있는 영생의 테마는 곧 영원히 순환하는 시간적 질서를 낳음으
로써 인간을 죽음에 대한 불안과 고통으로부터 구원해 낸다.
　<因緣說話調>에서 보여졌던 시간의 순환 구조는 <古調 貳>
<숙영이의 나비> <내 그대를 사랑하는 마음은> <마른 여울목>
<내가 돌이 되면> <나그네의 꽃다발> <小戀歌> <바위옷> 등의
시에서 집요하게 반복되고 있다. 이 시들 또한 대부분 모두 'A가 B되
다'의 은유적 연쇄로 이루어져 있다. 동일한 시적 주제를 동일한 형
식을 통해서 집요하게 반복하고 있다는 사실은 의식적이든 아니면 무
의식적이든 이 시인에게 <因緣說話調>와 같은 시가 담고 있는 내
용이 그만큼 비중 있는 진리로 여겨졌다는 것을 말해 준다. 그런 것

만큼이나 시인이 인간의 유한성을 의식했다는 얘기도 된다. 인간의 죽음의 문제를 종교적 사상을 바탕으로 천착하고 있다는 면에서 <因緣說話調> 계열의 작품군은 사상시의 가능성을 시사하고 있다고 생각된다. 그러나 이러한 시편들이 시로서의 긴장력을 얼마만큼 유지하고 있는가에 대해서는 거론의 여지를 남기고 있다. 불교의 인연설화에 대한 인식을 시의 기본 구조로 삼고 있는 시편들은 논자들의 혹독한 비판을 받게 되는데 그 한 예로 김우창의 지적을 보면 다음과 같다.

　　이것은 아이들의 놀이로서는 흥미가 있을는지 몰라도 시로서는 전혀 아무런 의미도 가질 수 없다. 이 시는 심리적이든 물리적이든 어떠한 현실과도 의미 있는 관계를 가지고 있지 않다. 따라서 독자는 이 시를 어떻게 취해야 할지를 알지 못한다(아마, 시인이 조금만 더 자기의 주제를 진지하게 생각하였더라면, 주어진 테두리 안에서 일망정, 윤회 속에서 무엇이 지속되는가, 혹은 적어도 自己同一性의 문제쯤은 취급될 수도 있었을 것이다).
　　이 세상에서 일어나는 일은 전부 카르마의 결과이며, 따라서 세상의 일로서 걱정할 일은 아무것도 없다 - 시인은 이런 이야기를 하려는 것일까? 이 시에서는, 상투 개념에 남아 있는 인과업보설의 비극적 필연성이라는 느낌마저도 완전히 무너지고 있다.130)

　김우창의 지적대로 불교의 인과론에 바탕한 시편들은 "세상의 일로서 걱정할 일은 아무것도 없다"는 지나친 낙관주의를 표방하고 있다. 거기에는 인간적 갈등이나 고통이 전혀 개입되어 있지 않다.

---

130) 김우창(1994), 한국시와 형이상, 『미당 연구』, 민음사, p.35.

내가
돌이 되면

돌은
연꽃이 되고

연꽃은
호수가 되고

내가
호수가 되면

호수는
연꽃이 되고

연꽃은
돌이 되고

<내가 돌이 되면> 전문

나 → 돌 → 연꽃 → 호수, 나 → 호수 → 연꽃 → 돌의 변신은
끝없는 순환과 반복을 통해서 영원한 시간 구조를 보여준다. 이 시의
의미나 형태가 禪的 靜觀을 나타낼지는 모르지만 시적 긴장미를 획
득하는 데는 실패하고 있다. 내가 돌로, 돌이 연꽃으로, 연꽃이 다시
호수로 변신하는 과정이 매우 비약적이다. 이 변신 은유들의 범주는
각기 매우 이질적이면서 동시에 그 변신 과정 속에는 어떠한 필연성
도 보이지 않는다. 이는 서로 아주 낯선 것을 병치, 혹은 충돌시킴으
로 해서 시적 긴장력을 얻어내는 경우와는 다르다. 변신은 존재 전환
을 뜻하며 그런 의미에서 변신은 필연적으로 고통의 과정을 가질 수

밖에 없다. 그런데 시인은 인간적 고통과 갈등을 완전히 생략해버리고 있다. 완벽한 초월의 경지는 이런 것일 수도 있다. 그러나 이 완벽함이 인간적 입장에서의 공감력을 와해시키고 있는 것이다.

(2) 영원과 여성 이미지

<因緣說話調>류의 시편들에서 보여주었던 시적 실패가 그러나 서정주가 집요하게 추구했던 '영원주의' 전체의 실패를 의미하는 것은 아니다. 그는 불교적 인연설에 바탕한 시를 통해서만 영원성에 대한 집착을 드러내고 있는 것은 아니다. 시인은 다양한 방법으로 영원성의 세계를 형상화하기 위해 고심한다.

> ㉮ 영원에서 제일 질긴 놈이 되라고 내세운 내 아이야.
> 무궁화 같은 내 아이야.
>
> <무궁화같은 내 아이야> 부분

> ㉯ 구름 머흐는 육자배기의 永遠을,
> 세계의 가장 큰 고요 속을,
> 차라리 끼니도 아니 드시고
> 끊임없이 떠받들고 걸어오고만 계시는 이.
>
> <祖國> 부분

> ㉰ 영원 파닥거려 일렁이는 재주 밖에 없는 머리 풀어 散髮한
> 떫디 떫은
> 저 어질머리 같은 물결.
>
> <바다> 부분

⑦에서는 '질기다'라는 물질을 속성으로 ⓒ에서는 '육자배기'라는
남도 가락으로 ㉢에서는 반복적으로 밀려갔다 밀려오는 파도의 형상
으로 각각 영원을 감각화하고 있다. 이러한 '영원'의 시어 사용은 서
정주의 다른 시에서도 자주 보인다. 그러나 위에 인용한 시들에서 보
여지는 영원의 의미는 피상적이라는 느낌을 준다. 서정주의 시에서
영원성의 개념이 성공적으로 시적 형상화를 이룬 경우는 '여성'의 원
형적 이미지와 결부되었을 때이다. 시인은 영원성과 여성의 생명 창
조의 역할을 결합함으로써 울림의 진폭이 큰 시적 긴장을 생성해내고
있다.

> 내 永遠은
> 물 빛
> 라일락의
> 빛과 香의 길이로라.
>
> 가다 가단
> 후미진 굴헝이 있어,
> 소학교 때 내 女先生님의
> 키만큼한 굴헝이 있어,
> 이뿐 女先生님의 키만큼한 굴헝이 있어,
>
> 내려 가선 혼자 호젓이 앉아
> 이마에 솟은 땀도 들이는
> 물 빛
> 라일락의
> 빛과 香의 길이로라
> 내 永遠은.

<내 永遠은> 전문

이 시에서 永遠의 추상적 개념은 '물 빛 / 라일락의 / 빛과 香의 길'로 감각화되어 있다. 시인은 '빛과 香의 길'이라는 영원한 시간 속에서 '소학교 때 내 女先生님'과 그 선생님을 닮은 '굴형'을 기억해낸다. 즉 그에게 영원은 구체적 유년 체험과 연관된다. 이처럼 영원을 과거의 기억을 통해서 체험하고 있다는 사실은 서정주의 시세계를 밝히는 데 중요한 의미를 갖는다. 기억은 '지금 여기'라는 현재적 상황과는 다른 정서를 유발시킨다. 그것은 현재로부터 초연한 것이며, 여러 시간의 경험 가운데 선택되는 과정에서 질서화된다. 김준오는 이러한 기억의 본질을 화이트헤드(A.N.Whitehead)의 이론에 근거해 다음과 같이 설명한다.

> 문학의 세계와 실제의 세계가 다르듯이 기억 속의 과거는 실제의 과거 그 자체는 아니다. 실제의 현실은 비형태적이고 非樣式的이며 따라서 모호하고 不可用的이다. 그러나 기억은 이 모든 것을 변형시켜 분간할 수 있는 사건의 형태로 재현한다. 기억 속의 과거는 일종의 추상화된 과거다. 다시 말하면 의미화되어 있을 뿐만 아니라 원래 감각하고 지각한 체험의식, 즉 정서와는 다른 정서로 보존되어 있는 과거다. 모호했던 실제를 분간할 수 있는 형태로, 그리고 변형된 정서의 상태로 기억은 과거를 보존하고 재현한다.131)

'모호했던 실제를 분간 할 수 있는 형태'로 질서화하는 과정 속에서 선택된 기억은 다만 과거의 한 부분이 아니며, 아울러 현재 그 자체도 아니다. 그것은 과거와 현재 모두를 벗어난 초시간적 경험이다. 따라서 선택된 기억은 계기적 시간의 흐름으로부터 자유로운 시간의 한 성질을 의미한다. 즉 "기억이란 존재론적으로 시간에 항거하는 것

---

131) 김준오(1995), 『詩論』, 삼지원, p.313.

이다. 기억만이 과거의 내적 신비를 인식한다. 그것은 시간에 있어서
의 영원의 행위인 것이다."132) 그러나 선택된 기억이 무시간적 성질
을 갖는다 하더라도 인간의 보편적 삶과 연관되지 못하면 개인의 의
식 속에 묻혀 있는 특수한 시간의 경험 이상의 것이 될 수 없기 때문
에 다른 사람들에게는 추상적 차원으로 머물 수 있다.

　　그러나 서정주의 영원성에 대한 탐구는 이러한 개인적 차원을 벗
어나 현실과의 연관성 속에서 보편의 공감을 얻는 쪽으로 진행한다.
『질마재 神話』에 담겨있는 시편들과 그 이후의 작품들은 개인의 의
식 속에서 선택된 기억이 아니라 인간의 보편적 역사와 접맥되어 있
다는 점에서 한 걸음 더 나아간 시간 의식으로 평가할 수 있다.

　　다시 <내 永遠은>의 시간성에 대한 논의를 계속하자면 라일락의
'빛과 香'은 한 그루의 나무 이미지와는 달리 공기적 감각을 일깨워
주는 비가시적 사물로 그려지고 있다. 라일락의 빛과 향기는 부드러
운 파동으로 퍼져나가 시인을 유년의 기억으로 이끈다. 거기에는 '소
학교 때 내 女先生님'과 '혼자 호젓이 앉아 / 이마의 솟은 땀도 들이
는' '굴헝'이 있다. 소학교 때 여선생님에 대한 미적 체험은 굴헝이라
는 특수한 공간 체험과 결합되어 있는데 굴헝은 형태적으로 움푹한
'자궁'의 이미지를 갖는다. 가던 길을 멈추고 굴헝 속으로 내려간 시
적 자아는 '이마에 솟은 땀도 들이'며 휴식한다. 이와 같은 감싸안음,
휴식 등의 의미는 그의 다른 시 '벼락 속에 들어앉아 꿈을 꿀 때에도
/ 네 꿈의 마지막 한 겹 홑이불은 / 永遠과, 그리고는 어머니뿐이
다'(<어머니 - 어머니날에>)라는 구절에서도 보여진다.

　　이 휴식의 공간은 여선생님과의 결합을 통해 아니마의 공간, 모성
적 자궁으로 의미화된다. 이는 단순히 과거의 시간에 대한 회상과는

---

132) 김규영(1979), 앞의 책, p.191.

다르다. 존재의 시원으로 회귀하고 있는 이러한 시간 체험의 양상은 새로운 분만과 동일한 의미를 함축한다. 굴헝에서 다시 태어남으로써 시적 자아는 길을 가는 자의 힘겨움을 함축하고 있는 '땀'을 씻어내고 새로운 생명력을 얻게 되는 것이다. 이 분만의 공간은 피와 땀과 육체적 고통이 뒤엉켜 있는 공간이 아니다. '피'를 '빛'의 맑음으로 걸러내는 시인의 상상력이 이 시에도 그대로 작용하고 있는 것을 알 수 있다. 시인은 굴헝을 물 빛 라일락의 빛과 향이 진동하는 신비한 공간으로 만듦으로써 인간적 고통 너머에 존재해 있는 보다 신성한 생명적 실체를 체험하고 있는 것이다. 꽃과 여성, 굴헝의 결합을 통해서 서정주가 지향하는 생명적 시간의 체험, 육화된 영원의 실체는 그의 다른 시 <石榴꽃>에서도 동일한 의미로 드러나고 있다.

> 石榴꽃은
> 永遠으로
> 시집 가는 꽃.
> 구름 넘어 永遠으로
> 시집 가는 꽃
>
> <石榴꽃> 부분

'石榴꽃'과 '혼례'는 서로 매우 이질적인 것이다. 그러나 앞서 살펴 본 것처럼 서정주에게 '꽃'은 생명의 본질을 함축하고 있는 개인적 상징물이다. 그런 의미에서 '꽃'과 '혼례'의 결합은 시인이 지속적으로 보여주고 있는 생명의식의 산물이다. 즉 꽃이 피는 것과 신부가 생명을 잉태하는 것은 동일한 사건인 것이다. 그것은 '～ 넘어'에서 이루어지는 사건이다. '～ 넘어'는 공간과 시간의 전환을 의미한다. 영원성의 획득은 신부가 혼례를 통해서 전혀 새로운 생을 경험하듯이 삶의 새로운 시간 체험인 것이다. 그것은 유한성을 넘어서고자 하는 인간 존재의 끝없는 갈망을 나타낸다.

이와 같이 '영원'을 상징화하고 있는 여성 이미지는 설화를 수용하고 있는 산문시 계열의 시에서도 반복적으로 드러난다.[133] <小者 李생원네 마누라님의 오줌 기운>에서 생산력이 완성한 李 생원네 마누라, <堂山나무 밑 女子들>의 朴푸접이네와 金서운니네, <말피>의 薛莫同이네 寡婦, <외할머니네 마당에 올라온 海溢 - 쏘네트 試作>의 외할머니 등은 늙어서도 생명력을 되살려내는 인물들이다. 이들은 앞서 살펴 본 <내 永遠은>이나 <石榴꽃>과는 달리 모진 현실 상황 속에서 숨쉬고 있는 인물들이다. 서정주는 이들을 통해 자신의 관념적 영원의 개념을 실제 삶과 연결하는 데 이르게 된다.

---

133) 영원성이라는 관념과 '여성성'의 결합은 그의 시집 『질마재 神話』와 『떠돌이의 詩』에서 더 한층 실감나게 형상화되고 있다. 서정주는 현실의 모진 토양을 견뎌내는 여인들의 일상적 삶을 천착하면서 영원으로 삶을 이끌어 가는 질기고 위대한 힘을 발견해 낸다. 신범순은 서정주의 시에 나타난 여인네들의 삶을 '영웅적 생활'로 평가하면서 그들의 강인한 힘을 다음과 같이 얘기하고 있다. "그녀들이 입고 있는 일상적인 삶에 맞는 옷은 질기고 질박한 천으로 이루어져 있지 않았던가! 그녀들은 고난에도 불구하고 끊임없이 자신의 생명을 이어가기 위해 그러한 질긴 천으로 몸을 감싸야 하지 않을까? 그 모든 고난에도 불구하고 뒤채이는 삶을 걸러내어 진한 국물을 담게 만드는 그 천이야말로 이 지상의 영원성을 상징하는 것이 될 것이다." 신범순(1994), 앞의 글, p.293.

5. 수평·수직의 융화와 낙관적 현실 인식

　서정주는 변신 은유에 의한 초월의 단계를 지나면 또다시 새로운 시의 국면을 창조해낸다. 그가 건설하고 있는 영원주의는 이제 관념의 상태를 넘어 인간의 구체적 역사나 서민들의 삶과 마주치게 됨으로써 현실의 구체성을 포용하는 단계로 심화된다. 현실의 수평적 관계 속에서 빚어지는 온갖 잡사는 그것을 신성한 것으로 끌어올리려는 초월 의지와 융화됨으로써 보다 강력한 시적 리얼리티를 획득하게 되는 것이다. "수직적인 방향(vertical direction)이 신성한 영역을 향한 운동을 표상 하는 반면 수평적 방향(horizontal direction)은 인간 행위의 구체적 세계를 표상 한다."[134] 서정주의 상상력 속에서 이 두 방향이 서로 교차하고 융화한다. 그것은 삶의 범속한 차원과 신성한 세계의 화해이면서 조화이다. 서정주의 초월 의식 저변에는 인간 삶의 구체성의 세계가 언제나 강력한 추 역할을 함으로써 현실과의 역학 관계 속에 놓여진 시적 문맥을 생성시킨다. 그런 면에서 그의 시는 현실과

---

134) 김옥순(1992), 앞의 글, p.234.

초월을 하나로 문맥화하는 통합적 상상력의 소산이다.

1) 전능적 자아의 낙천성

(1) 유희 정신과 다성적 목소리

　서정주는 시적 자아의 육신을 자유롭게 변신시키는 일련의 시적 상상력의 단계를 지나, 시집 『질마재 神話』에 이르러서는 시적 자아의 변신 은유를 거의 사용하지 않는다. 이 시집 이후부터 시를 주도하는 시적 자아는 대부분 모든 시적 사건의 전모를 잘 알고 있는 전능적 자아의 모습으로 등장한다. 물론 이때의 작품들은 강한 산문적 경향을 보인다. 시인은 자신이 개인적으로 알고 있는 이야기나 역사적 인물의 이야기를 시로서 형상화하여 독자에게 들려준다.

　전능적 자아는 변신 은유의 단계에 있는 시적 자아보다 한 차원 더 자유로운 성격을 지닌다. 변신의 과정은 고통을 수반한다. 그것은 존재의 근원적 탈바꿈이라는 점에서 고통의 순간을 감내해야만이 가능한 사건인 것이다. 이와 달리 전능적 자아는 이미 모든 것을 알고 있는 신적 존재와 동일한 위상을 지닌다. 그는 전능하기 때문에 더 이상 인간적 고통을 감당할 필요가 없다. 그런 의미에서 전능적 자아는 초월의 과정을 이미 완성한 초인이라 할 수 있다.

　서정주의 전능적 자아는 세상사를 꿰뚫어 보면서 자신에게 부여된 능력과 자유 속에서 모든 것을 통어한다. 따라서 그들은 모든 것을 통어하기 위해 다중 인격으로서 삶에 대응하며, 자신의 이야기에 귀를 기울이는 청자를 설득한다. 즉 청자의 기대를 자신의 방향 속에서 조정한다.[135) 자신의 이야기를 자유자재로 전달할 수 있는 자는 그

자유 속에 삶을 용해시킴으로써 현실을 현실 자체로서가 아니라 다분
히 자신의 의식에 비추어진 상태로 의미부여하게 된다. 그렇기 때문
에 그들의 인생 태도는 낙천적이고 유희적이다.

> 小者 李 생원네 무우밭은요. 질마재 마을에서도 제일로 무성하
> 고 밑둥거리가 굵다고 소문이 났었는데요. 그건 이 小者 李 생원네
> 집 식구들 가운데서도 이 집 마누라님의 오줌 기운이 아주 센 때문
> 이라고 모두들 말했읍니다.
> 옛날에 新羅 적에 智度路大王은 연장이 너무 커서 짝이 없다가
> 겨울 늙은 나무 밑에 長鼓만한 똥을 눈 색시를 만나서 같이 살았는
> 데, 여기 이 마누라님의 오줌 속에도 長鼓만큼 무우밭까지 鼓舞시
> 키는 무슨 그런 신바람도 있었는지 모르지. 마을의 아이들이 길을
> 빨리 가려고 이 댁 무우밭을 밟아 질러가다가 이 댁 마누라님한테
> 들키는 때는 그 오줌의 힘이 얼마나 센가를 아이들도 할수없이 알
> 게 되었읍니다. —「네 이놈 게 있거라. 저놈을 사타구ㄴ에 집어 넣
> 고 더운 오줌을 대가리에다 몽땅 깔기어 놀라!」 그러면 아이들은
> 꿩 새끼들같이 풍기어 달아나면서 그 오줌의 힘이 얼마나 더울까를
> 똑똑히 잘 알 밖에 없었읍니다.
> <小者 李 생원네 마누라님의 오줌 기운> 전문

시적 자아가 소개하고 있는 '小者 李 생원네 마누라님'은 常民과
는 다른 계층의 인물이다. 그러나 생원의 마누라임에도 불구하고 그
녀는 상민과 다를 바 없는 차원에서 이야기되고 있다. 이 시에 잠깐
비유적으로 소개되고 있는 '智度路大王 색시'도 왕비의 신분과는 달

---

135) 야콥슨은 청자 지향(이인칭 '너' 지향)에서 나타나는 어조는 명령, 요청, 권고,
    애원, 질문, 의심 등의 양상을 띤다고 설명한다. 서정주의 이야기를 모티브를 한
    시편들은 주로 청자 지향적 특색을 갖는다. R.Jakobson, 언어학과 시학, 『언어과학
    이란 무엇인가』, 김태옥(역)(1977), 문학과지성사, p.149 참조

리 매우 회화적인 모습으로 그려지고 있다. 시적 자아는 이 생원네 마누라의 '오줌 기운'과 智度路大王 색시의 '長鼓만한 똥'을 소개함으로써 두 인물의 신분을 범속한 차원으로 끌어내린다. 특히 '저놈을 사타구니에 집어넣고 더운 오줌을 대가리에 몽땅 깔기어 놀라!'하는 이 생원네 마누라의 생생한 목소리는 상스러운 느낌마저 준다. 이러한 인물의 희화화 과정은 독자의 흥미를 자극할 뿐 아니라 거리낌없이 마구 지껄이는 통쾌함과 재미를 함께 준다.

1연에서 이 생원네 마누라의 오줌 기운이 아주 세다는 시적 자아의 폭로는 일차적으로 매우 비속한 성적 상상을 유발시킨다. 그 비속함은 불쾌함을 주는 것이 아니라 청자를 한바탕 웃게 만들며 동시에 편안하게 한다. 어떠한 긴장도 사유도 요구하지 않는다. 그저 다음 이야기가 어떻게 진행될까 하는 궁금증으로 몰입하게 만든다. 이 시가 주는 통쾌함과 재미는 이야기 속으로 청자를 이끌어 가는 시적 자아의 독특한 방법이기도 하다. 시적 화자의 거리낌없는 말투와 청자의 몰입 과정은 시가 본질적으로 가지고 있는 유희적 정신을 직접적으로 표면화한다. 호이징하(J.Huizinga)는 "그 원초적 문화 창조 능력에 있어서의 시는 놀이 속에서, 놀이로서 탄생한다. 그 놀이는 분명히 성스러운 놀이이지만 그러나 항상 그 신성함에도 불구하고 쾌활한 탐닉, 환락, 흥겨움에 접해 있다"[136]고 말한다. 그런 의미에서 이 시는 시적 자아와 청자의 유쾌한 놀이라 할 수 있다.

그러나 이야기의 재미와 편안함의 이면에는 시인이 의도하는 또 다른 의미가 놓여 있음을 볼 수 있다. '질마재 마을에서도 제일로 무성하고 밑둥거리가 굵다고 소문난' 무우를 길러내는 '이 마누라님의 오줌 속에도 長鼓만큼 무밭까지 鼓舞시키는 무슨 그런 신바람'이 있

---

136) Johan Huizinga(1938), 『호모 루덴스』, 김윤수(역)(1987), 까치, p.162.

다는 사실은 이 생원네 마누라를 생산력이 왕성한 인물로 부각시키며 이는 또한 원형적 여성성을 암시해 준다.137) 시인은 속된 인물을 어느새 신통한 힘을 지닌 신비적 인물로 그려내고 있는 것이다.

이 시의 표면에 드러나 있는 비속성과 이면에 드러나 있는 신비성의 이중 구조는 골계와 해학의 이면에 비장미와 풍자 정신을 숨기고 있는 판소리의 구조와 동일하다. 이러한 이중적 의미 구조 속에 독자를 끌어들이기 위해 이 시의 이야기꾼은 이야기와 객관적 거리를 유지함과 동시에 자신의 주관적 견해를 자연스럽게 혼합시킴으로써 독자가 이야기에 공감하도록 유도한다. 따라서 시적 자아는 설명적이면서 시 전체의 흐름과 이미지를 통제 또는 제어하는 자아개입적 성격을 동시에 갖는다.138) 예를 들어 '소문이 났었는데요', '모두들 말했습니다' 등은 자신이 말하고 있는 이야기가 마을 사람들 모두가 이미 알고 있는 사실임을 밝히는 구절이다. 즉 객관적 사실임을 입증하여 독자로 하여금 자신의 말을 신뢰하도록 만들고 있는 것이다. 반면 '무슨 그런 신바람도 있었는지 모르지'하는 부분은 시적 자아의 주관적 해석을 온건한 태도로 부연하고 있는 대목이다. 자신의 주관적 입장을 온건한 태도로 표명하는 이와 같은 어조는 독자가 자신의 견해에 반발

---

137) 엘리아데는 여성의 생산력이 갖는 원형성을 다음과 같이 설명한다. "여성은 신비적으로 대지와 하나가 되며, 아이를 낳는 것은 대지의 산출력을 인간적 차원에서 변용한 것으로 간주된다. 생산력 및 출산과 결부된 모든 종교적 경험은 우주적인 구조를 가지고 있다. 여성의 거룩함은 대지의 신성성에 의존한다. 여성의 생산력은 어머니인 대지(大地), 보편적 출산자라는 우주적 모델을 가지고 있다." Mircea Eliade(1959), 앞의 책, p.111.

138) 노창수는 "韓國 現代詩의 話者 硏究"에서 "설명적 화자는 사회 상황을 지적해 보임으로써 현실 참여 의식을 드러내는 게 그 특징이다. 따라서 설명적 화자가 지적하는 상황은 대부분 사회의 부조리, 또는 그 고발 의식들이 주를 이루나, 화자의 감정은 심하게 절제되어 나타나고 있다"고 설명한다. (노창수(1993), 앞의 글, p.49, p.57 참조) 서정주의 설화 수용 시편들은 설명적이나 사회 비판적 요소는 매우 약한 편이다. 대신 자아개입적인 성격이 부각되어 있는 것이 특징이다.

하지 않게 조심하면서 동화를 유도해 내는 시적 전략으로 보인다. 시
적 자아는 聖과 俗의 대립을 융화하기 위해 이중의 목소리를 혼합하
고 있는 것이다. 설화적 인물들을 소개할 경우 시인은 이처럼 대부분
이중적 태도의 혼합 방식을 구사하고 있다.

질마재 堂山 나무 밑 女子들은 처녀때도 새각씨 때도 한창 壯年
에도 戀愛는 절대로 하지 않지만 나이 한 오십쯤 되어 인제 마악
늙으려 할 때면 戀愛를 아조 썩 잘 한다는 이얘깁니다. 처녀때는
친정부모 하자는대로, 시집가선 시부모가 하자는대로, 그 다음엔 또
남편이 하자는대로, 진일 마른일 다 해내노라고 겨를이 영 없어서
그리 된 일일런지요? 남편보단도 그네들은 응뎅이도 훨씬 더 세어
서, 사십에서 오십 사이에는 남편들은 거이가 다 뇌점으로 먼저 저
승에 드시고, 비로소 한가해 오금을 펴면서 그네들은 戀愛를 시작
한다 합니다. 朴푸접이네도 金서운니네도 그건 두루 다 그렇지 않
느냐구요. 인제는 房을 하나 온통 맡아서 어른 노릇을 하며 머리에
冬柏기름도 한번 마음껏 발라 보고, 粉세수도 해보고, 金서운니네
는 나이는 올해 쉬흔 하나지만 이 세상에 나서 처음으로 이뻐졌는
데, 이른 새벽 그네 房에서 숨어나오는 사내를 보면 새빨간 코피를
흘리기도 하드라구요. 집 뒤 堂山의 무성한 암느티나무 나이는 올
해 七百살, 그 힘이 뻐쳐서 그런다는 것이여요.

<堂山나무 밑 女子들> 전문

堂山나무 밑 女子들의 삶은 봉건 시대 여성의 三從之義를 그대로
대변해 준다. 그런 의미에서 그녀들은 여성의 보편적 삶을 함축하고
있는 인물들이다. '진일 마른일 다 해내노라' 인종과 고난을 겪어야
했던 朴푸접이네나 金서운니네는 그 이름의 음상이 환기하듯 푸대접
과 서운함으로 삶을 이어온 여인네들이다. 그러나 이 범속한 여인네

들은 누구보다도 강인한 생명력을 가지고 있다. '남편보단도 그네들은 웅뎅이도 훨씬 더 세어서, 사십에서 오십 사이에는 남편들은 거의가 다 뇌점으로 먼저 저승에 드시고, 비로소 한가해 오금을 펴면서 그네들은 戀愛를 시작한다.'

이와 같은 그네들의 삶을 일반적으로 보면 '늙어 바람난 여편네'라는 부정적 시각과 충돌하게 된다. 수절이나 정절을 여인네의 아름다운 삶으로 이데올로기화한 우리의 전통에 비추어볼 때 그네들은 지탄의 대상이 될 수 있다. 그러나 시적 자아는 '인제는 房을 하나 온통 맡아서 어른 노릇을 하며 冬柏기름도 한번 마음껏 발라 보고, 粉세수도' 하는 그녀들의 모습을 그려냄으로써 그녀들의 억눌려 왔던 여성성을 회복시키고 있다. 특히 '처음으로 이뻐졌'다는 발언은 새로 태어난 듯한 생기를 부여한다. 이러한 여성성의 회복은 그녀들의 연애 행각을 완강한 전통적 이데올로기로부터 구원해낸다. 오로지 남는 것은 삶에 대한 정열과 생명력이다.139)

반윤리적 행위를 오히려 신비한 생명의 힘으로 부각시키기 위해 시인은 이 시에서도 독자를 설득할 수 있는 이중적 목소리의 시적 자아를 내세운다. 시적 자아는 '시작한다 합니다' '그런다는 것이여요'와 같은 간접화법에 의한 사건의 객관화와 '진일 마른일 다 해내노라고 겨를이 영 없어서 그리 된 일일런지요?'와 같이 그네들의 행위를 옹호하기 위한 주관적 해설을 혼합하고 있다. 이 시에서 시적 자아의 주관적 해설은 <小者 李 생원네 마누라님의 오줌기운>에서처럼 표면적으로는 온건하지만 三從之義에 얽매일 수밖에 없었던 그네들의 삶을

---

139) 신범순은 서정주의 여성 인물이 보여주는 질긴 생명력을 "그네들은 우리 나라의 저 가난한 대지의 살결로 만들어진 질그릇들이다. 미당은 그 질그릇들에 이 땅에서 이루어진 삶으로서의 영원한 가치를 부여하고 거기에 찬사를 덧붙이고자 한다."고 말하고 있다. 신범순(1994), 앞의 글, p.289.

생각해 볼 때 그녀들의 행위는 오히려 마땅한 것이 아니냐는 강력한 호소력을 갖는다. 시적 자아의 이러한 해설은 독자로 하여금 그네들의 행위에 동조하도록 할 뿐 아니라 더불어 즐거움을 갖게 하는 효과를 거두고 있다. 시적 자아의 이중적 태도의 혼합 방식은 '그네 房에서 숨어나오는 사내를 보면 새빨간 코피를 흘'리고 있다는 관능의 비속함을 칠백 살이나 된 '堂山의 무성한、암느티나무'의 신비한 힘으로 전환시키는 데 절대적으로 기여하고 있는 것이다.

서정주의 설화를 수용하고 있는 시편들 속에 등장하는 여인네들은 李 생원의 마누라나 朴푸접이네, 金서운니네와 같이 우리의 일반적 여성들과 마찬가지로 범속한 삶을 살아가는 인물들이다. <海溢>의 외할머니, <말피>의 薛莫同이네 寡婦, <알뫼집 개피떡>의 알뫼댁, <石女 한물宅의 한숨>의 한물宅, <단골 암무당의 밥과 얼굴>의 암무당 등은 하나같이 한스러운 여인네의 삶을 대변하고 있다. 그러나 그네들은 한을 넘어서는 오묘함과 신비함을 지니고 있다는 공통점을 갖고 있다. 김주연은 서정주 시에 나타난 "여성성은 관능성과 함께 생산성이라는 기능을 동시에 갖고 있으며, 그것은 대지의 기능과 직결된다"[140]고 설명한다. 범속한 여인네들을 대지적 여신으로 신비화하는 과정은 현실 속에서 이지러지고 지친 인간 삶을 옹호하려는 인간애를 내포하고 있으며, 동시에 합리적이고 논리적인 세계를 능가하는 신비성이 인간의 삶 속에 내재해 있다는 시인의 믿음을 반영하고 있는 것이다. 그런데 인간 삶에 대한 이처럼 진지한 성찰을 시인은 장난기와 유머와 범속한 어조로 형상화함으로써 독자의 마음을 가볍고 즐겁게 하면서 독자 스스로도 삶의 무거움을 카타르시스 하도록 이끌고 있다.

---

140) 김주연(1994), 신비주의 속의 여인들 ……詩? 詩, 『미당연구』, p.390.

설화를 수용하고 있는 시들이 삶의 무거움을 가벼움으로, 비극을 희극으로, 범속함을 성스러움으로 의미화하는 데 가장 중요하게 작용하는 것은 시적 자아의 대상에 대한 태도와 어조라 할 수 있다. 앞서 살펴본 바와 같이 대상에 대한 이중적 접근 방식은 독자를 시적 사건에 몰입하도록 하는 기능을 한다. 이와 더불어 시적 자아는 이야기의 전모를 모두 꿰뚫고 있는 전능성을 은폐하고 있다. 그는 익살과 장난기가 가득한 어조를 통해 자신의 신분을 이야기의 대상이 되고 있는 사람들과 동일한 차원으로 끌어내린다. 따라서 그는 지식인도 전능한 신도 아닌 다만 익살스러운 이야기꾼으로 느껴지게 된다. 때로 그는 이야기를 듣고 있는 청자보다 더 낮은 위치에서 이야기를 함으로써 스스로를 비하하고 세속화하기도 한다.

　　이 땅 위의 場所에 따라, 이 하늘 속 時間에 따라, 情들었던 여자나 남자를 떼내 버리는 方法에도 여러 가지가 있겠읍죠.
　　그런데 그것을 우리 질마재 마을에서는 뜨끈뜨끈하게 매운 말피를 그런 둘 사이에 좌악 검붉고 비리게 뿌려서 영영 情떨어져 버리게 하기도 했습니다.
　　모시밭 골 감나뭇집 薛莫同이네 寡婦 어머니는 마흔에도 눈썹에서 쌍긋한 제물香이 스며날 만큼 이뻤었는데, 여러해 동안 도깝이란 別名의 사잇서방을 두고 田畓 마지기나 좋이 사들인다는 소문이 그윽하더니, 어느 저녁엔 대사립門에 인줄을 늘이고 뜨끈뜨끈 맵고도 비린 검붉은 말피를 좌악 그 언저리에 두루 뿌려 놓았읍니다.
　　그래 아닌게아니라, 밤에 燈불 켜 들고 여기를 또 찾아 들던 놈팽이는 금방에 情이 새파랗게 질려서 「동네 방네 사람들 다 들어보소…… 이부자리 속에서 情들었다고 예편네들 함부로 믿을까 무섭네……」 한바탕 왜장치고는 아조 떨어져 나가 버렸다니 말씀입지요.

　　　이 말피 이것은 물론 저 新羅적 金庾信이가 天官女 앞에 타고
　　가던 제 말의 목을 잘라 뿌려 情떨어지게 했던 그 말피의 效力 그
　　대로서, 李朝를 거쳐 日政初期까지 온 것입니다마는 어떨갑쇼? 요
　　새의 그 시시껄렁한 여러 가지 離別의 方法들보단야 그래도 이게
　　훨씬 찐하기도 하고 좋지 안을갑쇼?

<말피> 전문

　　이 시에서 시적 화자가 보여주는 '있겠읍죠' '말씀입지요' '안을갑
쇼' 등은 하층계급이 사용하는 '합쇼체'의 일종으로 굽실거리며 능청
을 떠는 한 인물을 연상시킨다. 심혜련은 『서정주 詩의 話者 聽者 硏
究』에서 이러한 '합쇼체' 어조를 여러 장터를 떠돌며 물건을 팔면서
이야기꾼의 역할도 하는 "장돌뱅이"[141]의 어조로 규정하고 있다. 그런
데 시적 자아는 장돌뱅이의 어조를 통해 익살만을 떠는 것이 아니라
삶의 멋스러움이 무엇인가를 전달하고 있다. 그것은 주술적 이별의 방
식에 의해 제시된다.
　　시적 자아는 '도깝이란 別名의 사잇서방'과 정분이 났던 薛莫同이
네 과부의 이별 방법을 소개하면서 그녀 행실의 비도덕성을 은근히
주술적 세계로 전환시키고 있다. '대사립門에 인줄을 늘이고 뜨끈뜨
끈 맵고도 비린 검붉은 말피를 좌악 그 언저리에 두루 뿌려 놓'는 행
위는 악귀나 부정의 출입을 막는 금기성을 암시한다. 즉 설막동이네
과부의 행위는 전통적 속신에 근거해 있는 것이다. "속신이란 민간
전승에서 행동의 지침이고 관념의 줄기가 된다. 전통 사회에서 사람
들은 그것에 기대어 행동하고 그것에 의지해서 믿음을 갖는다. 그것
은 금기와 주술을 거느리고 종교적인 속담으로서 주어진 사회 속에서

---

141) 심혜련(1992), 앞의 글, p.62 참조.

기능한다. 구속력을 가진 사회적 규범이 되지만 그 구속력은 오히려 呪縛力이라고 부르는 것이 옳을 것이다."142) 이 시에서 속신적 행위의 의미는 사잇서방과의 이별이 범상한 사람의 힘으로는 불가능함을 나타낸다. 사람의 힘으로 도저히 할 수 없을 때 속신은 기능한다. 과부의 원시적이고도 상징적인 행위는 끊을 수 없는 정을 끊어내는 신통력을 가짐과 동시에 인줄과 말피가 깔린 울타리 안쪽의 공간을 범접 불가능한 신성의 공간으로 만든다. 따라서 설막동이네 과부는 비도덕적으로 타락한 여성이 아니라 주술적 공간에 위치해 있는 神母的 성격을 내포하게 된다.

설막동이네 과부의 이별 방법이 갖는 신비하고도 주술적인 힘을 이야기하면서 시적 자아는 '요새의 그 시시껄렁한 여러 가지 離別의 方法들보단야 그래도 이게 훨씬 찐하기도 하고 좋지 안을갑쇼?' 하며 요즘의 사랑과 이별의 시시함을 은근히 비판함과 동시에 독자를 간접적으로 훈계하고 있다. 이러한 시적 자아의 태도는 시적 아이러니를 생성해 낸다. 시적 자아는 표면적으로는 독자에게 굽실거리는 듯한 낮은 위치를 고수하면서 이면적으로는 독자를 훈계하고 있는 것이다. 이는 시적 자아와 독자의 자리를 뒤바꾸어 놓는 역할을 한다. 그러나 한편 이러한 회유적 어조는 직설적인 어조가 갖는 경직성을 피하고 있기 때문에 독자의 반발 심리를 완화시킨다.

시인이 낮은 신분의 이야기꾼을 내세우고 있는 데는 여러 가지 이유가 있겠지만 가장 중요한 것은 첫째 그의 재미있는 이야기를 듣는 독자의 심리를 편안하게 하여 이야기꾼의 익살에 친근감을 느끼게 하기 위함이며, 둘째는 무엇이든 마구 지껄여도 상관없는 사람을 통해서 세상사를 이야기하는 데 장애가 되는 요소를 없애기 위함이라 생

---

142) 김열규(1994), 俗信과 神話의 서정주론, 『미당연구』, 민음사, p.160.

각된다. 즉 이러한 시적 자아의 말에 대해서 책임이나 진위를 묻지 않도록 장치하고 있는 것이다. 따라서 그는 비속한 것이든 신비한 것이든 무엇이나 말할 수 있는 위치를 보유하게 되는 것이다.

> ㉮「淸國 大國놈 한나 만나서 胡좃 말좃에 얼기빗 참빗의 巾節이고 무어고 다 소용도 없이 되고, 치사한 權力 벙거지만 털렁털렁 지랄이구나」아마 그쯤 되는 뜻이겠지요. 한나. 만나. 淸國. 大國. 얼기빗. 참빗. 胡좃. 말좃. 벙거지. 털렁……
>
> <분지러 버린 불칼> 부분

> ㉯ 그러고 , 걸궁에는 중들이 하는 걸궁도 있는 것이고, 중의 걸궁이란 결국 부처님의 고오고오 音樂, 부처님의 고오고오 춤 바로 그런 것이니까, 이런 쪽에서 이걸 느껴 보자면, 야! 참 이것 상당타.
>
> <걸궁배미> 부분

㉮는 권력을 육두 문자로 비판하고 있는 시이다. 이때 시적 자아는 분노감에 차 있는 것이 아니라, 판소리의 자진머리나 흥타령과 같은 빠른 리듬감으로 신명나게 욕을 해대고 있다. 이 시의 빠른 리듬감은 시적 자아와 독자를 함께 그 흥겨움 속으로 몰고 간다. 권력에 핍박받으면서도 준엄한 비판을 할 수 없는 민중들에게 이러한 신명은 그들의 억압된 마음을 씻어낼 수 있는 유일한 방법일지도 모른다. ㉯는 중생을 제도하는 부처님을 중생과 동일한 차원으로 끌어내림으로써 보다 친근한 구원자 상을 제시하고 있는 경우다. 즉 권위는 사라지고 중생과 함께 어우러져 '고오고오'라도 출 수 있는 그런 부처님을 보여주고 있는 것이다. "未堂선생의 시는 틀림없이 위에서 이야기한 전통적인 의미에서의 시의 빼어난 세계에 자리해 있지만 또 동시

에 여느 세계에도 내려와 있"[143]다는 김우창의 지적처럼 서정주의 시는 너저분한 일상의 삶에 놓여져 있는 사물과 사건들로 가득차 있다. 이는 시인이 의식적으로 일상적 소재에 관심을 기우렸다기 보다 자신의 서민적 시각에 맞추어 시의 보편성을 자연스럽게 획득하고 있는 것으로 보인다.

(2) 聖과 俗의 거리(distance) 조정

시인은 욕지거리를 거리낌없이 마구 해대는, 어찌 보면 천박하기까지 한 시적 자아를 내세움으로써 민중의 삶을 억압하는 권력이나 권위 따위로부터 민중의 질박함과 선량함을 옹호하고자 한다. 그의 시에 나오는 수많은 신화나 설화 속의 인물들은 바로 이러한 시적 자아의 입을 통해서 그 위치나 신분이 재조정된다. 즉 서정주의 인물들은 그들이 소속되어 있는 계층성에서 일탈하여 시인의 독특한 시적 어조 속에 용해된다. 범속한 민중은 신비함과 뒤섞이고, 신화적이고 성스러운 인물은 한결 범속한 쪽으로 해방되어 자유롭고 친근한 인물로 변화한다. 시집 『질마재 神話』나 『떠돌이의 詩』에서 범속한 민중을 신비화하고 있다면, 그 뒤에 출간된 『鶴이 울고 간 날들의 詩』에서는 우리 역사에 기록되어 있는 단군신화를 위시해서 신화적 성격을 보유하고 있는 왕과 왕비, 승려 등이 주가 되고 있는데, 이들은 인간적 본능과 범속함을 아울러 지닌 인물로 그 성격이 재조정되고 있다.

⑦ 그런데 잠에서 깨어난 고 志鬼가
　　제 가슴에 놓인 고 女王의 팔찔 알아보고

---

143) 김우창(1977), 구부러짐의 形而上學 -「떠돌이의 詩」,『궁핍한 시대의 시인』, 민음사, p.221.

발끈 지랄하여 불이 터져 나자빠지다니!?
「實力인 줄 알았더니 자발없는 것이라」고
女王께선 오죽이나 섭섭했겠나?
데이트꾼들 이것만큼은 注意해야 할 일이라고,

<志鬼와 善德女王의 艶史> 부분

㉯ 大王이나 聖王이나 王中王짜리가 적어도 될랴면은
되도록이면
處女가 시집가기 전에 되게 野合해서 낳은 게 좋은데,
그 중에서도 특히
하느님이라든가 햇님의 넋을 붙어 그랬노라고
그 핑계가 아주 썩 잘 風流로 된 아이가 좋나니,

<高句麗 始祖 東明聖王 高朱蒙의 四柱八字> 부분

㉮에서 시적 자아는 선덕여왕과 지귀의 사랑에 대해 고상한 태도
로 논평하고 있지 않다. 여왕과의 신분적 차이에도 불구하고 지귀가
가졌던 비극적 사랑은 낭만적으로 해석될 수도 있다. 그런데 "제목부
터가 <志鬼와 善德女王의 艶史>라고 스캔들화하고 있는데, 보다
강렬한 욕망의 구사, 그 원시적 감성 쪽으로의 해석에 경사 되고 있
다."[144] 또한 '발끈 지랄하여' '나자빠지다니' '자발없는 것이라' 등의
표현은 여왕과 지귀의 사랑에 대한 환상을 깨버린다. 시적 자아의 상
스러운 어조는 지귀만이 아니라 그들의 사랑 또한 세속화하고 있는
것이다. 이러한 세속화의 이면에는 사랑에는 신분이 문제되지 않는다
는 생각과 마음의 불이 터져 목숨을 잃어버린 지귀의 어리석음에 대
한 빈정거림이 내포되어 있다. 지귀의 행동을 '實力인 줄 알았더니

---

144) 김현자, 志鬼說話의 詩的 變容에 관한 研究, 『梨花語文論集』 제13집, 이화여
자대학교 한국어문학연구소, 1994, p.516.

자발없는 것이라'고 평가하고 있는 것은 진정한 사랑이라면 더 큰 배
포가 있어야 한다는 말로 해석할 수 있다. 그런데 이러한 충고를 하
는 사람은 다름 아니라 상스러운 어조의 시적 자아 자신이다. 시적
자아는 여왕과 지귀의 사랑을 세속화함과 동시에 그 사랑의 한계를
지적하고 있는 것이다. 이 시에서 사랑의 세속화는 사랑의 환상이나
고귀함을 깨는 대신 사랑에는 더 큰 용기와 배짱이 필요하다는 것을
암시함으로써 여왕과 지귀의 특수한 사랑을 모든 '데이트꾼들'의 사
랑으로 보편화시킨다.

㉯는 고구려 시조 고주몽을 시적 소재로 삼고 있다.[145] 시인은 신
의 딸이며, 국왕의 어머니인 유화의 신성함을 능청스러운 어조로 와
해시키고 있다. 시적 자아가 얘기하고 있는 주몽의 어머니는 시집가
기 전에 임신한 처녀쯤으로 그려져 있다. '野合'이나 '평계'와 같은
시어는 사료에 담겨 있는 사실을 부정하고 있는 부분이다. 따라서 유
화의 임신은 세속적 차원에서 일어나는 사건으로 그 의미가 바뀐다.
聖에서 俗으로 전환되는 것이다. 이를 통해 시인은 신성을 비하하는
것이 아니라 세속의 멋을 보여주고자 한다. 신성한 왕이 아니라 멋스
러운 인간으로서의 왕을 내세움으로써 설화적 인물과 독자와의 거리
를 좁히고 있는 것이다. 이는 곧 위정자와 백성과의 알맞은 거리조정
이 필요하다는 현실적 욕구를 대변해 준다.

㉮ ㉯의 시적 모티브는 모두 범속한 계층을 대상으로 한 것이 아
니다. 그러나 이들은 서정주가 내세우고 있는 시적 자아에 의해 권위

---

145) 삼국유사의 기록에 의하면 천제의 아들 해모수와 물의 신 하백의 딸 유화가 사
  통한 후 햇빛이 유화의 몸을 따라다니자 잉태하게 된다. 유화는 닷 되들이 크기
  의 알을 낳는데 그 알에서 탄생한 것이 주몽이다. 이러한 탄생의 모티브는 주몽
  을 비범하고 신성한 인물로 부각시킨다. 주몽을 낳은 유화도 신의 딸이라는 점에
  서는 마찬가지다.『三國遺事』, 券 第一 紀異 第一, 高句麗 條 참조.

나 신성에서 벗어나 평범하게 살아가는 사람들의 보편적 정서와 접맥
된다. 신성함을 범속한 차원으로 바꿔놓음으로 해서 그 신성함의 의
미를 재조정하고자 하는 시인의 의도 속에는 평균적 인간 삶을 위한
시인 나름대로의 지혜가 숨어 있다. 이와 같은 평형 상태의 추구는
'자아'의 원천성과 연관된다. 융(C.G.Jung)은 '자아' 생성을 다음과 같
이 설명한다.

> 모든 에네르기가 대립물로부터 생기고 있는 것처럼 마음도 역시
> 내적인 대극성을 가지고 있다. (……) 자아의 존재가 가능하다는
> 것은, 모든 대립물이 평형 상태를 추구하려고 하는 사실에 유래하
> 고 있는 것 같다. 이것은 뜨거운 것과 찬 것, 높은 것과 낮은 것 등
> 의 충돌의 결과로써 생기는 에네르기의 교환 가운데서 발생한 사실
> 이다.146)

　'자아'는 세계의 불균형함을 완화하고 그것이 평형 상태를 이루도
록 조절하는 가운데 생성된다. 그럼으로써 분열된 세계는 인간의 내
부에서 하나의 통일체로 자리하게 되는 것이다. 서정주의 시적 자아
또한 聖・俗의 거리(distance) 조정을 통해서 세계간의 간극을 조화롭
게 통일시키는 역할을 한다. 이러한 간극 좁히기는 그의 또 다른 시
<處容訓>에서 보다 잘 드러난다.

> 달빛은
> 꽃가지가 휘이게 밝고
> 어쩌고 하여
> 여편네가 샛서방을 안고 누은 게 보인다고서

---

146) C.G.Jung(1962), 『칼 융 자서전』, 이경식(역)(1985), 범조사, pp.508～509.

칼질은 하여서 무얼 하노?
告訴는 하여서 무엇에 쓰노?
두 눈 지긋이 감고
핑동그르르……한 바퀴 맴돌며
마후래기 춤이나 추어 보는 것이라.
피식! 그렇게 한바탕 웃으며
「雜神아! 雜神아!
萬年 묵은 이 이무기 지독스런 雜神아!
어느 구렁에 가 혼자 자빠졌지 못하고
또 살아서 질척 질척 지르르척
우리집까정 빼지 않고 찾아 들어왔느냐?」
위로엣말씀이라도 한 마디 얹어 주는 것이라.
이것이 그래도 그 중 나은 것이라.

　『三國遺事』의 기록[147]에 의하면 처용을 두 가지 점에서 신격화하고 있다. 하나는 동해 용왕의 아들이라는 처용의 신분이며 다른 하나는 아내의 간통을 목격하고 '歌舞而退'하는 처용의 비범한 행위에 의해서이다. 아내를 범하는 광경을 목격하고도 노래하고 춤춤으로써 그 고통을 넘어서고자 한 행위는 여러 가지로 해석이 가능하겠으나, 일단 그 노래와 춤이 귀신을 물리치는 신비한 힘을 가졌다는 점에서 처용을 신적인 인물로 해석하는 것은 자연스러운 일이다.

　그러나 서정주는 처용의 비범성에 별로 관심하지 않는다. 그는 삼국유사에 실려 있는 설화를 세간에 일어나는 '여편네의 간통 사건'쯤

---

147) 처용은 동해 용왕의 아들로서 신라 헌강왕에 의해 아름다운 여인을 아내로 맞이하게 된다. 그런데 이 여인은 역신이 탐을 낼만큼 뛰어난 미모를 갖추고 있었다. 어느 날 외출했다가 돌아온 처용은 역신이 자신의 아내를 범하고 있는 광경을 목격하게 되는데 이때 그는 노래하고 춤추는 행위를 통해서 역신을 물리친다. 『三國遺事』, 卷 第二 紀異 第二, 處容郎과 望海寺 條 참조.

으로 격하시켜 새롭게 재구성하고 있다. '달빛은 / 꽃가지가 휘이게 밝고 / 어쩌고 하여'의 '어쩌고 하여'에서 전달되는 어조는 매우 속된 화자의 이죽거림으로 전달된다. 이러한 이죽거림은 설화적 인물을 희화화[148]하는 역할을 한다. '칼질' '告訴' 등의 시어 또한 간통 사건 뒤에 이어지는 세속적 맥락을 암시해 주며, 처용의 목소리를 직접 들려주고 있는 '어느 구렁에 가 혼자 자빠졌지 못하고'라는 표현은 처용을 상스러운 인물로 부각시키고 있다. 신비화되어 있는 이야기를 일상과 동일한 차원으로 끌어내림으로써 고통을 해결하기 위한 '歌舞而退'의 비범성 또한 '두 눈 지긋이 감고 마후래기 춤이나' 추는 일에 불과하다는 식의 범박한 차원으로 바뀌게 된다. 이는 일상에서 벌어지는 많은 문제들을 체념하는 것과 동일한 차원으로 확대 해석할 수 있다. 현실 극복을 위해 치렀던 처용의 행위를 평범한 것으로 뒤바꿔 놓음으로써 시인은 우리에게 역으로 어려움을 극복하는 일이 반드시 특별한 행위에 의해서 이루어지는 것이 아님을 일깨워 준다. 이처럼 일상적 시각 속에서의 재맥락화는 古談과 단절된 우리의 의식에 새로운 다리를 놓아, 이미 신뢰감을 잃은 과거의 이야기를 하나의 '위로엣말씀'으로 현실화시킨다.

한편 춤이나 한바탕의 싱거운 웃음 그리고 몇 마디 위로로 어려움을 극복해 나아갈 방도를 찾는 태도는 서정주의 독특한 삶의 지혜를 반영한다. 일상의 사건을 칼질이나 고소로 해결하기보다는, 다시 말

---

148) 김현자는 서정주 시의 설화적 인물 분석을 통해서 다음과 같은 결론을 내리고 있다. "徐廷柱는 說話를 수용함에 있어서 다양한 태도의 변모를 보이는데, 悲劇的 소재를 시인 특유의 樂觀的 세계관으로 화해시키고, 초월의 방식으로 시공간을 뛰어넘는 永遠性을 부여하고 있다. 또한 텍스트의 의미를 생동적인 리듬감으로 戲畵化하여 독자의 흥미를 유발하는 내적 의장으로 사용한다." 김현자(1994), 앞의 글, p.542.

해 현실의 문제와 직접 대결하거나 시비를 가리기보다는 체념하고 낙관하는 것, '이것이 그래도 그 중 나은 것'이라는 믿음이 그것이다. 우리의 전통적인 의식 구조 속에서 체념과 낙관은 타인의 잘못을 용서할 줄 아는 아량으로, 혹은 분쟁을 최소화할 수 있는 미덕으로 받아들여져 왔다. 체념과 낙관 속에 자리잡고 있는 이러한 관용 정신은 서민들의 옹색한 삶을 그나마 여유롭게 만들어 주는 큰 힘으로 자리잡고 있는 것이다. 이처럼 설화적 인물과의 거리조정을 통해서 설화의 원래적 의미를 서민들의 삶의 위치로 평균화하는 서정주의 상상력은 현실에 대한 비판보다는 현실을 유머러스하게 해석함으로써 삶에 생기를 되돌려주는 여유와 유희적 정신의 산물이라 할 수 있다.

　지금까지 살펴 본 설화 수용 시편에 나타난 시적 자아는 전반적으로 상스럽거나 세속적인 어조를 지니고 있음을 알 수 있다. 가장 범박한 어투로 시적 사건을 이야기하고 있지만 그는 수많은 고담을 섭렵한 지식인이며, 세상을 풍자하고 비판하며, 때로 독자를 가르치기도 한다. 또 그는 설화 속의 인물의 위치나 성격을 자신의 의도에 맞게 재조정한다. 즉 그는 전능적 자아의 위치에 서서 이야기를 이끌어 가고 있는 것이다. 한편 거침없이 마음대로 지껄이는 천박한 화자는 聖과 俗의 세계를 넘나드는 자유로움을 갖고 있다. 그는 俗에서 신비함을, 聖에서 범속한 인간의 욕망을 발견해낸다. 이를 통해 높은 것과 낮은 것, 비범함과 평범함을 뒤섞어 놓고 그것들 간의 거리를 새롭게 조정한다.

2) 일상 공간의 정화

(1) 세속과 천상의 조응

일반적인 공간 구획 관념을 해체시켜 공간의 넘나듦을 자유자재로 하는 상상력의 단계를 거친 후 서정주는 보다 현실적인 공간, 즉 인간의 삶이 이루어지는 생활 터전에 관심한다. 공간과 공간 사이의 경계를 해체하고, 공간의 확대와 응축을 자유롭게 시로 형상화하는 통합적 상상력은 지상에 고착되어 있는 인간의 존재 방식을 뛰어넘으려는 시인의 초월 의식을 나타낸다. 그러나 이러한 상상력의 단계는 인간 현실의 실제적 삶을 배제하고 있다. 시의 내적 구조 속에서만 이루어지는 초월은 자칫 한 개인의 의식 속에서만 가능한 관념적 초월에 머물 수 있다. 대부분의 시인들은 이러한 단계 이상을 넘어가지 않는데 비해 서정주는 이러한 의식의 초월을 충분히 경험한 이후에, 한 단계 더 넘어서 인간의 현실 자체를 자신의 시각에서 재발견함으로써 현실과 자신의 초월 의식을 융화시키는 특이성을 보이고 있다.

그에게 있어서 현실의 비천한 생활 터전은 비천함 이상의 의미를 내포한다. 즉 시인은 가장 평범하고, 가장 비천한 공간이 은폐하고 있는 삶의 진실과 풍류를 발견해냄으로써 일상의 공간에 새로운 의미를 부여하고 있다. 제일 먼저 눈에 띠는 특징은 서정주의 시에 나타난 일상의 공간이 폐쇄적이지 않다는 점이다. 그것은 '하늘'과 교감하며 열려 있다.

　㉠ 姦通事件이 질마재 마을에 생기는 일은 물론 꿈에 떡 얻어먹기같이 드물었지만 이것이 어쩌다가 走馬痰 터지듯이 터지는 날은 먼저 하늘은 아파야만 하였습니다. 한정없는 땡삐떼에 쏘이는 것처

럼 하늘은 웨 - 하니 쏘여 몸써리가 나야만 했던 건 사실입니다.

「누구네 마누라허고 男丁네허고 붙었다네!」 소문만 나는 날은 맨먼저 동네 나팔이란 나팔은 있는 대로 다 나와서 <뚜왈랄랄 뚜왈랄랄> 막 불어자치고, 꽹과리도, 징도, 小鼓도, 북도 모조리 그대로 가만 있진 못하고

<姦通事件과 우물> 부분

㉯ <싸움에는 이겨야 멋이라>는 말은 있읍지요만 <져야 멋이라>는 말은 없사옵니다. 그런데, 지는 게 한결 더 멋이 되는 일이 陰曆 正月 대보름날이면 이 마을에선 하늘에 만들어저 그게 1年 내내 커어다란 한 뻔 보기가 됩니다. (중략)

敗者는 <졌다>는 嘆息 속에 놓이는 게 아니라 그 반대로 解放된 自由의 끝없는 航行속에 비로소 들어섭니다. 山봉우리 우에서 버둥거리던 鳶이 그 끊긴 鳶실 끝을 단 채 하늘 멀리 까물거리며 사라져 가는데, 그 마음을 실어 보내면서 <어디까지라도 한번 가보자>던 전 新羅 때부터의 한결 같은 悠遠感에 젖는 것입니다.

그래서 그들은 마을의 生活에 실패해 한정없는 나그네 길을 떠나는 마당에도 보따리의 먼지 탈탈 털고 일어서서는 끊겨 풀려 나가는 鳶같이 가뜬히 가며, 보내는 사람들의 인삿말도 <팔자야 네 놈 팔자가 상팔자구나> 이쯤 되는 겁니다.

<紙鳶勝負> 부분

㉰ 그런데 그 웃음이 그만 마흔 몇 살쯤하여 무슨 지독한 熱病이라던가로 세상을 뜨자, 마을에는 또 다른 소문 하나가 퍼져서 시방까지도 아직 이어 내려오고 있습니다. 그 한물宅이 한숨 쉬는 소리를 누가 들었다는 것인데, 그건 사람들이 흔히 하는 어둔 밤도 궂은 날도 해어스럼도 아니고 아침 해가 마악 올라올락말락한 아주 밝고 밝은 어떤 새벽이었다고 합니다. 그리고 그것은 그네 집 한 치 뒷산의 마침 이는 솔바람 소리에 아주 썩 잘 포개어져서만 비로

소 제대로 사운거리더라고요.

<石女 한물宅의 한숨> 부분

위에 인용한 세 편의 시는 모두 세속의 잡사와 '하늘' 공간이 서로
절묘하게 어우러져 시적 의미를 만들어 내고 있다는 공통점을 갖는
다. 시 ㉮에서는 마을 전체가 간통사건이라는 불미스러운 일에 휘말
려 술렁대는 상황을 제시하고 있다. '走馬痰' 터지듯 번지는 소문은
마을 전체의 질서를 무너뜨리고 혼란 상태에 빠지게 한다. 마치 신명
나는 축제를 연상시키는 2연은 공동체 사회가 간통사건에 대해 어떻
게 반응하는가를 실감나게 비유하고 있는 부분이다. 전통적 이념을
고수하는 농경 사회[149]에서 간통사건은 마을 사람들의 흥미를 자극하
는 대사건일 수밖에 없다. 그러나 이러한 상황은 흥미만을 주는 것은
아니다. 정을 함께 나누던 이웃을 징계하고 내몰아야만이 마을은 예
전처럼 고요해질 수 있다. 따라서 마을 사람들은 '몸써리' 나는 고통
을 함께 감내해야만 하는 것이다. 이와 같은 민심을 시인은 천심과
자연스럽게 연결시키고 있다. 마을 사람들의 마음과 똑같이 '한정없
는 땡삐떼에 쏘이는' 통증을 하늘이 아파하고 있는 것이다. 특히 '땡
삐' '쏘여' '땡삐떼' 등에서 중첩되고 있는 된소리의 강한 음상이 이

---

149) 황현산은 "서정주, 농경 사회의 모더니즘"에서 미당의 정서적 뿌리가 '농경 사
회'에 있음을 지적함과 동시에 시인을 둘러싸고 있는 이 세계를 다음과 같이 설
명하고 있다. "미당이 <人神主義的>이라고 수식하게 될 이 <無法의 상태>는
출구 없는 삶이 고여 있는 시간 속에 스스로 침전해 놓은 퇴적물들을 깔고 앉아
자신을 특수화, 방언화한 모습 바로 그것이다. 여기서는 경험이 이론에, 慣用이
법칙에 우선한다. 제도적 질서는 명색을 구비하였으나 영험이 없다. 이것은 또한
중앙에서 파견된 관리를 젖히고 아전이 득세하던 지방 문화의 특색이기도 하다.
그러나 이 경험과 관용은 질서가 그 권리를 되찾고 싶어 할 때, 조력을 마다하지
않을 뿐만 아니라 가장 횡포한 힘을 빌려주기까지 한다." 황현산(1994), 앞의 글,
p.480.

러한 통증을 감각화하고 있다.

시 ⨭는 남에게 진다든가, 생활에 실패한다든가 하는 일에 대해 갖게 되는 통념을 무너뜨리고 있다. 일반적으로 실패는 분함이나 억울함, 안타까움, 자책감 등의 심리적 상황을 불러일으킨다. 그러나 시인은 실패의 시점을 '解放된 自由의 끝없는 航行'이라고 말한다. 연줄이 끊어져 먼 하늘로 날아갈 때 실의에 빠지기보다는 '悠遠感'에 젖어 먼곳을 바라볼 수 있는 여유를 이 시는 강조하고 있는 것이다. 이때 '하늘'이 나타내는 한정 없는 '길'의 이미지는 인간의 마음을 받아주고 생의 무거움을 이겨낼 수 있게 해주는 상징적 의미를 갖는다.

시 ⨭는 '아이를 낳지 못해 자진해서 남편에게 小室을 얻어 주고, 언덕 위 솔 밭 옆에 홀로 살던' 한많던 여인에 관한 내용이다. '한숨 쉬는 소리'는 서러운 여인네의 삶을 집약하고 있는 이미지이다. 곤궁함과 외로움을 오래 참아 온 사람의 깊숙한 마음 안쪽에서 뻗쳐 나오는 것이 한숨이다. 그러나 시인은 한물宅의 한숨 쉬는 소리를 맑고 그윽한 청각 이미지로 그려내고 있다. '아침 해가 마악 올라올락말락 한 아주 밝고 밝은 어떤 새벽' 공기 속에서 사운거리는 '솔바람 소리'는 아주 청량한 느낌을 독자에게 전달한다. 새벽 하늘의 푸른빛과 솔바람 소리의 겹침은 한많았던 한물宅의 한숨 소리를 무겁고 답답한 것이 아니라 맑고 신선한 것으로 그려내고 있는 것이다.

⨭ ⨭ ⨭에서 보여지는 시적 의미를 종합해 보면 이들 시는 모두 인간이 겪어야 하는 고통의 다양한 측면을 보여줌과 동시에 그 고통과 조응하고 있는 '하늘'의 이미지를 통해서 세간의 잡사를 새롭게 해석하는 시인의 독특한 시각을 드러내고 있는 경우이다 즉 세간의 잡사와 '하늘'의 결합은 무거운 인생사를 맑혀 가벼운 것으로 뒤바꾸려는 시인의 의식성을 반영하고 있는 것이다.

(2) 생활 공간과 우주적 거울의 類比

세속의 잡사와 하늘의 조응 관계는 생활 공간의 의미를 새로운 시각으로 이미지화함으로써 더욱 구체화된다. 시인은 누추하고 더러운 생활의 공간을 투명하게 씻어냄으로써 인간이 살아가는 일상의 공간에 새로운 의미를 부여하고자 한다. 그것은 '때'를 정화하는 의식이며, 삶에 생기를 불러일으키고자 하는 의지이기도 하다.

　　외할머니네 집 뒤안에는 장판지 두 장만큼한 먹오딧빛 툇마루가 깔려있읍니다. 이 툇마루는 외할머니의 손때와 그네 딸들의 손때로 날이날마닥 칠해져 온 것이라 하니 내 어머니의 처녀 때의 손때도 꽤나 많이 묻어 있을 것입니다마는, 그러나 그것은 하도나 많이 문질러서 인제는 이미 때가 아니라, 한 개의 거울로 번질번질 닦이어져 어린 내 얼굴을 들이비칩니다.

　　그래, 나는 어머니한테 꾸지람을 되게 들어 따로 어디 갈 곳이 없이 된 날은, 이 외할머니네 때거울 툇마루를 찾아와, 할머니가 장독대 옆 뽕나무에서 따다 주는 오디 열매를 약으로 먹어 숨을 바로합니다. 외할머니의 얼굴과 내 얼굴이 나란히 비치어 있는 이 툇마루에까지는 어머니도 그네 꾸지람을 가지고 올 수 없기 때문입니다.

<외할머니의 뒤안 툇마루> 전문

생활 공간인 '툇마루'와 '거울'은 서로 대조적인 의미를 갖는다. 전자가 때로 얼룩져 있는 공간이라면, 후자는 투명한 공간이다. 시인은 이 둘의 대조적 성격을 상호 결합함으로써 새로운 공간을 창조해낸다. '먹오딧빛 툇마루'는 누대로 이어져 내려오는 여성들의 삶을 요약하고 있다. '외할머니의 손때와 그네 딸들의 손때로 날이날마닥 칠해져 온' 툇마루는 변함 없이 지속되고 있는 일상적 삶의 반복성을 함축하고 있

다. 일상은 생활의 구체적 공간을 더럽히고 그 더러워진 부분을 다시 정화시켜 가는 과정의 반복이며 이 과정 속에서 사람들의 생존이 이루어진다. 이러한 일상의 공간은 '거울'이라는 이질적 이미지와 결합함으로써 생활에서 묻어나는 '때'의 더러움은 누적된 시간의 두께를 버리지 않은 채 사물을 맑게 비춰주는 투명성을 획득하게 된다. 즉 때와 투명성이 결합된 검은 거울의 이미지를 낳게 되는 것이다.

'한 개의 거울로 번질번질 닦이어져' 내려온 '먹오덧빛 툇마루'는 그런 의미에서 사람들의 삶의 내력을 담고 있는 역사의 거울이라 할 수 있다. '외할머니의 얼굴과 내 얼굴이 나란히' 비치는 이 역사의 거울은 혈육의 이어짐을 '내비치는 것'이지만 이는 동시에 시적 자아의 입장에서 그것을 '들여다보는 것'이 된다. 시적 자아는 이 거울을 들여다보면서 외할머니에서 어머니로, 어머니에서 다시 자신에게로 이어지고 있는 삶의 구체성을 체험하고 있는 것이다. 그런 의미에서 '툇마루'는 '나'의 실상을 비추는 "實存的 거울"[150]이다. 한편 누대로 이어지는 지속적 일상의 형태는 따분한 것일지 모르지만 한편으로는 무시 못할 막강한 힘을 내포하고 있다. 이 조그마한 생활의 공간이 우려내는 검고 투명한 빛의 절묘한 조화가 바로 서민들의 은근하고도 질긴 삶의 징표인 것이다.

삶의 두께와 투명성을 아우르고 있는 툇마루의 시적 의미는 2연에 이르면 보다 심화된다. 이 일상의 공간은 잘못을 저지른 자를 보호해주는 '소도'의 역할을 하면서, 일상 속에서 벌어지는 불화나 꾸지람을 차단시켜버린다. 툇마루는 보편적 가치나 도덕률 따위를 차단함으로써 새로운 삶의 가치를 드러낸다. 어머니의 꾸지람에 쫓겨온 시적 자아에게 '오디 열매를 약으로' 먹이는 할머니의 자애로운 행위는 선과

---

150) 김윤식, 徐廷柱의 「질마재神話」考 - 거울化의 두 樣相, 『현대문학』(1976.3), p.254.

악이라는 이분법적 가치로 인간의 행위를 규정하고, 이로써 상벌을 내리는 일반적 가치를 초월함으로써 또 다른 삶의 진실을 함의하게 된다. "세계와 자아의 대립적 구성이 스며들 틈이 없는 세계, 그리고 빛이 곧 불일 수 있는 세계에서만 가능한 이 거울은 정신의 고향을 표상 하는 개념일 수 있다."[151] 그런 의미에서 툇마루는 쫓겨온 자가 숨을 바로 함으로써 자신의 생명에 새로운 에너지를 충전하는 공간이며, '따로 갈 곳 없이 된 날' 찾아와 외할머니로부터 이어져 온 삶의 깊이를 다시 응시해 보는 공간이다. 즉 일상의 삶이 이루어지는 공간이면서 동시에 일상과 거리를 취할 수 있게 하는 공간인 것이다. 서정주의 또 다른 시 <마당房>도 이와 동일한 의미를 내포하고 있는 작품이다.

陰 七月 七夕 무렵의 밤이면, 하늘의 銀河와 北斗七星이 우리의 살에 직접 잘 배어들게 왼 食口 모두 나와 딩굴며 노루잠도 살풋이 부치기도 하는 이 마당 土房. 봄부터 여름 가을 여기서 말리는 山과 들의 풋나무와 풀 향기는 여기 저리고, 보리 타작 콩타작 때 연거푸 연거푸 두들기고 메어 부친 도리깨질은 또 여기를 꽤나 매그럽겐 잘도 다져서, 그렇지 廣寒樓의 石鏡 속의 春香이 낯바닥 못지않게 반드랍고 향기로운 이 마당 土房. 왜 아니야. 우리가 일년 내내 먹고 마시는 飮食들 중에서도 제일 맛좋은 풋고추 넣은 칼국수 같은 것은 으레 여기 모여 앉아 먹기 망정인 이 하늘 온전히 두루 잘 비치는 房. 우리 瘧疾 난 食口가 따가운 여름 햇살을 몽땅 받으려 홀이불에 감겨 오구라져 나자빠졌기도 하는, 일테면 病院 入院室이기까지도 한 이 마당房. 不淨한 곳을 지내온 食口가 있으면, 여기 더럼이 타지 말라고 할머니들은 하얗고도 짠 소금을 여기 뿌리지만, 그건 그저 그만큼한 마음인 것이지 迷信이고 뭐고 그럴

---

151) 김윤식(1976), 앞의 글, p.255.

려는 것도 아니지요.

<마당房> 부분

　식구들이 모여 휴식과 노동을 하는 일상의 공간인 '마당房'은 이 시에서도 거울의 이미지와 통합함으로써 土房의 재료가 되는 흙의 물질성을 벗어나고 있다. 실제 서민들의 삶은 매우 고된 노동의 고통을 안고 있다. 그러나 石鏡의 '반드랍고 향기로운' 감각성은 토속적이고도 범박한 사람들의 삶에 투명성을 부여함으로써 노루잠, 도리깨질, 칼국수, 瘧疾 등의 시어가 환기하는 질박한 서민들의 고통이나 한을 정갈함으로 걸러낸다. 즉 마당房은 銀河와 햇빛이 온전히 두루 잘 비치는 하늘의 거울인 것이다. '하늘'을 담아냄으로써 마당房은 다만 생활의 터전이 아니라 순박한 사람들의 맑은 심성을 암시적으로 드러낸다.

　이러한 '빛'의 공간은 '병원'의 의미론적 층위와 다시 결합하여 고된 삶에 시달린 사람들이 건강을 회복하는 재생의 의미를 갖게 된다. '여기 더럽이 타지 말라고 할머니들은 하얗고도 짠 소금'을 뿌린다. 이 집가심의 샤먼적 행위는 마당房이 일상의 공간이면서 동시에 聖所的 역할을 하고 있음을 암시한다. 따라서 마당房은 잡된 것, 불길한 것, 부정한 것들로부터 사람들을 보호해주는 액막이의 역할을 하고 있는 것이다.

　"인간이 공간에 관하여 홍미를 갖는다는 사실은 실존에 뿌리를 둔 것이다. 그것은 인간이 환경 가운데에서 생의 관계를 포착하고, 사건이나 행위의 세계로 의미나 질서를 가져오려는 요구로부터 생긴 것이다."[152] 이 성소의 공간에서 벌어지는 일련의 행위들 또한 공간적 특

---

152) Chistian Norberg‐Schulz, 앞의 책, p.9.

질에 의해 독특한 의미를 부여받게 된다. 마당房은 개인주의적 삶을 바탕하고 있는 도시적 공간과는 대조를 이룬다. 사람들은 마당房에서 함께 뒹굴고, 함께 음식을 나눈다. 그런 의미에서 마당房은 우리의 공동체적 삶을 복원시키고 있는 상징적 공간이다.

일상의 때가 절어 있는 생활 공간을 '빛'의 이미지를 통해서 맑히는 시인의 상상 작용은 초월을 관념이 아니라 삶 그 자체로부터 얻어내려는 독자적 시각을 드러낸다. 시인의 이와 같은 공간 의식은 일반적으로 가장 비천하고도 더러운 것으로 인식되어 있는 '똥오줌통'을 통해서 보다 극명하게 드러난다.

㉮ 질마재 上歌手의 노랫소리는 답답하면 열두 발 상무를 젓고, 따분하면 어깨에 고깔 쓴 중을 세우고, 또 喪輿면 喪輿머리에 뙤약볕 같은 놋쇠 요령 흔들며, 이승과 저승에 뻗쳤읍니다.

그렇지만, 그 소리를 안 하는 어느 아침에 보니까 上歌手는 뒤깐 똥오줌 항아리에서 똥오줌 거름을 옮겨 내고 있었는데요. 왜, 거, 있지않아, 하늘의 별과 달도 언제나 잘 비치는 우리네 똥오줌 항아리, 비가 오나 눈이 오나 지붕도 앗세 작파해 버린 우리네 그 참 재미있는 똥오줌 항아리, 거길 明鏡으로 해 망건 밑에 염발질을 열심히 하고 서 있었읍니다. 망건 밑으로 흘러내린 머리털들을 망건 속으로 보기좋게 밀어넣어 올리는 쇠뿔 염발질을 점잔하게 하고 있어요.

明鏡도 이만큼은 특별나고 기름져서 이승 저승에 두루 무성하던 그 노랫소리는 나온 것 아닐까요?

<上歌手의 소리> 전문

㉯ 아무리 집안이 가난하고 또 천덕구러기드래도, 조용하게 호젓이 앉아, 우리 가진 마지막껏 - 똥하고 오줌을 누어 두는 소망 항아리만은 그래도 서너 개씩은 가져야지. 上監녀석은 宮의 각장 장판

房에서 白磁의 梅花틀을 타고 누지만, 에잇, 이것까지 그게 그 까진 程度여서야 쓰겠나. 집 안에서도 가장 하늘의 해와 달이 별이 잘 비치는 외따른 곳에 큼직하고 단단한 옹기 항아리 서너 개 포근하게 땅에 잘 묻어 놓고, 이 마지막 이거라도 실천 오붓하게 自由로이 누고 지내야지.

이것에다가는 지붕도 休紙도 두지 않는 것이 좋네. 여름 暴注하는 햇빛에 日射病이 몇 千 개 들어 있거나 말거나, 내리는 쏘내기에 벼락이 몇 萬 개 들어 있거나 말거나, 비 오면 머리에 삿갓 하나로 웅뎅이 드러내고 앉아 하는, 休紙 대신으로 손에 닿는 곳의 興夫 박잎사귀로나 밑 닦아 간추리는 - 이 韓國 <소망>의 이 마지막 用便 달갑지 않나?

「하늘에 별과 달은
소망에도 비친답네」

가람 李秉岐가 술만 거나하면 가끔 읊조려 찬양해 왔던, 그 별과 달이 늘 두루 잘 내리비치는 化粧室 - 그런 데에 우리의 똥오줌을 마지막 잘 누며 지내는 것이 역시 아무래도 좋은 것 아니겠나? 마지막 것일라면야 이게 역시 좋은 것 아니겠나?

<소망(똥깐)> 전문

시 ㉮와 ㉯는 동일한 공간 의식을 드러내고 있는 예이다. ㉮에 등장하는 上歌手가 똥오줌 항아리를 거울삼아 '망건 밑에 염발질을 열심히 하고 서 있'는 모양은 저절로 웃음을 자아내게 하는 진풍경이다. 보편적으로 가장 더럽게 여겨지는 똥오줌은 혐오와 기피의 대상이다. 이를 들여다보며 점잖게 염발질을 한다는 것은 그만큼 느긋한 여유가 아닐 수 없다. 이 여유 있는 모습은 오히려 멋스럽기까지 하다. 그런데 상가수의 멋스러움은 귀족들의 우아하고 고풍스러운 멋과는 다르다. 여기서 우러나오는 멋은 지극히 해학적이다. 노래뿐 아니라 때로 '똥오줌 거름을 옮겨' 내기도 하는 농경 사회의 일원인 상가수의 생

활은 범상한 사람들과 다를 바 없다. 그러나 중요한 것은 '똥오줌 항아리'를 거울로 삼을 수 있는 심리적 자세이다.

서정주는 상가수의 멋들어진 행동을 통해서 서민들의 비천한 생활 공간을 우주와 호흡하는 살아있는 공간으로 만든다. 똥오줌 항아리는 '비가 오나 눈이 오나 지붕도 앗세 작파해 버린' 개방된 공간이다. '하늘의 별과 달'을 담아냄으로써 똥오줌 항아리는 가장 더러운 것에서 가장 맑고 성스러운 것으로 바뀐다. 따라서 이 시에서 똥오줌 항아리는 생활의 오물을 받아냄과 동시에 우주의 공간을 담아내는 이중의 의미를 내포하게 된다. 즉 "생리적 공간(배설), 생명적인 공간(자양분 제공), 천상의 공간(명경작용)을 두루 수용하여 일상적인 차원을 벗어난 신성한 공간으로 현현하는 것이다."153) 지상과 천상, 천함과 고귀함; 불투명과 투명함, 더러움과 깨끗함 등의 대립항들이 이 공간 속에서는 하나로 어우러져 있는 것이다. 시인은 이를 통해 인간의 삶이 다만 범속함만으로 이루어져 있는 것이 아님을 내보이고 있다. 시 ㉯에서 보여지는 '소망 항아리'도 시 ㉮의 '똥오줌 항아리'와 동일한 의미를 갖는다. 이 시에서도 '소망 항아리'는 '거울'의 공간과 결합하고 있다. 그것은 '해와 달이 별이 잘 비치는' 우주적 거울이다. 이 우주적 거울의 기능은 '아무리 집안이 가난하고 또 천덕구러기드래도' 사람들에게 오붓하고 자유로운 마음을 되돌려 준다는 것이다. "수직적 공간을 갖는 "소망" 항아리는 '지상 - 소망(명경) - 천상'의 삼원구조를 형성하며, 지상에는 인간 존재의 자유로운 自然物化, 천상에는 인간의 소망(希望)이라는 감정 가치를 부여한다."154) 그런 의미에서 인간

---

153) 정유화, "질마재 神話"의 공간구조에 나타난 매개항의 기능 고찰", 『국어교육』, 한국어교육연구회(1995.6), p.385.
154) 정유화, 앞의 글, p.386.

의 주거 공간의 일부인 소망 항아리는 "인간의 몸(身體)을 확대한 것으로 그 수직체계는 신체와 가장 有緣性을 갖고 있다."[155] 소망 항아리에 앉아 용변을 보는 사람들은 용변 자체만을 해결하는 것이 아니라 하늘의 해와 달, 별을 둘러보며 마음을 편안하게 하는 것이다. 인간 자체가 우주적 거울이 되어 먼 하늘의 빛들을 담아냄으로써 무념무상한 마음의 휴식을 갖게 되는 것이다.

이와 더불어 '여름 暴注하는 햇빛에 日射病이 몇 千 개 들어 있거나 말거나, 내리는 쏘내기에 벼락이 몇 萬 개 들어 있거나 말거나' 상관없이 치러지는 소망 항아리에서의 용변 보기는 인간을 자연의 일부분으로 귀속시킨다는 의미 또한 갖는다. 자연과 동화되어 있는 인간의 모습을 환기함으로써 시인은 가난한 천덕꾸러기의 삶을 천진하고 순박한 삶으로 새롭게 의미화하고 있는 것이다. 이는 왕족의 생활과 대조를 이루면서 서민적 생활의 느긋한 멋으로 구체화된다. '上監녀석은 宮의 각장 장판房에서 白磁의 梅花틀을 타고 누지만'이란 빈정거리는 시적 자아의 어조는 막힌 공간의 답답함과 옹색함을 환기시킴으로써 시원한 '소망 항아리'의 매력을 더욱 강조한다.

곤궁하고 궁상맞은 일상의 삶 속에서 느긋한 여유와 멋을 발견해내는 서정주의 상상력의 이면에는 서민적 삶을 긍정하고 옹호하려는 자세가 내포되어 있다. 이는 인간 보편의 원형적 삶에 대한 탐구[156]

155) 이어령(1986), 앞의 글, p.263.
156) 오세영은 『질마재 神話』가 개인성을 초월하여 보편의 세계로 나아가고 있음을 다음과 같이 설명하고 있다. "『질마재 신화』는 비록 기본적으로는 신화적 상상력을 지향하고 있지만 그 제목이 암시하고 있듯 『신라초』의 그것과 달리 개인 창작적 신화 내지 개인 창작적 민담의 성격이 강하다고 할 것이다. 그러나 개인 창작적인 것이든 민중 창작적인 것이든, 신화적인 것이든 민담적인 것이든 서정주의 중기시는 신성한 것, 초자연적인 것, 始原的인 것을 대상으로 하였다는 점에서 넓은 의미로 신화세계의 체험을 반영한 것이라 할 수 있다." 오세영(1995), 앞의 글, pp.93~94.

라 할 수 있다.『질마재 神話』는 우리의 토속성이 배어있는 고향과, 그 속에서 이루어졌던 삶의 원형을 보여줌으로써 "우리 속에 머물러 있는 영원성과 태고성의 부분인 그 유년기의 눈 속에서 그 눈에 의해 우리를 바라보는 그 무엇"[157]을 일깨워 준다.

유종호는『질마재 神話』가 내포하고 있는 민중 문학적 성격에 초점을 맞추어 이 시집의 진가를 "가난 문화의 시적 탐구요 그 우회적 긍정"[158]이라고 설명하고 있다.

> 『질마재 神話』에 나오는 많은 인물들이 현실주의자란 것은 시인의 관찰의 적정성을 말해준다. 기층민에 대한 공감적 자세를 주조로 한 작품들이 편향된 시각이나 선입견으로 말미암아 있는 대로 그리지 못한 기층민의 실상을 시인이『질마재 神話』를 통해서 보충하며 제시하고 있다는 것은 역설적인 사태이다. 그러면서 있는 그대로의 가난문화에서 긍정의 세목을 열거하고 있는 것은 추상적 구호적인 애정과 심정적이고 축적적인 애착 사이의 거리와 차이성을 잘 보여주고 있기도 하다. 기층민들의 생활에 대한 공감적 탐구와 기술을 가령 민중문학이라고 한다면『질마재 神話』도 가장 독자적이고 성공적인 민중문학의 하나가 될 것이다.[159]

서정주의 "기층민의 생활에 대한 공감적 탐구"는 다만 현실을 있는 그대로 반영하는 태도와는 다른 측면을 지니고 있다. 아무도 관심하지 않는 가장 평범한 일상의 공간, 혹은 가장 비속한 오물통을 하늘을 비추는 '거울'의 이미지와 결합시키는 은유적 사고에는 현실의

---

157) Gilbert Durand(1996),『신화비평과 신화분석 - 심층사회학을 위하여』, 유평근 (역)(1998), 살림, p.267.
158) 유종호, 소리지향과 산문지향,『작가세계』(1994, 봄호), p.94.
159) 유종호, 앞의 글, p.98.

고통이나 무거움을 섣불리 미화시키지 않으면서, 현실을 넘어서고자 하는 시인의 상상력이 담겨있다. 이와 같은 시적 상상력에 의해 현실의 공간은 단순히 범속한 생활 공간이 아니라, 기층민들이 자신들의 생명을 보존하고 삶의 멋을 만들어 가는 공간으로 자리하게 된다. 이러한 공간적 의미로부터 천덕꾸러기의 곤궁한 삶은 인간적 존립성을 부여받게 되는 것이다.

3) 지속과 초역사성

(1) 역사 지속의 시간 의식

불연속적 시간을 '우주적 진통'에 의해 극복하고 있는 서정주는 인간의 실존 방식에 몰입하면서 그의 시에서 존재의 영원성에 대한 물음을 집요하게 제기한다. 시인은 불교적 인과론에 사상적 토대를 두고 있는 변신 이미지의 연쇄적 결합을 통해 영원한 시간을 구조화하고 있다. 그런데 그가 보여주고 있는 영원주의는 인간의 역사와 생활이라는 현실적 국면과 다시 접목하는 데 이르게 된다. 범속한 공간이 '거울'의 이미지와 결합하여 삶의 공간에 새로운 의미를 부여한 것처럼 그의 영원주의 또한 하나의 관념적 지향을 넘어 역사와 현실이라는 구체적 시간과 융화되면서 인간 역사의 지속성을 강조한다.

> 그늘과 고요를 더 오래 겪은 난초 잎은
> 훨씬 더 짙게 푸른 빛을 낸다.
> 선비가 먹을 갈아 그리고 싶게 되었으니
> 永遠도 인젠 아마 그 戶籍에 넣을 것이다.

가난과 괴로움을 가장 많이 겪은 우리同胞들은
가장 깊은 마음의 水深을 가졌다.
하늘이라야만 와서 건넬만큼 되었으니
하늘이 몸 담는 것을 잘 보게 될 것이다.

난초 잎과 우리 어버이들의 마음을 함께
보고 있으면
人類의 五億三千二百萬年쯤을
우리는 우리의 하루로 하고싶은 생각이 든다.

우리도 한 芥子씨는 芥子씨겠지만
이 세상 온갖 芥子씨들의 매움을 要約해 지닌
더 없이 매운 芥子씨이고자 한다.

<蘭草 잎을 보며> 전문

이 시는 우리 민족의 역사를 '난초'와 '芥子'라는 두 겹의 식물적
이미지로 비유하여 의미망을 구축하고 있다. 우리 동포들과 난초, 芥
子는 고통과 연관되어 있다는 점에서 서로 유사성을 내포한다. 따라
서 우리 동포의 끈질긴 생명력은 이들 식물적 층위에 의해 그윽함과
강인함이라는 이중의 성격으로 의미화된다. '더 짙게 푸른 빛'과 '매
움을 要約해 지닌 / 더 없이 매운' 감각적 성질의 융화는 깊이와 강
인함을 함께 지닌 우리 동포의 저력을 구체화하고 있는 것이다.

식물적 비유의 결합은 궁극적으로 우리 민족의 불굴의 역사성을
나타낸다. 이때 시인이 지향하는 영원성은 '戸籍'이나 '水深'의 이미
지에 의해 그 추상성을 넘어서게 된다. 영원성은 무한한 것이라는 점
에서 한정될 수 없는 것임에도 불구하고 시인은 영원성을 구체적 공
간에 담음으로 해서 그 무한성의 깊이와 넓이를 가두는 것이 아니라

인간적 차원으로 가시화하고 있는 것이다. 한편 시간을 공간화하는 의식 속에는 "우리의 삶을 싣고 죽음을 향하여 흘러가는 시간에 대항하여 한 곳에 뿌리내리고 싶어하고 움직이지 않는 지점에 매달리려 하는 욕구"[160]의 표현이기도 하다.

시인은 이 시에서 무한을 담아낼 수 있는 그릇의 크기로 우리 동포가 지닌 마음의 본질을 드러내고 있다. 추상적 시간을 공간화하는 시인의 상상력을 통해서 독자는 '人類의 五億三千二百萬年쯤을 / 우리는 우리의 하루로 하고 싶은 생각'이 의미하는 바에 비로소 접근하게 된다. 무한한 시공을 담아낼 수 있는 마음이라야 五億三千二百萬年이라는 인류의 시원을 하루로 여길 수 있는 넉넉함과 느긋함을 지닐 수 있는 것이다. 이 시에서 드러나는 시간의 '지속성'에 비추어 볼 때 역사 속에서 빚어지는 간헐적인 사건과 변화는 지엽적인 것에 불과하다. 요지부동의 무시무시한 힘과 느긋함 속에서 역사는 흘러가는 것이라는 것, 그것은 고통스러울수록 더 푸르고 더 매워지는 생명의 힘으로서 가능하다는 것을 이 시는 보여주고 있는 것이다.

서정주에게 역사란 무엇보다도 삶을 지속하는 것이고 그 지속력을 대대로 유전하는 것이다. 일견 소박해 보이는 그의 역사관은 또 다시 불교적 윤회관과 결합하면서 보다 거시적인 입장에서의 자연과 우주의 영원성으로 심화된다.

> 북녘 곰이 발바닥 핧다 돌이 되거던…….
> 남녘 곰도 발바닥 핧다 돌이 되거던…….
> 그 두 돌 다 바닷물에 가라앉었거던 …….
> 가라앉아 이얘기를 시작하거던…….

---

160) 김화영(1994), 앞의 글, p.224.

이애기가 다 끝나서 말이 없거던…….
말이 없어 굴딱지나 달라붙거던…….
바다 말라 그 두 돌이 또 나오거던…….

<북녘 곰, 남녘 곰> 전문

곰 → 돌 → 얘기 → 굴딱지(침묵) → 돌의 변신 은유의 연쇄적 과
정을 보여주고 있는 이 시는 <因緣說話調> 계열의 시편들과 동일
한 시적 구조를 갖고 있다. 그러나 이 시는 <因緣說話調> 계열의
시편들과는 달리 시적 긴장미를 획득하는 데 어느 정도 성공한 것으
로 여겨진다. 자연의 變轉이 이루어지는 유구한 시간성을 독자가 감
지할 수 있도록 구체화하고 있기 때문이다. 구체성의 세계는 하나의
시적 사실을 신뢰할 수 있게 하는 힘을 지닌다. 이 시에서 유구한 시
간성은 바닷물의 어마어마한 양적 부피가 증발하는 긴 시간의 흐름에
의해 상상되어 진다. 곰이 돌이 되고 그 돌이 침묵의 정적을 견디는
동안, 그리고 그 묵중한 침묵 위로 굴딱지가 달라붙는 자연의 변화
속도는 바다가 생성되고 그 바닷물이 다시 말라버리는 시간의 경과만
큼이나 더딘 것이다. 생성과 소멸을 반복하면서 변전하는 자연의 리
듬은 장구한 것이다. 그 장구한 시간은 물리적 시간의 단위로써는 가
늠하기 어려운 시간 속으로 우리를 인도한다. 한 개체로서의 인간 존
재의 須臾的 삶에 비추어본다면 이러한 시간성은 물리적 시간밖에
존재하는 무시간적 특성을 지닌다. 이러한 시간성을 각 행마다 '
…….'로 표시된 긴 休止가 감당하고 있다.

우리 역사의 장구함을 <북녘곰, 남녘곰>에서와 같이 보다 큰 우
주적 시간의 질서로 확대해 가면서 시인은 인간 삶의 구체적 역사성
속에서 영원의 실체를 천착하고, 이를 시로 엮어내는 한 차례의 과정
을 치르게 된다.

凶年의 봄 굶주림이 마을을 휩쓸어서 우리 食口들이 쑥버물이에
밀껍질 남은 것을 으깨 넣어 익혀 먹고 앉았는 저녁이면 할머님은
우리를 달래시느라고 입만 남은 입 속을 열어 웃어 보이시면서 우
리들 보고 알아들으라고 그 분의 더 심했던 大凶年의 경험을 말씀
하셨읍니다.

「밀껍질이라도 아직은 좀 남았으니 富者 같구나. 乙巳年 무렵
어느해 봄이던가, 나와 너의 할아버지는 이 쑥버물이에 아무것도
穀氣 넣을게 없어서 못가리의 흙을 집어다 넣어 끄니를 에우기도
했었느니라. 그래도 우리는 씻나락까지는 먹어 치우지는 안했다. 새
가을 새 秋收를 기대려 본 것이지…… 그런데 요샛것들은 기대릴
줄을 모른다. 씻나락도 먹어 치우는 것들이 있으니, 그것들이 그리
살다 죽으면 鬼神도 그때는 씻나락 까먹는 소리를 낼 것이고, 그런
鬼神 섬기는 새 것들이 나와 늘면 어찌될 것인고……」

<大凶年> 전문

유년 시절에 겪었던 '봄 굶주림'에 대한 기억을 통해서 서정주는
당시의 어려움을 이야기하기보다는 그 어려움을 견뎌 낼 수 있었던
삶의 지혜를 강조하고 있다. 그 지혜로움을 간직하고 있는 사람은 바
로 오랜 풍상을 겪어 온 할머니이다. '입만 남은 입 속을 열어' 지금
보다 더 극심했던 大凶年의 경험을 식구들에게 들려줌으로써 할머니
는 현실의 어려움 속에서 고통 당하고 있는 사람들에게 힘과 용기를
북돋아 주고 있는 것이다. 그런데 할머니의 경험 속에는 현재뿐 아니
라 미래의 삶까지도 끈질기게 일구어 갈 수 있는 지혜가 내포되어 있
다는 점이 중요하다. '그래도 우리는 씻나락까지는 먹어 치우지는 안
했다. 새 가을 새 秋收를 기대려 본 것이지…….' 라는 구절이 그것
이다. 현재의 삶이 아무리 고달프다 해도 삶을 지속시킬 수 있는 근
원적 토대만은 지니고 있어야 한다는 할머니의 생활 철학은 서민들의

가장 보편적인 생존 철학이라 할 수 있다.

서정주에게 있어서 할머니는 "숨쉬는 걸 조금 때 가르쳐 준"(<할머니의 인상>) 인물이며, 외할머니는 "항시 누에가 실을 뽑듯이 나만 보면 옛날이야기만 무진장"(<海溢>) 들려줘 미당의 어린 시절을 상상의 세계로 가득 채워 주었던 인물이다. 이들은 특정 부류의 인물들이 아니다. 변혁보다는 안정을 도모하면서, 그 속에서 생존의 전략을 찾는 소박한 村老들이었던 것이다. 바로 이러한 삶의 방식을 바탕으로 해서 미당의 '서민적 시각'이 싹트게 된 것이다. 여기서 무엇보다 중요한 삶의 원리는 사회 개혁이나 변혁이 아니다. 주어진 상황을 받아들이고 그 상황을 지혜롭게 대처해 가는 것이다. 이러한 태도가 소극적으로 보일지 모르지만 우리네 삶을 지속시켜 온 원동력이었던 것만은 틀림없다.

   ㉮ 곧장 가자하면 갈수없는 벼랑 길도
     굽어서 돌아가기면 갈수 있는 이치를
     겨울 굽은 난초잎에서 새삼스레 배우는 날
     無力이여 無力이여 안으로 굽기만 하는
     내 왼갖 無力이여
     하기는 이 이무기 힘도 대견키사 하여라.

                             <曲> 전문

   ㉯ 李東伯이 새타령에
     「月明 秋水 찬 모래
     한 발 고여 해오리」 있지?

     세상이 두루두루 늦가을 찬물이면
     두 발 다 시리게스리 적시고 있어서야 쓰는가?

한 발은 치켜들어 덜 시리게 고였다가
물 속에 시린 발이 아조 저려오거던
바꾸아서 물에 넣고 저린 발 또 고여야지.

아무렴 아무렴 그렇고 말고,
슬기가 별 슬기가 또 어디 있나?

<한 발 고여 해오리> 전문

위에 인용한 두 편의 시는 모두 삶을 살아가는 방법을 문제삼고
있다. ㉮는 '無力'의 역설을 통해서 곧장 질러가는 것만이 정당한 삶
의 방법이 아님을 밝히고 있다. 우리는 '곧장 질러가고자 하는 자세
가 옳다'는 통념을 가지고 있다. 그러나 그것은 삶의 다양한 방식을
거부하고 오직 하나만을 고집하는 자세이기도 하다. 삶은 때로 '갈
수 없는 벼랑 길'에도 도달해야 한다. 그렇다면 우회할 줄 아는 여유
와 예지가 필요하다고 이 시는 말한다. ㉯는 '세상이 두루두루 늦가
을 찬물'일 때 두 발을 번갈아 담가야 오히려 그 시림을 오래 견딜
수 있다는 슬기를 얘기하고 있다. 서정주의 "굽음의 以存策은 절대권
력의 세계에서 눌리운 자들이 살아남을 수 있기 위하여 가져야 했던
현실주의"161)로 요약될 수 있다. 서정주의 지속적 시간에 대한 믿음
은 이러한 삶의 대응 방식으로부터 마련된 것이다. 이러한 현실 의식
속에서 영원의 의미는 범속화된다.

점잖으신 世宗大王님.
韓國銀行券 百 원짜리 속에 앉으시어
이 겨울을 우리에게

---

161) 김우창(1977), 구부러짐의 形而上學 - 徐廷柱, 「떠돌이의 詩」, 『궁핍한 시대의
    시인』, 민음사, p.243.

二十五 센트의 값으로
수염 점잖으신 世宗大王님.

오늘은
하늘에도 山에도 들녘에도
또 江의 얼음 구먹 속에도
당신의 그 좋으신 수염 보이지 않고,
오직 黃海 진펄밭 속의 맛살

바지락 같은 데만 들었다 하여
진종일 알발 벗고 성에 디디고 다니며
당신 한 장 값의
그걸 캐어 이고 나오나니
永遠으로처럼 캐어 이고 나오나니.

「우리 나라 말씀은
  中國과도 달라서……」
내 머리 위에 인
바구니의 조개들 속에
아직도 점잖게 살아 계시어
점잖게 말씀하시는 世宗大王님.
맞습니다.
大王님 말씀이 맞고말굽쇼.

나루터의 남편은
나룻배를 팔고
인제는 할수없이 등으로 업어서 손님들을 건네지만.
업힌 손님들의 살 기운으로
잠시 그때 등때기나 뜨시할는지,
밤 굼불 지필 값도 차마 안 되고,

쌀 야달 홉 값의 모양으로 둔갑하면서
하느님의
손자님인
단군님의
소금 자신 말씀으로 노래부르는
바지락 조개의, 맛살 조개의
살 속에 들어앉으신
世宗大王님.

고추가루보단도
얼지도 않는 바다보단도
더 매웁고 더 짠
　「우리 나라 말씀은
　　中國과도 달라서……」
하신 말씀,
하늘에서도
땅에서도
간 半萬年, 올 半萬年
딱 들어맞습니다.

<겨울 黃海 - 어느 漁婦의 말씀> 전문

　<大凶年>에서 인간의 유구한 삶을 지속시킨 것이 '씻나락'이라
면, 이 시에서 영원은 '어느 漁婦'가 캐내는 '黃海 진펄밭 속의 맛살'
에 들어 있다. 여기에는 '고추가루보단도 / 얼지도 않는 바다보단도 /
더 매웁고 더 짠' 현실의 논리가 개입되어 있다. 현실의 잔인한 논리
는 우리 역사에서 최고의 성군으로 꼽히는 '점잖으신 世宗大王님'을
화려한 용상에서 '韓國銀行券 百 원짜리'로 대체시킨다. 이는 '간 半
萬年, 올 半萬年'의 긴 시간은 한 군주에 의해 이룩된 것이 아니라

기실 '진종일 알발 벗고 성에 디디고 다니며' 살아 온 기층민의 노동에 의해 고달프게 진행된 것임을 말해 준다. 이와 같은 의식은 드문 경우지만 <뻔디기>와 같은 시를 낳고 있다.

　　예수의 손 발에 못을 박고 박히우듯이
　　그렇게라도 산다면야 오죽이나 좋으리오?
　　그렇지만 여기선 그 못도 그만 빼자는 것이야.
　　그러고는 반창고나 쬐꼼씩 그 자리에 부치고
　　뻔디기 니야까나 끌어 달라는 것이야.
　　「뻐억, 뻐억, 뻔디기, 한봉지에 십원, 십원,
　　비오는 날 뻔디기는 더욱이나 맛좋습네」
　　그것이나 겨우 끌어 달라는 것이야.
　　그것도 우리한테 뿐이라면 또 모르겠지만
　　국민학교 육학년짜리 손자놈들에게까지 이어서
　　끌고 끌고 또 끌고 가 달라는 것이야.
　　우선적으로, 열심히, 열심히 제에길!

변함 없이 기층민에게 적용되고 있는 현실의 논리를 통해서 위정자를 간접적으로 비판함으로써 서정주는 역사의 지속이 기층민의 '뻔디기 니야까' 끌기에 의해 지탱되었음을 다시 한번 강조하고 있다. '예수의 손 발에 못을 박고 박히우'는 구원된 삶을 가로막고 '반창고나 쬐꼼씩' 붙여주는 위선적 권력 구조에 이 시는 '제에길!'하고 욕설을 내뱉는다. 그러나 서정주가 궁극적으로 관심 하는 것은 사회 비판보다는 역사를 이끌어 온 우리들의 지혜와 힘이 어디에 있는가 하는 것이다. 삶을 지속시켜 온 무던한 끈기와 지혜를 잘 보여주는 또 다른 예로 <沈香>을 들 수 있다.

沈香을 만들려는 이들은, 山골 물이 바다를 만나러 흘러내려 가다가 바로 따악 그 바닷물과 만나는 언저리에 굵직 굵직한 참나무 토막들을 잠거 넣어 둡니다. 沈香은, 물론 꽤 오랜 세월이 지난 뒤에, 이 잠근 참나무 토막들을 다시 건겨 말려서 빠개어 쓰는 겁니다만, 아무리 짧아도 2~3百年은 水底에 가라앉아 있는 것이라야 香내가 제대로 나기 비롯한다 합니다. 千年쯤씩 잠긴 것은 냄새가 더 좋굽시요.

그러니, 질마재 사람들이 沈香을 만들려고 참나무 토막들을 하나씩 하나씩 들어내다가 陸水와 潮流가 合水치는 속에 집어넣고 있는 것은 自己들이나 自己들 아들딸이나 손자손녀들이 건져서 쓰려는 게 아니고, 훨씬 더 먼 未來의 누군지 눈에 보이지도 않는 後代들을 위해섭니다.

그래서 이것을 넣은 이와 꺼내 쓰는 사람 사이의 數百 數千年은 이 沈香 내음새 꼬옥 그대로 바짝 가까이 그리운 것일 뿐, 따뿐할 것도, 아득할 것도, 너절할 것도, 허전할 것도 없읍니다.

'數百 數千年'을 이어갈 거라는 믿음만이 '沈香'을 만들게 하는 힘이다. 미래에 대한 믿음이 없다면 沈香을 만드는 행위는 불가능한 것이며, 이를 통해 서정주의 의식 속에 자리잡고 있는 유구한 시간 의식을 확인할 수 있다. 그에게 沈香을 潮水가 合水치는 속에 넣은 사람과 그것을 꺼내 쓰는 사람 사이의 간격은 역사의 지속에 대한 분명한 믿음에 근거한 시간이기 때문에 '따분할 것도, 아득할 것도, 너절할 것도, 허전할 것도' 없이 '바짝 가까이' 접촉하는 행위로 의미화된다. 그런데 인간이 자신의 생명과 역사를 자식들에게 유전함으로써 감당해야 하는 인간만의 고통과 괴로움을 서정주는 놓치지 않는다. 그것은 사사로운 것이지만 결코 과장적이지 않기 때문에 강한 견인력을 갖고 있다.

자식에게 石工 노릇을 가르칠 때
龍 鳳이나 菩薩 아니면
좋은 꽃 구름이라도 한 송이
새겨 놓고 밤 맞이하는 걸 가르칠 걸,
내 워낙 머슴살이에 바빠 그걸 못 하여서
자식은 날마다 제 뼈다귀 울리며 돌만 쪼면서도
맨숭맨숭
네 모로
여섯 모로
맨 모만 새겨 놓고는
여기서 解放될 때는 그 갑갑증으로
불燒酒집으로 들어가서
누구의 멱살을 잡고
유리窓을 깨고
派出所로 들어가는 게 된다.
내가 서 있는 지게 진 머슴살이의 저승길에서도
환하게
派出所로 또 들어가는 게 된다.

<石工 其壹> 전문

내고향 아버님 山所옆에서 캐어온 난초에는
내 장래를 반도 안심못하고 숨 거두신 아버님의
반도 채 다 못감긴 두 눈이 들어 있다.
내 이 난초 보며 으시시한 이 황혼을
반도 안심못하는 자식들 앞일 생각타가
또 반도 눈 안 감기어 멀룩 멀룩 눈감으면
내 자식들도 이 난초에서 그런 나를 볼 것인가.

아니, 내 못보았고, 또 못볼 것이지만
이 난초에는 그런 내 할아버지와 증조할아버지의 눈,

또 내 아들과 손자 증손자들의 눈도
그렇게 들어있는 것이고, 들어 있을 것인가.

<故鄕蘭草> 전문

<石工 其壹>에서 머슴살이를 하던 애비가 저승길에서 머슴살이 때의 지게를 지고 자식 걱정을 하는 모습이나 <故鄕蘭草>에서 자식의 장래를 반도 안심 못하고 숨 거두신 아버지의 자식이 자신의 자식의 장래를 안심 못해 거듭 걱정하는 모습은 삶 속에서 생명과 더불어 변함 없이 유전되는 또 하나의 인간사를 말해 준다. '제 뼈다귀 울리며 돌만 쪼면서' 모난 것만 만들던 아들에게 '龍 鳳이나 菩薩 아니면 / 좋은 꽃 구름'처럼 아름다운 것을 만들도록 가르치지 못한 회한과 후회, '반도 눈 안 감기어 멀룩 멀룩 눈감으면' 자식들이 '나'를 생각할까하는 쓸쓸한 마음 또한 마찬가지이다. 인간의 역사가 변증법적으로 발전을 했든 그렇지 못했든 이러한 형태는 변함 없이 계속되어 왔고 앞으로도 계속될 것이다. 외할머니에서 어머니로, 할아버지에서 아버지로 그리고 나의 아들과 손자와 증손자에게로 계속되어지는 삶. 그것은 '五億三千二百萬年'을 하루라는 시간으로 요약할 수 있을 만큼 한결같이 반복 진행되어 왔던 것이다. 서정주가 생각하는 인간의 생명은, 그리고 그 생명을 지속시켜가기 위해 감당해야 하는 인간의 몫은 한 개인의 당대에서 끝나는 것이 아니라 유구한 역사의 선상에 위치해 있는 것이다.

(2) 현실 지향적 내세관

현실의 논리에 바탕하고 있는 역사의 지속성의 문제는 <石工 其壹>에 암시적으로 드러나 있는 것처럼 서정주의 내세적 사유와 접맥됨으로써 초역사적인 시간성으로 이어진다. 그런데 그의 내세관은 매우 현세적 의미가 내재해있다는 특징에 주목할 필요가 있다.

> 외할먼네 마당에 올라온 海溢엔요.
> 예순살 나이에 스물한살 얼굴을 한
> 그리고 천살에도 이젠 안 죽기로 한
> 신랑이 돌아오는 풀밭길이 있어요.
>
> 생솔가지 울타리, 옥수수밭 사이를
> 올라 오는 海溢 속 신랑을 마중 나와
> 하늘 안 천길 깊이 묻었던델 파내서
> 새각시때 연지를 바르고, 할머니는
>
> 다시 또 파, 무더기 웃는 청사초롱에
> 불 밝혀선 노래하는 나무나무 잎잎에
> 주절히 주절히 매여달고, 할머니는
>
> 갑술년이라던가 바다에 나갔다가
> 海溢에 넘쳐오는 할아버지 魂身 앞
> 열아홉살 첫사랑쩍 얼굴을 하시고
> <외할머니네 마당에 올라온 海溢 - 쏘네트 試作> 전문

외할머니와 해일 때문에 이미 죽은 외할아버지와의 魂交는 불교에서 영향받은 시인의 내세관에 의해 형상화된 것이라 할 수 있다. 내세관에 입각한 魂交 모티브는 서정주의 초기시인 <復活>에서뿐 아니라 그 이후의 <小戀歌> <깜정 水牛角製의 긴 비녀> <李朝辰砂> <海溢> 등의 시편에서 반복되고 있다.

이 시에서 할아버지는 해일의 뱉어냄에 의해 부활한다. 뿐만 아니

라 '예순살 나이'의 외할머니 또한 '새각시때 연지를 바르고' '청사초
롱에 / 불 밝혀선' 열아홉살의 젊음으로 되돌아가 스물한살의 신랑을
맞이한다. 새로운 생기와 젊음의 생생력은 재생의 일조건이다. 이와
같은 시적 상상력은 서정주가 지향하는 초월의 독자적 의미를 내포한
다. 서정주는 이 시에서 보여지는 것처럼 영원이라는 추상적 세계 속
에 구체화된 현실을 건설하고자 하는 야심을 갖고 있다. 죽음의 단절
을 넘어서 생생한 생명력을 되살려내는 시인의 초월 의식 속에는 이
율배반적이게도 '완강한 현실주의'가 함께 공존해 있다는 사실을 짐
작할 수 있다. 다만 관념이 아닌 육체성을 그대로 보존하며 실재하는
영원성의 세계. 서정주가 지향하는 초월은 현실성을 버제한 초월이
아니다. 그런 면에서 서정주는 영원주의자이면서 동시에 현실주의자
이다. 서정주의 시에서 반영된 내세적 사유에는 언제나 이와 같은 현
세적 삶이 그대로 수용되어 있다. 이를 통해 시인은 관념이 아니라
리얼한 삶의 지속으로서 내세관을 건립하고 있음을 알 수 있다. 이와
같은 내세관은 최근에 쓰여진 <당명왕(唐明王)과 양귀비(楊貴妃)와 모
란꽃이>162)에서도 발견된다.

    당명왕과
    양귀비와
    모란꽃이
    어느날
    함께
    열반 극락에 들어가 보자고
    하늘로 하늘로 솟아올라 갔는데,

---

162) 서정주(1997), 『80소년 떠돌이의 詩』, 시와 시학사.

    당명왕과 양귀비는
    구름 엉킨 언저리에서
    동침(同寢)하고싶어
    다시 땅으로 내려와
    방으로 들어가버리고,

    모란꽃은 시들어 떠러져서
    그 꽃빛만이 더높이 날아올라서
    해와 달과 별들옆을 감돌고있었는데,

    그 마음씨만은 아주나 自由라놓아서
    그 빛갈까지 다 벗어 던져버리고
    색계(色界)와 무색계(無色界) 넘어
    열반에 들어 자취도없이 앉어계신다.

　　서정주 시의 궤적이 불연속에서 연속으로, 단절에서 지속으로, 유한에서 영원으로 이행해 가는 과정이라면 이는 한 마디로 色界에서 無色界로 초월해 가는 과정이라 말할 수 있다. 그런데 이 시는 無色界 너머 열반의 세계에 관심하고 있음을 볼 수 있다. '빛깔까지 다 벗어 던져' 버린 '모란'은 앞서 살펴 본 작품 <因緣說話調>의 모란이 모란꽃 → 재 → 강물 → 전날의 모란꽃으로 변신해 가는 것과는 달리 '자취도없이' 존재한다. 이는 인간의 육체성을 상징하는 '피'의 정화 과정이 시인의 관념 속에서 마지막 단계에 이르고 있음을 나타낸다. 부피와 무게를 덜어버린 무형의 존재를 통해서 시인은 더 이상 인연의 순환성에 집착하지 않음을 보여주고 있는 것이다. 그의 영원주의는 여기서 다시 한번 변화의 조짐을 보여주고 있는 것이다.

　　그런데 이 시는 또 다른 의미에서 재미를 준다. 2연의 내용이 그것이다. 열반을 이야기하면서 동시에 동침하고 싶어 방으로 들어가 버린 당명왕과 양귀비의 色界를 내보이는 의도는 무엇인가? 이러한 욕망의 극한점, '구름 엉킨 언저리'로부터 상상되어지는 情事의 생생력을 영원의 한 순간으로 포착하고 있다는 생각이 든다. 서정주의 시세계가 '생명'에 대한 끊임없는 탐구라는 점에서 그가 이루고자 하는 시적 초월이 이와 같은 생명감에 충분히 유혹될 수 있음을 짐작할 수 있다. 그가 열반을 이야기하면서 인간의 생생력을 다 유실시키지 않는 까닭이 여기에 있다.

허무와 내세적 사유는 죽음 앞에서 인간이 감당해야 하는 슬픔의 크기와 비례해서 생겨난다. 그러나 서정주의 경우는 허무주의적 인생관보다는 건강하고 현실적인 내세관에 기울어져 있는 편이다. 따라서 그의 시는 비탄에 빠지지 않는다. 지속적 시간에 대한 믿음으로 삶과 죽음의 단절을 뛰어넘고자 한다. 오랜 정신의 단련을 통해서 그에게 이승의 한과 죽음에 대한 공포는 가벼운 것이 된다.

> 「저승에 들어서 노자나 있느냐」고
> 진달래 핀 山에서 육자배기 들리네.
> 저승에 들어서도 노자 없기는
> 옛날이나 지금이나 마찬가지 아닌가.
> 육자배기 배쌌으로 사공아 건너세.
>
> <노자 없는 나그넷 길> 부분

죽음의 강을 건너가는 혼령은 일평생의 가난을 저승까지 가져가지만 그 마음 자세는 가볍고 여유롭다. '육자배기'는 곡조가 활발한 특성을 지닌 잡가이다. 이 시의 시적 자아는 죽음의 문턱서 '노자 없는 나그넷 길'을 밝고 쾌활한 '육자배기 배쌌'으로 넘어가고 있는 것이다.

　서정주는 역사 속에서 이루어지는 변화와 발전에 대해 별로 관심하지 않는다. 만일 그가 그러한 문제에 관심을 기울였다면 그의 시는 당연히 사회 비판이나 저항의 목소리를 드러냈을 것이다. 서정주의 역사관의 핵을 이루는 것은 변화보다는 '지속'이다. 현실의 무수한 문제들을 싸안고 생명을 유전하는 지속력을 그는 가장 평범한 서민적 삶으로부터 체득해 온 것이다. 서민적 삶의 태도가 일견 수동적이거나 무력해 보이는 것은 사실이다. 그러나 현실에 대해 방도를 찾을 수 없는 서민들에게 이러한 삶의 형태는 자연스러운 것이며, 스스로 위안 받을 수 있는 서민 나름대로의 방식인 것이다. 서정주는 무력한 서민적 삶의 형태 속에서 오히려 역사를 이끌어 가는 질긴 생명의 힘을 보고 있는 것이다. 이러한 역사관은 그에게 현실에 대응하는 방식과 혜안을 마련해 준다. 서정주의 지속적 시간 의식에 비추어 볼 때 그의 "영원은 영원 그 하나만으로 독립된 영원이 아니다. 현실의 지상을 토대로 하여 바라보는 영원이며 현실로만 경도됨을 막는 緩衝으로서의 영원인 것이다."[163] 그의 현실주의는 이와 같은 맥락을 바탕으로 이해되어야 할 것이다.

---

163) 이영희, 徐廷柱 詩의 時間性 硏究, 『국어국문학』(95호), (1986.5).

6. 시적 상상력의 변모 과정

　서정주는 시의 양이나 질적인 면에서 한국 현대시사에 가장 큰 봉우리를 차지하고 있는 시인으로, 일제 식민지 시대부터 해방과 6·25, 유신체제 등 우리 근대사의 격변기를 겪으면서 長壽의 美學을 건립한 장본인이다. 그의 시가 오랜 세월을 지나는 가운데 이루어진만큼 그 상상력의 질서는 매우 복잡하게 구성되어 있으며 시적 변모 또한 다양한 전개를 보여 준다.

　본 연구는 서정주 시에 나타난 상상력의 변화를 밝히는 데 초점을 두고, 시를 구성하는 중심 원리 가운데 시적 자아, 공간, 시간의 유기성을 의식 현상학의 입장에서 분석하는 데 주력하였다. 아울러 시인의 의식 변모 과정을 살피는 데 통시적 변모 또한 감안하여 본론의 각 장을 구성하였다. 한 시인의 상상적 전개를 살펴보기 위해서는 시의 개별 요소에 대한 탐구보다는 그것을 포괄할 수 있는 종합적 개념이 필요하며, 따라서 시적 자아·공간·시간이 시인의 의식성을 가장 큰 범주에서 드러내줄 수 있는 토대라 생각하였다. 시적 자아는 어조와 목소리 등에 의해 시인의 의도나 시적 정황을 실현시키는 주체인 동시에, 시적 공간과 시간을 주도하고 거기에 구체성을 부여하는 주체이기도 하다. 그런 면에서 '인간'이 배제된 시적 공간과 시간은 존재할 수 없다. 한편 인간 삶의 근원적 조건으로서 공간과 시간은 분리된 것이 아니라 융화되어 개인의 의식에 통일성을 부여해주는 동일한 전제이다. 공간이 가시적이고 시간이 비가시적이라는 점에서 둘을 지각하고 감각하는 경험의 양태는 차이를 가질 수 있다. 그러나 이들에 의한 의식 작용은 상보적이며 그런 점에서 둘은 相似性을 갖는다. 기존의 연구들은 서정주 시에 나타난 시적 자아, 공간, 시간의 유기적 관계성을 유보한 채 이들을 개별적으로 검토하고 있다는 점에서 어느 한 부분에 치중하여 시세계의 의미를 밝히고 있다고 생각한다. 본 연구는 이러한 점에 착안하여 보다 유기적 의미 변화를 드러내는 데 집중하였다.

서정주의 초기시에서 시적 자아는 주로 동물적 이미지에 의해 표출되고 있다. 동물적 자아의 과도한 에너지는 긍정적으로 확산되지 못한 채 병적 자아의 내부로 굴절됨으로써 세계와 자아간의 치열한 갈등을 내포한 비극적 세계 인식을 드러내 준다. 인간의 존재 방식을 동물적 이미지로 해석하는 데는 합리적 사유로 초월할 수 없는 쾌락의 끌림과 욕망의 좌절을 동시에 체험해야하는 아이러니적 존재로서의 인간관이 자리하고 있다. 동물적 자아는 인간의 내면 속에 잠재해 있는 본능을 드러냄과 동시에 그러한 본능이 해소될 수 없는 비천한 삶의 조건을 말해 주는 것이다.

동물적 자아의 내면에서 서로 충돌하고 있는 금기와 위반, 충동과 억압, 동경과 좌절 등의 대립적 가치들은 '벽'의 이미지가 환기하는 '감금' '구속' '막힘'이라는 공간적 특질로 구체화된다. 욕망의 실현이 불가능한 세계 속에서 자아는 어디로 나아가야 할지 그 방향을 상실하게 되며 심리적으로는 폐쇄적이고 구심적 태도를 유지하게 된다. 이와 같은 시적 자아의 상태는 세계로부터의 소외와 단절의 심리를 대변해주는 공간 이미지들을 생성해낸다. 감금의 공간은 자아의 존재성에 대한 부정의식과 결부되면서 공간의 소멸이라는 의미 맥락으로 다시 심화된다. 텅빈 공간은 '없음'에 대한 허무 의식을 반영하고 있는데 이를 통해서 세계 내에서 그 존립성이 위협받고 있는 시인의 의식성을 확인할 수 있다. 본래적 자아로서의 생존이 불가능한 공간 속에서 인간 존재는 왜곡된 상태로 존재하게 되는 것이다.

서정주의 초기시에 나타난 공간적 특질이 '감금'과 '상실'로 요약된다면 시간은 정지, 멈춤, 고임, 반복, 망각 등으로 나타난다. 시간은 변화되지 않은 채 동일함을 반복함으로써 삶의 운동성을 무력화한다. 이와 같은 시간의 질은 현재와 미래가 단절되어 있다는 불연속적 시간 의식을 함의한다. 이는 역으로 과거에 대한 회귀 의식이나 집착으로 드러나기도 한다. 그러나 서정주의 초기시에 나타나는 '과거의 현재화'는 현재의 부조리하고 결핍된 상황의 또 다른 표현일 뿐 진정한 의미에서의 시간적 유대나 지속으로 보기 어렵다.

해방 이후의 시편에서 시적 자아는 고립으로부터 벗어나 '우리'라는 복수 개념의 자아로 확대된다. 초기시에서 보여졌던 갈등과 방황, 울부짖음, 자기 부정, 격렬한 관능적 도취 등이 급격히 사라지는 현상이 나타나며 이때 세계와 자아의 관계는 단절이 아니라 동일성 (identity) 회복으로 나아간다. '우리'라는 공유적 심리는 일상의 보편적 삶을 긍정함으로써 세계와 자아간의 화해적 논리를 만들어 내는 단초라 할 수 있다.

해방 이후 너와 나의 대타적 관계가 '우리'의 관계로 변화하면서 서정주의 시적 공간도 '나'를 가두던 폐쇄적 공간에서 소통의 공간으로 확장된다. '壁'에 갇혀 있던 시적 자아는 지상과 천상 사이에 경계 공간을 설정함으로써 단절된 의식성으로부터 벗어나고자 한다. '하눌ㅅ가'로 요약되는 수직적 경계의 공간은 '新房'이나 '다락'과 같은 매개적 공간 이미지를 파생시킴으로써 신랑과 신부, 지상과 천상, 삶과 죽음 등 서로 이질적인 것들을 융화하여 새로운 생명을 탄생시키는 모성적 공간의 의미를 생성해낸다. 또한 '하눌ㅅ가'는 '물'의 심상과 결합되어 나타나는데, 물의 유동성과 순환의 원리는 지상에서 하늘로의 수직적 상승을 가능케 하는 부드러운 힘의 원천으로 작용하고 있다. 물로 된 하늘은 건강한 생명의 탄생을 돕는 양수와 등가의 의미를 내포한다.

서정주의 초기시에서 보여졌던 시간의 특질이 정지, 멈춤, 고임, 반복 등에 의한 정체된 시간성을 보인다면 그 뒤를 잇는 시인의 시적 상상력은 이러한 시간성을 벗어나기 위한 노력과 관련된다. 공간의 폐쇄성으로부터 벗어나기 위해 이질적인 것들이 소통하는 경계 공간을 설정한 것처럼 정체된 시간을 파괴하기 위해 시인은 대변혁의 순간을 감행한다. 서정주의 시에서 '벼락과 海溢의 우주적 開闢'은 카오스에서 코스모스로 넘어가는 입사(initiation)의 과정이라 할 수 있다. 따라서 개벽의 순간은 파괴와 생성이 동시에 이루어지는 존재 전환의 시간성을 함축한다. 개벽의 순간을 암시하고 있는 시적 이미지들은 그 순간에 치러지는 우주적 '진통'을 구체화한다. '벼락과 海溢'의 소용돌이를 치른 후에 생명의 '開花'와 존재의 '사랑'이 창조된다.

해방기를 지나 6·25 전쟁 이후의 시편들에서 '우리'라는 공동체적 유대 관계로 확대되었던 시적 자아는 다시 한번 보다 넓은 범주로 나아가고 있다. 6·25 이후부터 서정주는 자아와 세계간의 문제 보다는 인간 자체의 실존성에 대해 더욱 관심을 기울이고 있다. 인간을

구속하는 한계상황으로부터의 자유와 초월 의지는 변신의 욕망으로
표출된다. 이때부터 서정주는 우리 민족의 역사나 전통 설화에 대한
본격적인 관심을 갖게 되는데 설화적 인물의 다양한 탈(mask, persona)
을 수용하고 있다는 점도 중요하지만 더욱 관심을 끄는 것은 한 편의
시 속에 나타난 시적 자아가 다양한 은유를 통해서 모습을 바꾸고 있
다는 점이다. 변신의 일차적 목적은 인간의 육체성이 감내해야 하는
고통으로부터 벗어나고자 하는 데 있다. 시인은 인간의 육체성을 일
종의 '병'으로 간주하고, 병의 치유의 과정으로 자아 변신을 시도한
다. 이로 인해 생성되는 변신 은유들은 주로 공중에 퍼져있는 빛이나
공기적 이미지에 의해 구체화된다. 공기적 이미지들에 의한 육신의
무형화는 존재를 가장 자유로운 상태에 이르게 하고자 하는 의식의
소산이다. 따라서 시적 자아의 변신 은유는 욕망과 고통에 사로잡혀
지상의 삶에 고착될 수밖에 없는 인간의 숙명적 한계를 벗어나 우주
에 자유롭게 편재하는 초월적 인간상을 창조해낸다.

시적 자아의 다양한 변신은 그 변신체들이 머무를 수 있는 다양한
공간을 요구한다. 따라서 시적 공간 또한 한 가지 형태로 귀착되지
않고 시적 자아의 변신과 유기적 연관을 맺으며 유동적으로 변화한
다. 이때 시적 공간은 세우다 / 허물다, 채우다 / 비우다라는 운동성에
의해 의미화되며, 사물의 크고 작음의 顚倒 현상을 보이고 있다. '절
깐'으로 표현되고 있는 경계 공간의 세우기와 허물기를 통해 자유 의
지를 드러내고 있으며 '피리' '사발' '金가락지'와 같은 작은 공간 속
에 만유를 응축시키고 이를 다시 풀어내는 순환 과정을 통해서 존재
의 영원한 생명성을 드러내고 있다.

시적 자아의 다양한 변신과 경계 공간의 해체 과정은 인간을 구속
하는 여타의 것으로부터 스스로를 구원해내려는 의식의 지향성을 나

타낸다. 따라서 인간의 본질을 須臾的 존재로 인식한 시인은 새로운 시간의 질서를 시로 형상화한다. 서정주의 영원주의가 그것이다. 그의 시에 반복적으로 드러나고 있는 불교적 인과론에 입각한 윤회적 순환은 변신 은유의 연쇄적 결합에 의해 시인이 지향하는 영원한 시간을 구조화한다. 이와 더불어 영원의 감각화·사물화를 통해 시인은 추상적 시간 개념을 구체화하는 데 성공하고 있다.

대부분 시인들의 상상력 단계가 초월성을 이룩하는 데서 끝난다면 서정주의 시세계는 여기서 한 걸음 더 나아가는 특이성을 보인다. 그 특이성은 초월적 세계가 현실과 분리된 피안에 존재해 있는 것이 아니라 바로 현실 자체에 내재해 있다는 인식에 의해 형성된다. 시인은 聖의 세계와 俗의 세계를 뒤섞어 놓음으로써 범속한 인간 삶의 현실적 토대를 옹호함과 동시에 그 속에 은폐되어 있는 신성한 의미를 복원시키고 있다.

聖과 俗이 하나라는 인식은 전능적 자아의 자유분방한 목소리에 의해 전달된다. 시적 자아의 육신을 자유롭게 변신시키는 일련의 은유적 단계를 지나면 그러한 변신의 과정은 생략되고 시를 주도하는 화자는 대부분 모든 시적 사건의 전모를 잘 알고 있는 전능적 자아의 모습으로 등장한다. 전능적 자아는 변신 은유의 단계에 있는 시적 자아보다 한 차원 더 자유로운 성격을 지닌다. 전능적 자아는 세상사를 꿰뚫어 보면서 자신에게 부여된 능력과 자유 속에서 모든 것을 통어한다. 따라서 그는 다중 인격으로서 삶에 대응한다. 전능적 자아가 환기하는 인생 태도는 다분히 낙관적이고 유희적이다. 전능적 자아는 聖과 俗을 넘나들며 이 두 세계를 하나의 차원으로 평균화한다. 즉 범속한 것은 신성한 것으로 격상시키고, 반면에 권위적이고 신성한 것은 범속한 것으로 격하시킴으로써 보다 친근한 것으로 그 거리

(distance)를 조정한다. 이러한 시적 자아의 거리 조정은 서민적 삶을 옹호하는 시인의 의식을 반영한다.

전능적 자아에 의해 창조된 시적 공간은 聖과 俗이 하나로 융화되어 동일한 차원으로 조응하는 공간이다. 서정주의 시에서 간통, 실패, 여인네의 恨 등 세속의 잡사는 '하늘'의 맑은 기운과 서로 상통하는 천인합일의 공간 속에 자리해 있다. 이와 같은 공간의 조응 양상은 생활 공간의 때와 오물을 정화하는 시인의 상상력에 의해 구체화된다. 시인은 '때'로 더럽혀진 생활 공간뿐 아니라 오물로 뒤덮여 있는 '똥통'을 하늘이 비치는 '明鏡'의 이미지로 형상화함으로써 비천한 세계와 신비한 세계의 차이성을 무화시킨다. 따라서 인간 존재가 살아가면서 감내해야 하는 고난과 한은 이러한 공간 속에서 새로운 의미를 획득하게 된다. 고난과 恨으로 얼룩진 삶의 비천함은 질박한, 혹은 영웅적인 삶을 노정하는 신성한 삶의 과정으로 격상하고 있는 것이다.

이러한 공간으로부터 표출되는 '영원성'은 더 이상 하나의 관념적 지향이기를 멈춘다. 서정주의 영원주의는 인간의 역사와 생활이라는 현실적 국면과 접목하는 단계로 나아간다. 聖과 俗이 하나의 공간으로 융화되듯이 피안의 세계에 존재해 있는 영원한 시간은 여기에 이르러 현실적 의미로 실제화되고 있는 것이다. 역사와 현실의 측면에서 시인은 '지속'의 시간 개념을 강조면서 위기를 극복하는 생활의 지혜를 시로 표현하고 있다. '지속'의 개념이 시인의 새로운 영원주의와 결부될 때 '영원'의 시간성은 범속화되어 나타나며, 현실의 논리에 바탕한 역사의 지속성의 문제는 서정주의 내세적 사유와 접맥됨으로써 초역사적인 시간성으로 이어진다. 그의 내세적 사유를 가장 잘 드러내주는 '魂交' 모티브 속에는 色界의 생생력을 그대로 유지하고

있는 생명감이 깃들여 있다. 즉 그는 無色界의 열반을 이야기하면서
동시에 인간 삶이 내포하고 있는 생명감을 전혀 유실시키지 않는다.

지금까지 살펴본 본론의 내용을 통해서 서정주는 다른 시인들에
비해 매우 다양한 시적 자아를 내세움으로써 자신의 인생관과 세계관
의 변화에 따라 대처하는 다채로운 인간상을 제시하고 있음을 알 수
있다. 그의 시적 자아는 세계와 자아간의 갈등을 첨예하게 드러내는
병적 자아의 비극성에서 출발하여 공유 의식을 기반으로 하는 '우리'
로, 인간의 근원적 존재 방식을 초월하고자 하는 다양한 변신체로, 자
유자재한 전능적 자아로 변모한다. 시적 자아의 변모 과정을 볼 때
서정주의 시는 비극적 세계로부터 출발하여 낙관적인 세계에 이르게
되는 역동적 여정이라 할 수 있다.

서정주의 시적 자아의 변신은 인간 삶의 구체적 국면에 대응하는
시인의 의식을 드러낸다. 서정주의 시적 자아가 지상에 엎드리거나
기어다니는 동물적 이미지로부터 출발하고 있는 데서 알 수 있듯이
시인은 인간이 본질적으로 내포하고 있는 '육체성'을 우선적으로 문
제 삼고 있으며, 이러한 문제 의식은 그의 후기시에 이르기까지 시적
자아의 목소리를 통해서 일관되게 표출된다. 서정주가 내세우고 있는
다양한 시적 자아들은 불화, 가난, 사랑, 이별, 恨, 떠돎, 죽음과 같은
구체적 생의 문제를 육체적 존재로서 인간이 어떻게 감내하고 극복할
수 있는가를 집요하게 천착하고 있다. 따라서 그의 시적 자아의 다양
한 변이태들은 구체적 현실 상황 안에서 인간 존재가 지닌 삶의 무게
를 여과해내는 과정과 동일한 의미를 갖는다. 서정주의 상상력은 지
속적으로 인간의 한계상황을 말해주는 육체의 부피와 무게를 덜어냄
으로써 자신의 의식 속에 있는 자유 의지를 확대해 간다. 그리고 최
종적으로는 세계 자체를 자신의 자유 의지대로 통어할 수 있는 낙천

적이고 전능한 자아의 위치를 획득하게 된다. 서정주의 시가 줄곧 인간이 근원적으로 안고 있는 '육체성'을 물음 삼고 있는 것처럼 그의 시적 공간 또한 인간의 육체성을 극복하기 위해 움직여 가는 시인의 상상력과 맞물리면서 창조된다. 서정주의 공간은 감금, 구속, 막힘 등으로 요약되는 방향 상실의 공간으로부터 출발하여 수직적 세계로, 생명체의 들숨과 날숨처럼 팽창과 수축을 영원히 반복하는 우주적 공간으로, 다시 우주적 공간과 합일된 일상의 생활 공간으로 변모한다. 공간의 변모는 감금에서 개방으로, 수평에서 수직으로 나아감으로써 무한으로 확장되는 과정을 보여 준다. 지상과 천상의 이원성을 초극하고 우주와 현실 공간을 하나로 소통시킴으로써 모든 방향성으로부터 자유를 획득하게 되는 일련의 과정은 그의 시적 공간이 이미 주어져 있는 것이 아니라 의식 속에서 창조 과정을 거듭하면서 유동하는 공간임을 말해 준다.

서정주의 시적 시간은 단절의 심연을 연결하여 영원성을 향해 나아간다. 서정주의 시간은 세계와 단절을 뜻하는 불연속적 시간 체험으로부터 출발하여 이를 극복하기 위한 입사(initiation)의 순간으로, 존재 전환의 순간은 영원한 우주적 순환의 시간으로, 영원성은 다시 역사의 '지속'으로 현실화된다. 시간의 변모는 단절에서 지속으로, 순간에서 순환으로, 존재의 수유적 시간에서 영원으로 그 유대성이 강조되면서 점차 인간의 유한성을 초월해 가는 과정을 나타내고 있다. 서정주의 불연속적 시간 체험의 이면에는 단절적 시간으로부터 벗어나고자 하는 갈망이 강하게 내포되어 있으며 시간의 지속성과 유대감을 회복하려는 의지가 담겨져 있다. 이런 점에서 그의 입사(initiation)의 순간은 단절을 벗어나 '지속'의 시간으로 나아가고자 하는 하나의 과정이며 이러한 과정을 통해서 영원의 시간성을 획득하게 되는 것이다. 따라서 서정주의 시간 의식은 불교적 인과론이나 내세관, 역사의 유전 등에서 강조되고 있듯이 궁극적으로 영원의 순환적 구조를 향해 있다고 할 수 있다.

시적 자아와 공간, 시간의 구조를 살펴볼 때 이 셋이 동일한 의미를 생산해내고 있음 알 수 있다. 시적 자아의 변화는 곧 공간과 시간의 변화를 뜻하며 이들은 서로의 의미를 부연해줌으로써 시의 맥락을 총체화한다. 시적 자아와 공간, 시간의 유기적 관계를 통해서 서정주의 시세계가 세계와 자아간의 갈등과 화해라는 대타적 문제에서 인간 존재 자체의 근원성을 탐색하는 방향으로 나아가고 있음을 볼 수 있다. 서정주는 인간 존재가 안고 있는 생의 무거움을 시의 출발선상에서부터 철저히 인식했던 시인이다. 따라서 그의 상상력과 의식을 지배했던 것은 인간의 숙명적 비극으로부터 벗어날 수 있는 초월의 방식이라 할 수 있다. 그는 자연과 우주의 거대한 질서 속에서 초월의 방식을 발견해내고 있으며, 이를 인간의 구체적인 삶과 결합시킴으로써 인간과 우주의 생명력을 동일화하는 동양적 사유를 시로 형상화하고 있다.

서정주의 시가 지금까지도 시적 긴장력을 가지고 장수의 미학을 건립할 수 있었던 것은 인간 본질이 내포하고 있는 생명적 에너지의 역동성을 예리하게 포착함으로써 자신의 사상이나 관념의 세계를 시로써 생생하게 형상화하고 있기 때문이다. 따라서 그의 시는 인간 삶의 과정과 마찬가지로 역동적 움직임과 변화를 거듭하면서 창조된다. 그러는 가운데 삶의 모든 요소를 포용하고 그것을 긍정과 화해의 장으로 승화시킴으로써 삶에 대한 시각을 보다 확장해 갈 수 있는 깊이의 세계를 열어준다.

2부

목월 시에 나타난 공간의식

1. 목월의 상상력을 포괄하는 '길' 이미지

　　1939년 <文章>誌를 통해 본격적인 작품활동을 시작한 박목월은 1978년 타계하기까지 여러 권[1]의 시집과 산문집을 출간하였으며 이와 더불어 동시 창작, 詩誌 발행 등 활발한 문학활동을 전개하였다. 40여 년 간의 詩作 활동을 통해 이 땅에 그가 남긴 문학적 유산은 서정시의 기반을 확고히 하는 데 크게 기여했을 뿐 아니라, 다양한 시적 변용을 보여줌으로써 현대시의 방법적 가능성을 제시하고 있다는 점에서 큰 의의를 갖는다. 시에 대한 끊임없는 실험정신 속에서 이루어진 시의 다양한 변모만큼이나 박목월 시에 대한 이제까지의 연구들은 여러 가지 방법적 접근을 통해 다양한 해석과 평가를 보여 주었다. 기왕의 논의들을 몇 가지 관점에서 요약·정리해보면 다음과 같다.

　　첫째, 시의 제재나 주제, 의미에 대한 연구로 지금까지 가장 풍성

---

1) 『靑鹿集』, (乙酉文化社, 1946)·『山桃花』, (英雄出版社, 1955)·『蘭 其他』, (新丘文化社, 1959)·『晴曇』, (一潮閣, 1964)·『慶尙道의 가랑잎』, (民衆書館, 1968)·『어머니』, (三中堂, 1968)·『無順』(三中堂, 1976)·그 외 유고시집 『크고 부드러운 손』, (영산출판사, 1979)과 『소금이 빛나는 아침에』, (文學思想社, 1987) 등이 있다.

한 성과를 거둔 연구작업이라 할 수 있다. 박목월 시의 제재 연구는 주로 자연에 관한 논으로 집약되는데 김동리2)는 향토성을 바탕으로 자연의 심상이 전개되고 있다고 지적하였으며, 아울러 특이성에 사로잡혀서 자연의 일반적 보편적 성격과 거리를 멀리하는 결과를 초래하였다는 부정적 견해도 밝히고 있다. 김동리의 두 지적은 동양적 자연과 상징적 자연이라는 상이한 관점으로 심화되어 다른 연구자들에게 영향을 주었다. 최창록3)은 동양적 자연을 시에서 계승·발전시켰다고 보았으며, 김용범4)은 박목월의 시적 변용 과정을 동양적 자연관의 인식과 변용으로 정리하고 있다. 반면 정창범5)은 상징화된 환상적 자연으로 해석하였으며, 김우창6)은 목월의 자연을 감정에 채색되어 있는 주관적 세계로 보고 자연과 인간의 진정한 혼용의 소산이 아니라, 주관적 욕구에 의하여 꾸며낸 '자기 만족의 풍경'이라고 비판하고 있다. 정한모7)는 한국의 자연과 정서에 현대적인 생명을 불어넣었다고 설명하고 목월의 자연을 心魂의 自然"으로 해석하고 있다. 이와 다른 각도에서 조상기8)는 자연의 의미를 전 작품 속에서 조망하고, 목월시의 진정한 자연의 의미를 '自然과 人生의 一元化'에서 찾고 있어 김우창과 상반된 견해를 보여주고 있다.

시의 주제나 의미에 대한 연구는 시 정신이나 시적 정서를 추적한 글, 시 전체를 대상으로 시적 변용 과정의 의미를 해명하고자 한 논의 등으로 살펴볼 수 있다. 서정주9)는 목월의 시적 정서를 '鄕土 및

---

2) 김동리(1952), 自然의 發見, 『文學과 人間』, 청춘사, PP.60~68.

3) 최창록, 靑鹿派에 있어서의 自然의 解釋, 『現代文學』, (1971.10)

4) 김용범(1983), 東洋的 自然의 認識과 變容, 『木月文學探究』, 民族文化社.

5) 정창범(1983), 朴木月 詩의 詩的 變容, 『木月文學探究』, 앞의 책.

6) 김우창(1977), 韓國詩의 形而上學, 『궁핍한 시대의 詩人』, 民音社.

7) 정한모(1973), 靑鹿派의 詩史的 意義, 『現代詩論』, 民衆書館.

8) 조상기(1980), 朴木月論, 『韓國文學研究』, 제3집.

南方情緒'로 김종길10)은 '鄕愁'로 지적하고 있으며 윤재근11)은 '詩永言'과 '詩言志'로 시정신을 가늠하여 목월의 시가 환상적이고 감성적인 차원에서 삶의 다양성을 수용하는 사유적 차원으로 전환되었다고 보고 있다. 김열규12)는 시적 정서를 '슬픔'으로 보고, 목월의 한을 "解恨 다음에 또는 解恨과 더불어 오는" 恨으로 설명하고 있다. 그 외에 목월의 시적 정서나 시정신을 외로움13), 담백한 리리시즘14) 등으로 보는 견해도 있다. 최근에 나온 김용희15)의 논문은 목월의 시적 정서의 핵심을 '동심'과 '목마름'으로 지적하고 이 둘의 상관관계를 통해 개인의 의식 속에 비추어진 삶의 본질적인 문제를 검토하고 있다.

"변모의 시인"16), "가장 실험적이고도 견실한 시정신을 유지한 시인"17)이라고 할 만큼 목월의 시는 다양한 실험과 모색으로 이어지고 있기 때문에 그 변용 과정을 규명하는 것은 중요한 의의를 갖는다. 많은 연구자들이 변용 과정의 양상에 대해 언급하고 있으나 구체적이고 체계적으로 다룬 논의는 소수에 불과하다. 이에 대한 논의들은 주로 시집 발간 순서에 따라 내면세계의 변모를 중심적으로 다루고 있는데 논자에 따라 시기 구분을 조금씩 달리하고 있다. 예를 들어 권명옥이나 윤재근은 2기18)로, 신동욱이나 이승훈은 3기19)로, 김동리나

---

9) 서정주(1969), 朴木月의 詩, 『韓國의 現代詩』, 一志社.
10) 김종길, 鄕愁의 美學, 『文學과 知性』, (1971. 가을호)
11) 윤재근, 木月의 詩世界, 『現代文學』, (1978.6)
12) 김열규, 和解된 슬픔의 詩學, 『心象』, (1983.4)
13) 신동욱(1978), 朴木月의 詩와 외로움, 『冠嶽語文硏究』, 제3집.
14) 문덕수, 朴木月論, 『文學春秋』, (1965.6)
15) 김용희(1985), 朴木月詩硏究, 경희대석사논문.
16) 김윤식·김현(1984), 『韓國文學史』, 民音社, P.280.
17) 오탁번(1976), 靑鹿集의 方向과 意味, 『現代文學散藁』, 고대출판부, P.154.
18) 권명옥은 木月의 詩를 초기와 후기로 나누고 주로 초기시의 리듬의식을 중심으로 논의를 전개하고 있다.(木月詩硏究, 한양대석사논문, 1983).
    윤재근(1978), 앞의 책.

김재홍은 5기[20]로 각각 분류하고 있다. 연구자마다 이처럼 분류의 차
• 이를 보이고 있으나, 논의의 전개가 자연탐구 → 인생탐구 → 자아탐구
→ 존재탐구 → 신앙탐구[21]의 순서를 크게 벗어나지 않는다. 이와 더
불어 80년대 들어서면서 주제의 변용 과정에 대한 석사학위 논문[22]
이 여러 편 발간되어 체계적인 논의의 진전을 보여주고 있다.

박목월 시에 대한 연구의 두 번째 유형으로는 시의 형식적 면에
치중하여 작품의 미와 의미를 탐구하는 논의들이 있다. 형식적 측면
의 탐구는 박목월 시에 나타난 음악성, 이미지나 상징, 시 전체의 구
조적 특성을 밝히는 문제로 정리할 수 있다. 목월시의 운율적 특성은
일찍이 정지용[23]과 조지훈[24]에 의해 민요조의 리듬을 현대적인 안목
으로 계승한 것이라고 지적된 바 있다. 이러한 지적을 토대로 자수율,
율조, 리듬의식[25] 등을 구체적으로 밝히는 작업이 진행되었는데 특히
권명옥은 목월의 시가 7·5조 3음보를 기본 metre로 하며, 독립체언
의 行末配列과 이미지와의 완벽한 일치를 보여준다고 지적하여 목월
시의 개성과 미감을 밝히는 데 큰 성과를 거두었다. 그러나 음악적 요
소에 대한 검토가 주로 초기 시에 치중되어있다는 점이 문제로 제기

---

19) 신동욱(1978), 앞의 책.
　　이승훈(1983), 朴木月의 詩世界, 『木月文學探究』, 앞의 책.
20) 김동리, 木月詩의 秘密과 强點, 『現代文學』, (1978.6)
　　김재홍(1986), 『韓國現代詩人研究』, 一志社.
21) 김재홍(1986), 앞의 책.
22) 이희중(1985), 朴木月詩研究, 고려대석사논문.
　　왕수완(1986), 木月의 詩世界研究, 경남대석사논문.
　　조의홍(1986), 朴木月詩研究, 동아대석사논문.
23) 정지용, 詩選後, 『文章』, (1940.9), P.94.
24) 조지훈(1955), 跋文, 『山桃花』, 英雄出版社.
25) 김종길(1974), 『眞實과 言語』, 一志社.
　　이기철, 抒情詩의 形態的 勝利, 『現代文學』, (1976.6)
　　권명옥(1984), 앞의 책.

될 수 있는데, 조두섭26)의 논문은 율격의 변모를 초기시에서부터 『慶
尙道의 가랑잎』까지 검토하여 전통적인 율격장치가 시의 심층에 기저
원리로 일관되고 있음을 규명하고 있어 율격연구에 진전을 보여주고
있다. 또한 김현자27)는 의성·의태어를 통해 목월 시의 음성상징의 특
성을 밝히고 있다.

　이미지와 상징에 대한 연구는 다른 연구에 비해 대단히 적은 편인
데, 박운용28)은 구름, 달, 비와 눈, 바람, 별빛 등 자연 이미지를 중심
으로 시적 변용 과정을 검토하고 있으며, 김형필29)은 동시에서부터 신
앙시에 이르는 시적 변모를 심상구조와 상징체계를 분석하여 목월시
의 총체적인 구조와 의미를 밝히고 있다. 서경온30)은 감각적 이미지
분석을 통해 목월 시의 독특한 정서와 미감을 설명하고 있다.

　구조적 특성을 밝히는 연구는 앞에서 제시한 김형필의 논문 이외
에 이승훈31), 이상호32)의 연구가 있는데, 이승훈은 화자·대상·정서
라는 구조적 단위를 통해서, 이상호는 갈등과 극복의 대립 혹은 심화
의 과정을 통해 각각 시의 특성을 설명하고 있다. 그러나 이들 연구
는 다소 도식적 접근의 태도를 보여주고 있다는 면에서 문제점을 지
니고 있다.

　마지막으로 박목월 시에 대한 특수한 논의들을 들 수 있는데, 종교
적 영향관계에 대한 논의와 동시에 관한 연구가 그것이다. 종교적 영
향관계에 대한 논의는 기독교 세계관과 관련시켜 목월시의 의미를 탐

---

26) 조두섭(1984), 朴木月 律格意識 變貌硏究, 대구대석사논문.
27) 김현자(1984), 靑鹿派시에 나타난 擬聲·擬態語 연구, 『梨花語文論集』, 제7집.
28) 박운용, 朴木月詩의 自然空間 硏究, 『心象』, (1984.3~6)
29) 김형필(1985), 朴木月詩硏究, 한양대박사논문.
30) 서경온(1988), 朴木月詩硏究, 성신여대석사논문.
31) 이승훈(1983), 朴木月의 시세계, 『木月詩探究』, 앞의 책.
32) 이상호(1983), 葛藤과 克服의 循環構造, 『木月詩探究』, 앞의 책.

구하는 연구작업이라 하겠다. 시에 있어서 종교적 세계의 수용 문제
는 목월의 신앙시를 대상으로 한 단편적인 연구33)와 초기의 동심지
향의 세계와 후기의 모성지향의 세계의 유기적 구조 속에서 신앙시의
근거를 밝히고자 한 견해34), 초기시에 나오는 자연을 신앙심이 씨를
뿌릴 토양35)으로 보거나, 초기시부터 기독교 사상이 내재36)해 있다는
견해 등 종교적 세계의 영향관계를 초기시와 관련하여 연구한 논문들
이 있다. 동시에 대한 논의를 살펴보면 다음과 같다. 이재철37)과 김
용덕38)이 목월의 동시만을 대상으로 작품 세계를 논의하고 있는 반
면 조상기39), 정창범40), 김용희41) 등은 동시를 서정시와 관련시켜 동
시가 미친 영향의 중요성을 밝히고 있다.

　　이상의 연구 이외에 '美的 距離'42)를 통해 미적 체험의 형상화 방
식과 상상력의 움직임을 규명한 논의들이 있어 목월 시 연구에 새로
운 가능성을 시사하고 있다.

　　지금까지 살펴본 기존의 연구들은 다양한 방법적 접근과 심도 있
는 성과를 거두고 있으나, 주로 내용이나 의미의 천착에 치중되어 있
으며, 특히 연구범위가 초기시에만 집중되어 있는 경향이 있다. 시 전
체의 변용 양상에 관한 연구들도 다른 연구자들과 엇비슷한 내용을

---

33) 이성교, 크고 부드러운 손,『心象』, (1979.3)
　　황금찬, 朴木月의 信仰과 詩,『心象』, (1980.3)
34) 김형필(1985), 앞의 책.
35) 오세영(1983), 朴木月論,『現代詩와 實踐批評』, 二友出版社.
36) 이정자(1988), 朴木月詩研究, 한양대석사논문.
37) 이재철, 木月童詩의 構造分析,『心象』, (1980.3)
38) 김용덕(1983), 木月의 童詩世界,『木月詩探究』, 앞의 책.
39) 조상기(1980), 앞의 책.
40) 정창범(1983), 앞의 책.
41) 김용희(1985), 앞의 책.
42) 김현자, 朴木月詩의 감각과 美的 거리,『文學思想』, (1984.9)
　　김용희(1988), 朴木月 詩의 美的距離研究, 이화여대석사논문.

반복하거나, 도식적인 구조 분석 방법에 의해 종종 무리한 해석의 결
과를 초래하는 경향이 있다.

본 연구는 박목월 시에 나타난 중심 이미지 분석을 통해 시인의
의식현상의 변모과정과 그에 따른 시적 공간의 특성을 밝혀 보고자
한다. 한 시인이 창조해낼 수 있는 이미지는 실로 무수ㅎ 많으며, 그
것들이 나타내는 의미 또한 다양하다. 시에 수용되고 있는 모든 이미
지가 다 동일한 비중으로 의미화될 수 없기 때문에 여러 이미지 가운
데 시인이 집중적으로 사용하고 있는 핵심이미지를 선택하여 분석하
는 것이 바람직하다고 생각한다. "어떤 종류의 영상들은 한 작품 전
체에 대해서, 한 작가의 심적 현상을 계속 지적할 수 있는 징조를 포
함"[43]하고 있는데 박목월 시에 나타난 '길' 이미지가 그러한 예 가운
데 하나이다. 길이미지는 목월의 초기시에서부터 후기시까지 반복해
서 나타나는 지속적 이미지로, 그 의미와 유형의 다양한 변화를 통해
시인의 역동적 상상력의 집약된 모습을 보여주고 있다. 뿐만 아니라
시의 공간적·시간적 의미를 함께 포괄하고 있어 다른 주변 이미지
들까지 용이하게 수용할 수 있게 하는 중심 이미지(Key Image) 역할을
하고 있기 때문에 목월의 의식현상을 유기적으로 파악하는 데 가장
중요한 요소라 생각한다.

한 시인이 전 작품 속에 내재해있는 총체적 의미와 통일된 질서를
밝히기 위해서는 그 작품들을 유기적으로 연결시켜주는 의식의 뿌리,
즉 의식의 지향성을 검토하는 것이 우선되어야할 것이다. 이는 곧 "작
품에 앞서 작품을 잉태하고 있는 침묵으로부터 작품이 태어나는 순
간"[44]의 원초적 발상을 포착하여 작품의 내적인 움직임을 해명하는

---

43) G. 바슐라르(1982), 『大地와 意志의 夢想』, 민희식(역), 三省出版社, P.331.
44) J.P. 리샤르(1984), 『詩와 깊이』, 윤영애(역), 民音社, P.1.

작업이라 하겠다. 현상학의 서술대상은 물질적인 대상 자체가 아니라 하나의 의식에 비친 대로의 대상, 즉 어떤 대상과 의식과의 관계라 부를 수 있는 현상을 대상으로 삼는다.45) 따라서 현상학은 외부의 객관적 세계 보다는 그것을 인식하는 주체의 의미부여 작용에 관심을 모은다. 문학 텍스트를 연구하는 데 있어서의 이러한 대상과 의식의 문제는 대상의 의미를 창조해내는 시인의 주관성, 즉 시인의 상상력을 탐색하는 방향으로 나아가게 된다. 상상력은 시인 특유의 미적 체험(Aesthetic experience)을 형상화하는 원동력이라 할 수 있는데, 이는 실제적 공간과는 별개의 가상적 공간을 통해서 표출된다. 상상력의 역동적 흐름을 표상하고 있는 가상적 공간은 또한 구체적 이미지에 의해 드러난다.

이미지는 부피와 무게를 가진 물질46)로서 우리의 마음에 떠오른다. 물질적 이미지는 대상의 표면적 형태뿐 아니라 대상의 내부 속에 감추어진 실체를 직접 느끼게 해준다. 그러므로 문학 이미지는 물질의 심연과 창조적 주관성이 혼융되어 나타나는 상상력의 등가물이라 할 수 있다. 이러한 물질적 이미지는 시인의 역동적 상상력의 방향에 따라 변화하면서 문학작품을 살아 움직이는 존재로서 드러낸다.

---

45) 박이문(1985), 『現象學과 分析哲學』, 一潮閣, P.31.
46) 곽광수・김현(1976), 『바슐라르硏究』, 民音社, PP. 29~40 참조.

2. 자연과 현실의 공간

1) 靑山의 길

(1) 외로움과 '盲' 이미지

먼 곳에 대한 기대나 애착, 막연한 동경은 박목월 시세계의 한 특징으로 볼 수 있다.[47] 특히 초기시에서 먼 곳에 대한 지향성이 두드러지게 나타나는데, '머언'이라는 시어의 빈번한 사용과 더불어 열두 고개, 열두 구비, 南道 三百里, 몇千里, 黃土 먼 산ㅅ길, 情은 萬里, 열두 가람 여울목 등의 시어는 길에 대한 시인의 遠距離 의식을 뒷받침해준다. 이러한 시어들은 다양한 이미지와 결합하여 시적 맥락을 형성하고 있는데 이들은 '먼 길'이라는 하나의 의미로 유형화될 수 있다. 모든 길은 보행자가 성취하고자 하는 목적이나 세계와 깊게 관

---

47) 먼 곳에 대한 박목월의 지향의식은 박운용의 "朴木月詩의 自然空間研究"(『心象』, 1984.3~6), 김현자의 "朴木月詩의 감각과 美的 거리"(『文學思想』, 1984.9), 김용희의 "朴木月詩研究"(경희대석사논문, 1985) 등의 논문을 통해서 지적된 바 있다.

런되는데 박목월에게 있어서 '먼 길'의 이미지는 현실과 연관된 것이라기보다는 내면적 정서의 표상화와 관련된다. 그것은 한마디로 '외로움'에 의한 슬픔의 정서로 집약될 수 있다.

　　머언산 구비구비 돌아갔기로
　　山 구비마다 구비마다
　　절로 슬픔은 일어……

　　뵈일듯 말듯한 산길
　　산울림 멀리 울려 나가다
　　산울림 홀로 돌아 나가다
　　……어쩐지 어쩐지 울음이 돌고
　　생각처럼 그리움처럼……

　　길은 실낱 같다

　　　　　　　　　　　　　<길처럼> 전문

1연 1행의 '구비구비'라는 시어는 한없이 계속되는 먼 길을 암시함과 동시에 구불구불한 길의 입체적 형태를 나타낸다. 2행의 '구비마다'의 반복 또한 한없이 이어지는 산길을 연상시킨다. 山구비구비마다 스며있는 것은 슬픔으로, 길의 끝없음과 슬픔의 정황이 서로 비례하고 있음을 알 수 있다. 따라서 '구비구비'라는 시어나 '구비마다 구비마다'의 반복음은 화자의 슬픔과 대비되어 길의 형태뿐 아니라 화자의 가슴을 타고 흐르는 눈물의 형상을 나타내는 이중의 효과를 보여준다.

이러한 슬픔의 정황을 구체화하고 있는 것은 2연 3행의 '홀로'라는 시어이다. 적막한 산길에서 내면으로 흐르는 눈물이 '산울림'이라는 커다란 울림으로 분출되면서 홀로 느끼는 외로움의 깊이와 폭을 엄청난 크기로 확산된다. 지축을 돌며 번져나가는 산울림 소리와 내면으로 감겨드는 울음의 결합은 크고 작은 것, 外와 內, 확대와 응축의 대비를 보여주는 것이다. 그러나 이들은 서로 대립을 이루는 것이 아니라 슬픔이라는 하나의 정서로 통합되어 세계와 자아의 경계를 없애고 동일화된 일원적 세계를 형성하고 있다. 즉 길과 시인의 정서가 하나가 되어 구별이 없어지는 것이다. 2연 2·3행에서 유성음 'ㄹ'의 반복은 소리의 울려 퍼짐을 감각화하여 화자의 울음을 직접 듣는 듯한 효과를 보여준다.

'……어쩐지 어쩐지 울음이 돌고 / 생각처럼 그리움처럼……'에서 앞뒤에 붙어있는 말줄임표는 구비구비 이어지는 길과 잔잔히 울려나가는 울음을 계속 연장시키는 효과를 만든다. "이 시에서 우리가 발견할 수 있는 새로움 혹은 아름다움은 '소멸해 가는 것의 영상화'라고 부를 수 있는 것이리라. 멀리 돌아나가 실낱처럼 가늘게 뵈일듯 말듯 사라지는 산길의 정경과 슬픔이 일고 어쩐지 울음이 도는 심정의 정연한 일치, 그 일치감을 시인은 '생각처럼 그리움처럼…… // 길은 실낱 같다'로 표현한 것이다."[48] '어쩐지 어쩐지'의 반복은 안으로 울음을 삼키고 고통을 조용히 삭이려고 애쓰는 시적 자아의 고독한 중얼거림으로 볼 수 있다.

1연의 '머언산'과 마지막 연의 '길은 실낱 같다'는 표현은 대상을 "遠景의 구도"[49] 속에서 바라봄을 뜻한다. 시인이 자신의 슬픔을 원경의 구도 속에서 대상화하여 바라볼 수 있음은 자신의 감정을 어느

---

48) 박호영·이숭원(1985), 朴木月과 自然, 『韓國詩文學의 批評的 深究』, 三知院, P.239.
49) 김현자(1984), PP.270~272 참조.

정도 객관화하여 투명하게 걸러낼 수 있는 정신의 힘에서 비롯된 것
이다. 이 시인의 슬픔은 "맺혀가는 恨에서 오는 것이 아니라 解恨 다
음에 또는 解恨과 더불어 오는 것이다."[50] 그래서 그의 슬픔은 절실
하지만 과장되거나 지나치게 감상에 빠지는 법 없이 나직하고 투명하
여 절제된 느낌을 준다.

초기시에 나타난 이같은 외로움은 다소 비실체화되어 있는 경향이
있기는 하나 '임'에 대한 그리움으로 한정해 볼 수 있다.

> 냇사 애달픈 꿈꾸는 사람
> 냇사 어리석은 꿈꾸는 사람
>
> 밤마다 홀로
> 눈물로 가는 바위가 있기로
>
> 긴 한밤을
> 눈물로 가는 바위가 있기로
>
> 어느날에사
> 어둡고 아득한 바위에
> 절로 임과 하늘이 비치리오

<임에게 1> 전문

---

50) 김열규(1984), P.23.
  황금찬 또한 시집 『山桃花』의 跋文에서 박목월의 시적 표현의 특성을 다음과
  같이 지적하고 있다. "외부에서 받아드리는 온갖 문제를 그대로 밖으로 발산시키
  는 것이 아니라 일단 체내에서 완전히 동화시켜 가지고 조용히 승화시키는 것이
  다. 다시 말하면 흥분을 흥분으로써의 응답이 아니라 흥분을 한숨으로 가라 안치
  고 그 한숨 다음에 오는 조용한 호흡, 이것이 바루 박목월씨의 언어요, 표현인 것
  이다." 박목월(1955), 『山桃花』, 英雄出版社, P.125.

이 시에서 핵심 이미지가 되는 것은 '바위'와 '하늘'이다. 임에 대한 화자의 애달픈 심정과 어리석은 꿈이 바위라는 단단한 결정체로 이미지화되면서 바위의 물질성은 形態的 이미지(l'image formelle)[51]의 차원을 벗어나 보다 복합적 의미를 형성하게 된다. 바위는 단단한 외곽을 두르고 완고하게 다른 대상의 수용을 거부하는 단단한 물체로 어둠에 짓눌린 화자의 답답한 심정과 불투명함, 무거움, 부동성 등이 함축된 이미지이다. 이와 같은 물질적 상상력은 "직접적 존재를 초월하는 작용, 표면적 존재를 심화하는 작용이다. 그리고 이 심화는 두 개의 전망—작용하는 주체의 내면의 방향, 또 하나의 지각에 의한 포착된 생명 없는 객체의 실체적 내면을 개시해준다."[52]

4연에서 대상으로 드러난 '임'이 '하늘'과 병치되어 있음은 임과 하늘의 동일성을 암시한다.[53] 임과 하늘을 동일한 것으로 본다면 임과 시적 자아와의 거리는 지상과 하늘의 거리만큼 벌어지게 된다. 하늘의 높이는 임의 고귀함과 더불어, 시적 자아의 심정이 투영된 바위와 임과의 심리적 거리를 구체적으로 드러내고 있는 것이다. 따라서 임을 향한 길은 무한정으로 멀어져, 가장 먼 길로 의미화될 수 있다.

바위의 불투명성으로는 임의 모습을 담을 수 없기 때문에 화자는 긴 한밤 동안 홀로 바위를 가는 것이다. 바위를 눈물로 문지르는 행위는 바위의 모든 부정적 요소를 제거하기 위해 맑고 투명한 물기를 단단한 물질에 스미게 하는 것이며, 눈물의 간절함과 정성으로 바위에 광채를 內明케 하는 행위이다. 한편 여기서 '가는 바위'는 걸어간

---

51) 形態的 이미지란 외계의 대상을 있는 그대로 기억하는 형태적 상상력에 의한 것으로, 대상의 내부로 들어가 대상의 실체를 파악하는 물질적 상상력과는 달리 대상의 표면에만 머무는 상상작용이다. 곽광수·김현(1976), PP.29~32 참조.

52) G. 바슐라르(1982), P.205.

53) 이승훈(1983), P.82.

다는 보행의 의미로도 해석될 수 있다. 즉 '갈다'(磨)와 '가다'(行)이라
는 이중의 의미를 내포하고 있는 것이다.

이 시 마지막 행의 '절로'라는 부사는 임과의 거리가 극복되기 어
려움을 암시하고 있다. 즉 임과의 만남이 요원하고 불가능함을 인식
한 화자의 절망을 나타내는 것이다. 임과의 극복될 수 없는 거리의식
은 역으로 바위라는 '盲'의 이미지를 생성시킨다. 대상과 자아와의
거리가 무한정으로 멀어질 때 대상은 보이지 않는 영역으로 물러나
있기 때문에 '먼'의 의미가 '盲'임과 동시에 '遠'의 의미를 내포[54]하
게 된다. 따라서 盲의 이미지는 극단의 절망과 안타까움을 드러내며,
자아를 돌이 되게 하는 침묵과 외로움으로 몰고감을 의미한다. 盲은
시각적 감각이 몰수된 암흑과 어둠이 들어찬 밤의 시간과 연결된다.
이 시의 시간적 배경이 되는 '긴 한밤'은 존재를 외계와 차단시키고
사물의 가시적 형상을 어둠으로 덮어 존재의 시선을 내면의 은밀한
공간으로 집중시킨다. 밤은 존재를 고독으로 단단히 뭉치게 하는 침
잠의 시간인 것이다. 임과의 거리를 극복하기 위해 바위를 가는 행위
는 "스스로 가슴에 고인 그리움을"(<靑밀밭>) 안고 임에게 한 걸음씩
다가가는, 일종의 보행이 변용된 행위로 볼 수 있다. 이와 같은 바위
와 시적 화자와의 대응 관계를 정리해 보면 다음과 같다.

주 체	상 태	행 위		
		출 발	과 정	도달점
바 위	盲(어둠)	바위를 갈다.	투명해지다.	님의 모습을 비추다.
화 자	외로움	먼 길을 가다.	님과 가까워지다.	님과 만나다.

---

54) 박운용(1984), P.24.

먼 길은 "울음 우는 가슴을 밟고"(<樂浪公主>) 가는 외로운 길이
며 임에 대한 그리움과 정이 깔려있는 "서러운 꿈길"(<樂浪公主>)이
다. 먼 길을 간다는 것은 임에게 도달할 수 있는 유일한 행위이며 盲
의 폐쇄성으로부터 벗어날 수 있는 능동적 행위인 것이다. 따라서 빈
번히 사용되는 '머언'(遠)이라는 시어는 "닫혀진 세계에서 터진 세계
를 지향하는 의지가 내재된 말이다."[55] 그렇기 때문에 한 곳에 안주
한다는 것은 꿈을 잃어버리고 포기하는 상태를 의미하는 것으로 영원
히 盲 속에 갇히는 폐쇄의 공간을 만드는 것이다.

산이 날 에워싸고
씨나 뿌리며 살아라 한다
밭이나 갈며 살아라 한다

어느 짧은 山자락에 집을 모아
아들 낳고 딸을 낳고
흙담 안팎에 호박 심고
들찔레처럼 살아라 한다
쑥대밭처럼 살아라 한다

산이 날 에워싸고
그믐달처럼 사위어지는 목숨
그믐달처럼 살아라 한다
그믐달처럼 살아라 한다

<산이 날 에워싸고> 전문

씨 뿌리고 밭을 갈며 사는 것은 '구름에 달 가듯이 / 가는 나그네'

---

55) 박운용(1984), P.26.

(<나그네>)와 대립되는 세계이다. 일상의 맥락으로 본다면 이는 지극히 자연스럽고 평범한 생활을 의미한다. 즉 한 곳에 머무르는 것은 안정된 '둥지'56)에 이르는 것이며 그것은 가족과 함께 하는 일체의 삶을 뜻하는 것이다. "이 시를 긍정적 시각으로 본다면 산에서 씨나 뿌리며 사는 전원생활이 될 것이며 나아가 은둔·안일로 볼 수도 있을 것이다. 그러나 부정적 시각에서 본다면 충족되지 않고 있는 현실을 역설적으로 표현하고 있는 것으로 볼 수 있다."57) '살아라 한다'라는 서술어의 반복은 들찔레나 쑥대밭처럼 소박한 삶에 마음을 모으고 다른 것에 대한 동경이나 집착을 차라리 체념, 또는 포기하라는 권유와 강요의 목소리로 해석할 수 있다. '에워싸다'라는 서술어는 이러한 삶이 시인의 의지와 조화를 이루는 것이 아니라 갈등을 이루고 있음을 나타내는 것이다. 에워싼다는 것은 여타의 공간과의 소통을 차단시키고 한정된 공간만을 허용한 채 존재를 묶어 존재의 자유로운 의식을 막아버리는 것을 의미한다.

　마지막 연의 '그믐달'은 생성과는 반대되는, 즉 빛이 완전히 가셔진 盲으로서의 존재를 나타낸다. 그것은 암흑이 들어차 있는 하늘의 바위와도 같다. 빛을 잃은 달은 자신을 드러낼 근거를 상실한 것이므로 생명력을 잃은 것과 같다. '사위어지는 목숨'은 '재'의 창백한 냉기를 연상시키며, 그믐달의 비유는 인간의 존재방식에 대한 회의, 즉 그믐달처럼 서서히 빛을 잃고 완전히 소멸할 수밖에 없는 인간의 궁

---

56) "'둥지'는 가축과, 자녀와, '가정'을 함축한다. 한마디로 말해서 그것은 가족, 사회, 世帶의 세계를 상징한다. 탐색(Quest)을, 중심에로 인도하는 길을 선택한 사람은 모든 종류의 가족과 사회적 상황, 모든 '둥지'를 포기해야 하며, 최고의 진리를 향하여 '걷는 일'에 전적으로 헌신해야 한다." M. 엘리아데(1983), 『聖과 俗』, 이동하(역), 학민사, PP.139~140.
57) 김형필(1985), P.31.

극적 한계상황을 암시한다. 먼 길의 보행은 바로 이러한 '盲'의 상태를 초극하는 하나의 방식으로, 바위로 표상되었던 시적 자아의 내면 속에 응집된 어둠을 씻어내는 정화의 의미를 갖는다.

(2) 빛의 空間

목월의 시에서 盲의 암흑으로부터 벗어나기 위한 먼 길의 보행은 '靑山'의 맑음 속에서 이루어진다. 청산의 먼 길은 목월의 상상 속에서 만들어진 자연의 풍경으로 구성되어 있는데, 시인 자신은 이를 '마음의 지도'로 설명하고 있다.

> 나는 그 무렵에 나대로의 地圖를 가졌다. 그 어둡고 불안한 시대에서 다만 푸근히 은신하고 싶은 '어수룩한 천지'가 그리웠다. 그런, 한국의 천지에는 어디에나 일본치하의 불안하고 바라진 땅이었다. 강원도를, 혹은 태백산을 백두산을 생각해 보았다. 그러나 그 어느 곳에도 우리가 은신할 한치의 땅이 있는 것 같지 않았다. 그래서 나 혼자의 깊숙한 산과 냇물과 호수와 봉우리와 절이 있는 '마음의 자연'—지도를 간직했던 것이다. (……) 나는 '마음의 지도'라 했으나, 오히려 내 '영혼의 자연'이라는 것이 옳을지 모른다. 그러나, 지금 그 지도를 펴보면 다만 정서가 아른거리는 꿈의 세계다.[58]

마음의 지도는 어둡고 불안한 시대 속에서 만들어낸 유일한 은신처이며 꿈의 세계이다.[59] 그것은 기존의 가시적 자연과 시인의 상상

---

58) 박목월(1958), 『보라빛 소묘』, 新興出版社, P.83.
59) 윤재근은 초기시에서 보여지는 박목월의 자연에 대한 태도를 비판적 시각에서 다음과 같이 지적하고 있다. "『山桃花』까지의 시적 표현은 상상적 체험(irreal exqerience)으로 팽배되어 있었다. 이상을 환상하여 삶을 꿈꾸려던 소망 때문에 삶의 현실을 통하여 삶을 관찰한 다음 있어야 할 새로운 삶의 진실성에 대한 시의

력이 결합되어 빚어낸 "心魂의 自然"[60]이며 "환상의 지도 속에 있는 상징적인 자연"[61]이다. 이 마음의 지도를 구성하고 있는 이미지 가운데 가장 두드러지는 이미지로 '靑石'과 '달'을 들 수 있는데, 이 둘은 각각 청색과 백색 계열의 색채 이미지[62]를 통해서 마음의 지도의 미감과 의미를 전달하고 있다. 청색의 이미지를 보여주는 예를 살펴보면 다음과 같다.

> · 머언 산 靑雲寺
> · 靑노루 / 맑은 눈에 // 도는 / 구름
> · 靑石에 어리는 / 찬물소리
> · 강을 건너는 / 청모시 옷고름
> · 靑밀밭 산기슭에 밤비둘기
> · 갑사댕기 남끝동 / 삼삼하고나
> · 山은 / 九江山/ 보라빛 石山
> · 봄눈 녹아 흐르는 / 옥같은 물에
> · 파란 옥 댓마디에 / 아슬한 鶴을
> · 구름 위에 / 잔잔한 옥피리 소리
> · 仙桃山 / 水晶그늘 / 어려 보라빛

인용된 예를 살펴보면 우선 '靑'이라는 한자를, 사물을 지칭하는 단어 앞에 붙여서 자주 사용하고 있음을 알 수 있다. 이는 청색을 시인이 그만큼 좋아함을 입증해 준다. 여기서 청색 이미지가 환기하는 가장 두드러진 성질은 石·옥·水晶 등 주로 단단한 결정과 청색이 어우러져 '순수하고 견고한 맑음'을 보여주고 있다는 점이다. 예를 들

식이 결여되어 있었다." 윤재근(1978), P.270.
60) 정한모(1977), P.270.
61) 정창범(1983), P.29.
62) 김형필(1985), PP.26~44 참조.

어 '靑노루 / 맑은 눈'의 경우 노루 앞에 붙어 있는 '靑'자가 환기하는 푸른색의 여운이 맑은 눈으로까지 확산되어, 노루의 눈을 광채 나는 푸른 보석의 이미지로 전환시킴을 느낄 수 있다. 즉 '靑'자에 의해 단단한 결정체의 형상을 환기하고 있는 것이다. 이와 더불어 "몽상의 지배하에서는 결정체는 항상 다른 원소들, 불·공기·물과 관여함으로써 항상 영향을 받는다."[63]는 바슐라르의 말처럼 이 깨끗하고 단단한 청색의 자연은 먼 길을 보행하는 나그네의 목마름을 시원하게 가라앉히는 물의 이미지를 자연스럽게 연상케 한다.[64]

> 靑石에 어리는
> 찬물소리
>
> 반은 눈이 녹은
> 산마을의 새소리
>
> 靑田 山水圖에
> 삼월 한나절
>
> <山桃花 3> 부분

1연에서 靑石과 찬물소리의 결합은 청석의 맑은 빛과 물의 투명한 음향의 이중감각을 통해 더욱 생동감 있는 자연의 모습을 보여주고 있다. 청석의 차가운 빛깔은 스스로 내뿜는 빛에 의해 마치 살아 있는 생명체처럼 그 푸름 속으로 존재를 끌어당긴다. 청석은 견고하게

---

63) G. 바슐라르(1982), P.386.
64) 에메랄드가 강의 몽상이며 에메랄드는 메말라버린 큰 연못이라는 것을 직관할 수 있듯이 靑石은 푸른 물을 뭉쳐놓은 결정화된 물의 연상을 가능케 한다. G. 바슐라르(1982), P.399 참조.

굳어져 있으나 튕겨지는 푸른 불꽃의 발광성에 의해 돌의 不動性을 초월하고 있는 것이다.

青石과 3연의 '青田'의 內的 결합 즉, 돌과 밭이 어우러진 풍경은 한자어가 갖는 형상화를 통해 돌과 사람이 결합되는 절묘한 조화를 보여주고 있다. 시적 자아는 '青田 山水圖' 속에서 보았던 푸른색[65]의 인상을 통해서 산마을의 고요와 싱그러운 자연의 소리를 경험하고 있는 것이다. 이와 같은 자연과의 교감은 '씻음'의 행위로 구체화되고 있다.

山은
九江山
보라빛 石山

山桃花
두어송이
송이 버는데

봄눈 녹아 흐르는
옥같은
물에

사슴은
암사슴
발을 씻는다.
　　　　　　　　　　　　　　　　　<山桃花 1> 전문

---

65) "푸른색은 심화되면 될수록, 그만큼 더 인간을 무한의 세계로 이끌어 들이고, 순수에 대한 동경과 드디어는 초감각적인 것에 대한 동경을 인간에서 일깨워 준다." W. 칸딘스키(1988), 『예술에 있어서 정신적인 것에 대하여』, 권영필(역), 悅話堂美術選書20, P.79.

1연의 '보라빛 石山'은 앞에서 살펴본 청색 계열의 색채 이미지로 볼 수 있다. 멀리 바라보이는 커다란 石山은 다음에 이어지는 山桃花나 물, 암사슴 등의 세부적 이미지에 영향을 주어 石山의 은은한 기운 속에 다른 작은 사물들이 싸이게 한다. 이 山빛의 맑은 기운을 타고 흐르는 '옥같은 물에' 발을 씻는 행위는 시적 화자의 내적 어둠을 씻어내는 상징적 행위라 할 수 있다. 그리고 이 시에 나오는 암사슴이나 다른 작품에 나오는 靑노루, 고운 암노루, 목마른 사슴 등 순한 동물66)은 시적 자아가 투사(Project)된 이미지로 마음의 지도 속을 걷는, 먼 길의 보행자로 볼 수 있다.

"겨울에 모든 물상이 종결하는 억압이 일어난다면, 그 얼음이 풀어지는 상황은 곧 화해의 상징이 된다고 볼 수 있다. 암사슴 역시 발을 씻고 있는데, 발(足)이 지상과 아울러 현실을 암유한다면, 물과 만나는 씻음의 행위는 결국 자연과 조우하나 형태로서의 화해라고 보아도 무방할 것이다."67) 옥같은 물에 발을 씻는 것은 자연의 투명성68)을 흡인하여 슬픔과 외로움으로 '盲'이 된 정신과 육신에 생명감을 불어넣는 행위로, 갇혀있던 오감의 세계를 시원하게 풀어놓음을 암시하는 것이다. 이는 '눈물로 가는 바위'의 불투명성, 침묵, 갈증 등이 모두 투명한 자연의 빛에 젖어들면서 말끔히 해소되는 것을 뜻한다.

청색 이미지와 더불어 백색 이미지 또한 많은 작품 속에서 찾아볼 수 있는데, 이들은 백색의 空氣69) 이미지로, 시를 환상적 분위기

---

66) 김형필(1985), PP.85~90 참조.
67) 서경온(1988), P.14.
68) 목월 자신이 쓴 시집 『山桃花』解題를 통해서 투명성에 대한 시인의 애착을 가늠해 볼 수 있다. "題하여 '山桃花'라 했다. 산도화가 지니는 소박한 정취야말로 한 때 나 자신의 모습일른지도 모르기 때문이다. 산도화의 그 가난하면서도 차고 맑은 기품을 나는 좋아했다."
69) "모든 빛을 담고 간질거리는 듯하며 하늘과 연결되고 무한한 공간을 예고하는

로 이끈다.

- 흐르는 구름에 눈을 씻고
- 달무리 뜨는 / 달무리 뜨는
- 흰 옷자락 아슴아슴 / 사라지는 저녁답
- 달빛이 내린다 / 눈이 쌓인다.
- 배꽃가지 / 반쯤 가리고 달이 가네
- 달안개 / 물소리
- 대밭에는 비단안개다
- 들밖으로 달빛감고 달빛감고
- 구황룡 산길에 / 은실아지랑이

백색 이미지를 주도하는 것은 달의 은은한 빛이다. 목월 시에 등장
하는 달빛은 구름, 안개, 아지랑이 등과 더불어 모두 은빛의 부드러움
으로 통합될 수 있다. 靑石의 물기어린 광채가 낮의 공간을 형성한다
면 달의 은은한 빛은 밤의 공간을 만든다. 달빛은 밤길을 가는 나그
네의 몸을 감싸면서 나그네의 외로움을 환상적 분위기로 이끈다.

> 달무리 뜨는
> 달무리 뜨는
> 외줄기 길을
> 홀로 가노라
> 나 홀로 가노라
>   옛날에도 이런 밤엔
>   홀로 갔노라

공기는 가벼움이요 비물질성이다. 그것은 몽상의 충동과 해방된 정신을 향하여
문을 연다." 르네위그(1983), 『예술과 영혼』, 김화영(역), 悅話堂美術選書26,
P.214.

맘에 솟는 빈 달무리
둥둥 띄우며
나 홀로 가노라

울며 가노라
　　옛날에도 이런 밤엔
　　울며 갔노라

<달무리> 전문

　이 시에서 달은 화자의 내면적 정서를 外面化시키고 있다.[70] 달
또한 굳게 뭉쳐진 돌이지만 은빛의 운동성에 의해 부동성을 극복하고
능동적으로 자신을 외부에 드러낸다. 나그네는 흐르는 이 달빛을 온
몸에 감고 외로운 밤길을 가는 것이다. 영롱한 달빛의 퍼짐은 2연의
'맘에 솟는 빈 달무리'로 내면화되어 시적 정서의 등가물로 심화되고
있다. 이 부드럽고 깨끗한 백색의 자연과의 교감을 통해 나그네는 자
신의 외로움과 슬픔을 '銀粉의 空氣'로 걸러내는 것이다 따라서 달
빛과 더불어 흐르는 나그네의 외로움과 눈물은 환상적 아름다움으로
이미지화된다. 목월의 또 다른 시 <佛國寺>는 시적 화자의 이와 같
은 외로움이 정신적으로 승화되어 거의 禪詩의 경지에 다다르고 있
는 예라 할 수 있다.

　　흰달빛
　　紫霞門

　　달안개
　　물소리

---

70) 이승훈(1983), 『詩論』, 고려원, PP.12～27 참조.

　　大雄殿
　　큰보살

　　바람소리
　　솔소리

　　泛影樓
　　뜬그림자

　　흐느히
　　젖는데

　　흰달빛
　　紫霞門

　　바람소리
　　물소리.

　　이 시는 "서술어미를 완전히 제거한 體言만의 시, 언어를 극단적
으로 절제한 집약 정리된 리듬의 시"[71]로 화자의 감정이 일체 배제된
채 여러 이미지들의 병치에 의해 구성되어 있다. 흰 달빛에 싸여있는
어슴푸레한 절 풍경은 모든 사물들이 정지되어 있는 듯한 고요와 적
막을 느끼게 한다. 흰 달빛은 은은하게 확산되어 어둠 속에 놓여있던
사물들을 드러낸다. 이 시 자체에서는 화자의 개입이 거의 눈에 띄지
않지만 독자는 달빛에 젖어 사원의 밤 풍경을 조용히 바라보는 화자
의 모습을 떠올릴 수 있다. 이때 화자나 그것의 대상이 되는 사물이
하나의 동일한 공기 속에 싸여, 사물의 적막한 모습과 화자의 외로운

---

71) 정창범(1983), P.34.

심정이 완전히 일치됨을 느낄 수 있다. 즉 달빛은 주관과 객관, 자아와 대상의 구분을 없애고 하나의 통합된 세계를 만드는 매개 이미지이다. 달빛과 더불어 물소리, 바람소리, 솔소리의 청각 이미지는 정지된 사물의 적막을 조용히 흔들어 화자와 사물간의 단절을 없이 해주는 섬세한 움직임을 나타낸다. 사물의 정적과 그 속에서 잔잔히 울리는 소리 속에 화자의 외로움이 용해되어 조용히 가라앉고 있는 것이다.

박목월이 그의 상상작용을 통해 형상화한 '마음의 지도'는 "앳되고 깨끗하고 연약하고 슬프며 따라서 천진하고 순수하다."[72] 靑石과 달 이미지가 만들어내는 자연공간은 바위처럼 굳어져 '盲'의 암흑세계에 움츠려져 있는 시적 자아를 맑고 투명하게 정화시키는 '씻음의 공간'이며, 어둠을 물러나게 하는 '빛의 공간'이다. '盲'과 '빛'은 서로 대조적 세계를 거느리고 있는 이미지로, "빛에 접근하려 하면 곧 그 빛을 허물어뜨리고 파괴하고 無化하려 하는 그의 이중적 존재인 불길한 어둠이 솟아나는 것을 보지 않을 수 없다. 공격은 사실 양쪽에서 다같이 오는 것이다."[73] 따라서 이 두 세계는 맞물려 상호 침투하는 하나의 세계이다. 그러므로 靑山의 먼 길을 보행하는 것은 어둠을 빛쪽으로 이끄는 능동적 행위라 하겠다.

2) 생활의 직선로와 곡선로

실재의 객관적 자연과 시인의 상상작용이 결합되어 만들어낸 환상적 자연은 박목월의 초기시에 있어서 가장 중요한 시적 대상이며 재제이다. 자연이 대상이 되었던 시들은 강한 주제의식 보다는 엷고 막

---

72) 조지훈(1955), P.115.
73) 르네위그(1983), P.130.

연한 시적 분위기와 투명한 시적 정서에 치중되어 있다. 이는 시적
대상이 다소 비실체화되어 있는 것과 깊은 관련을 갖는다. 자연 속에
만 집중해왔던 시인의 의식이 자신의 생활주변으로 확산되면서 시적
대상도 점차 그 폭이 넓어지고 구체화되는 시의 변모를 가져오게 된
다. "자연으로부터 인간의 세계로 눈을 돌림으로써 비로소 그의 詩에
'나'에 대한 의식, 즉 자아의식이 눈뜨게 되고 또한 현실감각이 고개
를 든다."74) '靑山의 먼 길'로부터 내려와 그는 '나'의 생활과 직접
연결되는 '현실의 길'에 접어들게 되는 것이다.

(1) 노동의 '계단'

목월의 시에서 발견되는 현실에 대한 관심은 참여적 성향의 시인
들이 보여주고 있는 부조리한 현실 비판과는 거리가 있다. 그는 현실
의 모순된 구조보다는 주로 '생활'의 고단함과 애환을 노래한다. 이로
부터 소박하지만 그의 시가 갖고 있는 구체성으로의 미감을 느낄 수
있다. 생활의 고단함과 애환은 '계단'이라는 길 이미지로 나타난다.
수직적 길은 가장 많은 에너지를 요구하는 길의 형태이다. 水平이 주
는 안정감이나 균형감, 심리적인 여유와는 달리 수직적 보행은 고단
함과 부담감, 불안감 등을 야기시킨다. 박목월의 '계단'이미지는 이러
한 수직적 길의 구체화라고 할 수 있다.

> 敵産家屋 구석에 짤막한 층층계……
> 그 二層에서
> 나는 밤이 깊도록 글을 쓴다.
> 써도써도 가랑잎처럼 쌓이는

---

74) 김종길(1971), P.584.

空虛感.
이것은 來日이면
紙幣가 된다.
어느것은 어린것의 公納金.
어느것은 가난한 糧代.
어느것은 늘 가벼운 나의 用箋.
밤 한시, 혹은
두시, 用便을 하려고
아래층으로 내려가면
아래층은 單間房.
온家族은 잠이 깊다.
서글픈 것의
저 無心한 平安함.
아아 나는 다시
二層으로 올라간다.
  (사닥다리를 밟고 原稿紙위에서
    曲藝師들은 지쳐 내려오는데……)
나는 날마다
生活의 막다른 골목끝에 놓인
이 짤막한 층층계를 올라와서
샛까만 유리창에
수척한 얼굴을 만난다.
그것은 너무나 어처구니 없는
<아버지>라는 것이다.

        *

나의 어린것들은
倭놈들이 남기고간 다다미 방에서
날무처럼 포름쪽쪽 얼어있구나.

                              <층층계> 전문

적산가옥 구석에 짤막한 '층층계'는 이층과 아래층을 연결시키는 사이공간이다. 이층은 한밤에 홀로 글을 쓰는 노동과 고독의 공간이며, 아래층은 가족들의 '無心한 平安함'이 고여있는 잠의 공간이다. 이 두 이질적인 세계 사이에 놓여있는 층층계는 더 이상 수평적으로 나아갈 수 없는 상태에서 시작되는 '生活의 막다른 골목'을 암시한다. 시인은 공납금과 식비와 용돈을 마련하기 위하여 밤이 깊도록 글을 써야하며, 그 글들은 지폐와 맞바꾸어지면서 개인의 창조물이 아닌 하나의 상품으로 변질된다. 생활은 시에서 받는 "한가락의 微笑 / 한줌의 慰安 / 한줄기의 韻律"(<詩>)을 붕괴시킨다. 시가 생활을 위한 수단이 되면서 글을 쓴다는 행위는 기쁨이 아니라 '공허감'이 된다. 4행과 5행의 '써도써도 가랑잎처럼 쌓이는 / 空虛感'이라는 표현은 '쌓이다'와 '비다'라는 모순된 의미를 하나의 문장 속에 넣음으로써 화자의 공허감을 배가시키는 효과를 거두고 있다. 또한 '써도써도'와 '쌓이는'에서의 硬音 'ㅆ'의 반복은 팍팍하고 힘겨운 현실의 고통을 아울러 환기해 준다.

이와 같은 상황을 보다 함축적으로 제시하고 있는 것이 괄호 안에 있는 '曲藝師'의 이미지이다. 여기서 곡예사는 시적 자아가 투영된 이미지로, 현실 속에서 고통과 위험을 감수하면서도 재주를 부려야하는 비애로운 존재를 나타낸다. 즉 화자는 사닥다리를 타고 '原稿紙'라는 노동의 공간으로 올라가 몸과 영혼이 지칠 때까지 재주를 부리고 내려온다. 그러나 휴식의 공간인 아래층은 화자를 위한 공간이 아니라 가족들의 휴식을 위한 공간으로, 화자에게 아래층은 용변 정도의 일을 위해 잠시 머무는 일시적 공간이다. 층층계와 사닥다리는 휴식의 공간으로 가는 길목이 아니라 노동의 공간으로 화자를 '밀어 올리는' 길 이미지인 것이다. 이와 같은 상층과 하층의 대립적 공간구조를 도표화하면 다음과 같다.

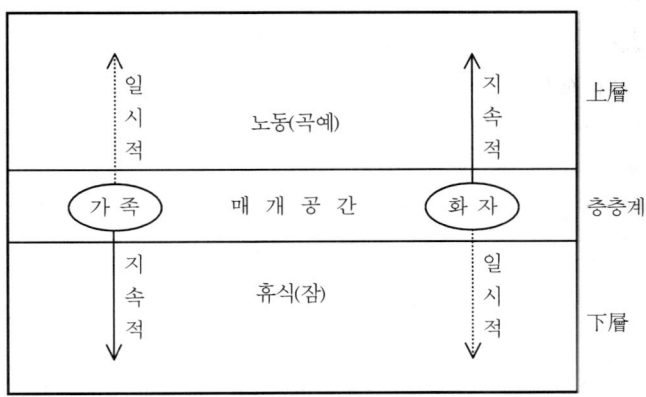

'층층대'를 사이에 두고 가족과 화자의 공간인 하층과 상층으로 다르게 나타남을 알 수 있다. 가족은 주로 휴식의 공간에 머무는 반면 화자는 주로 노동의 공간에 머물고 있는 것이다. 무한히 뻗어있던 '靑山의 먼 길'이 현실의 뚜렷한 목적을 지향하는 가파른 길의 형태로 바뀌면서 시적 자아는 한정된 공간의 테두리 안에서 층층계의 上下 반복운동을 강요받게 된다. 현실에 떠밀려갈 때 가파른 수직적 형태의 길이 부닥쳐 오는 것이다. 시인은 이 층층계를 오르내리며 자아의 현실적 위치를 인식하게 된다. 그것은 '아버지'라는 책임과 의무를 걸머진 무거움으로의 존재에 대한 인식이다. 시 <家庭>에서는 '수척한 얼굴의 아버지'가 '十九文半의 신발'로 사물화되고 있다.

아랫목에 모인
아홉 마리의 강아지야
강아지 같은 것들아.

屈辱과 굶주림과 추운 길을 걸어
내가 왔다.
아버지가 왔다.
아니 十九文半의 신발이 왔다.
아니 地上에는
아버지라는 어설픈 것이
存在한다.
미소하는
내 얼굴을 보아라.

<家庭> 부분

이 시에서 수직적 길은 '屈辱과 주림과 추운 길'로 의미화되고 있다. 그 길을 걸어온 아버지는 十九文半의 신발로 사물화되어 인간적 삶보다는 기능이나 효용가치가 우선되는 존재로 전락한다. 7·8행의 '아니'라는 화자의 부정적 표현의 반복 속에서 아버지로서의 자책과 서글픔, 삶의 중압감에 눌린 어두운 어조를 느낄 수 있다. 그러나 마지막 두 행은 '미소'라는 시어를 통해서 화자는 가족에 대한 깊은 정감을 표현하고 있다. "가장으로서의 책임과 자식들에 대한 연민과 사랑을 노래하면서도 안일한 타성에 기울지 않는 것이 목월시의 장점이다. 가장인 자신을 발견하고 확인하며 존재의 의의를 깨닫게 된다. 따라서 가족들에 대한 무거운 의무감을 느끼게 되고, 한편으로는 더욱 서글픈 자기 모습을 보게 되는 것이다."[75] 따라서 이 미소는 생의 무거움으로부터 다소 벗어나게 하는 따뜻함이 깃들여 있는 반면, 화자의 씁쓸한 우수를 함께 거느리는 이중의 의미를 내포한다. 한편 현실의 무거움은 '靑山의 먼 길'을 가던 종전의 보행의 속도를 '질주'의

---

75) 조상기(1980), P.181.

속력으로 바꿔놓는다.

　　　　1
　　詩를 쓰는,
　　이 아래층에서는 아낙네들이
　　契를 모은다.
　　목이 마려워
　　물을 마시려 내려가는
　　층층대는 아홉칸.
　　열에 하나가 不足한,
　　발바닥으로
　　地上에 下降한다.

　　　　2
　　열에 하나가 不足한,
　　발바닥으로
　　生活을 疾走한다.
　　달려도 달려도 열에
　　하나가 不足한
　　그것은
　　꿀인 없는 白熱競走.

　　　　3
　　열에 하나가 不足한
　　계단을 오르면
　　上層은
　　공기가 희박했다.

　　　　　　　　　　　<上下> 전문

아홉 칸의 층층대를 사이에 두고 이층과 아래층으로 공간이 분할

되어 있는데 아래층이 아낙네들이 계를 모으는 일상으로 술렁대는 공
간이라면, 이층은 공기가 희박한 질식과 갈증의 공간으로 서로 대조
를 이룬다. 이와 같은 공간의 대조는 생활을 질주해야만 하는 시적
자아의 힘겨움과 고통을 더욱 효과적으로 드러낸다. 작품 1의 7행에
서 '열에 하나가 不足한, / 발바닥'은 아홉 칸의 층층대와 꼭 맞는 아
홉 개의 발바닥을 표면적으로 나타내고 있으나, 그것의 이면적 의미
는 여유 없음과 부족함을 강조하는 데 있다. '열에 하나가 不足한'이
라는 동일한 문장을 작품 2와 3에서도 반복함은 아무리 달려도 생활
의 풍족함이 이루어지지 않는 현실의 강곽함을 나타내고자 함이다.
숨찬 질주, 그것은 소란과 분망으로 가열된 '꼴인 없는 白熱疾走'와
도 같이 아무런 흡족함도 갖다주지 못한 채 허덕임의 연속을 내맡긴
다. 그리고 이러한 질주 속에서 '十九文半의 신발'은 '中古品 다이
아'로 변모하게 된다.

> 갈수록 힘에 겨운 人間의 義務를, 벗을 수 없는 苦役을 超滿員의
> 버스는 달린다. 허리에 오는 重量感. 구을며 磨滅하는 中古品 다
> 이아의 세상을 뜰에는 앉아서 瞑想하는 꽃나무, 생각하는 꽃가지.
>
> <作品五首 · 5> 부분

보행에서 질주로, 신발에서 중고품 다이아로 생활의 리듬이 가속화
됨과 동시에 삶은 의무와 중량감으로 시인의 의식을 짓누른다.[76) 또

---

76) 목월은 자신의 散文集에서 '서서 돌아다님의 세계'와 '앉음의 세계'에 대해 다
음과 같이 고백하고 있다. "앉는 세계―허지만 이것은 나의 슬픈 정신적인 갈구
에 불과했다. 아무리 나의 심령이 앉음을 희구하여도 생활이 그것을 허용하지 않
았다.(……) 초만원의 손님을 실은 낡은 버스처럼 인간으로서의 자식을 기르고,
먹고 사는 그 무거운 짐의 중량이 허리에 오게되고, 중고품 다이야처럼 그야말로
생활의 길에 나 자신을 밀착시켜, 짓이겨가며 구을러 다녀야하는 고역이 실감되

한 생활의 질주는 시적 화자를 '중고품'으로 낡아가게 만드는 것이다. 이는 슬픔을 천천히 음미하며 자신을 정화시키는 '靑山의 먼 길'과는 달리 수직적 길은 길의 길이도 제한되고 속도감도 빨라지면서 자신의 내면을 응시할 겨를 없이 "허망한 熱中"(<이 週日>)에 매달려야 하는 냉혹한 현실의 삶을 함축한다. 생활의 질주에 매몰된 자아는 생명감 넘치는 한 '인간'으로서의 존립을 몰수당한 것과 같다. 이 때의 자아는 자기 이외의 상태로 전락되어 기계화되고 추상화되고 비인간화된 상태로 擬物化(Animation)[77]되고 만다. 박목월의 시에서 현실적 자아의 비인간화되어 있는 모습은 "발길에 채이는 銅錢"(<一日>)이나 "돌"(<돌>)의 이미지를 통해서 드러난다.

> 나도
> 人間이 되었으면,
> 아름다운 여인을
> 약속한 시간이 기다리고
> 膨脹한 設計와
> ㉠ 시작하기 전에 성공하는 事業과
> 거짓 것이나마
> 感情이 부푼,
> 철따라 마른 옷을 입고
> 길거리에서 친구를 만나면
> 이빨이 곱게,
> 웃으며 헤어지는,

는 것이었다. 허나 그렇다하여 그것이 저주를 의미하는 것이 아니다. '서서 돌아다님'이 고될수록 '앉음'의 귀중함이 깊이 내게 오게 되는 것이다." 박목월(1967), 『구름에 달 가듯이』, 新太陽社, PP.164~165.

77) 박항식(1976), 『修辭學』, 現代文學社, P.111 참조.

ⓛ
```
┌─ 지금은 돌,
│   더운 핏줄이 가신.
│   지금은 고양이,
│   접시의 牛乳를 핥는.
│   지금은 걸레,
│   종일 구정물에 젖은.
│   아아 지금은
│   돌며 磨滅하는 機械 한 부분.
│   지금은 人間 以前,
│   태어나지 못한.
│   지금은 人間以下,
└─ 구멍 뚫린 구두밑창.
```

<돌> 부분

　　제목으로 미루어보아 이 시의 시적 화자를 돌로 보는 것이 자연스러울 것이다. 시인은 자신의 절실함을 돌이라는 단단한 물체에 의탁하여 자신의 현실적 자아를 대신하고 있다. 단단하고 냉랭하게 굳어진 자아의 참담한 모습을 활기차게 살아있는 모습으로 변화시키고 싶은 간절함이 이 시의 첫 구절인 '나도 / 人間이 되었으면'이라는 표현을 통해서 짐작할 수 있다.

　　위의 인용된 부분은 의미상 양분할 수 있다. ㉠에서는 이상적 자아의 모습을 ⓛ에서는 현실적 자아의 모습을 각각 제시하고 있다. ㉠는 즐거움으로 들뜬 '인간다운' 삶을 ⓛ은 '人間以下'의 냉랭하고 찌든 삶을 보여준다. ㉠와 ⓛ의 대조적인 두 의미는 서로의 의미를 부각시키고 강조하여 시적 긴장을 만드는 역할을 한다. 아울러 ⓛ의 돌, 고양이, 걸레, 기계, 구두밑창 등의 이질적 이미지들은 서로 유기적으로 결합하여 시의 의미를 중첩·심화시키는 역할을 하고 있다.

이 다양한 이미지들을 하나의 공통된 문맥으로 끌어들이고 있는 것은 '지금'이라는 현재의 시간을 나타내는 시간 부사어이다. 시인은 '지금은'을 여섯 번에 걸쳐서 반복하여 시적 자아의 현재 상태의 절박함을 강조하고 있다. 이때 '지금은'의 반복은 다양한 이미지들과 결합하여 지나친 반복에서 오는 이완성이나 지루함을 극복한다. 이와 같은 "반복은 목월에게 시적 감흥의 깊이에 접근해 가는 의식을 통솔하기도 하고 점진적으로 전진하는 의식의 심도를 질서 있게 밝혀주기도 하는 의식현상이다. 뿐만 아니라 詩人의 경험을 되풀이하여 독자의 고유한 경험을 구성하게 하는 비상한 특수성을 지니고 있는 것이기도 하다."78) 온기를 잃어버린 돌, 우유를 핥는 고양이, 구정물에 젖은 걸레, 돌며 마멸하는 기계, 구멍 뚫린 구두밑창 등의 이미지의 연쇄는 현실의 비참함 속에서 비인간적인 사물로 전락한 시적 자아의 모습을 구체화한다. 그리고 '지금은'의 계속적인 반복음은 자아에 대한 환멸과 절망적인 어조를 환기한다.

힘겨운 움직임을 요구하는 수직적 길은 현실의 무거움을 인식하게 하는 매개적 통로로 생활의 부드러움이나 여유를 허용하지 않는 '가파른 직선로'이다. 이 직선로를 질주하면서 자아는 '인간적 삶'을 포기하고 十九文半의 신발→ 中古品 다이아→ 돌로 변모하면서 인간 이하의 생활을 견뎌야 하는 것이다.

(2) 휴식의 '우회로'

가파른 직선로가 구부러진 곡선의 형태로 변화되기 위해서는 그것이 구부러질 수밖에 없는 타당한 요건을 전제로 한다. "곡선은 원래

---

78) 김용희(1985), P.20.

직선이지만, 측면의 계속적인 억누름에 의해서 그 길로부터 벗어나게
된 것이다."79) 이 선의 원리는 목월의 의식과 그대도 부합하는 것처
럼 보인다. 왜냐하면 수직적 길에서의 숨막히는 질주와 가열된 시간
의 억누름으로부터 벗어나고 싶은 갈망이 '우회로'라는 곡선형태의
길이미지를 생성시키는 동력으로 작용하고 있기 때문이다.

> 쿳션에 몸을 맡기고
> 담배를 피워문다.
> 달리는 택시 안에서.
> 퍼런 물빛과
> 冠岳山을 바라 볼 수 있는
> 생활의 迂廻路
> 江邊四路에서
> 어제와 다른 오늘의 바람.
> 생활의 소용돌이 속으로
> 휘말리기 二十分前이다.
> 十分前이다.
> 五分前이다.
> 인터체인지를 왼편으로 돌면 뚝섬.
> 생활의 소용돌이 속으로
> 휘말리기 三分前이다.
> 二分前이다.
> 나는 꽃송이를 마련하는
> 목련가지의 마음을 생각하며,
> 正刻 九시.
> 날카롭게 울리는 오늘의 벨소리를
> 듣는다.
>
> <江邊四路> 전문

---

79) W. 칸딘스키(1987), 『점·선·면』, 車鳳禧(역), 悅話堂美術選書35, P.70.

위의 인용된 시에서 생활의 공간은 '생활의 迂廻路'와 '생활의 소용돌이'로 나누어져 있다. 정각 아홉 시에 울리는 '오늘의 벨소리'를 경계로 생활의 소용돌이가 시작된다. 오늘의 벨소리는 잠시동안 풀어 놓았던 긴장의 끈을 다시 동여매라는 일종의 경적이며, 평온한 마음을 날카롭게 찌르는 강압의 목소리이다. 이는 질주의 시작을 알리는 소리인 것이다. 반면 생활의 우회로는 생활의 무거움을 그야말로 잠시 우회시켜 천천히 돌아가는 여유의 공간이다. 우회로는 쿳션에 몸을 기대어 江의 '퍼런 물빛과 / 冠岳山을 바라볼 수 있는' 평안의 시간을 내포한다. 또한 '꽃송이를 마련하는 / 목련가지의 마음을 생각'할 수 있는, 즉 자연과 교감의 시간을 마련해 주는 고요한 休息의 공간이다. 시적 자아는 잠시 동안의 투명한 자연과의 만남을 통해서 가열된 생활의 질주를 서늘하게 식히고 갈증으로 쇠잔해진 정신에 물기를 분무하는 것이다. 이때 13행의 '인터체인지'는 강변사로와 뚝섬, 오른편과 왼편의 연결지점으로 우회로와 생활의 소용돌이를 이어주는 매개공간으로 볼 수 있다.

우회로는 치열했던 긴장의 시간을 가라앉히고 조용히 사물과 대면하는 위안의 통로로 생활의 소용돌이인 가파른 길과 대조를 이루는 공간이다. 시인은 극단적으로 다급한 상황을 묘사하는 데 있어서도 가파른 직선로보다는 오히려 우회로의 이미지를 선택하여 독특한 시적 분위기를 만들어내고 있다. 시 <迂廻路>가 좋은 예이다.

病院으로 가는 긴 迂廻路
달빛이 깔렸다.
밤은 에테르로 풀리고
擴大되어 가는 아내의 눈에

달빛이 깔린 긴 迂廻路
그 속을 내가 걷는다.
혼들리는 남편의 모습.
手術은 무사히 끝났다.

메스를 가아제로 닦고……
凝結하는 피.
病院으로 가는 긴 迂廻路.
달빛 속을 내가 걷는다.
혼들리는 남편의 모습.
昏睡 속에서 피어 올리는
아내의 微笑. (밤은 에테르로 풀리고)
긴 迂廻路를
혼들리는 아내의 모습
하얀 螺旋通路를
내가 내려간다.

　죽음의 문턱에서 이루어지는 아내의 수술, 그 초조하고 불안한 시
간 속에서 뜨겁게 닳아지는 정신을 우회로는 이완시켜준다. 시적 자
아는 극단의 긴장을 긴 우회로를 걸으며 견뎌내는 것이다. 1연 4, 5행
에서 아내의 눈과 우회로가 동일한 것으로 그려지고 있는데 이는 천
천히 걷는 우회로를 통해서 아내라는 존재와 내적으로 깊이 만나는
것을 의미한다. 화자는 우회로를 통해 조급함을 다소 늦추고 사랑으
로 존재를 응시할 시간을 갖는 것이다. '달빛이 깔린 迂廻路'의 고적
함과 부드러운 이미지는 죽음에 대한 불안과 절망의식을 한 단계 간
접화하여 미적 거리를 만든다. 즉 '달빛'의 부드러운 감촉은 시를 정
서적 분위기로 이끌어 논리적 인식의 날카로움이나 지나친 감상에서

벗어나 시적 美感을 획득하게 역할을 한다.

1연 마지막 행의 '手術은 무사히 끝났다.'라는 표현 뒤부터 이어지는 에테르, 하얀 나선통로, 달빛의 이미지들은 이 시의 전체 분위기를 몽환적으로 만든다. 안개처럼 퍼져있는 우유빛의 몽환적 이미지들은 아내에 대한 정과 눈물, 땀으로 부옇게 흐려진 화자의 심리상태를 반영한다. 또한 '昏睡' 속에서 피어 올리는 아내의 미소를 바라보는 '기진한 남편'의 모습이 용해되어 있는 이미지들인 것이다. 2연 마지막 행의 '내가 내려간다'는 안도의 하강으로 볼 수 있다. 이 하강에는 그동안의 긴장과 고통의 풀어짐뿐만 아니라 화자의 서글픔과 허탈함이 함께 내재해 있다.

우회로는 수직적 길에 비해 휴식의 공간이지만, 지속적으로 이어지는 공간이 아니라 순간 순간 불규칙적으로 나타나는 일시적 공간이다. "아무리 넓고 쾌적한 길이라 할지라도 길은 거주할 수 있는 공간이 아니다. 거기에서는 누구나 멈추었다 떠나는 通過, 移動, 逍遙를 위해서 움직이도록 운명지어진 곳이다."[80] 따라서 여기에는 영원한 안식이 깃들 수 없다. 궁극적으로 우회로는 급한 숨결을 잠시 가다듬는 불안정한 평온을 의미하는 길 이미지라 할 수 있다.

지금까지 살펴본 바에 따르면 시적 자아가 생활주변을 이어주는 '계단'과 '우회로'의 교차를 통해서 노동과 휴식의 시간과 공간을 조절하고 있음을 알 수 있다. 계단과 우회로는 의미상 서로 대립을 이루지만 둘 다 현실이나 생활과 관계된다는 점에서 하나의 의미구조 속에 유기적으로 연결되어 있는 이미지이다. 이 두 이미지는 시인의 현실인식을 반영하고 있는 시적 의미체로서 시에 작용하고 있는 것이다.

---

80) 이어령(1986), 文學空間의 記號論的 硏究, 단국대박사논문, P.440.

3. 내면적 사유의 공간

1) '흔들리는 길'과 불안

인간의 의식은 복잡하고도 다양한 문제들을 분열적으로, 혹은 종합적으로 담고 있는 다발과 같다. 즉 인간의 의식은 서로 이질적인 생각들을 통합하고 갈라냄으로써 자기 동일성을 회복해 가는 과정의 연속에 의해 움직인다. 목월은 생활의 불안과 고단함을 시로써 표현함과 동시에 인생의 또 다른 문제를 사유의 대상으로 삼는다. 그것은 인간에 대한 보다 본질적 물음, 즉 인간의 존재방식과 비가시적 세계에 대한 관심을 뜻한다. 이러한 존재성찰의 문제가 목월의 시에서는 내면적 사유의 공간에 대한 탐색과정을 통해서 드러나고 있다. 특히 그에게 자아의 실존과 존재탐구의 관념적 세계는 '흔들리는 길'이라는 독특한 이미지에 의해 구현된다.

> 흔들리는 다리를
> 가누며 흔들리는 다리를

사람들은 건너가고 있다.
난간쪽으로 열을 지어서
다리의
저편이 보인다는 것은
착각이다.
안개 속에서
눈 앞에 확실하게 보이는 것은
지금이라는
좁은 시야.
지나치고 나면 뒤도 어름하다.
다리를 건너서
우리가 가고 있는 곳은
어딜까.
지나온 것은 지나온 것이요,
닿지 않는 것은 닿지 않는 것이다.
그리고 지금은
흔들리는 다리를
가누며 흔들리는 다리를
건너가고 있다.
더듬거리며 저편에 보이지 않는
안개 속에서
물론 우리는
저편에 닿게 될 것이다.
흔들리는 다리가 끝나면
하지만 누구나
자기가 바라는 곳에 이르게 되리라고
믿는 것은 착각이다.
대체로
전혀 생소한 곳에 이르게 된다.
그리고 마지막 난간에 의지하여

　　경악과 두려움으로
　　사방을 두리번거리게 된다.

<假橋> 전문

　1행의 '흔들리는 다리'는 존재의 흔들림을, 2행의 '흔들리는 다리'
는 길의 흔들림을 각각 나타낸다. 흔들림은 곧 자아와 세계의 휘청거
림이며 질서와 균형의 붕괴를 뜻한다. 임시로 놓은 다리, 즉 이 시의
제목 '假橋'의 의미가 이미 불안의 정황을 암시하고 있기도 하지만
균형감의 상실을 뜻하는 '흔들림'이라는 시어는 가교의 흔들림만이
아니라 화자의 심리적 불안을 나타내는 것이라 할 수 있다. 흔들리는
다리를 사이에 두고 시적 공간이 '이편'과 '저편'으로 二分되어 있는
데, 저편의 공간은 안개로 가려져 보이지 않는다. 다만 확실하게 보이
는 것은 '지금이라는 / 좁은 시야'이다. 시인이 저편과 대를 이루는
시어로 '지금'을 선택한 이유는 공간을 시간화하여 보다 복합적인 의
미망을 형성하기 위해서이다. 이편을 '지금'으로 표현한 것과 마찬가
지로 '저편'은 미래를 뜻하는 시간 부사어로 대체할 수 있다. 지금이
라는 좁은 시야 속에서, 즉 이미 아련한 기억 속에 묻혀버린 길과 막
연한 예측 속에 은폐되어 있는 미래의 길 사이에 서서 시적 화자는
그 동안 일상적 삶에 몰입하고 있던 자신의 존재방식에 대해 생각하
게 된다. 그것은 '우리가 가고 있는 곳은 / 어딜까'하는 존재확인의
물음을 뜻한다. 일상적 자아를 존재성찰의 본래적 자아로 이끌어낸
정황은 공간의 흔들림이 야기하는 불안의식이다.

　흔들림과 더불어 불안을 촉발시키는 이미지로 안개를 들 수 있다.
안개는 시야를 가리워 사물의 형체를 불분명하게 흐려놓거나 아주 감
추어 버린다. 그것은 허물 수도 밀어낼 수도 없는 기괴한 벽이다. 존

재의 보행을 완전히 가로막지는 않지만 늘 충돌의 가능성을 내포하고
있는 위험한 벽이기도 하다. 안개의 불투명성은 '지금 여기'만을 존재
케 하고 나머지는 모두 암시적(미래)으로 남겨두거나 망각의 상태(과
거)로 묻어 버린다. 그러므로 안개는 존재의 흔들림을 더욱 가중시키
는 요인이 된다. 흔들림과 안개로부터 벗어나 다다르게 되는 곳은 더
욱더 불안한 경악과 두려움의 낯선 곳이다. 이 시 마지막 행의 '사방
을 두리번거리게 된다'는 표현은 방향과 중심을 상실한 존재의 극단
적 불안을 암시한다. 이와 같은 흔들리는 길과 안개는 공간을 이편과
저편으로 분리시키며 이 고립의 상태는 존재를 고독으로 이끌어 존재
와 존재 사이에 적막한 간격을 만들어 놓는다. 목월의 다른 시 <同
行>은 이러한 정황을 갈대밭의 이미지로 구체화한다.

> 갈밭 속을 간다.
> 젊은 詩人과 함께
> 가노라면
> 나는 혼자였다.
> 누구나
> 갈밭 속에서는 일쑤
> 同行을 놓치기 마련이었다.
> 成兄
> 成兄
> 아무리 그를 불러도
> 나의 音聲은
> 內面으로 되돌아오고
> 이미 나는
> 갈대 안에 있었다.
> 바람이 부는 것도 아닌데

갈밭은
어석어석 흔들린다.
갈잎에는 갈잎의 바람
白髮에는 白髮의 바람
젊은 詩人은
저 편 기슭에서 나를 부른다.
하지만 이미 나는
應答할 수 없었다.
나의 音聲은
內面으로 되돌아오고
어쩔 수 없이 나도
흔들리고 있었다.

　갈밭의 우거짐은 길을 없애고 미궁의 상황이 되게 하여 그 길에
들어서는 사람을 헤매게 만든다. 동행을 잃어버린다는 것은 길을 잃
어버리는 것과 같다. 화자와 그의 상대인 '成兄'은 이편과 저편으로
각각 고립된 상태로 남게 된다. 고립에 의한 깊은 고독감을 깨기 위
해 상대를 부르지만 그 부름의 소리조차 '갈대'에 의해 차단되고 음
성은 내면에서만 울린다. 따라서 갈대는 존재에게로 통하는 모든 길
을 봉쇄해버리는 차단이미지로 볼 수 있다. 갈대의 차단은 존재와 존
재 사이의 적막한 거리를 만들며, 이 거리감은 공간과 자아를 흔들
림[81]으로 몰고 간다. 15행에서 '바람이 부는 것도 아닌데' 존재가 흔
들린다는 것은 그 흔들림이 외부로부터 주어진 것이 아니라 내부에서

---

81) 김용희는 詩 <同行>에 나오는 갈대의 흔들림을 다음과 같이 설명하고 있다.
　　"갈대에 둘러싸여 서있는 '나'는 목월의 서정적 자아이다. 갈대는 바람이 부는 것
　　도 아닌데 어석어석 흔들린다. 여기엔 목월로 하여금 자연물과 자아사이에 일으
　　키는 일련의 문제들이 놓여있다. 바로 인연의 끊어짐이며 자신에게도 직면한 죽
　　음의식이다." 김용희(1985), P.51.

기인된 근원적인 흔들림임을 암시하는 것이다. 따라서 이 시의 갈밭
은 시인의 내적 풍경이라 할 수 있다. 자신의 존재론적 불안을 들여
다보는 목월의 이러한 태도는 그가 이미 중년의 나이를 넘어서고 있
다는 사실과 무관하지 않다.

가까운 것은
몽롱하고
먼 것이 선명해진다.
新聞을
펴면
흔들리는 세상.
老眼이여.
그
안개 속으로
바다에는
소나기처럼
떨어져 쏟아지는 갈매기.
時間은 收縮되고
地上에는
바스러지는 바윗돌.
이
崩潰는
차라리 황홀하다.
時間은 收縮되고
꽃이 피고 열매가 여무는 것이
瞬間의 일이다.

<老眼> 전문

이 시에서 '老眼'으로 바라보는 세상을 통해 '꽃이 피고 열매가 여무는 것이 / 瞬間의 일'임을 화자는 자각한다. 자신에게 남아있는 시간이 얼마 남지 않았음을 인식하고 있는 것이다. 11행의 시간이 '收縮'된다는 표현은 추상적 시간개념을 양감이 있는 사물의 형태로 전환시키고 있는 경우라 할 수 있다. 여기서 시간의 사물화는 시적 화자가 죽음을 관념적으로 생각하는 것이 아니라 대단히 구체적으로 느끼고 있음을 암시한다. 노안으로 바라보는 세상은 가까운 것은 몽롱하고, 먼 것이 오히려 선명하게 보이는 전도된 세계이다. 즉 나이를 의식하면서 사사로운 일상의 삶은 멀어지고 관념으로만 생각했던 존재소멸의 문제가 자신의 문제로 선명하게 일깨워지기 시작함을 이 시는 말해준다. 자신의 존재방식에 대한 자각 속에서 바라보는 세상은 흔들리는 불안의 공간인 것이다.[82] 이는 공간 자체의 흔들림이라기보다는 세상을 바라보는 내부의 시선이 흔들림을 의미한다. 이 시와 더불어 시 <同行>에서 본 것처럼 '갈잎에는 갈잎의 바람 / 白髮에는 白髮의 바람'이 있듯이 사물은 사물마다 각자의 흔들림을 지닌다. 그러나 이러한 흔들림은 균형에 대한 열망을 낳는다.

---

82) 現存在를 現存으로 이끄는 독특한 기분을 M. 하이데거는 '불안'이라고 말한다. 이 불안은 자기 자신이 無化되는 상태 앞에서의 존재자의 불안을 뜻한다. 인간은 '죽음에로의 존재'이다. 죽음은 외부로부터 현존재에게 다가오는 것이 아니라 처음부터 그에게 주어진 것이다. 이와 같이 절대적 한계점으로서의 죽음을 직시한다는 것은 자신의 죽음을 의식할 줄 아는 현존재만이 지니는 문제이다. 존재자의 불안은 제각기 본래적이며 고유한 생을 책임지고 자유로이 이끌어 나가도록 호소한다. 불안은 인간존재를 자기 망각으로부터 벗어나서 그의 전체성에 대한 비전으로 이끌어 올린다. 즉 불안만이 인간 존재에게 그의 고유한 자유를 가져다주며, 타락의 질곡으로부터 해방시켜 비본래적 삶을 본질적 가능성으로 탈바꿈시켜준다. '죽음에로의 존재'라는 본원적 존재방식 속에서 완전히 본래성이 開示된다고 할 수 있다. 한경희(1983), Heidegger에 있어서의 時間性 問題, 충남대석사논문 참조.

水平으로 양팔을 벌리고
渾身의 集中으로 밸런스를 잡는다.
水平臺 위에서.
라는 것은
그것으로 나는 垂直的
자세를 가다듬는다.
너와의 관계를 유지하면서.
(…………)
그것은 曲藝가 아니다.
어느 曲藝師도 渾身의 集中으로
조화를 도모하려는 그런 뜻에서
本質的으로 曲藝일 수 없다.
물론 누구나 마지막에는
두손으로 허공을 잡으며
떨어지게 된다. 水平臺 위에서
하늘의 錘가 한 편으로 기울면
하지만 그것은
넘어지는 것이 아니다.
영원으로 출렁거리는
파도를 타려는 또 하나의
水平姿勢이다. 양팔을 벌리고
라는 것은 눕는 것이
가장 편안한 水平姿勢이기 때문이다.
어린 날의 두 다리를 뻗고
잠드는 감미로운 망각과
휴식의 손에 쥐어진
꽃.

<밸런스> 부분

‘水平臺’는 혼신의 집중으로 밸런스를 잡아야 보행할 수 있는 위

험하고 불안한 길이다. 밸런스를 잡는다는 것은 모든 불안의 요소로
부터 벗어나는 행위이다. 즉 밸런스를 잡고 '垂直的 자세'를 가다듬
는 것은 균형에 대한 노력으로 볼 수 있다. 수직적 자세는 인간의 가
장 당당한 자세이며, 윤리적 의미를 내포하고 있는 '바로 세움'의 자
세이다. 이는 흔들리는 수평대를 걸어가는 보행자의 가장 올바른 자
세를 뜻하는 것이다. 생의 조화와 균형을 잡는다는 것은 신중한 태도
로 시간의 중심을 잡아가는 행위이기 때문에 '曲藝'일 수 없다. 따라
서 수평대는 올바른 수직적 자세를 필요로 한다.

'영원으로 출렁거리는 파도'와 대립적 의미를 갖는 수평대는 일생동
안 한 인간에게 주어진 한정된 시간과 공간을 암시하는 길 이미지이
다. 수평대는 시작과 끝을 가진 제한된 공간이기 때문에 '누구나 마지
막에는' 모두 이 수평대로부터 떨어지게 된다. 그러나 그 떨어짐은 '영
원으로 출렁거리는 / 파도를 타려는 또 하나의 / 水平姿勢'이다. 이와
같은 수평대와 파도의 이항대립적 요소를 정리해보면 다음과 같다.

공 간	공간의 성 격	행 위 자	
		자 세	행 위
水平臺	한 정	수 직	걷다→떨어지다
파 도	영 원	수 평	눕다→휴식이다

수평대가 행위자의 위험한 보행을 요구하는 한정적 공간으로 부정
적 의미를 내포하고 있는 반면, 파도는 행위자의 영원한 휴식을 함축
하는 긍정적 공간으로 의미화할 수 있다. 파도 위에 눕는 행위는 영
원한 잠과 휴식의 세계로 들어감을 암시한다. 수평대에서의 떨어짐은
생의 단절이 아니라, '영원한' 새로운 공간에 깃드는 안식의 세계로의
이행을 뜻하는 것이다. 여기서 죽음을 긍정적으로 수용하는 시인의

의식성을 발견할 수 있다. "길의 기호는 그 방향이나 목표와 관계없이 이동성, 비정착성, 비거주성 등을 나타내는 의미작용"[83]을 갖고 있기 때문에 궁극적으로 휴식의 공간이 될 수 없다. 따라서 수평대로부터 떨어짐은 진정한 휴식을 나타내는 것이다.

2) 길의 無化

(1) '망각'과 '잠적'의 여과작용

'흔들리는 길'에서의 자아 소멸에 대한 자각은 그 동안 자신을 둘러싸고 있던 세계에 대한 반성과 자각을 의미한다. 자신이 걸어온 길에 대한 반성과 자각은 제한된 시간과 공간의 길로부터 벗어나 보다 자유로운 의식세계에의 갈망과 모색으로 이어진다. 길에서 벗어나고자 하는 것의 첫 번째 암시는 '망각'과 '잠적'이라는 시어를 통해 발견된다. 망각은 잊어버림을, 잠적은 종적을 아주 감추는 것을 의미한다. 이 둘은 소멸, 지움, 덮음, 사라짐 등의 의미로 확산될 수 있으며 유의 상태에서 무의 상태로 변화된다는 점에서 공통항을 갖는다. 망각과 잠적은 목월의 여러 편의 시에서 자주 반복되는 시어로 시인의 은근한 동경과 긍정적 시선을 내포하고 있다.

· 돌아 누우면 언제나 **황홀한** / 그 忘却
· 靑馬도 芝薰도 洙暎도 / 꿈에서조차 나타나지 않았다 / **깨끗한**
  潛跡
· 물은 땅으로 스며든다. 흐르는 동안에 잦아져버리는 물줄기를

---

83) Minkowski(1933), 『Vers une cosmologie』, (Paris : Femand Aubier), P.216. 이어령 (1985), P.449, 재인용.

나는 알고 있다. 그 **자연스러운** 潛跡은 배울만하다.
· 아득한 埋沒과 **부드러운** / 忘却으로 세계는 / 한결 정결해진다.
· 어린 날의 두 다리를 뻗고 / 잠드는 **감미로운** 망각과 / 휴식의
  손에 쥐어진 / 꽃.

망각과 잠적을 수식하고 있는 형용사를 살펴보면 황홀한, 깨끗한,
자연스러운, 부드러운, 감미로운 등 모두가 긍정적 의미를 나타내고
있음을 알 수 있다. 이를 통해 소멸되는 것, 즉 자기 무화에 대한 시
인의 긍정적 의식을 감지할 수 있다. 소멸로 향한 의식성은 세상에
남아있는 것들에 대해 욕심을 버릴 것을 촉구하며, 사사로운 기억과
번잡한 주위로부터 자아를 정리하도록 일깨운다. 목월에게 소멸은 이
처럼 '淸算이 끝난 정결한 세계'(<나의 子時>)를 뜻한다.

잠이나 자자.
돌아 누우면 언제나 황홀한
그 忘却.
그럴 테지,
숭굴숭굴한
隕石.
타고 남은 것은
무엇이나 가벼워진다.
나의 詩도
그게 詩냐.
海綿石보다 가벼운.
하지만
씁쓸한 대로
不平 없는 나의 晝夜.
대범한

나의 偏足.
잠이나 자자,
돌아 누우면 언제나
황홀한 雲霧.
나의 머리 위로 부는
허허로운 바람.
그럴 테지.
타버린 것의
自己整理.
타버리고 남은 것은
무엇이나 정결하다.
타고 남은
隕石.
가벼운 돌.
씁씁한 대로 大凡한
내일의
나의 詩,
나의 老年.

<隕石> 전문

이 시는 '隕石'과 '나의 老年'이 의미적 상응을 이루는 구조로 되어 있다. 운석은 지구로 떨어지는 별똥을, 노년은 저물어 가는 생을 각각 의미한다. 둘은 생성하는 쪽이 아니라 쇠해간다는 점에서 동일한 의미 맥락으로 통합될 수 있다. '隕石'과 '나의 老年'의 의미구조를 정리해 보면 다음과 같다.

· 隕石 : 타다→가벼워지다→정결함
· 老年 : 늙다→망각하다→자기정리

두 의미구조는 상호 침투하면서 시 전체의 복합적인 의미망을 형
성한다. 타는 것과 망각한다는 것은 소멸해간다는 부정적 의미가 아
니라 군더더기를 말끔히 여과해낸 정결함과 자기정리의 상태를 뜻한
다. 아름다운 결말, 정결한 청산을 위해서는 불순한 것들을 걸러내야
하는 것이다. 아직 미련이 남아있는 세계에 대해 "餘裕있는 下直"
(<蘭>)을 고하기 위해서는 인고의 노력이 필요하다. '태운다'는 행위
는 바로 이러한 고통을 암시한다. 그 뒤에 얻어지는 것이 '가벼움'인
것이다. 가벼움은 자신을 묶어두었던 모든 무거운 구속으로부터 풀려
난, 그리고 보다 순수해진 상태를 말한다. 정결한 자기정리가 끝난 가
벼운 상태는 그러나 생을 매듭짓는다는 의미에서 허망함과 쓸쓸함을
동반한다. 그렇기 때문에 '황홀한 忘却'과 '황홀한 雲霧' 뒤에는 '나
의 머리 위로 부는 / 허허로운 바람'을 느끼게 되는 것이다. 가벼움에
대한 집요한 애착과 동경은 역으로 生을 무거움으로 인식하고 있는
시인의 의식을 나타낸다.

　　물이 된다. 자기의 重量으로 물은 匍匐할 도리밖에 없다. 한 사
　람에게 五十餘年은 긴 것이 아니라 무거운 것이다.
　　땅에 배를 붙이고 낮은 곳으로 기어가는 물은 눈이 없다. 그것은
　順理. 채우면 넘쳐 흐르고 차면 기우는 물의 進路. 눈이 없는 투명
　한 물의 머리는 온통 눈이다.

　　　　　*

　　물은 땅으로 스며든다. 흐르는 동안에 잦아져버리는 물줄기를 나
　는 알고 있다. 그 자연스러운 潛跡은 배울 만하다. 하지만 이튿날
　아침에는 꽃잎에 現身하는 이슬방울.
　　　　나의 詩.

　　　나의 죽음.

　　하늘로 피어 오른다. 그 날개를 가진 현란한 飛天. 그것은 헷세
의 詩에서 은빛 빛나는 구름으로 人生의 無常을 現顯하고 안개로
化하여 서울거리를 덮는다. 이 轉身과 輪廻를 나는 알지만 또한
모르지만.

　　　　　*

　　하지만 나도, 내가 노래할 詩도 물이 된다. 오늘은 자기의 무게
로 기어가는 물이지만 내일은 어린 것의 눈썹에 맺히고 목마른 자
기 가슴 속을 지나 당신의 처마에 궂은 가을 빗줄기로 걸리는 기나
긴 歷程과 巡廻에 나는 順理와 轉身을 깨달을 뿐이다.

<比喩의 물> 전문

　1연에서의 '한 사람에게 五十餘年은 긴 것이 아니라 무거운 것이
다.'라는 단정적 표현은 오십여년의 삶을 무거움으로 인식한 화자의
인생태도를 나타낸다. '가벼운 轉身'에 대한 절실한 열망은 바로 생
의 무거움에 대한 인식에서 비롯된 것이다. 이때 화자의 전신과정은
물의 완전한 순환과정과 대비를 이루고 있다. 물의 중량 → 땅으로의
잠적 → 꽃잎에 現身하는 이슬방울로 이어지는 물의 전신은 무거움에
서 가벼움으로의 이행을 보여준다. 따라서 물의 '潛跡'은 소멸이 아
니라 중량감을 덜어내는 여과과정으로 아름다운 現身을 위한 비약적
단계라 할 수 있다. 물의 순환과정, 즉 現身과 滅身의 반복현상은 서
로가 맞물려있는 원의 형태 즉, 영원한 시간구조로 되어있기 때문에
잠적의 일시적 단절을 초극한다.

　시가 한 시인의 응집된 정신의 소산으로서 영원히 존재한다 할지
라도, 인간에게 있어서 죽음은 영원한 결별과 두려운 단절을 뜻하기

때문에 물의 잠적처럼 자연스러운 것일 수 없다. 거기에는 초극하기 어려운 절망적 심연이 가로놓여있다. 그러나 죽음에 대한 철저한 인식만이 죽음을 초월할 수 있는 의지적 힘과 가능성을 내포한다. 목월은 인생을 자연의 순리에 동화시켜 죽음의 두려움이나 불안의식을 '가벼움'으로 초극하고자 한다. 무거움을 덜어내는 물의 일시적 잠적처럼 그의 죽음을 단절이 아니라 지속적인 시간 속에 포함되어 있는 일시적 현상으로 보고자 한다. 즉 그의 시간관념은 "자연과 인생의 일원화"[84]를 지향함으로써 존재론적 한계를 벗어나고자 하는 것이다.

(2) 가벼움과 '눈'(雪)

삶의 중량감으로부터 벗어난다는 것은 자신의 의식을 무거움으로 이끄는 모든 것으로부터 놓여남을 의미하는 것으로, 의식의 자유로움을 나타낸다. 죽음을 의식하게 되는 나이에 자신을 가장 무겁게 하는 것은 지상의 삶에 대한 집요한 애착과 미련이며, 죽음에 대한 불안으로 쇠해 가는 자신의 의식세계이다. 이런 것으로부터 자유로운 상태에 이르기 위한 자기정리는 목월의 시에서 '길'의 덮음, 또 지움의 의미를 함축하고 있는 눈(雪)이미지에 의해 구체화된다.

```
      ┌─ 흔들리는 가지와
   ㉠ │   잊혀진 나무 사이
      └─ 재가 뿌려졌다.
      ┌─ 발목이 빠지는
   ㉡ │   오늘의 스크린에
      │   눈이 내렸다.
      └─ 백밀러에 어제의
```

---

84) 조상기(1980), P.173.

┌─ 푸른 눈썹과
│   눈 덮인
ⓒ │   오늘의 흰 눈썹 사이에
│   새가 날아간다.
└─ 새조차 눈발에 묻히고
┌─ 흔들리는 가지와
│   잊혀진 나무 사이
ⓔ │   발목이 빠지는
│   오늘의 스크린에
│   漢江大橋가
└─ 눈에 묻힌다.

<오늘의 눈썹> 전문

연의 구분 없이 이루어진 이 시는 하나의 주테마가 반복되는 변주 형식을 취하고 있다. 즉 덮임, 묻힘의 의미가 가지, 나무, 눈썹, 새, 한 강대교 등의 이미지와 결합되어 변형되면서 반복에 의한 의미의 중첩 을 이루고 있다. 여기서 중심 이미지(Key image)는 '덮음'의 주체가 되 는 '눈'이미지가 이끄는 전체 의미망에 흡수된다. 눈은 흔들리는 가지 와 잊혀진 나무 사이, 어제의 눈썹과 오늘의 눈썹 사이, 이편과 저편 사이(한강대교)를 덮는다. '사이'라는 시어는 한 지점에서 다른 한 지 점의 간격, 또는 거리를 나타낸다.

이는 공간적 거리와 더불어 시간적 거리를 포함한다. ⓒ부분에서 는 어제와 오늘의 대비를 통해 과거와 현재의 모습을 암시하고 있다. '백밀러'는 뒷편의 모습을 비추어 주는 거울로 이미 지나온 과거의 기억을 선명하게 떠올리는 화자의 의식세계를 나타낸다. 푸른 눈썹과 흰 눈썹은 추상적인 시간을 색채이미지를 통해 감각화, 사물화한 것 으로, 전자는 생명감 넘치는 젊은 날을, 후자는 백발이 무성한 현재의 자아를 각각 표상한다. ⓒ으로 미루어 볼 때 '잊혀진 나무'는 어제의 푸른 눈썹과, '흔들리는 가지'는 오늘의 흰 눈썹과 각각 대응될 수 있다. 잊혀진 나무는 망각된 과거의 자아를, 흔들리는 가지는 노년의 불안을 의식한 현재의 자아를 함축하고 있는 이미지이다.

ⓐ의 '재'와 ⓒ의 '눈'은 과거와 현재를 하얀 것으로 덮어 無化시킨다. ⓑ에서의 '발목이 빠지는 / 오늘의 스크린'은 현재의 자아도 내리는 눈에 조금씩 덮이어 서서히 무화되고 있음을 암시한다. 이는 시간의식의 소멸과 더불어 존재의 사라짐을 암시하는 것이다. ⓒ의 어제와 오늘 사이에서 날아가는 '새'는 수평적으로 쌓이는 눈의 덮음을 수직적인 것으로 확대시켜 독자의 연상을 입체화해준다. 날아가는 새는 미래의 시간성을 나타내는 이미지로, 날아가는 새조차 눈에 의해 묻힌다는 것은 과거와 현재뿐 아니라 미래까지도 완전히 흰색으로 덮여 무화됨을 의미한다.

ⓓ은 앞부분을 종합하여 마무리하는 부분으로, '한강대교'라는 돌연한 이미지를 통해 이 시의 총체적 의미를 함축하고 있다. 한강대교는 이편과 저편을 이어주는 사이공간으로 어제와 오늘의 시간적 거리, 앞으로 이어질 저편(내일)의 시간까지를 내포하는 길 이미지이다. 다리(橋)를 통한 시간의 공간화는 막연한 시간성을 보다 구체화한다. 과거, 현재, 미래를 모두 함축하고 있는 한강대교는 화자의 인생로를 응축·축소한 상징적 이미지이다. 한강대교가 눈에 묻힌다는 것은 길의 '지움' 또는 '덮음'의 상상작용으로 길의 무화를 뜻하는 것이다. 길의 무화는 지상에 대한 집착과 욕망에서 벗어나고자 하는 시인의 의식성을 보여주고 있다. 지상에 대한 애착으로부터 벗어났을 때 죽음의식 또한 가벼움으로 이끌어갈 수 있게 되는 것이다.

멜로디가 끝나고 오히려
그 豊盛한 餘韻.
그런 終焉
그런 終焉의 感動을
—아아 눈을 감으리
함박눈이 멎은 후에 서럭서럭 오는 싸락눈

나는 잠든다.

<墓碑銘> 전문

　여운있는 풍성한 終焉, 아름다운 하직에 대한 기대나 다짐은 눈을
감고 시야를 '함박눈'으로 덮이게 하는 상상작용으로 이어진다. 잔잔
하게 여울지는 멜로디의 여운과 같은 풍성한 종언은 함박눈의 조용한
풍요와 의미적 상응을 이루고 있다. 그러나 이 부드럽고 풍성한 종언
의 의미 속에는 '마감'에 대한 정적과 서글픔이 함께 내포되어 있다.
6행의 '서럭서럭 오는 싸락눈'에서 '서럭서럭'의 'ㅓ'모음이 환기하는
어두운 음상이 이러한 이중적 정황을 환기한다. 이러한 눈의 이미지
는 '종언'과 마지막 연의 '잠' 사이에 놓여, 종언과 잠을 하나의 의미
로 결합시킨다. 즉 잠은 생의 모든 피곤과 지침에 대한 종언이며, 편
안한 휴식으로 의미화할 수 있다. 눈을 통한 정갈한 자기정리는 자아
를 푸근한 죽음, 영원한 안식으로 이끈다. 이때 죽음은 불안이나 두려
움이 아니라 자연스럽고 편안한 세계가 되는 것이다.

이처럼 깊이 눈이 내린다.
이런일도 있었구나
전혀 이승의 그것같지 않는 부드러운 것이
어깨에 쌓인다.

그렇다. 이제는 깊이 조용할 세계에 들어섰다.
모든 소리는 內面으로 울리고
가는 귀가 먹은 오늘의 눈
詩도 죽음도 눈처럼 가벼워지고
아무리 걸어도 발에 땀이 배지않는 오늘의 눈
적막한 行間이
전혀 이승의 그것같지 않는 부드러운 것이 온다.

<行間> 전문

　내면 깊숙이 쌓이는 눈은 부드럽고 가벼운 죽음의 세계를 나타내
는 이미지이다. 이 눈의 공간 속에서 시도 죽음도 가벼운 것이 된다.
시인이 눈을 통해서 지향하고 있는 공간은 '깊이 조용할 세계'이다.
"눈의 흰색 이미지는 물질적인 성질이나 실체로서의 모든 색깔이 날
아가버린 세계의 상징과 같다. 이 세계는 우리들로부터 너무 높이 떨
어져 있기 때문에 우리는 거기에서 아무런 음향도 들을 수 없다. 거
기에는 大沈默이 생겨난다. 그것을 물질적으로 표현하자면 뛰어넘을
수 없고 파괴할 수 없는, 무한으로 들어가는 차가운 장벽이 우리 앞
에 나타나는 것과 같다."[85] 이 세계는 '가는 귀가 먹은' 침묵의 세계
이다. 눈의 '덮음'이나 '지움'의 시각적 차원은 청각적 세계의 '닫음'
으로 확장된다. 즉 오감의 세계와의 결별은 이승에 대한 애착을 버리
고 침묵의 세계로 몰입함을 의미한다. 시인은 눈의 덮음의 상상작용
을 통해 생을 마무리하는 자기정리의 모습을 표출하고 있으며, 죽음
의 무거움을 백색의 '밝은 침묵'으로 이끌고 있다. 따라서 길을 덮는
눈은 가벼움으로의 실존을 지향하는 시인의 의식세계를 표상하는 이
미지라 할 수 있다.

---

85) W. 칸딘스키(1988), P.83.

4. 초월의 공간

1) '無順'의 자유의식

　'눈'에 의해 길을 덮는 상상작용을 통해 목월은 인간 존재가 본질적으로 안고 있는 한계상황으로부터 벗어나고자 한다. 이 무색의 공간은 삶의 부질없는 욕망과 존재에 대한 비극적 인식 모두를 덮어버림으로써 그의 존재론적 고뇌를 맑고 투명한 것으로 여과시킨다. 이제 더 이상 가야할 길도 버려야 할 길도 존재하지 않는 것이다. 이러한 상태는 인생에 대한 허무주의적 태도와는 변별된다. 목월에게 길의 소멸은 견딜 수 없는 허무의 소산이 아니라 자유 의식과 연관된 이미지이다.

　　앉는 자리가 나의 자리다.
　　자갈밭이건 모래톱이건

　　저 바위에는
　　갈매기가 앉는다. 혹은

날고 끼룩거리고

어제는
밀려드는 파도를 바라보며
사람을 그리워 하고

오늘은
돌아가는 것을 생각한다.
바다에 뜬 구름을 바라보며,

세상의 모든 것은
앉는 자리가 그의 자리다.

벼랑 틈서리에서
풀씨가 움트고

낭떠러지에서도
나무가 뿌리를 편다.

세상의 모든 자리는
떠 버리면 흔적 없다.
풀꽃도 자취없이 사라지고

저쪽에서는
파도가 바위를 덮쳐
갈매기는 하늘에 끼룩거리고

이편에서는
털고 일어서는 나의 흔적을
바람이 쓰담아 지워버린다.

<無題> 전문

1연 1행의 '앉는 자리가 나의 자리다'라는 箴言的(aphoristic) 톤[86]의 진술은 공간에 대한 집착을 버린 역설적 표현이다. 앉는 자리가 자갈밭이건 모래톱이건 개의치 않는 것은 공간에 대한 무소유의 자세를 나타낸다. 이 무소유의 인식태도는 공간에 대한 자유로운 의식에서 기인한 것으로 볼 수 있다. 5연에서 '세상의 모든 것은 / 앉는 자리가 그의 자리다'라는 표현은 화자의 공간에 대한 무소유적 인식태도를 더욱 확연하게 드러내준다. '그의 자리'와 '나의 자리'의 구분 없이 '앉는 자리'가 앉는 사람의 자리가 된다는 것은 나의 자리와 그의 자리가 바뀌어도 상관없음을 의미한다. 공간의 변별성이 없어짐은 나와 타자와의 구분 또한 없어짐을 뜻하는 것이다. 공간에 대한 이러한 태도는 '세상의 모든 자리는 / 떠 버리면 흔적 없다'라는 존재소멸의 인식으로부터 발생한 것이다. 따라서 공간에 대한 무소유의 태도는 인간 존재방식의 문제로 귀결될 수 있다. 풀꽃도, 나의 흔적도 모두 자취 없이 사라진다는 점에서 공간의 변별성은 그 의미를 상실한다. 존재의 소멸이 '자리'에 대한 연연함을 무가치한 것으로 이끄는 것이다. 따라서 '앉는 자리가 나의 자리다'라는 표현이 역설적 의미를 가짐을 알 수 있다. 김현자 교수는 박목월의 공간에 대한 무소유의 인식을 다음과 같이 지적하고 있다.

　　냉랭한 인간조건에 대한 이러한 자각은 쓸쓸한 느낌을 준다. 그러나 동시에 궁극적으로 인간을 자유롭게 하는 무소유의 인식은 안도감을 준다. 삶과 죽음을 포괄적으로 함축하는 의미의 제목이 '無題'라는 것은 그것이 내포하는 그 의미가 너무 크고 모호하기 때문인지도 모른다. 그의 후기시의 제목에 無題, 無順[87] 같은 제목들이

---

86) 정창범(1983), P.50.
87) 시인 자신은 시집 『無順』의 후기에서 '無順'의 의미를 다음과 같이 설명하고 있

> 많음은 대상에 대한 한정감을 인정하지 않으려는 그의 태도에서 연
> 유하는 듯하다. 특히 대상에 대한 속성을 한정하는 제목, 자리, 순
> 서 등과 같이 제몫을 주장하는 삶에의 집착을 남기고 싶어하는 관
> 념들에 대한 강한 회의가 깔려있다.[88]

인용한 글은 공간에 대해서뿐만 아니라 모든 사물에 대해서도 집
착을 버리고자 하는 박목월의 의식세계를 전반적으로 지적하고 있다.
인간 조건에 대한 자각과 더불어 자리에 대한 집착으로부터 벗어남은
소멸로서의 존재방식을 넘어서려는 초월적 의지로 볼 수 있다. 불연
속적 세계의 한정과 제한의 경계를 없애고 의식의 자유를 지향함은
바로 존재의 유한성을 극복함을 나타내는 것이다. 이러한 자유의식은
수평적 앉음의 자리에서뿐만 아니라 수직적 공간 인식 속에서도 발견
된다.

> 저편으로
> 혹은 이편으로
> 그것은 落下한다.
> 어디서 어디까지라거나
> 무엇 때문이라거나
> 그런 제한과 물음을 벗어버린
> 그것의 無限落下.
> 별이어
> 타오르는 돌,

다. "無順은 순서없이 작품을 나열하였다는 뜻이기보다 나 자신의 질서정연한 정
신성장의 문맥(이라면 자화자찬격이 되어버리지만) 속에서 두서를 올바르게 가늠
하지 못했다는 자성적인 의미다. 또한 무순은 이제 세삼스럽게 순서를 헤아려가
며 살 것이 무엇이냐는 약간의 철학적인 그것도 내포되어 있는 것이다." 박목월
(1971), 『無順』, 삼중당, P.205.

88) 김현자(1988), 『한국현대시작품연구』, 民音社, PP.217~218.

그
중심에서
바람의 날카로운 휘파람의
洞穴의 중심에서
속도의 가속도의 하늘의 旋盤에
갈리며 깎이며 말려드는
螺旋狀 合金의
듀랄루민의 渴症.
왜라거나
무엇 때문이라거나
그런 물음을 벗어버린
그것의 無限落下
오늘의
브라운管 속에서.

<無限落下> 전문

無限落下는 '어디서 어디까지라거나/무엇 때문이라거나'하는 물음
에서 벗어난 수직적 하강을 나타낸다. '무한낙하'라는 말에 공간의 제
한이나 한정을 거부하는 시인의 의식이 반영되어 있음을 알 수 있다.
제한이나 한정을 거부하는 목월의 태도는 저편, 이편, 그것은, 그것의
등 명료성을 상실한 대명사의 빈번한 사용을 통해서도 드러난다. 대
명사의 빈번한 사용은 실체를 불분명하게 하여 모호성을 가중시키는
효과를 가져온다.

무한락하의 주체인 '듀랄루민'은 하늘의 선반에 깎이며 갈증의 상
태로 끊임없이 하강한다. 듀랄루민의 부서짐과 목마름은 마멸해가는
존재를 암시한다. 존재의 소멸을 화자는 듀랄루민이라는 금속이미지
를 통해서 대상화하여 바라보는 것이며, 추상적 관념의 세계를 구체

화하는 것으로 개별적 세계와 보편적 세계의 융화를 보여주는 것이
다. 여기서 존재 소멸의 절망과 좌절을 냉정히 관망하려는 작자의 시
선을 감지할 수 있다. 대상과 적절한 거리를 유지하려는 정신의 힘은
무한락하를 '추락'이라는 부정적 의미로부터 한정이나 제한에서 벗어
난 '자유'의 긍정적 의미로 끌어올린다.

　공간에 대한 무소유의 인식은 공간의 변별성을 없애고 기존 공간
의 해체를 가져오게 된다. 그것은 구획되어 있는 공간으로부터 무한
정 공간을 확장해 나가는 것이며, 시적 자아의 시선이 전 우주를 거
시적으로 내다봄을 의미하는 것이다. 우주의 전체성을 관망한다는 것
은 흔적 없이 사라질 자신의 존재상태를 깨닫는 존재각성의 순간을
뜻하는 것이다.

> 앉으면
> 그것이 그의 자리다.
> 널려 있는 星座를 이고
> 바람에 씻기운다.
> 내 것이 없는
> 있음 속에서
> 옮아가는 별자리의
> 스치는 옷자락 소리가
> 조심스럽다.
> 꽃이 핀다.
> 도라지는 도라지 빛으로
> 구름은 구름의 빛깔로
> 하지만 흐르는 물은
> 제자리로 돌아갈 뿐,
> 앉으면

그것이 그의 坐向이다.
넣려 있는 星座를 이고
뿌리를 내리는 돌의 깊이
옮아가는
별자리의 스치는
옷자락 소리가 조심스럽다.

<坐向—돌의 詩②> 전문

화자는 '뿌리를 내리는 돌'로서 천체에 시선을 집중한다. 뿌리내림은 자아의 안정된 의식과 균형을 나타내는 것으로 앞에서 살펴본 '흔들리는 길'의 불안과 대조를 이룬다. 이 시에서 보여지는 '앉으면/그것이 그의 자리다'라는 표현은 어떠한 자리라도 문제되지 않음을 뜻하는 것이며, 이는 곧 어떠한 공간도 수용할 수 있음을 말한다. 5·6행의 '내 것이 없는 있음'이라는 모순어법은 공간에 대한 이와 같은 태도를 포괄하고 있는 표현이다. 공간의 무한한 확대는 바로 어디든 뿌리내릴 수 있는 심리적 안정에서 연유한다. 그것은 '흐르는 물은 제자리로 돌아간다'는 영원한 회귀에 대한 인식과 믿음이 주는 안정이다. 존재의 소멸이 영원한 단절이 아니라 제자리로 돌아가는 영원한 회귀라는 건강한 의식의 지향성이 이러한 공간 인식 속에 자리하고 있는 것이다.

이때 화자의 시선은 앉음의 자리로부터 온 우주로 확산되어 '옮아가는 별자리'[89]로 확대된다. 여기서 옮아가는 별자리는 영원한 시간과 공간을 함축하고 있는 우주의 이미지이다. 제자리로 돌아가는 '물'과 옮아가는 '별'은 각각 지상과 천상의 공간 속에서 영원한 순환구조를

---

89) "유달리 후기의 이 시인은 도처에서 천체에의 관심(우주인 암스트롱이라든가 天態座의 星雲 등)을 드러내고 있는데 아마도 이는 드디어 자기응시의 방편, 혹은 자기자리의 새삼스런 확인으로 보인다." 김윤식, 朴木月論,『心象』, (1977.6), P.28.

통해 영원성을 획득한 이상적 존재의 형상을 드러낸다. "하늘의 것은 / 하늘로 돌아가고 / 땅의 것은 땅에 남는 / 그 현란한 回歸"(<昇天>)는 우주의 가장 자연스러운 섭리이며 이치인 것이다.

2) 존재의 '중심부'

영원성에 대한 지향의식은 존재의 소멸을 염세나 허무주의적 세계 쪽으로 가져가지 않으려는 시인의 건강한 시정신을 나타낸다. 이러한 의식세계는 소멸되어 가는 자아를 영원성으로 이끌 수 있는 초월공간의 모색으로 이어지게 된다. 목월의 초월 지향은 가시적 세계를 함축하고 있는 길의 공간성을 해체시킴으써 무한한 공간 확장을 감행하고 있음과 동시에, 그와는 반대의 방향, 즉 존재의 중심부를 꿰뚫는 구심적 응시를 보여준다.

> 오일 스토오브 앞에
> 의자를 당겨놓고
> 지난 겨울을 보냈다.
> 불꽃을 지켜보며……
> 밤이 되어도
> 등불은 켜지 않았다.
> 타오르는 생명의 소란스러움도
> 神性의 신비의 베일도
> 물러갔다.
> 다만 불꽃의 중심을 지켜보는
> 나의 얼굴에
> 빛과 어둠의 흐늘흐늘한

불꽃무늬가 얼룩졌다.
때로는 神의 그것과 같은
때로는 惡魔의 그것과 같은
나의 얼굴의
兩極의 진실은
우리의 것이다.
極의 정적은 서로 통하고
커튼 밖에는
따 끝까지 눈이 뿌렸다.

<兩極> 전문

이 시의 시적 공간은 커튼 안(內)과 커튼 밖(外)의 공간으로 나누어
져 있으며, 커튼 안의 공간은 다시 시적 자아가 앉아있는 실내공간과
불꽃의 중심공간으로 나누어져 있다. 실내공간은 등불이 꺼져있는
'흑색'의 공간이며 커튼 밖의 공간은 땅 끝까지 눈이 뿌려진 '백색'의
공간이다. 이 두 무채색은 사물의 형체를 자기의 빛깔로 **흡수**하여 적
막한 공간을 만들어 낸다. 무채색의 적막 속에서 불꽃은 더욱 강렬한
빛과 움직임으로 화자의 시선을 사로잡는 것이다. 따라서 커튼 밖 →
실내공간 → 불꽃 → 불꽃의 중심으로 점점 공간이 축소되면서, 가장
축소된 불꽃의 중심이 정점으로 자리하고 있음을 알 수 있다. 이러한
구조 속에서 '불꽃의 중심'은 有表化되어 시의 의미를 이끌어 가는
데 절대적 구실을 하게 된다. 불꽃의 중심은 불꽃 가운데에서도 가장
핵이 되는 '중앙'의 공간을 일컫는다.90) 중심부는 사물의 한 부분에
지나지 않지만 우주의 나머지 공간은 이 응축된 공간을 거점으로 그
존재성이 부여되기 때문에 중심부를 획득한다는 것은 사물의 전체성

---

90) 목월의 후기시에는 중심 이외에도 중앙의 의미를 내포하고 있는 시어로 구심점,
　심장부, 정점, 心靈의 둘레 등이 사용되고 있다.

을 꿰뚫는 것과 같다. 따라서 참다운 세계는 언제나 가운데에, 중심에
있다.91)

불꽃의 중심은 시적 자아의 얼굴을 비추어 은폐되어 있던 존재의
진실을 드러내고 있다. 빛과 어둠으로 갈라지면서 생기는 불꽃무늬는
신과 악마의 형상을 동시에 지닌 이중적 자아의 모습을 밝혀놓는다.
이 양극성을 동시에 지닌 이율배반적인 시적 자아의 모습은 인간 모
두가 가지고 있는 본질적인 모습이다. 불꽃의 중심은 이 양극성을 드
러내기도 하고 함께 포용하기도 하는 포괄적 공간이다. 불꽃의 중심
속으로 깊이 몰입되었을 때 은폐되어 있던 존재의 양극성, 즉 존재의
전체성과 참다운 진실이 드러나게 되는 것이다. 불꽃의 중심은 시적
자아의 내부로 투사되어 신과 악마, 선과 악이라는 윤리적 성찰로 시
적 자아를 이끈다.92) 이 윤리적 성찰은 '자기 정리'의 가장 마지막 단
계로 자신에 대한 냉철한 반성을 의미한다. 자아 성찰을 통해서 자신
의 참다운 모습을 되찾게 되며 겸손한 자세로 세계를 받아들이게 되
는 것이다.

이러한 인간에 대한 윤리적 성찰이 박목월의 시세계에서는 종교적
세계와의 접촉으로 연장되고 있는데 그의 다른 시 <中心部에서>나
<빈 컵> 등에 나타나는 중심 공간은 그의 종교적 상상력을 잘 드러
내주고 있는 예라 할 수 있다. 한편 <바위 안에서>라는 작품에서는
중심 공간이 '바위'의 이미지로 구체화되면서 중심의 의미를 보다 확
연히 드러내고 있다.

---

91) M. 엘리아데(1983), P.34.
92) "빛에 대한 최초의 분명한 개념은 어둠과의 대조에서 생겨났다. 각자 상대방의
    소멸에 의해서만 존재할 수 있는 이 두 파트너는 원시적인 상상력을 자극하여
    흑과 백, 밤과 낮, 생과 사라는 본능적 상징체계의 출발점이 되었고, 마침내 정신
    적인 차원으로 옮겨와서는 긍정적인 것과 부정적인 것, 선과 악의 상징으로 변했
    다." 르네위그(1984), P.114.

나의 뜰에는
늦가을의 그늘이 내리고
가랑잎이 지고 있다.
이제
모든 겉치레를 벗고
저 안으로
뿌리를 내릴 때다.
참음으로
고독을
별나라까지 이르게 하여
고독 안에서
맑고 투명한 영혼의
눈동자를 얻어야 할 때다.
참음으로
고독을
무한으로 넓혀
고독 안에서 마련되는
새로운 질서의
밤과
별자리와
한 밤중에서도 환하게 빛나는
빛을 얻어야 할 때다.
세속적인 그것을 위하여
열려 있는 귀를 막고
입을 봉하고
눈을 감고
인내와 고독의
바위 안에서
절대로 그분을 위하여
그분의 말씀에 따라

　　나의 거처가
　　마련되어야 할 때다.
　　지금
　　나의 뜰에는
　　가랑잎이 지고 있다.
　　잎이 지는 그 방향에서
　　내게로 다가오는
　　발자국 소리가 들려온다.

　'바위 안'은 모든 겉치레를 벗고 뿌리내릴 '집'의 이미지이다. 시적
자아가 뿌리내릴 공간이기 때문에 바위 안은 우주의 중심부가 된다.
바위는 견고함으로 외부의 영향력을 막아내는 가장 의연한 집이다. 따
라서 이 단단한 물체로 집을 삼는 것은 흔들림이나 불안이 제거된 균
형 잡힌 안정의 공간에 거함을 의미한다. 그러나 이 단단한 집에 뿌
리를 내린다는 것은 그것이 단단한 만큼이나 힘겨움과 인내를 필요로
한다. 존재는 바위집 안에서 '열려 있는 귀를 막고 / 입을 봉하고/눈
을 감고' 홀로 고독과 싸워야 하는 것이다. 즉 바위의 견고한 물질적
성격이 고독의 폐쇄성으로 이어지는 것이다. 따라서 바위 안은 세속적
인 모든 것으로부터 자신을 차단시키고 오로지 '고독 안에서 / 마련되
는 / 새로운 질서'에 몰입해야 하는 폐쇄적 공간의 성격을 지닌다.
　　이 고독의 공간은 늦가을로 저무는 나의 뜰 위에 세운 집이다. 늦
가을의 시간성은 화자의 늙어가는 육체를 암시한다. 사라지는 육체를
싸안고 있는 바위집은 육체의 궁극적 침묵을 덮고 있는 '무덤'의 의
미를 내포하고 있다. 그러나 이 고독의 공간은 육체의 소멸을 감싸줌
과 동시에 죽음을 생명으로 전환시키는 재생의 공간이기도 하다. 즉
'맑고 투명한 영혼의 / 눈동자'와 '한 밤중에도 환하게 빛나는 / 빛'을

얻는 공간인 것이다.

> 사람은
> 빛으로 산다.
> 눈을 밝게하는 햇빛이나
> 마음의 눈을 뜨게하는
> 내면의 빛으로 산다.

<빛을 노래함> 부분

생명의 근원인 '빛'을 얻는 바위집은 하늘과 땅의 결속[93] 지점으로 육체의 소멸을 영원한 생명으로, 단절을 지속으로 전환시키는 경계의 공간이다.

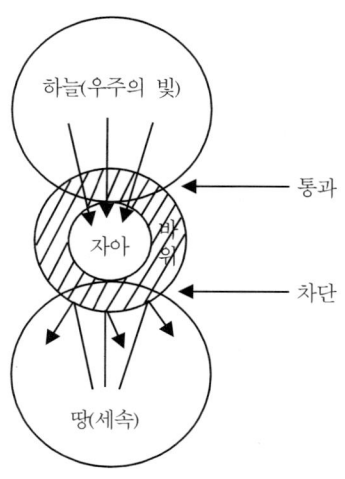

---

93) 엘리아데는 '中心' 상징의 예로써 말레이 반도의 세망인들의 거대한 바위인 바투-리븐을 들어 다음과 같이 설명하고 있다. "지옥과 이 땅의 중심과 하늘에의 '문'은 동일한 축 위에 위치하고 있으며, 바로 이 축을 따라 하나의 우주적 영역으로부터 다른 또 하나의 우주적 영역에로의 통과가 이루어진다고 한다." M. 엘리아데(1976), 『宇宙와 歷史』, 정진홍(역), 現代思想社, P.28.

유한이 무한으로 전환되는 이 경계의 공간은 가시적 세계와 비가
시적 세계의 분기점으로 俗에서 聖으로, 육체에서 정신으로, 세속적
자아에서 우주적 자아로의 변화를 뜻하는 새로운 질서, 새로운 길의
매개적 통로이다. '우주'로의 공간의 확대와 '중심부'로의 공간의 응
축은 영원성을 지향하는 동일한 의미의 상상작용으로 볼 수 있다. 이
두 방향의 공간은 넓이와 깊이를 함께 지닌 '새로운 세계'를 나타내
는 것이다.

5. 시적 상상력의 변모 과정

　본 연구는 박목월의 작품을 대상으로 시적 공간의 구조와 시인의 의식현상의 변모 과정을 길 '이미지'의 변용을 통해서 살펴보았다. 목월의 초기시에서는 주로 자연과의 대응관계 속에서 길이미지가 생성된다. 초기시의 자연이 환기하는 구체적인 정서는 외로움인데, '임'은 이 독특한 시적 정황을 드러내주는 표상물로 볼 수 있다. 그의 시에서 시적 자아와 임과의 거리가 대단히 먼 것으로 나타나고 있는데, 대상과의 遠距離 의식은 '먼 길'을 통해서 구체화되고 있다. 임에 대한 간절한 그리움과 고독감은 '盲'이라는 어둠의 이미지로 표출되고 있으며 이 盲의 상태를 초극하려는 의지는 '보행'이라는 능동적 행위를 통해서 드러난다. 먼 길의 보행은 시인의 상상작용과 기존의 가시적 자연이 결합되어 빚어낸 '靑石'과 '달빛'의 자연 속에서 이루어진다. 靑石과 달빛은 청색과 백색으로 구성된 환상적 자연으로 盲이 된 보행자의 내면을 깨끗이 정화해주는 '빛의 공간'으로 의미화할 수 있다. 따라서 먼 길은 시적 자아의 외로움과 그것의 극복과정을 동시에 포괄하는 이중적 의미의 길이미지임을 알 수 있다.

　주로 자연에만 집중되었던 시인의 의식이 인간과 자신을 둘러싸고 있는 생활주변으로 확대되면서 길 이미지 또한 생활과 밀접한 '계단'의 형태로 변모한다. 계단은 현실의 무거움과 고통을 인식케 하는 매개적 통로로 생의 부드러움이나 여유를 허용하지 않는 가파른 수직적 형태의 길 이미지이다. 계단은 '질주'하면서 시적 자아는 냉혹한 현실 속에 매몰되어 가는 자신의 모습을 발견하게 된다. 이러한 생활의 소용돌이로부터 벗어나고 싶은 갈망은 곡선적 길이미지를 통해서 드러나고 있다. '우회로'는 가열된 시간과 삶의 치열한 긴장을 이완시켜 주는 일시적 휴식의 공간으로 계단과 상반된 의미를 내포한다. 계단과 우회로는 시인의 현실인식이 반영된 시적 의미체로써 시에 작용하고 있음을 알 수 있다.

　현실과 관계함과 동시에 시인의 의식은 자아의 존재방식에 대한 탐색과정을 보여주고 있다. 자아의 존재방식에 대한 물음은 자신에게 다가올 죽음, 즉 존재소멸의 문제로 귀결되는데, 이와 같은 철학적 관념의 문제가 시에서는 '불안'이라는 정황으로 드러나고 있다. 죽음에 대한 불안의식은 미로, 假橋, 수평대 등 '흔들리는 길' 이미지로 표출된다. 길의 흔들림은 자기 소멸의 불안에서 기인된 시적 자아의 내부의 흔들림을 함축하고 있다. 불안의식은 그 동안 걸어온 길에 대한 회의와 반성을 일깨워줌과 동시에 불안으로부터 벗어난 보다 궁극적이고 자유로운 의식세계의 희구로 이어진다. 이러한 갈망은 길을 소멸시키는 상상작용에 의해 나타난다. '망각'과 '잠적'은 길의 無化를 암시하고 있는 시어로, 유의 상태에서 무의 상태로의 변화를 뜻한다는 점에서 공통항을 갖는다. 목월의 시에서 망각과 잠적은 사사로운 기억과 번잡한 주위로부터 자신을 정리함을 의미한다. 생의 무거움과 애착에서 벗어나 자신을 정리함은 죽음을 가벼운 의식 속에서 포용하려는 초월적 자세를 나타내는 것이다. 목월의 죽음의식은 '눈'(雪) 이미지에 의해 구체화되고 있는데 눈은 모든 길을 흰색으로 덮고 존재마저 무화시키는 가볍고 풍성한 終焉의 의미를 함축하고 있다.

가벼움으로의 죽음의식은 곧 자유로운 의식세계의 획득을 의미하는 것으로, 공간에 대한 무소유의 태도가 이러한 자유로운 의식상태를 잘 나타내고 있다. 모든 한정과 제한의 거부는 공간의 변별성을 무의미한 것으로 전환시키고 무한히 넓은 우주로 시적 자아의 시선을 확대시켜 자아와 세계의 전체성을 관망하는 단계로 심화된다. 이는 흔적 없이 사라질 자신의 존재방식을 초극하여 영원성의 세계로 자아를 끌어올림을 의미하는 것이다. 영원성에 대한 지향의식은 보다 은밀하고 내면화되어 있는 '중심' 공간 탐구로 표출된다. 중심부는 땅과 하늘을 이어주는 경계의 공간으로 단절을 지속으로, 소멸을 영원한 생명으로 전환시키는 분기점으로 의미화된다. 이 핵의 공간 속에서 시적 자아는 우주 속의 참다운 자아를 발견하게 되며 영원한 세계로 향한 '새로운 길'을 모색하게 된다. '바위'는 초월적 세계로 향한 매개적 통로를 의미하는 집의 이미지로, 목월의 시적 상상력과 종교적 상상력의 융화물로 볼 수 있다. 바위 속에서 시적 자아는 세속적인 모든 것과 결별하고 침묵과 고독으로 새로운 질서의 세계를 기다린다. 이와 같이 길이미지는 죽음의식과 그것의 초월과정을 내포하는 관념의 등가물로 그의 시에 작용하고 있음을 알 수 있다.

목월 시에 나타나는 길이미지는 시적 자아가 외부세계와 관계하는 데서 생기는 '자연과 현실의 공간'과 자아의 존재방식을 탐구하는 '내면적 사유의 공간', 유한한 존재를 영원한 세계로 이끄는 '초월의 공간'이라는 세 개의 이질적 차원을 구축하고 있으나, 이는 한 개인의 의식 속에서 유기적으로 얽혀있는 총체적 의미구조로 외부에서 내부로, 가시적 세계에서 비가시적 세계로 점차 이행해 가는 의식의 방향을 보여주는 것이다. 길 이미지의 변용 과정은 시인의 의식현상과 상상력의 역동적 흐름뿐만 아니라 시적 대상과 언어가 시인의 상상력을 통해서 어떻게 결합되는가 하는 시 형상화의 원리를 제공해주는 중심이미지임을 알 수 있다. 예술을 단순한 의미체로 파악하는 것이 아니라 개인의 독자적 상상력과 미적 경험이 하나로 응결된 미적 구조물로 볼 때, 박목월의 창조적 직관에 의해 포착된 길 이미지는 그의 시의 미적 특질과 총체적 의미망을 아우를 수 있는 시적 표상물이라 하겠다.

〔참고문헌〕

▶1부에 관한 참고문헌

기본 자료

서정주(1994), 『未堂 徐廷柱 詩全集1, 2, 3』, 민음사.
──(1975), 『나의 文學的 自敍傳』, 민음사.
──(1993), 『未堂산문 - 문학을 공부하는 젊은 친구들에게』, 민음사.

국내 논저

단행본

권영진(1993), 『韓國現代詩解說』, 숭실대학교 출판부.
김규영(1968), 『時間과 永遠』, 동서문화원.
──(1979), 『時間論』, 서강대학교 출판부.
김대행(1980), 『한국시의 전통연구』, 개문사.
김영민(1997), 『현상학과 시간』, 까치.
김용직(1992), 『해방기 한국 시문학사』, 민음사.
김준오(1985), 『가면의 해석학』, 이우출판사.
──(1995), 『詩論』, 삼지원.
김진국(編譯)(1980), 『文學現象學의 이론과 실제』, 명진사.
김용직(1996), 『韓國現代詩史 2』, 한국문연.
──(1992), 『해방기 한국 시문학사』, 민음사.
김윤식(1978), 『한국근대문학사상비판』, 일지사.
──(1984), 『한국근대문학사상사』, 한길사.
김 현(編)(1987), 『수사학』, 문학과지성사.
김현·김윤식(1973), 『한국문학사』, 민음사.
김현자(1982), 『시와 상상력의 구조』, 문학과지성사.
──(1988), 『한국 현대시 작품연구』, 민음사.
──(1997), 『한국시의 감각과 미적 거리』, 문학과지성사.
김화영(1984), 『未堂 徐廷柱의 詩에 대하여』, 민음사.

박이문(1985), 『現象學과 分析哲學』, 일조각.

서우석(1983), 『詩와 리듬』, 문학과지성사.

원형갑(1982), 『徐廷柱의 世界性 - 詩의 現象學的 照明』, 도서출판 들소리.

윤석산(1996), 『현대시학』, 새미.

이부영(1986), 『分析心理學 - C.G.Jung의 人間心性論』, 일조각.

이사라(1987), 『詩의 記號論的 硏究』, 도서출판 중앙.

이승훈(1983), 『文學과 時間』, 이우출판사.

──(1983), 『詩論』, 고려원.

이어령(1995), 『詩 다시 읽기』, 문학사상사.

이익환(1995), 『의미론 개론』, 한신문화사.

조동일(1980), 『우리문학과의 만남』, 홍성사.

조연현 외(1994), 『미당 연구』, 민음사.

차봉희(編著)(1987), 『수용미학』, 문학과지성사.

최동호(1985), 『現代詩의 精神史』, 열음사.

하기락(1971), 『하르트만 연구』, 형설출판사.

한국현상학회(編)(1983), 『現象學이란 무엇인가』, 심설당.

허창운 外(1997), 『프로이트의 문학예술이론』, 민음사.

논문

강희근, 徐廷柱 詩의 서술성에 대하여, 『월간문학』(1984.1).

구중서, 徐廷柱와 現實逃避 - 歷史詩의 本領과 徐氏의 경우, 『청맥』(1965.6).

김동일(1989), 徐廷柱 詩硏究 - 話者를 중심으로, 성균관대학교 교육대학원 석사학
　　　위 논문.

김선학(1989), 韓國 現代詩의 詩的 空間에 關한 硏究, 동국대학교 대학원 국어국
　　　문학과 박사학위 논문.

김시태, 徐廷柱의 逆說的인 意味, 『현대문학』(1975.4).

김옥순, 서정주 시에 나타난 우주적 신비체험 - 화사집과 질마재 신화의 공간 구조
　　　를 중심으로, 『梨花語文論集』 제12집, 이화여자대학교 한국어문학연구소,
　　　1992.

김우창(1977), 구부러짐의 形而上學 - 徐廷柱, 「떠돌이의 詩」, 『궁핍한 시대의 시인』,
　　　민음사.

김윤식, 歷史의 藝術化 - 新羅精神이란 怪物을 暴露한다, 『현대문학』(1963.10).

──, 文學에 있어 傳統繼承의 問題, 『세대』(1973.8).

──────, 徐廷柱의『질마재神話』考 - 거울化의 두 樣相,『현대문학』(1976.3).

김은자(1986), 韓國現代詩의 空間意識에 관한 硏究 - 金素月·李箱·徐廷柱를 中心으로, 서울대학교 대학원 국어국문학과 박사학위 논문.

김은주(1992), 韓國 現代詩의 話者 類型과 特性, 충남대 대학원 국어국문학과 석사학위 논문.

김인관(1983), 現象學的 文學方法論硏究 - R.잉가르텐의 層理論을 중심으로, 서울대학교 대학원 독어독문학과 박사학위 논문.

김준오, 人間探求와 未堂의 神話,『心象』(1978.11).

김재홍, 하늘과 땅의 辨證法,『월간문학』(1971.5).

──────, 大地的 사랑과 宇宙的 照應,『현대문학』(1975.5).

김현자(1968), 韓國 現代詩의 Metaphor硏究 - 1930년대 詩를 中心으로, 이화여대 대학원 국어국문학과 석사학위 논문.

──────, 志鬼說話의 詩的 變容에 관한 硏究,『梨花語文論集』제13집, 이화여자대학교 한국어문학연구소, 1994.

──────, 서정주 시의 은유와 환유, 한국기호학회 학술대회(1998.12.5).

김형효, 哲學的 時間論,『문학사상』(1976.1).

노창수, 韓國 現代詩의 話者 硏究, 조선대학교 대학원 국어국문학과 박사학위 논문.

對談取材, 未堂과의 對話,『文學思想』(1972.12).

백수인, 미당 서정주 시의 인물 고찰 - 초기시를 중심으로,『인문과학연구』제9집, 조선대학교 인문과학연구소, 1987.

변해숙(1987), 徐廷柱 詩의 時間性 硏究, 이화여대 대학원 국어국문학과 석사학위 논문.

손진은, 세계와 나의 존재방식 - 서정주 시집《80소년 떠돌이의 시》,『현대시』(1998.2).

──────(1995), 徐廷柱 詩의 時間性 硏究, 경북대학교 대학원 국어국문학과 박사학위 논문.

신대철(1976), 詩에 있어서의 시간문제, 연세대학교 대학원 국어국문학과 석사학위 논문.

신동욱(1981), 抒情詩에 있어서 時間의 問題,『문학의 비평적 해석』, 연세대출판부.

신종호(1995), 서정주 詩에 나타난 性的 空間의 象徵性 硏究 - <花蛇集>을 中心으로,『崇實語文』(제12집), 숭실대학교 숭실어문연구회.

심재휘(1997),『1930年代 後半期 詩 硏究 - 白石·李庸岳·柳致環·徐廷柱 詩의 時間意識을 中心으로』, 고려대학교 대학원 국어국문학과 박사학위 논문.

심혜런(1992), 서정주 詩의 話者 聽者 硏究, 이화여대 대학원 국어국문학과 석사
　　　학위 논문.
염무웅(1984), 서정주 소론, 『민중시대의 문학』, 창작과비평사.
오세영, 現代文學의 本質과 空間化指向, 『문학사상』(1986.4~5).
──, 서정주 시의 영원과 현실, 『한국문학연구』(제17집), 동국대학교 한국문학연
　　　구소(1995.3).
유종호, 소리지향과 산문지향 - 未堂 시의 일면, 『작가세계』(1994.봄).
유지현(1997), 徐廷柱 詩의 空間 想像力 硏究, 고려대학교 대학원 국어국문학과
　　　박사학위 논문.
이경희(1992), 서정주의 시 「알묏집 개피떡」에 나타난 신비체험과 공간 - 달·바다
　　　(물)·여성 원형론, 『문학상상력과 공간』, 도서출판 창.
이사라, 徐廷柱 詩의 記號論的 구조 분석 - 시 <바다>에 관한 의미작용 연구, 『서
　　　울 산업대논문집』(제43집), (1996.7).
이승훈, 감성과 지성, 『현대시』(1991.1).
이성부, 서정주의 시세계, 『창작과비평』(1972.겨울호).
이어령(1986), 文學空間의 記號論的 硏究 - 靑馬의 詩를 模型으로 한 理論과 分
　　　析, 단국대학교 대학원 국어국문학과 박사학위 논문.
이영희, 徐廷柱 詩의 時間性 硏究, 『국어국문학』(95호), (1986.5).
임우기, 오늘, 미당 시는 무엇이 문제인가, 『문예중앙』(1994.여름호).
임재서(1996), 서정주 시에 나타난 세계 인식에 관한 연구 - 비극적 세계관과 시간
　　　성의 관련 양상을 중심으로, 서울대학교 대학원 현대문학연구회.
──(1997), 서정주 시의 은유 고찰 -『동천』을 중심으로, 『한국 근대문학 연구의
　　　반성과 새로운 모색』(문학사와 비평 연구회), 새미.
정끝별(1996), 한국 현대시의 패러디 구조 연구, 이화여대 국어국문학과 박사학위
　　　논문.
정신재(1983), 未堂詩의 空間意識, 동국대학교 대학원 국어국문학과 석사학위 논문.
정유화, "질마재 神話"의 공간구조에 나타난 매개항의 기능 고찰, 『국어교육』, 한국
　　　국어교육연구회(1995.6).
조신권, 文學에 있어서의 時間問題, 『문학사상』(1976.1).
조운제, 1950년대 詩脈, 『풀과 별』(1973.7).
조형순(1985), 現代詩에 나타난 詩的 話者와 聽者의 硏究 - 柳致環과 徐廷柱의
　　　初期詩를 中心으로, 경남대학교 대학원 국어국문학과 석사학위 논문.
주옥(1982), 徐廷柱 詩의 說話受容樣相 硏究, 서강대학교 대학원 국어국문학과 석

사학위 논문.

최하림, 體驗의 問題(上·下) - 徐廷柱에게 있어서의 時間性과 場所性, 『시문학』 (1973.1,2).

최현식(1995), 서정주 초기시의 미적 특성 연구, 연세대학교 대학원 국어국문학과 석사학위 논문.

한계전(1981), 詩의 想像力 硏究 - 時間 認識을 중심으로 - , 『現代詩 硏究』(국어 국문학회 편), 정음사.

허탁, 詩의 話者論, 『국어국문학』(제28집), 부산대학교 국어국문학과, 1991.

황인교(1983), 徐廷柱 詩의 想像力 硏究, 이화여대 대학원 국어국문학과 석사학위 논문.

국외논저 및 번역서

Aristoteles, 『詩學』, 천병희(역)(1996), 문예출판사.

Bachelard, Gaston(1958), 『空間의 詩學』, 곽광수(역)(1990), 민음사.

————(1943), 『공기와 꿈』, 정영란(역)(1993), 민음사.

————, 『몽상의 시학』, 김현(역)(1978), 홍성사.

————(1974), 『로트레아몽』, 윤인선(역)(185), 청하.

Bataille, Georges(1957), 『에로티즘』, 조한경(역)(1997), 민음사.

Benveniste, Emile(1966), 『일반언어학의 제문제 I』, 황경자(역)(1992), 민음사.

————(1966), 『일반언어학의 제문제 II』, 황경자(역)(1992), 민음사.

Berdjajev, Nicolas(1944), Slavery and Freedom, New York, Charles Scribner's Sons.

Bergson(1958), 『時間과 自由意志』, 정석해(역)(1982), 삼성출판사.

Brooks, C(1975), 『잘 빚어진 항아리』, 이경수(역)(1983), 홍성사.

Brooks, C & Warren, R.P(1976), Understanding Poetry, Holt:Rinehart and Winston. Press.

Caillois, Roger(1958), 『놀이와 인간』, 이상률(역)(1994), 문예출판사.

Chatman, Seymour(1978), Story and Discourse, London Cornell University Press.

Durand Gilbert(1996), 『신화비평과 신화분석 - 심층사회학을 위하여』, 우평근(역)(1998), 살림.

Eliot, T.S(1957), 『엘리어트 文學論』, 최창호(역)(1983), 서문당

Eliade, M(1959), 『聖과 俗』(1959), 이동하(역)(1983), 학민사.

————(1958), 『宇宙와 歷史』, 정진홍(역)(1984), 현대사상사.

Erlich Victor, 『러시아 形式主義』, 박거용(역)(1991), 문학과지성사.

Frye, Northrop(1957), 『批評의 解剖』, 임철규(역)(1982), 한길사.

Genette, G.(1980), Narrative Discourse, Cornell Univ.Press.

Hall & Nordby(1973), 『융 심리학 입문』, 최현(역)(1985), 범우사.

Hawkes, Terence(1970), 『隱喩』, 심명호(역)(1982), 서울대학교 출판부.

Heidegger, M, 『存在와 時間』(세계대사상전집.8), 청산문화사, 1974.

─────, 『詩와 哲學』, 소광희(역)(1978), 박영사.

Hernardi, Paul(1972), 『장르론』, 김준오(역)(1983), 문장사.

Hrushovski, Benjamin, Poetic Metaphor and Frames of Refernence with Examples from
Eliot, Rilke, Mayakovsky, Mandelshtam, Pound, Creeley, Amichai, and the New
York Times, Poetics Today, vol.5, No.1984.

─────, 현대시의 자유율, 『현대시의 이론』, 박인기(편역)(1989), 지식산업사.

Horney Karen, 『프로이드 정신분석의 새로운 이해』, 송용래·김현옥(역)(1991), 중앙
적성출판사.

Huizinga, Johan(1938), 『호모 루덴스』, 김윤수(역)(1987), 까치.

Husserl, Edmund, 『現象學의 理念』, 이영호(역)(1982), 삼성출판사.

─────, 『시간의식』, 이종훈(역)(1996), 한길사, 1996.

Ingarden, R(1965), 『文學藝術作品』, 이동승(역)(1985), 민음사.

Jakobson, R, 언어학과 시학, 『문학 속의 언어학』, 신문수(편역)(1977), 문학과지성사.

Jung, C.G(1962), 『칼 융 자서전』, 이경식(역)(1985), 범조사.

─────(1977), The Archetypes and the Collective Unconscious, Princeton University
Press.

─────(1968), 『인간과 상징』, 정영목(역)(1995), 까치.

Jung, C.G & Henderson, Joseph L, 『무의식의 분석』, 권오석(역)(1990), 홍신문화사.

Kant(1781,1787), 『純粹理性批判』, 최재희(역)(1983), 박영사.

Langer.Monika.M(1989), 『메를로-퐁티의 지각의 현상학』, 서우석·임양혁(역)(1992),
청하.

Langer, Susanne K.(1953), Feeling and Form, London: Routledge & Kegan Paul Ltd.

Magliola, R.R(1977), 『現象學과 文學』, 최상규(역)(1986), 대방출판사.

Merleau-Ponty, 『현상학과 예술』, 오병남(역)(1983), 서광사.

Meyerhoff, Hans(1955), 『文學과 時間 現象學』, 김준오(역)(1979), 심상사.

Poulet, Georges(1956), Studies in Human Times, Baltimore:The Johns Hopkins Press.

Richard, Jean-Pierre(1953), 『시와 깊이』, 윤영애(역)(1989), 민음사.

Richards, I.A.(1970), Principle of Literary Criticism, Routledge & Kegan Paul.

Schulz, C.N, 『實存·空間·建築』, 김광현(역)(1985), 산업도서출판공사.

Staiger, E.(1946), 『詩學의 根本槪念』, 이유영·오현일(역)(1978), 삼중당.

Tuan, Yi‑Fu(1977), 『공간과 장소』, 정영철(역)(1995), 태림문화사.

Wheelwright, P(1962), 『隱喩와 實在』, 김태옥(역)(1983), 문학과지성사.

Wollheim Richard, 『프로이드』, 조대경(역)(1987), 민음사.

G.T.Wright(1968), The Faces of the Poet, Perspectives on Poetry, ed, Calderwood, Tdliver Oxford,

──────(1974), The Poet in the Poem, Gordian Press.

Zaner, R.M, 『身體의 現象學』, 최경호(역)(1993), 인간사랑.

Zevi, B(1974), 『空間으로서의 건축』, 강혁(역)(1989), 집문사.

Zwart, P.J(1976), 『時間論』, 권의무(역)(1983), 계명대학교 출판부.

▶ 2부에 관한 참고문헌

기본 자료

박목월(1984), 『朴木月詩全集』, 서문당.

───(1964), 『구름에 달가듯이』, 新太陽社.

───(1976), 『無順』, 삼중당.

───(1958), 『보라빛 素描』, 新興出版社.

───(1955), 『山桃花』, 英雄出版社.

───(1987), 『소금이 빛나는 아침에』, 文學思想社.

단행본

곽광수·김현(1976), 『바슐라르硏究』, 民音社.

김상태(1984), 『文體의 理論과 解析』, 새문社.

김윤식·김현(1984), 『韓國文學史』, 民音社.

김재홍(1986), 『韓國現代詩人硏究』, 一志社.

김종길(1974), 『眞實과 言語』, 一志社.

김준오(1986), 『詩論』, 도서출판 문장.

김현자(1988), 『한국현대시작품연구』, 民音社.

박종철(1983), 『文學과 記號學』, 大邦出版社.

박이문(1985), 『現象學과 分析哲學』, 一潮閣.

오탁번(1983), 『現代文學散藁』, 高麗大學校出版部.

이부영(1986), 『分析心理學』, 一潮閣.

이선영(編)(1985), 『文學批評의 方法과 實際』, 東泉社.

이승훈(1983), 『詩論』, 고려원.

이인복(1981), 『韓國文學에 나타난 죽음意識의 史的 硏究』, 悅話堂 韓國文化藝
　　　術叢書4.

정한모(1973), 『現代詩論』, 民衆書館.

조가경(1983), 『實存哲學』, 博英社.

하기락(1971), 『하르트만硏究』, 螢雪出版社.

한국현상학회(편)(1983), 『現象學이란 무엇인가』, 尋雪堂.

한양문학회(편)(1983), 『木月文學探究』, 民族文化社.

르네위그(1983), 『예술과 영혼』, 김화영(역), 悅話堂 美術選書26.

리샤르, J.P(1984), 『詩와 깊이』, 윤영애(역), 民音社.

뤽브느와(1988), 『징표·상징·신화』, 윤정선(역), 探求堂.

마그리올라, R.R, 『現象學과 文學』, 崔翊圭(역), 大邦出版社.

마이어홉, H.(1987), 『文學과 時間現象學』, 김준오(역), 心象社.

바슐라르, G.(1982), 『大地와 意志의 夢想』, 閔憙植(역), 三省出版社.

─────(1978), 『몽상의 詩學』, 김현(역), 弘盛社.

뿔레, G.(編)(1979), 『현대비평의 이론』, 김붕구(역), 弘盛社.

아브라암스, M.H(1985), 『문학용어사전』, 崔翔圭(역), 大邦出版社.

엘리아데, M(1983), 『聖과 俗』, 李東夏(역), 학민사.

──────(1976), 『宇宙와 歷史』, 鄭鎭弘(역), 現代思想社.

윌프레드 L·궤린(1982), 『文學의 理解와 批評』, 鄭在浣·金聖坤(共譯), 靑鹿出版
　　　社.

쟈끄마리땡(1984), 『詩와 美와 創造的 直觀』, 金泰寬(역), 성바오로출판사.

질베르 뒤랑(1985), 『象徵的 想像力』, 진형준(역), 文學과 知性社.

칸딘스키. W(1988), 『예술에 있어서 정신적인 것에 대하여』, 權寧弼(역), 悅話堂美
　　　術選書20.

─────(1987), 『점·선·면』, 車鳳禧(역), 悅話堂 美術選書35.

필립 윌라이트(1983), 『隱喩와 實在』, 金泰玉(역), 文學과 知性社.

하이데거, M(1978), 『詩와 哲學』, 蘇光熙(역), 博英社.

──────(1979), 『藝術의 哲學的 解明』, 吾晌南·閔炯源(공역), 經文社.

허버트리드(1987), 『圖像과 思想』, 金炳翼(역), 悅話堂 美術選書31.
후서얼(1982), 『現象學의 理念』, 李英浩(역), 三省出版社.

논 문

권영진(1985), 詩와 宗敎的 想像力(1), 숭전대학교 국어국문학회.
김동리, 木月詩의 秘密과 强點, 『現代文學』, (1978.6)
김선학(1981), 이미지의 詩的 空間, 『韓國文學研究』, 제4집.
김열규, 情緒的 認識과 宗敎的 委託, 『心象』, (1980.3)
──, 和解된 슬픔의 詩學, 『心象』, (1983.4)
김우창(1977), 韓國詩의 形而上學, 『궁핍한 시대의 詩人』, 民音社.
김용직, 諧調와 技法, 『心象』, (1979.3)
김용희(1985), 朴木月詩研究, 경희대석사논문.
김용희(1988), 朴木月詩의 美的 距離研究, 이화여대석사논문.
김용희(1985), 現代小說에 나타난 '길'의 象徵性, 이화여대박사논문.
김윤식, 도라지빛 하늘꼭지에 이른 길, 『心象』, (1979.3)
──, 朴木月論, 『心象』, (1977.6)
김종길, 鄕愁의 美學, 『文學과 知性』, (1971, 가을호)
김현자, 朴木月詩의 감각과 美的 距離, 『文學思想』, (1984.9)
──(1984), 靑鹿派 시에 나타난 擬聲·擬態語研究, 『梨花語文論文集』, 제7집.
김형필(1985), 朴木月詩研究, 한양대박사논문.
박운용, 朴木月詩의 自然空間研究(上·中·完), 『心象』, (1984, 3·5·6)
박호영·이숭원(1985), 朴木月과 自然, 『韓國詩文學의 批評的 探究』, 三知院.
서경온(1988), 朴木月詩研究, 성신여대석사논문.
서정주(1969), 朴木月의 詩, 『韓國의 現代詩』, 一志社.
신동욱(1978), 朴木月의 詩와 외로움, 『冠嶽語文研究』, 제3집.
──, 地上的 삶의 한계의식과 사랑, 『心象』, (1983.4)
오세영(1983), 朴木月論, 『現代詩와 實踐批評』, 二友出版社.
유한근(1980), 現代詩에 있어서의 空間問題, 동국대석사논문.
윤재근, 목월시의 지향성, 『心象』, (1978.5)
이성교, 크고 부드러운 손, 『心象』, (1979.3)
이어령(1986), 文學空間의 記號論的 研究, 단국대박사논문.
정한모, 徹頭徹尾 詩人이었던 木月, 『現代文學』, (1978.6)
조상기(1980), 朴木月論, 『韓國文學研究』, 제3집.

최창록, 靑鹿派에 있어서의 自然의 解釋, 『現代文學』, (1971.10)
한경희(1983), Heidegger에 있어서의 時間性 問題, 충남대석사논문.
황금찬, 朴木月의 信仰과 詩, 『心象』, (1980.3)

작품 찾아보기

‖ 저자 엄경희 ‖

　1963년 서울 출생. 숭실대 국어국문학과를 졸업한 이후 이화여대에서 석사 및 박사 학위를 받았으며, 현재는 숭실대 및 이화여대에서 강의를 하고 있다. 2000년 조선일보 신춘 문예 평론 부문에 "매저키스트의 치욕과 환상 — 최승자론"이 당선되었으며 평론집으로는 『빙벽의 언어』가 있다.

未堂과 木月의 시적 상상력

2003년　5월　27일 인쇄
2003년　6월　4일 발행

저　자 · 엄경희
발행인 · 김흥국
발행처 · 도서출판 **보고사**
등　록 · 1990년 12월(제6-0429)
주　소 · 서울시 성북구 보문동 7가 11번지
전　화 · 922-5120～1(편집), 922-2246(영업)
팩　스 · 922-6990
메　일 · kanapub3@chollian.net
www.bogosabooks.co.kr

ISBN 89-8433-176-7
잘못된 책은 교환하여 드립니다.

정가 12,000원